沉重

陈宏 著

团结出版社

图书在版编目（CIP）数据

沉重 / 陈宏著. -- 北京：团结出版社，2022. 12
ISBN 978-7-5126-9995-3

Ⅰ. ①沉… Ⅱ. ①陈… Ⅲ. ①长篇小说-小说集-中国-当代 Ⅳ. ①I247.5

中国国家版本馆 CIP 数据核字（2023）第 026089 号

出　　版：团结出版社
　　　　　（北京市东城区东皇城根南街 84 号 邮编：100006）
电　　话：(010) 65228880　65244790
网　　址：www.tjpress.com
E - mail：65244790@ 163. com
经　　销：全国新华书店
印　　刷：成都兴怡包装装潢有限公司

开　　本：170mm×250mm　1/16
印　　张：21
字　　数：420 千字
版　　次：2023 年 3 月第 1 版
印　　次：2023 年 3 月第 1 次印刷

书　　号：ISBN 978-7-5126-9995-3
定　　价：98. 00 元

大地飞歌

——陈宏长篇小说《沉重》序
邱晓明

初识陈宏老师，是在一个文学讲座上。

他顶一头白发，黑胖而又敦实，看上去，像是一个朴实的庄稼汉子。后来，他带着小说手写稿找到我说，这部四十余万字的长篇小说，他写了二十多年。翻阅着厚厚的足有数斤重的手写稿，瞬间，把我的心弄得颤颤的。

他告诉我说，这部长篇小说是以自己为原型创作的，做了一辈子教师，写这部书，也是为了自己。他说得虔诚、认真、深情，令人动容。

陈宏，男，1957年11月出生，1978年9月任教，中文本科学历，中共党员，中学语文高级教师，濉溪县中学语文优质课教师，淮北市优秀教师，2017年11月退休。曾任濉溪县祁集镇教委文科教研员，祁集中心学校办公室主任。2016年11月成为淮北市作协会员，2018年12月成为安徽省作协会员。自1975年开始在省、市、县级报刊上发表散文、小说、诗歌、小戏曲、文学评论、地方文史资料和教学论文等篇、部，已达300余万字。2015年出版散文集《淮海战役总前委——小李家的38个日日夜夜》一书；1975年在《安徽工农兵演唱》上发表小戏曲《公私分明》；1985年在《未来作家》上发表短篇小说《永别了的爱情》；1982年散文《草寺庙春会》在华东六省一市中学生作文竞赛中获二等奖；2017年11月，散文《小李家，这片红色的土地》在"大美濉溪"全国诗歌、散文大赛中获二等奖；2018年12月，散文《淮北的秋》在《烈山文学》"南湖之声"杯诗歌、散文比赛中获二等奖。

从以上简历中可以看出，陈宏是一个虔诚的文学爱好者。那么，这部

《沉重》是怎样的小说，让作者书写了数十载，倾心倾力，不断修改与打磨呢，我带着疑惑与好奇，翻开了这部长篇小说。

《沉重》是由《锻炼》《红烛》《坐标》三部曲组成。

小说以淮北平原的乡村为背景，讲述了一个叫田宇的主人公，从1975年到2017年，长达43年的乡村教师工作生活和爱情故事。

《锻炼》描述了田宇高中毕业回乡务农以后，同尤秀芬、牛善云三个人之间的爱情纠葛，着力述说在那个特殊年代乡村青年田宇的奋斗的心路历程。

《红烛》描述了田宇从民办老师到考上大学，毕业后又回乡任教的故事。小说塑造了田宇为人师表的动人形象。

《坐标》描述了田宇调到教育局工作以后，最终辞去副局长的职务，回乡当了教师，直至退休。我知道，作者做了一辈子教师，可是，对一部长篇小说而言，仅有生活真实是不够的。有些作者在写小说时，常常以"我有生活"为创作自信，以为自己有了丰厚的生活积淀，便一定可以创作出精品力作，其实不然。作家有直接或间接的生活阅历有助于小说创作，但作家的文学想象力文字表达力更重要。我曾有点担心，作者会不会把小说写成回忆录或纪实文学呢，过分拘泥于还原生活，写得太老实太板正，反而丧失了小说特有的艺术魅力。

品读《沉重》，这种担心看来是多余了。

这是一部直面历史的小说，描写的是1975到2017共43年的波澜起伏的历史画面，这里面有平原乡村的风情，特定时期乡镇教育的样貌。作者没有回避，而是依托当时的历史事件，将主人公田宇老师的命运，完全置身于斯时斯地的时代背景，社会生活中，随着历史的进程而演绎不同的人生命运，可以说，田宇老师的命运也是那段历史的缩影，因为人物的命运与社会的发展紧密相连，难分难舍。43年的时空跨度，沧桑巨变，作者绘声绘色，徐徐道来，仿佛引领读者走进时光隧道，回到了那五味杂陈的峥嵘岁月之中。作者在小说中着力塑造出田宇真诚、善良、奋斗的美好形象，人生的起起落落，波澜壮阔，被作者演绎得跌宕起伏、催人泪下、扣人心弦。

感谢陈宏老师为广大读者提供如此美好的精神食粮，是为序。

邱晓鸣

中国作家协会会员，安徽省文学院签约作家，淮北市作家协会副主席。

自　序

　　《沉重》三部曲——《锻炼》《红烛》《坐标》，力图以现实主义为指导，以具体的人物事件较为客观地反映我们国家四十多年来的社会变革，尤其是学校教育的发展变化。

　　田宇是《沉重》三部曲中的主人公。小说描述了他从1975年1月高中毕业回乡务农到2017年11月作为教师而退休直至2020年底45年的生活与工作历程。无论在怎样的境遇中，理想之火总在他的胸中熊熊燃烧，而且总是微笑着面对人生。他走出了自己的沉重脚印，付出了心与力的沉重代价，也留给人们以沉重的思考。

　　《锻炼》描述了田宇高中毕业后作为回乡务农的知识青年挖沟、挖河、给生产队喂猪，到大队农科所当会计等的故事。描述了路宣队进驻向阳大队后，一些人支持田宇意欲让其入党、当大队书记，而另一些人却对田宇诬蔑陷害、致使田宇身败名裂，一事无成，而后发奋走文学创作之路的故事。也描述了田宇与尤秀芬、牛善云的爱情纠葛。尤秀芬与田宇初中、高中五年同窗，相知相敬相爱，但尤秀芬势利狭隘、爱不专一、情不真切，甚至在她当了大队妇联主任后居然也诽谤田宇。而牛善云虽然目不识丁，但在田宇遭迫害而痛苦时却陪他掉眼泪并安慰他、劝勉他。最终尤秀芬嫁给他人，田宇娶了牛善云。小说着力描述的是田宇在那个特殊年代的挣扎与奋斗。

　　《红烛》描述的是田宇在教学第一线的工作经历。1978年9月，田宇以向阳大队十多名参加中考、高考落榜的最高分数当上了民办教师。1980年8月，田宇与牛善云举行婚礼时，公社派人送来了田宇的安师大录取通知书。读完大学后，他毅然决然地回母校——育红中学（而后为浩凌初中）任教。

小说描述了田宇在教学第一线爱校、爱生、蜚声县外的故事。他在女儿病重、儿子手术、父亲骨折住院等情况下仍然坚持给学生上课，他家访辍学学生、资助经济困难的学生、为学困生补课……小说也描写了田宇与大学同学秦俊秀的爱情故事。他们真情相爱，但却固守着那道为人师表的做人底线。小说着力塑造了田宇教书育人、为人师表、对工作尽职尽责的形象，同时也从侧面反映了国家对教育的重视和教师的尊重。

《坐标》描述了田宇在东安县教育局工作的故事。田宇以他教育教学教研的出色成绩赢得了教育局领导的青睐，他于1993年3月调到县教育局教研室工作。他指导全县中小学实施了目标教学法；又适逢"两基"创建，他负责全县"两基"资料的整理工作，他累得筋疲力尽，但"两基"结束后的评比却榜落他人；教研室主任辞职离任，要在三位副主任中提升一人任主任，他却陷入圈套，成全他人；庆幸当了副局长后，老局长退休，大家都期待着田宇当局长，而县政府却派他到文化局当局长。早就倦怠了每天上传下达、迎来送往、忙忙碌碌且又感到毫无意义的田宇，在深层次地思考之后，他决然辞职，找准了自己的坐标——于2005年9月到新创办的东安县新世纪中学当教师。12年后的2017年11月他退休了，而后出版了多部中长篇小说和其他文学书籍，并被评为中国作家协会会员。小说着力描写田宇对自己乃至对人生的深层认识与思考——做最适合自己的工作，才是自己的人生坐标。同时，以东安县为缩影反映了国家对教育的改革和对人才的尊重。

在写作过程中，我是从以下几个方面作出努力的，也是几点创作体会。

一、用具体的故事反映当时的社会环境

小说的第一句话是："1974年旧历腊月初七。"第二自然段的第一句话又说："刚刚高中毕业的田宇和尤秀芬，背着背包，好像满怀心事地正踏在这回乡务农的路途上。"这就告诉读者两点，一是主人公田宇和秀芬回乡务农的时间，第二点是主人公将要在家乡劳动，参加锻炼，扣着了主题。随着故事情节的推进，读者又会知道，田宇回到家的第二天就参加挖中沟了，因为到腊月二十七，田宇的对象牛善云来走亲戚时田宇已经挖沟二十天了。过了年初七，年初八又上工挖沟去了。挖了中沟、清沟、窝沟后，田宇坐着仁德老汉拉柴草的马车到王引河工地搭庵棚、垒锅灶、而后与本队的中青年男人们一起挖王引河去了。后又写到田宇在挖王引河回家之后，给生产队喂猪的故事。1977年年底，国家恢复了高考制度。1978年秋，田宇以向阳大队参加中考、

高考落榜十多人中的最高分者而当上了民办教师。1980 年 8 月，田宇考取了安徽师范大学。大学毕业后，田宇毅然决然地回到母校浩凌初中任教，后升任为该校校长。这些事件反映了当时的社会环境是粉碎"四人帮"后，改革之初的拨乱反正、正本清源和任人唯贤，我们国家为四化建设人才开辟了一条唯才是举的正确道路。

从 1993 年开始，我们国家开始了"两基"创建工作，即到本世纪末，基本实现扫除青壮年文盲，基本实现普及九年制义务教育。在"普九"方面，当时的口号是"振兴民族的希望在教育，振兴教育的希望在教师""再穷不能穷学校，再苦不能苦孩子"。对学校具体实施了"一无两有六配套"。当时的"两基"工作开展得轰轰烈烈，扎扎实实。人民群众的办学积极性空前高涨，学校的办学条件、普及程度、师资水平和经费投入空前提高。85% 以上的初中和小学都建起了教学楼，都更新了课桌凳、都新建了满足学生需要的厕所（平均每 13 个学生有一个蹲位），都有大门、旗杆和水泥面道路，都是单门独院。政府部门和一些企业在教师节到来之前，对教师慰问，提高了教师的工资待遇，教师的政治和经济地位都有所提高。所有这些，都反映了我们国家对教育的高度重视和对知识、对人才的尊重。

小说第三部《坐标》中具体又细致地叙说了朱寨初中九（1）班语文教师朱润梅体罚本班学生李尚美和刘娜娜，两位家长赵凡英和赵美凤到校闹校、阻止朱润梅上课的事情经过，叙说了作为县教育局教育科科长田宇敢为教师撑腰，敢于担当的情节；后文又简略地叙写了另外两起处理体罚学生的事件。这多次事件，都着力维护了《教育法》和《教师法》，维护了教师的合法权益，鞭挞了污浊，歌颂了光明。后文对田宇当文化局长、秦俊秀当教育局副局长和对其他人的任职描述，把国家提倡的"任人唯贤"和"人尽其才"落到了实处。最后，县政府终于批准田宇到东安县新世纪中学当校长，使田宇能够做最适合自己的工作，找准了自己的人生坐标，也是"任人唯贤"和"人尽其才"的反映。

二、努力塑造田宇这个胸怀理想、努力奋斗的形象。

20 世纪的 70 年代中期，刚刚高中毕业不满 18 周岁的田宇回乡务农。他满怀着参加三年的劳动锻炼且又能被干群认可就有可能被推荐上大学的希望，尽管高中毕业前与同学们一起去附近的小城照毕业相时，头部被蒙城拉煤的车撞伤，留下了三块疤，他依然带着疼痛，在挖沟、挖河时表现得那么坚强、那么卖力，那么自始至终。挖河回来，队长让他给生产队喂猪，他很为难，他深知这不是他能干好的差使，但队长亮出底牌说是大队副书记田济才要他喂猪时，他便陷入了进退两难的境地——喂猪，他不会干，肯定干不好，又怕万一有什么闪失；不喂猪，怕落个不服从领导的罪名，权衡得失之后，他还是勉强答应了。谁知喂猪接近半年之后，一件可怕的出乎意料的、对某些人来说是正中下怀的事发生了，烧猪食的牛屋失火了。在这种情况下，他深知上大学的希望破灭了。在其后的一段时间里，他有过迷茫，不知所措。好在1975年年底，路线教育宣传队进驻了向阳大队。他们意欲培养田宇入党，当大队书记。但怕"树大招风"的田济才等人，极尽诬陷造谣之能事，攻击田宇放火烧牛屋，喂死五只猪，使得田宇身败名裂，一事无成。母亲为他找了份工作，他却把来信撕了个粉碎，把正吃着的馍摔在地上，从牙缝里迸出两句话："我一定要出其不意地站在对立者的面前，让他们自己说田宇绝不是笨蛋！我要用自己的实力证明给他们看！"理想的烈火在他的心中更加熊熊地燃烧，他只能从文学上打开窗口，他要读书，读古今中外的书，他蓄势待发，让知识等待机会，他将来要当作家、或者当教师，他要走出田庄，走出田济才等人的掌控，与田济才拼个我高你低。于是，他每天白天劳动，晚上一夜一灯油地熬着，坚持读背写。1977年底，粉碎"四人帮"之后，我们国家恢复了高考制度，他的理想更加清晰了——上大学。大学毕业后，他又有了新的理想，那就是回家乡任教，一是报效桑梓，让田济才等人看看今日教书育人的田宇就是当年你们诬陷"喂死五只猪"的田宇；二是仅仅有两个女儿的田宇还要生个男孩。这两个理想都实现之后，他被提拔到县教育局任教研室副主任。这一时期，他的理想是在全县中小学中推行目标教学法，以提高全县的教育质量。他到教育科当科长，适逢"两基"创建，他又废寝忘食，尽其所能地把"两基"工作做好。后来，他任职教育局副局长，竭尽全力地把全县的教育管理工作走向制度化、规范化、正常化。他升任文化局长，尽管事不如愿，但短短两个月内，工作却有声有色。在他的再三请求下，县政府终于让他干了自己最适合干的工作，到东安县新世纪中学任校长，从事教育教学工作，找准了自己的坐标。有一个不可忽视的情节，这里提示一下，那就是田宇担任教育局副局长后，亲自前往家乡，为当年诬陷他的田济才庆六十六大寿，体现了田宇的包容与宽广的胸怀。2017年底退休之后的五年中，他出版了散文集、小说集、长篇小说等，评为中国作家协会会员。

　　总括上面的这一件件事，读者一定会得出这样的结论：田宇的生活与工作近五十年，理想之火在他的胸中从没有停熄过，而且，无论处在什么时候，什么境地，他总是努力地奋斗着！一个理想实现了，他又有新的理想，又为新的理想去奋斗。生命不息，奋斗不止！他真的是一个有理想、有志气、内心强大而又努力奋斗的人！

　　三、努力写好环境、场面和人物对话

　　我认为，环境、场面、人物对话是小说当中的三个关键性问题，能否写好环境、场面和人物对话是小说成功与否的三大标志。我不敢妄说我在这三个方面写得好，但我敢说我在这三个方面努力了。

　　写环境的地方很多，仅举几例：王引河的环境力图写得恢宏、壮阔。"吃过晚饭，田宇走出庵棚，他感到工地上的一切都是那么新鲜：新月如钩，群星闪烁，王引河犹如一条巨蟒无尽地伸向远方，河水波光粼粼，倒映着星空，海市蜃楼般地荡漾着、出没着岸上的一切。河岸上高高低低，蜿蜒曲折，新翻的泥土搅和着水草、河水、河泥那特有的沁人心脾的温香；一个个庵棚在月光下明闪闪、又黑黢黢的，如同草原上的蒙古包，鳞次栉比；敞着门的庵棚里能够看得到闪烁着的如豆的灯火，远远近近，不时传来时高时低、腔不成腔、调不成调的歌唱，间或还会传来几人、几十人甚至更多人莫名其妙的野嚎……这工地上的夜景好开阔、好动人哟！"再就是——田宇班上的李庆凤有好几天没有到校上课了，他和秦俊秀一起骑自行车去看望李庆凤，力求庆凤继续上学。他们走进李庆凤家的院子，有一段这样的环境描写："……这是一个整体的四合院，是或原本是一户人家。四间堂屋的正中到南围墙通南扯北好像曾经用秫桔夹着一道篱笆，而现在这篱笆也仅有靠南头的一段，而且东歪西斜，残残缺缺。如果不是门前的两棵树放着绿叶，这户人家几乎找不到一点生机。"后文又有对两间堂屋内部布置和对这位母亲外貌的描写，凸显这户人家的贫穷落后甚至有点颓废与衰败，从而歌颂了这位母亲在这种境况中依然决定让女儿上学的慈爱与伟大。还有一处对田宇与秦俊秀到城外欣赏田园风光的描写："……河水在夕阳的照耀下，在微风的吹拂下推进着一层层红色的涟漪。鱼儿欢快地或独个儿或成群结队地在河边的浅水里上下翻飞，或在一片片的小草间蹿来蹿去。倒映的松柏被鱼儿撕扯得支离破碎，然后很不情愿地晃动着自己高大的身躯。河堤上草儿、野花都在愉快地生长着，随着风吹，荡漾着红色的波纹……"这里的描写衬托了田宇、秦俊秀在一起游玩郊外的愉快心情。

　　场面的描写，其中的一处是田宇刚刚举行婚礼之后便接到公社教办室发给田宇安师大录取通知书时的场面："……喜讯很快地传给了每一个客人。客人们沸腾起来了。很多很多的人都在说着同一句话：'田宇双喜临门！'门外又响起了一串鞭炮声。田宇闻声看去，只见牛善云的手里还拿着火柴，站在一旁目不转睛地看着燃炮。""……门上的那幅婚联'洞房花烛夜，金榜提名时'，是那样的鲜亮，那样的红火、那样的暖人心窝。"这一场面写出了田宇、牛善云及其客人们的欢乐心情。另一处当数秦俊秀婚礼上喜迎田宇的场面描写："……宾客中有谁高喊了一声：'浩凌中学的田校长来了！'听到这喊声，秦俊秀立刻转身跑向大厅门口。在这大厅门口的台阶上，田宇与秦俊秀情不自禁地同时张开了双臂。在他们就要相拥相抱的一刹那间，田宇猛然理智地两手抱着那束花，立在台阶上，挡住了秦俊秀即将拥抱的臂膊，激动地说：'路上堵车，我迟到了。'而后举起那束花，深情地说：'恭喜你，祝你们永远幸福！'……"这一场面描写显现了田宇与秦俊秀的真诚友谊和他们的机智聪慧。还有很多场面描写，如民工挖河的场面、学生看望田宇的场面……

　　小说中对话的叙述就更多了，如田宇与尤秀芬在高中毕业回家路上的对话、路宣队队员夜访田宇的对话、牛善云劝说田宇成了家不让田宇干活的对话、搞"两基"时田宇与石伟的对话、很多处田宇与秦俊秀的对话、老局长与田宇的对话，等等。其对话的具体描述就不作摘录了。

四、努力写好伏笔与铺垫

　　《沉重》是由《锻炼》《红烛》《坐标》三部曲组成的。就各部来说，由于故事情节的推进，田宇生活与工作的地点、单位、环境和内容的变化，各部中都有不同的人物。但真正贯串《沉重》三部曲的除了主人公田宇之外，再就是牛善云和秦俊秀。牛善云是他的妻子，是有媒妁之言的、是目不识丁的、是特别善良贤惠的、是在他特别痛苦、被人陷害得一事无成的时候为他掉眼泪的、也是特别能干庄稼活、能吃苦耐劳的人。秦俊秀是一个大学生，聪颖俏丽、洒脱活泼、反映机敏、洞察力强。她对田宇走过了一个由崇拜到相知再到苦恋的心路历程。他们拥抱过、亲吻过，也真情地吐露过心声，但田宇最终还是守住了为人师表的底线，劝她成婚成家，给她的丈夫一个贞洁之身。小说在第一部《锻炼》的后半部分就让秦俊秀出场了。秦俊秀是向阳大队路线教育宣传队主任秦严真的女儿。她经常听到路宣队的队员们对田宇知识渊博、有志气、有能力，特别坚强等的评价，怀着好奇心与路宣队的任玉珍一起于晚上去看望田宇，为的是一睹"芳容"，更为了看田宇究竟有多好。当她看到田宇看过的书都有勾画、圈点、评价，又看到他的日记内容时，她的内心就更加崇拜田宇了。1980 年他们在上安师大去的公交车上，又一次地巧遇相识了。接下去是他们在大学读书期间的频繁接触。大学毕业了，秦俊秀依然经常来田宇所在的浩凌初中看望田宇。后来，田宇与秦俊秀又同在教育局工作，也常去饭店、郊外谈心。最后，田宇辞去文化局局长职务到东安县新世纪中学任教去了，秦俊秀由县教育局教育科科长升到副局长，有了一个完美的结局。

就伏笔来说，十三岁的秦俊秀夜访田宇应该正是伏笔了。因为有了这次探访，增添了崇拜之心，才有了后文的诸多发展与演进。

至于铺垫，书中有很多，这里仅举较为明显的几例。一是田宇本人的发展。田宇上高中时学习成绩好，文科突出，又在《安徽工农兵演唱》上发表小戏曲，当班长，当学校的学生会主席，递交了入党申请书，但因年龄不满18 周岁而未被批准。他本来就喜欢写文章，有文学基本功。遭人陷害而一事无成后，他更加发愤读书。正因为他储备了许多知识，才有后来的考上大学、在工作岗位如鱼得水，收获了爱情与工作成绩等情节。二是田宇的同学尤秀芬。本来他们五年同窗、相爱多年，期许以后成婚。但由于她目光短浅、势利狭隘，在高中毕业回家的路上，就对田宇断言："恐怕回乡之后，你连田梦龙也不如，毕竟他的父亲是大队副书记啊！"殊不知，田宇有知识、有志气、更有内心的强大，而内心强大的人是一般人不能战胜的。不能不说，尤秀芬的这种认识是很狭隘、很偏激的。正因为这样，才有了她当了大队妇联主任之后与人同流合污诬陷田宇；才有了嫁给他人，充当了一般的家庭妇女的结果。三是最终田宇娶善云为妻也是有铺垫的。铺垫在何处？起初就在田宇听到牛善云在大队书记家为田宇的不幸遭遇而哭泣这一情节上。田宇本来爱的是尤秀芬，但由于尤秀芬的渐次疏远，更由于牛善云为他哭泣，爱情的天平就越来越朝着牛善云的这一端倾斜了。书中的每一个人物几乎都是有铺垫的，例如朱冲会计、范营威主任、石伟副主任、沈文强科长等。就拿朱冲来说，他任职县教研室会计，利用工作之便，贪婪成性，想方设法地贪污，就连保险费中死人的钱他都贪，最终被人举报，落了个撤职病死、人去财空的下场。

五、写作过程中，往往情节的发展违背原先的谋划

有很多人物的命运都不是原先的谋划。例如，对待朱冲会计，本想写到他受了处分，下到一所中学任教去了。但后来考虑到很多单位都存在贪污现象。即使我们国家近几年"打老虎""拍苍蝇"，但新的"老虎"和"苍蝇"还照样产生，不写他贪污至死不解恨，便就有了后面的情节。朱冲重新调回教研室，但本性不改，继续地在饭店记餐多写钱数、购书多报钱、退书不给钱、多报发票，甚至参加保险的学生因病致死他却独吞保险费等，最后被举报，经县纪检审处开除公职，而后抑郁成病而死。"恶有恶报"，本该如此。再比如，本想在第三部的最后的两章写组织部让一镇委书记去县教育局当局长，田宇还是原职副局长，这样留给读者的或许是心情更加沉重。但后来却写成了让本县职业技术中心的校长当教育局长，而田宇则去文化局当局长了。小说的最后一章本想写田宇回浩凌初中当校长、任教，重回岗位，重操旧业，而后来却写成了到新办的私立公助的东安县新世纪中学当校长。这样写，或许有助于宣传正能量，任人唯贤，人尽其才。

我为自己所写的长篇小说《沉重》写序，权当聊以自慰；至于能否收到上述的一些效果，让读者评说吧。

2022 年 2 月 7 日晚 8 时 56 分

《沉重》内容简介

　　《沉重》是由《锻炼》《红烛》《坐标》三部曲组成。

　　小说以淮北平原的乡村为背景，讲述了主人公田宇从 1975 年到 2020 年，长达 45 年的生活、工作和爱情故事。

　　《锻炼》描述了田宇高中毕业后回乡务农挖沟、挖河、给生产队喂猪的故事，后来路宣队和老支书意欲培养田宇入党、当大队书记，但遭到以副书记田济才为首的一伙人的极力诬陷与攻击，致使田宇一事无成。也描述了田宇同尤秀芬、牛善云三人之间的爱情纠葛。小说着力述说田宇在那个特殊年代的挣扎与奋斗。

　　《红烛》描述了田宇从民办教师到考上师范大学，毕业后又回家乡任教的故事。田宇一心扑在教育事业上，教育教学成绩十分突出，受到了师生和地方群众的高度赞赏。也描述了他与秦俊秀之间的爱情故事，他们之间虽然情真意切，但最终没有超越为人师表的底线。

　　《坐标》描述了田宇先后到教育局、文化局敢担当、有作为的工作经历。最后田宇找准了自己的坐标，辞去了文化局局长的职务，回到县办的一所私立公助中学任教，直到退休。

目　录

第一部 锻炼

1

1974年旧历腊月初七，刚刚过晌的太阳暖融融地照射着大地，乌云间或掠过太阳，给大地投下了斑驳的阴影。一望无际的平原上远远近近散布着许许多多雾霭般的村庄，麦苗儿很有精神地长着，给大地洒下了浅绿淡黄的色彩，一条黄土路把麦田分成南北两块笔直地向前方延伸着。

刚刚高中毕业的田宇和尤秀芬，背着背包，好像满怀心事地正踏在这回乡务农的路途上。他们并排走着，好长一段时间，谁也没有说出一句话。田宇干咳了一声，似乎要打破这难耐的沉寂——尽管这个时候的世界是仅属于他们两个人的。秀芬好像有话要说了，她的脸上泛出些许红晕，而且挂着让人读不懂的微笑。她问："田宇，你真的愿意当一辈子农民吗？"田宇思考了一下回答："这叫我怎么说呢？我们的祖祖辈辈就是在这块土地上繁衍生息，年复一年地终日劳作。他们没有太多的奢望，有的仅是朴素的生活。说实在的，我对他们在高度赞叹的同时，也不乏深深的同情，我爱他们，但要我真的在农村劳动一辈子，我不那么甘心；我们是文化人啊！那灯红酒绿的城市为什么不可以有我的一席之地呢？"他说完话才猛然觉察到自己说话时的激动。

"会不会是心比天高，命比纸薄呢？"带着几分嘲讽，更有着十分的真诚，她又接着说："恐怕回乡以后，你连田梦龙也不如，他的父亲毕竟是大队副书记啊！"

"这个，我也想过。但我更相信：有知识才会有力量，奋斗出英雄！"他的脸色十分严肃，像是要坚决攻克眼前的碉堡那样。而后，他叹了一口气问："秀芬，你回乡以后准备干什么呢？"

"论知识，我不如你；论关系，我不如本庄的尤成龙。但我是一滴水，而不是一粒沙，所以大浪不会把我淘掉的！今后能干什么、会干什么，我也不知道。顺其自然，适当努力吧！"秀芬回答得很坦率。

他们来到田宇的村庄前，停了下来。这时，夕阳染红了天边的流云，也映红了这对年轻人的脸。田宇仔细地端详着秀芬，秀芬不好意思地低下了头。田宇像是有很多话要说，但沉默了一会儿，只说了一句话："秀芬，到我家吃过晚饭再走吧！"

"你的父母会欢迎我吗？"秀芬若有所思地问。

"我想，他们会的。"田宇又接着说："我出车祸住院时，我父亲去护理我，你也常给我们做饭，给我喂药。他已经知道了咱们的关系，还夸你很会说，很热情，很大方，很懂情理呢！"

秀芬的脸上呈现出激动、呈现出喜悦、也呈现出腼腆。她说："如果是这样，我就真的要'遵命'了。"

他们还没有进屋，田宇的父亲早就认出了秀芬，田宇的父亲忙走上前去，说："唉呀呀，走了二三十里路，累了吧，快到屋里歇着去。"一边说，一边帮秀芬提着背包，并吩咐田宇的弟弟、妹妹搬板凳，倒开水。向来热情大方、能言会道的秀芬，此时也难免有几分拘谨，几分羞涩，她的脸真的有些红了，而且沁出了汗珠。

"我该叫你们什么呢？"秀芬看着田宇的父母说："还叫大叔、大婶吧。我和田宇同学了五年，你们就别把我当外人了。"

夜幕降临了，秀芬恢复了往日的大方与活跃，很礼貌、很有分寸地帮着烧锅、做饭，她头上顶着条花毛巾，真的像自家人。饭后，她又帮着田宇的母亲给小妹妹结线衣。这位土生土长的高中生以她的热情、能干、聪慧赢得了田宇父母——将来的公婆的赞赏。看着这姑娘，田宇的母亲赞赏之外，心里又泛着一点什么，什么呢？她自己一时也说不清楚。

小闹钟上的时针指向了九点，上弦有缺的月亮爬上了东屋顶，大地像是披上了白纱，银闪闪，雾蒙蒙的。田宇的父母再三劝秀芬明天再走，但秀芬一次次谢绝了，田宇只得送她回家。

2

月亮升起来了，它一会儿把银色洒满大地，一会儿又躲进乌云里，好像在窥探着这年轻的一对儿；星星在眨着眼睛，像是在为这年轻的一对儿表示祝贺；风儿在轻轻地吹，像是怕冻着了这年轻的一对儿。他们就在这洒满月光的大路上慢慢地并着肩儿走着。秀芬说："田宇，今后咱们见面的时候就少了。"田宇说："那咱们就想法每隔几天见一次面，好在咱们相距仅有三、四里路。"停了一会儿，田宇又接着说："秀芬，你还记得咱们吐露心声的日子吗？"

"记得，那是去年十一月二十九日下午。想说'爱你'实在是一件不容易的事。那天，我终于鼓足勇气约你一同去上学。"秀芬说。

"我也是早就想说'我爱你'，但一直没有勇气，其实咱们早在上初中时就很有'意思'了。那天咱们一同上学，开始咱们天南海北地扯，天黑了，星星出来了，咱们快到学校时，你才说：'田宇，你是一个有志气、有知识、态度和蔼的人；你的父母又那么年轻，我要是能够和你一家，多么好啊！'我听得出来，你很激动，因为你的声音在颤抖。那个时候的我真是太幸福、太兴奋了，我立刻接过话茬说：'那咱们就永远生活在一起吧！'"

"那天我有病，我写了张请假条，叫人交给你再交给老师。谁知道，你竟然很快就到我家了。我看到你苍白的脸和几乎流泪的眼睛，我好痛苦，也好后悔。"秀芬记得是那样清楚。又接着说："那天咱们去区城照毕业相，后来听说你遭了车祸，头上流了不少血，被拉进了医院。我几乎晕倒了，在那么多同学面前我强作镇静，其结果还是照了张似哭的相片。"

"那是一段叫我永远难忘的日子。是上天的安排，还是事情的巧合？你哥也有病住进了公社医院。你以看望哥哥为名，每天都几次到医院给我做饭，并扶着我甚至把我靠在你的怀里，用汤匙给我喂药。我听说在我处在昏迷状态的那两天，你的眼泪都快流干了；后来，我慢慢好了，有好几个晚上，你就坐在我的被窝里，和我说话，一直说到天亮都还以为处在深夜中……"田宇越说越激动。

他们——田宇和秀芬都沉浸在幸福的回忆中。

不知不觉，他们已走到了秀芬的村前，田宇又走进了秀芬的家。秀芬的父母客气地让座倒茶，两位老人都很喜欢女儿的这位男同学。后来，秀芬又送田宇出庄很远，他们才各自回家，实在是难分难舍、已经近乎生离死别了。

3

天快晌午的时候，田宇的家里来了一位和田宇年龄相仿的客人。她，高高的个子，微胖的身材，一双亮而有神的眼睛，白里泛红的脸膛，江水英式的齐耳短发。她脖子上围了条花方巾，上身穿着红底蓝花外套褂子，下身穿着酱紫色的裤子，脚穿自做的宽口解放鞋，杏黄色的袜子显得格外鲜亮，丰满厚实的胸脯透视出她体格的强健，右胳膊弯里挎着装满礼物的篮子，拘谨羞涩的脸上挂着微笑，显露出无法遮掩的渴盼与欢愉。渴盼欢愉什么呢——田宇高中毕业了，她可以经常和他在一起了。

田宇的母亲正准备做饭，看到门口正在走来的这位姑娘，喜不自胜，一边拍打着腰里系着的围裙，一边高声招呼田宇："宇儿，快看谁来了？快把她的篮子给接过来——"正在堂屋坐着看书的田宇，向门外一瞅，立刻，他的眼睛亮了一下，但很快他的这种霎时欢快就被一种难言的幽怨取代了。大概是出于读书人的礼节吧，他慢慢地站起身来，走上前去，一边接过篮子，一边说："来了，善云？""嗯。"这位挎着篮子的牛善云姑娘情不自禁地看了田宇一眼，嘴角与眼梢顿时痉挛般地飞扬起笑容来。

"坐吧。"田宇指着桌子旁的那张长凳子对牛善云说。

"嗯。"牛善云低着头坐了下来。

好大一会儿，他们谁也没有说话。桌子上的小闹钟更加逞强地发出刺耳的响声，田宇很无聊地打开了一本书。这时的牛善云心里想：真是书呆子，还是高中生呢，就没有什么话要说吗？田宇也在想：总不能这样老坐下去一句话不说吧，但，说什么呢？

"你啥时候回家的？"牛善云憋出了一句话。

田宇先是愣了一下，而后答道："二十天了。"他知道牛善云问的是他高中毕业回家的时间。

"咱这里也挖沟了？"

"挖了。"

"你也干了？"

"干了。"

"你累不累？"

"不怎么样。"

"别怕，干几天就好了。要是累狠了，你就别干那么死。"

"回家就是来干活的，怕累又有什么办法呢？"

牛善云尽管不识字，但她也听出了他的无奈，可她帮不上他啊，她又能再说什么呢？

又是一段时间的沉寂。田宇说是"有事"，出去了，房子里仅留下了牛善云这样一位客人。母亲来到堂屋，善云要帮她做饭，母亲说："我忙得了，宇儿一会来，你好好给他说说话。"

饭菜已经端上桌子，但田宇还没有来。奶奶吩咐田宇的弟弟把田宇找来，田宇这才慢腾腾走进堂屋。牛善云拨弄着手指头，心里生出些许委屈来。可走来的田宇并没有坐下，只是从馍筐里拿了两张烙馍，再夹些菜卷起来。这时的善云眼里几乎含着泪水了。观察入微的奶奶早看出了牛善云的心思，指着板凳对田宇说："小宇儿，就坐这儿陪着牛孩吃饭，哪也不能去。"田宇只好靠近善云坐下来，并知趣地递给了善云一张烙馍，说："吃吧。"此刻，善云的脸上又露出笑容。她是个多么容易满足的女孩啊！

午饭以后，弟弟妹妹上学去了，奶奶、母亲和田宇陪着善云说话儿。善云提出回家，奶奶、母亲要她在这里过一天。善云偷看了田宇一眼，奶奶立刻说道："小宇儿，别让牛孩走，你倒说话呀，她听你的呢！"田宇看了看善云，而善云也正在看着他，就在这视线相逢的一刹那，田宇的心里"砰砰"跳了两下，善云不好意思地低下了头，田宇带着几分情意低声说："你就明天再走吧！"听了这话，善云抿了抿带笑的嘴唇。

生产队长吆喝着"挖沟的都去上工了！"田宇和母亲分别扛着铁锹、铁锨走向工地。善云走出门外，深情地望着田宇远去的背影。

家里只剩下奶奶和善云。奶奶是一位很爱说话，说起话来又没完没了的人。她说："牛孩哪，你摊上俺那小宇儿，可真是你爷爷、奶奶、爸、妈积的德，造的福啊。他人老实，从来不坑人骗人；性子好，从来不跟人家吵架、打架；会节俭，从来不吸烟喝酒，更不会赌博；会干活、能吃苦；平时不好多说话，可一说话又头头是道，我就信他。这孩子呢，就是心高些，上学时每天晚上看书、写字，看书，现在高中毕业了，在家干活了，还是天天熬到大半夜，谁知道他有没有出头之日呢？"说到这里，奶奶和善云，她们的脸上几乎同时掠过一片愁云。奶奶又接着说："牛孩哪，你爸出外蹓乡，快过年了还没有来，他是想多挣些钱，过年一开春就给你们盖新房子。这不，腊月二十回家一天，第二天就又走了。说是到年二十九才来呢！小宇儿弟弟妹妹多，你们那，能早办就早办了。我还等着抱重孙子哪！"一丝喜悦浮在善云的脸上，她不好意思地低头拨弄着纽扣。

西边天空收回了最后一抹红云，夜色就要笼罩大地了。母亲和田宇他们收工回到了家里。善云很心疼地把目光送给田宇。田宇洗了把脸，就又坐在桌子旁。善云在田宇的对面坐了下来。晚饭以后，田宇独自走出家门，走出村子，走到生产队的打麦场上。在星光灿烂的夜空中，他踱着步，努力理出思绪，思考他应该思考的问题。可是，一切都那么乱，思考不出任何问题来，也没有任何单个的问题跳到他的脑海里供他思考。在这纷乱中，他倒不由自主地回忆起第一次和善云见面的情景来。

三年前，田宇正在读初二。一天中午放学回来，父亲要他换套新衣服，去前田庄田心诚家里和一位女孩见面。田宇开始怎么也不愿意，他在学校成绩很好，老师都很器重他，况且他才十五岁啊，怎么能这么早就谈起对象呢？但是，父命难违，他还是去了。到了田心诚家里，他看到一位女孩拘谨地端坐在堂屋内间的板床上，而他就坐在靠内间墙壁小门旁的椅子上。他们好长时间没有说话，还是田宇先开了口："你今年多大了？""十五岁。"小善云回答了他。"你不觉得年龄太小吗？"田宇又问。"又不是俺找的你，是你爸托俺姑父硬缠着说的。"善云回答。"你姑父是谁？""这不就是俺姑娘的家吗？""那你愿意我吗？""你愿意俺，俺就愿意你。"当他回忆到这里的时候，他不由得笑了起来，喃喃自语："善云，你是多么纯朴、多么天真啊！"接下来，他读了初三，考取了高中。他和尤秀芬慢慢建立了恋爱关系，他们相约十年后结婚——这期间，他们都要做太多太多的事情；况且，秀芬也知道田宇家庭给他介绍的对象；他们都得等待，等待到善云自动说不愿意田宇的时候再结婚。可是，现在已经到了这个地步，他还能脚踏两只船吗？不能！说不愿意善云的时候她一定会伤心，甚至会不会想不开而去自杀呢？那么就现在给善云说，他已经自谈了对象，你还是另选他人吧。这样也不行，善云也一定接受不了的；她是个文盲，不会想得太多，会不会冲动起来大闹他和秀芬呢？再说了，他自和她见面以来，一直想在脑子里赶走她，却又怎么也不能完全抹掉，一个天生的情种。即使不是这样，你田宇拖了人家三四年，良心道德何在？村里的人又怎么评价你呢？会不会说你是陈世美？那么，就委屈自己，干脆愿意善云。这更不能，他还要上大学，搞创作，怎么娶一个文盲为妻呢？再说，他是真心爱着秀芬的啊！

唉，乱了，乱了，全乱了，单是这一个问题，他田宇也再不能理出头绪了。他不自觉地踱到家里。

堂屋里的灯依然亮着，靠桌子旁的善云依然坐着。田宇看了看桌上的小闹钟，已经 10 点多了，说："你还没有休息？""你怎么到现在才回来？"善云答非所问。田宇已经没有心思再说下去了，他只说："我累了，到那屋休息去了。""明天还挖沟吗？"善云问。"明天腊月二十八了，队长说放几天假，到正月初七再开工。"说着，他走出了门外。

房子里留下了牛善云一个人，陪着她的是发出刺耳响声的闹钟。这一次，她——牛善云真的伤心了，流泪了。

第二天早饭后，流了一夜泪的善云，带着伤害、带着痛苦、带着委屈，挎着篮子回家了。田宇的母亲、奶奶要田宇送她远一点，可田宇只到了大门口就站住了。不知为什么，善云还是几次回头看着站在门口使他流泪的人。也不知为什么，在牛善云已经走出了村子，身影消失村外的时候，田宇猛回头，挎着粪箕子，装着去拾粪，朝着牛善云所去的方向，追逐着善云的背影。

4

年三十过后是年初一，年初一过后是年初二。这几夜，他田宇一直没有睡好觉。别说是年三十兴熬岁，就是平平常常的日子，就是劳累了一天的每个晚上，他也总要熬到深夜。他要读书，读各种体裁的书，读古今中外的书，他还要做读书笔记，背诵优美片段。为的是什么——让知识等待机会！昨天晚上，他除了读书外，又回忆起了他的学校生活，回忆起他和秀芬在一起时的情景。在学校，他是那所中学的学生会主席，每周星期一做好早操后，他要向全体学生总结上周各班的工作，布置本周的工作，表扬某个班，某些同学，批评某种现象或某个同学。每逢重大节日，学校出黑板报、墙报、专刊等，那里总会有他的墨迹，有他的大作。假如，稿子不够，他就自个儿写上几张。老师们器重他，学生们崇拜他。他实在是个大红人。但如今，他却是个地道的庄稼汉，他和那些健壮的小伙子一样，挖大沟，抱锹锹土，挥抓钩挖龙沟，用扁担抬泥兜，从沟底向沟顶用板车拉泥土。他的两手曾磨成血泡，两个肩头曾压得或勒得红肿，他腰酸腿疼过，他也曾累得不想吃饭，但他坚持下来了！他在想，凭着他的这种种表现，或许将来能够推荐他上大学吧。当然，他最多的还是想到了秀芬，想到了他们的那一次次接触，那一次次谈话，那一次次视线相逢，那都是怎样的幸福啊！可这高中毕业后的十多天来，他一直没有见到过她，她也一定要去挖沟，一定很累。那天她来这儿，走的时候，不是说年前或年后就要来一次吗？怎么到今天还没有来呢？今天，年初二了，她会来吗？真的能来，那该多么好啊！他带着怅惘，带着期盼，带着等待，不由自主地走出家门，走到村口。

太阳暖融融地沐浴着大地，家家户户的门上贴着鲜红的春联，门口的地面上无一例外地散置着鞭炮的纸屑，正对门口的树干上醒目地贴着"出门见喜"，爱串门的小伙子三五成群地在这村道上很不规则地走着，爱说笑的男人见了与自己平辈的媳妇总是要说几句不堪入耳的俏皮话，也不论是谁家的孩子，只要他比自己辈分矮，这些男人们总要把他叫到跟前，将他摁倒在地，给自己磕头，哪怕是挨了几句骂也是高兴的，穿着崭年新的儿童们不时地从口袋里掏出点什么向嘴里塞着。不能不说，这节日的气氛到处都在洋溢着、弥漫着。

田宇就在这村口站着，他是一只不入群的鸟。他有歌喉，但能与其和鸣者太少，他有思想，但能够了解他的人不多。他与那些随便就能吐出污言秽语的人们相比，实在是有一段距离，他与他们一起又能说些什么呢？他两只手插在裤兜里，慢悠悠地走着，有时低头俯视地面，有时抬头凝视前方，也有时下意识地四处张望。有位小伙子油腔滑调，声音很洪亮："喂，田宇，是瞅牛庄的老婆子，还是瞅尤庄的那个相好的？"田宇找不出合适的话儿去回答他，只是用笑应付着。就在他以笑应付的时候，一种负罪感重又袭上心头。"唉，我，我该怎么办?"

忽然，他的眼睛一亮，心口窝里也随之像是揣着个小兔子似的砰砰乱跳，任何人也无法取代的一位姑娘，他的同学——尤秀芬从正前方向他走来了。他喜出望外，忘记了村头那么多人，那么多双眼睛，径直小跑般迎上前去。但，当他快要走到秀芬跟前的时候，他却突然木头般地立在那里，一动不动了，眼光也呆呆地停留在秀芬的全身上。只见秀芬：中等个头，苗条匀称的身材，长短发，弯弯的眉毛，水灵灵的大眼睛，雪白的脸膛、薄薄的嘴唇，洁白的牙齿，一副精明剔透的模样。秀芬见田宇这样看她，脸上泛出些许红晕，不好意思地说："怎么，不认得了? 怎么这样看我?"

田宇醒悟地转过神来，支支吾吾地搪塞了一句"噢……你来到了?"然后，才掏出一句心里话："你，让我好想啊!"

"走吧，你看看你，到家再说吧。"秀芬向来是沉着的，而后她抬了抬手腕，说："给你提包。"

田宇这才看到秀芬提着的黑提包，他把它接过来，一同向家里走去。不知道村头的人在说些什么，只听见他们的笑声。

秀芬的到来，自然受到母亲和奶奶的热情欢迎。

"奶奶，大叔不在家?"秀芬问。

"你大叔想找人拉土，盘宅子、盖房子。明天就年初三了，趁现在还没挖沟，人闲着，家里又有菜，今天找好人，明天就拉土。"奶奶面带笑容地回答。

正说着，田宇的父亲从外面回来了。见了秀芬很高兴地招呼着："哟，秀芬来了，今天早上，我烧锅时，看到火苗子在直冒又哧哧地笑，我就说，今天一定有贵人来，这不? 你真的来了!"

"大叔，看你说的，我算得了什么贵人，自家人嘛!"秀芬又接着说："听奶奶说，你要给田宇盖房子了!"

"是呀，家里住得挤，房子早晚是要盖的;再说了，他一有闲空就看书，也好有个清闲的地方。"田宇的父亲很客观地说。

几位老人和秀芬闲聊了一会儿，就各自找理由离开了，房子里只留下了秀芬和田宇。

田宇深情地看着秀芬，很关切、很疼爱地问："芬，你也挖沟了吧？累不累？"

"挖沟了，开始几天有点累，后来就习惯了。"秀芬含情脉脉地回答，而后又说："我好挂念你啊！你的伤口疼不疼？干活吃得消吗？"

"有时候还有点头疼，你知道，我是一个很能吃苦，很能坚持的人！俗话说，人是苦虫，咋惯咋行。"田宇这样答道，眼睛里好像是流溢着一种光彩，一种任何困难都能克服的坚强与自信。

"这么累，还天天看书吗？"

"看书，习惯了，不看书，睡不着。"

"看的什么书？"

"最近看的是《钢铁是怎样炼成的》和《小城春秋》。"

"有什么心得吗？"

"书中有这样一句话：'人最宝贵的东西是生命，生命属于我们只有一次。一个人的生命是应当这样度过的，当他回首往事的时候，不因虚度年华而悔恨，也不因碌碌无为而羞愧——这样，在他临死的时候，他就能够说，我整个的生命和全部精力，都已献给了世界上最壮丽的事业——为人类的解放而斗争。'我认为，这是作者的人生格言，也应该是一切积极上进青年的座右铭。人活着就应该奋斗，有奋斗才会有成功！"

"我最佩服的就是你的奋斗精神。但奋斗未必一定成功。"秀芬像是在与田宇讨论这有关"奋斗、成功"的问题。

"成名成家是成功，潜移默化地增长知识，增长才干、开阔视野、陶冶情操也是成功。因此，奋斗成功是必然的，我相信'一分耕耘，一分收获。'"田宇说。

"现如今，有知识、有才干，没有关系，没人拉你，又有何用？"秀芬继续说，像是评说世事的不平。

像是触着心痛般地，刚才辩论胜利者的那种姿态与精神突然间陡落下来，但这种陡落也仅仅是一刹那，他的精神重又振作起来、昂扬起来，像是舵手看到了彼岸："要让知识去等待机会，绝不能机会来了再去寻找知识；再说，新生活是靠自己创造的！一样的人，一样的关系，谁能拼谁就是赢家！"

秀芬像是重又看到他的人格、他的思想，她知道"奋斗能够成功"本来就是他的精神支柱，她被感动了，也被折服了，她也笑着说："我的辩论家、大文豪、我真的服了你了。"

天快晌午了，母亲忙着做饭，秀芬又像上次那样帮着烧锅、盛饭，她真的像是这个家庭的一分子。饭菜摆到了桌子上，奶奶、父亲、母亲、田宇和秀芬全都围坐到了方桌旁。秀芬要弟弟妹妹都来一同吃饭，母亲已经把他们安排到厨房里，不让他们在这里瞎嚷嚷。秀芬见拗不过，连忙去灶房拿了个碗，把桌子上的各个菜见样分给他们一些，而后才落了座。田宇把着酒壶，都斟满了酒。秀芬看了看田宇，又环视了每一位长辈，欠着身子，端着酒壶，很礼貌、很诚善地说："今天大年初二，我这当小孩子的，理应给奶奶、大叔、大婶拜年，就先让我敬每人一杯吧！祝你们健康长寿、幸福快乐！"田宇的心里非常高兴、也非常激动，深深佩服她这个有知识、懂礼貌、又容社会风俗于一体的人。几位长辈更是乐不可支，愉快地接受了秀芬给端的酒。接着是相互让酒让菜，简直分不出谁宾谁主。好欢乐的气氛，好热闹的场面！

傍晚时分，秀芬要回去，可奶奶、父亲、母亲怎么也不让回去。吃过晚饭，秀芬的侄子来叫她，田宇才只得送他们回家。

年初三，田宇的父亲按计划找了十多个人，拉了两天土，准备盖房子。年初七开始，生产队又继续挖大沟。二月初的一天早上，生产队开会，宣布挖远征河——王引河的民工名单，这第一期就有田宇。散会后，他清楚地听得人们的议论，说是与他同学的田梦龙当民师去了，江园当生产队的记工员了，自然也听到人们的评论："真是朝中有人好做官。"田宇很明白，人们的评论是就他而言的，跟大队干部有关系的人，即使再没有学识，照样可以安排'工作'，跟大队干部没有关系的人，即使再有学识，照样如同普通百姓、如文盲去出苦力。

面对这冷酷的现实，田宇的内心是怎样的不平啊！他的耳边又回响起秀芬的那句话："恐怕回乡以后，你连田梦龙也不如。"就在他思考这一问题的时候，他的眉在紧锁着，牙紧咬着，拳紧攥着。他决不服输，他要奋斗，他要凭自己的真才实学干一番事业！他现在也只能把志向与决心埋在心头的深处。他深信：是火种，总有它燃烧的时候；是水流，总有它汇入大海的时候，是砖石，总有它筑成大厦的时候。他发狠心地这样想，已经也必将拼着命的那个样子地干！

5

　　这天上午，天气晴朗。生产队派两辆马车，拉着柴草、木棒、秫秸、锅、风箱、米、面和其他炊具等，二十多个民工，分坐在两辆马车上，赶往王引河。田宇作为治淮大军的一分子坐在前面的那辆马车上。田宇虽说刚刚高中毕业，但跟普通的庄稼人都谈得来，合得拢，即使一些中老年人也都很喜欢他，喜欢和他拉家常，喜欢听他谈国家的、世界的形势，喜欢向他请教问题。在这颠簸的马车上，田宇坐在最前头。仁德老汉赶着马车和田宇攀谈起来。

　　仁德老汉说："田宇哪，你这一毕业就挖大沟，现在又要去挖河，习惯吗？"

　　田宇说："开始是有点累，后来也就习惯了。"

　　老汉又问："你对在家劳动，有什么看法？"

　　田宇说："没有劳动，就没有人类，猿能够变成人，靠的就是劳动。在现在的社会里，没有劳动，就没有发展，就没有创造。即使是最普通的人，没有劳动，也就没有生存。"

　　"那么，你是想在家劳动一辈子，还是飞出去？"

　　"事物都是在发展的，谁知道谁将来干什么呢？顺其自然，服从需要呗！"

　　"我看你，又带了那么多的书，挖大河还有时间看书吗？"

　　"时间是挤出来的。工歇的时候，晚上睡不着觉的时候，都可以看书。不然，就显得太无聊了。"

　　"宇儿哪，如果我没看走眼的话，你将来一定会有大出息。你这孩子，好学，稳重，有志气，又有头脑，不要看现在有的人怎么样，反正我琢磨着他们都不会比你强。"

　　田宇听得仁德老汉的这一席话，心里确实有些激动，不知道，他会对自己有这么深刻的了解。田宇像是遇到知己一般，不无感动地说："我不想跟谁比，也不去评论谁，我只知道，我自己必须靠拼。我愿意在家劳动一辈子，但如果有机会，我更愿意发挥自己的才能，做更大的贡献！"

　　"田宇哪，你虽然才来家干活一个多月，咱们社员对你的评价好着哩。都说你干活不奸不滑不躲，对人很礼貌，说话很文彬。可我跟你说啊，这挖大河可不是干一般的活儿，那么宽的河，工程又那么大，不是一天两天就能挖好的，不要想落个好评价，就硬撑着干。累了，就干慢点，不累就赶紧点，当心累垮了身子。"被这位老汉充满关心、爱护、鼓励、导师般的话语，田宇只能用"谢谢"两个字来回答他。

太阳刚过晌，民工们到达了工地。民兵排长、本队挖河的领队人田令文吩咐大家整灶做饭（临时的锅灶）、垒灶、搭庵棚。田宇按排长的安排去烧锅做饭，仅仅两个多小时，庵棚搭好了，新灶垒好了。看着这新家，看着人们堆着笑容的汗脸，听着人们的谈笑，田宇的心中确实有一种新鲜的、快活的、甚至幸福的感觉：农民是朴实的、伟大的，他们自有独特的、科学家们也难以完成的创造！吃过晌午饭，天已经接近黑了，大家把柴草、麦穰等抱到了庵子里，再整平好，然后各自抱被子，放置好，二十多个人就都挤在这庵子里。田宇比其他人又多带了一件东西——黑提包——装满了书、纸、笔、牙刷、牙膏、雪花膏等。

吃过晚饭，他走出庵棚，他感到工地上的一切都是那么新鲜：新月如钩，群星闪烁，王引河犹如一条巨蟒无尽地伸向远方，出没着岸上的一切。河岸上高高低低，蜿蜒曲折，新翻的泥土搅和着水草、河水、河泥那特有的沁人心脾的温香，一个个庵棚在月光下明闪闪、又黑黢黢，如同草原上的蒙古包，鳞次栉比，敞着门的庵棚里能够看得到闪烁着的如豆的灯火；远远近近，不时传来时高时低腔不成腔、调不成调的歌唱，间或还会传来几人、几十人甚至更多人莫名其妙的野嚎……这工地上的夜景好开阔、好动人哟！

田宇站在河岸上观赏着夜景，忘记了时间，只见那轮新月倦怠地就要沉下西天了，他这才走进庵棚。马灯放在灶台上，火苗跳跃。民工们一个个地都睡着了。有的人侧睡，有的人仰睡，也有的人趴睡；有的人腿露在了外面，有的人将胳膊放在了外面，还有的人胳膊腿挑衅般压在别人的身上；有的人眼似乎睁看，有的人嘴大张着，有的人牙紧咬着，也有的人张着大嘴却又发出沉闷的鼾声……总之，奇形怪状，见所未见。看到这一切，田宇笑了，捂着嘴并没有发出声响。他小心地找了一截秫秸，拎着马灯，轻手轻脚地走过一个又一个人。走到了自己的铺位后，先将秫秸插在庵棚上，而后把马灯挂在秫秸上，再后展开被褥，拱到被窝里，最后打开一本书，孜孜不倦地学习起来……

　　工地上的早晨来得特别早，当鱼肚色的白光刚刚从东方地平线上泛起的时候，河岸上已经是红旗招展，岸上岸下河塘内人头攒动，河水发出欢快的笑声，震天的劳动号子淹没了刚才远近村庄不时传来的大公鸡的啼鸣，晨曦出现了，旭日冉冉升起来了，男子汉们喘着的粗气汇集起来，雾一般地升腾着，那光着的臂膀黝黑发亮、泛红、散发着蒸气，一个个脸上挂着汗珠，人们的欢笑声、机器的轰隆声、大河的流水声，红旗的翻卷声与那有着冲天干劲的治淮大军、与那一个接着一个大大小小的庵棚相咬合，在这望不到尽头的长河背景上，构成了恢宏磅礴的气势，热烈壮观的场面！有的时候，不知从什么地方传来一声喊叫，于是，全河套的人莫名其妙地嗷嗷嚎嚎，此起彼伏，接连不断，回音震天。这喊叫，实在是工地之独有！

　　这场面，这情景，使田宇开了眼界，这许许多多，有着他在书本上所学不到的知识，这不能不说，这是他的一个巨大收获。田宇的另一个收获要数他学会了吃饭。在学校里，在家里，他总是细嚼慢咽，可在这工地上，在这二十多人组成的大家庭里，在这为了有力气劳动而去吃饭这具有特殊意义的紧张时刻里，人们好像没有谦恭，没有大度、没有相让、没有文质彬彬，一个个的吃相都是那样的狼吞虎咽，盛饭时，将勺子放在锅底而后慢慢上扬，将肉和其他的菜盛入碗内，通常第一碗不太满，端出去，蹲在或站在风口上，用筷子挑起碗中的菜对着嘴扒起来。如果锅内的饭已经不太多，这第二碗就以同样的方式盛得满满的，这才拿几个馍逍遥自在、有张有弛地吃起来，直到吃得打着饱嗝为止。开始的两天，有好几顿饭，他就只盛了一点菜，到第二碗时就已经没有了。排长田令文告诉他："喂，田宇，吃饭里头也有学问哪，你一不要文面，二要学会盛饭、学会吃饭，不然饿肚子时没力气干活哟！"听着排长的话，再综合体会大家的盛饭，吃饭和面部表情，他悟出了这种窍门。他感受最深的是：谁都不看谁的吃相，谁都不怪罪谁夯吃，好像这本身就是一种朴实、一种地道、一种豪爽！

　　尽管这样劳累，田宇他总是利用工歇时间，利用午睡或晚上睡觉的时候，去不知疲倦地学习。他的那点黑墨水子在工地上也派了用场：受大队长的委托，由他办起了全大队的工地宣传栏，县治淮广播站播放了他的朗诵诗《恢宏的王引河》。

6

田宇在王引河整整干了三十六天，直到王引河工程完全竣工才回去。本来，他可以按照生产队的安排，只干第一期的，但在第二期民工来换班的时候，他却自个儿要求留了下来。他觉得在河工虽然累了一点，但生活很充实，劳动有规律，家里又没有什么牵挂。当他和其他民工整理好行装，就要坐上马车回家的时候，他不由自主地走到岸边，走下河面，望着那加深了的河底，加宽了的河面，清澈的奔流不息的河水，他真的有着普通战士打了胜仗后的那种自豪与幸福。事实上，挖河对他来说，的确是一次战斗，一次有生以来从未有过的战斗，他经受了战斗的考验，他在战斗中得到了锻炼。在全大队王引河工地的几次民工大会上，大队长尤梦文每次都点名表扬了他。

田令文见田宇走下河去，他知道这是田宇恋这个地方哩，他在心里想，这就是有知识的人跟这些大老粗不同的地方。他没有大声喊他，要他上来，而慢慢地走近田宇，拍着田宇的肩膀，有趣地说："这河里有女神哪，怎么叫你恋到这里了？"田宇猛回头，见是排长田令文，再看河水里倒映着他们的影子，他不无激动地说："这里是有女神哪，这是咱民工们创造的河女神，她也必将为咱老百姓服务呢！"说着，他双手捧着一捧河水，品尝似的喝了几口，只感到心里有一种清凉，而浑身却涌动着一种温暖。他这才慢慢地一步几回头地离开这儿，心里在说：别了，王引河！再见了，王引河！

田宇从王引河工地回来的当天晚上就去了尤秀芬家。他是多么想早一点见到她啊！在王引河工地的日日夜夜，秀芬的音容笑貌一刻也不曾离开过他。正当田宇就要走进秀芬的家门的时候，正巧碰上秀芬从屋里向外出，就这样，他们卡在了门槛上，谁都好像挪不动脚步，四只眼睛相互凝视着，谁也没有说话，谁也不知怎么说，谁也不知说什么。

还是秀芬的母亲打破了他们因为激动而形成的紧张与尴尬："哎哟，田宇来了啊！快到屋里坐啊！"

田宇和秀芬顿时大梦初醒般地相互笑了笑，一同走进了屋里。

田宇看着两位老人说："大爷、大娘都在家啊！"

秀芬的父母几乎是异口同声："你挖河什么时候回来的？"

田宇说："今天傍晚才来到家。"

秀芬搬了把椅子让田宇坐下，一边倒茶，一边娇嗔地说："刚到家也不歇一天，大老远路又到这儿来?"

田宇接过茶杯，说："总想到这里说会儿话，也不觉得累。"他又接着说："大伯、大娘的身体还好吗?"

秀芬的父亲说："我的身体还算好，就是你大娘这阵子身体不太好。前几天到县医院检查，说是肺不好，现在天天打针、吃药。"

田宇说："大伯、大娘放宽心，天下没有治不好的病，大娘的身体一定会慢慢好起来的!"

秀芬的母亲又继续问："没干过活，一毕业就挖大河，可能干惯?"

田宇答道："只要人家能干的，咱也一样能干，习惯是慢慢养成的!"

秀芬的母亲又说："常听秀芬说，你很能吃苦，干咱这庄稼活，没有三篇子文章写，只要能吃苦就行。"

秀芬的母亲接着说："能看出来，你干啥都行，性格好，会说话，爱动脑筋，有知识……"

"妈，看你把他说的，简直是天底下最好的人了。其实啊，他脾气孬，认死理，有时候谁也说不算。"秀芬像是故作批评似的。

"唉呀呀，平时夸不够，现在当着人家的面，又说长道短，是不是怕我把他夸倒退了?"母亲像是摸透了女儿的心思，在这样数落过后，像是想到了什么，说："他爸，叫秀芬和田宇到东屋里说话吧。"

"他只是来闲说话，又没有什么秘密，在这堂屋说话不是更好吗?"秀芬接过话茬说。

……

已经是十点多了，田宇告别秀芬的父母要回家。秀芬的母亲，执意要下床送田宇，田宇拉着秀芬的母亲的手说："大娘，我又不是外人，你就不要起来了，停两天我再来看您，您就安心养病吧!"

秀芬的母亲好像特别有精神，怎么也不愿意，她下了床，边穿鞋边说："田宇哪，你这一来哪，我的病也好像好了不少，这可算是咱娘俩的缘分啊，你可要常来看看大娘，陪着大娘说话哟!"

"大娘、大伯，你们放心，只要二老不嫌打扰，我会常来的!"

"你大娘常夸你好哩，哪里还会嫌什么打扰?"秀芬的父亲说。

就这样，二位老人送田宇到大门口，又嘱咐秀芬送远一点，田宇又说些礼貌话，目送两位老人回到屋里去。

秀芳送田宇回家，他们肩并肩地走在这两旁栽满白杨的路上。月光如流水、如白银泻在这田间、泻在这乡间小路上，路上时断时续洒下斑驳的树影，稀疏闪亮的星星是那样耀眼，凉风一阵阵地吹过来，使他们感到无比的快乐，远远近近不时传来狗的嚎叫，在这寂静的旷野是那样清晰。这里没有王引河工地大大小小的庵棚，没有夜晚加班时的人声鼎沸，但他却感到更为充实，更为幸福，因为他的身边有了在工地上、在自己家里朝思暮想着的这位老同学，这位红粉知己，他们相互听到了急促的呼吸，他们的血在奔流，他们的心在跳动着同一节拍!

"田宇，你挖河三十六天了吧?"秀芬问。

"是的，你怎么记得这样清楚?"田宇很激动地反问。

"那天晚上，你从我这儿走，说是第二天就去挖河，而你今天刚回来，我可是一天天地数着天数啊!"

"真是太难为你了。"

"田宇，挖沟挖河有什么收获吗?"

"要说收获，那就是我真的感到自己已经不是红红火火，志高气远、舞文弄墨的高中生了，而是一个地地道道的庄稼汉了。开始是在思想上要求自己贴近农民，和农民打成一片，现在已经是自自然然成为农民的一员了。假如有一天不劳动肯定会感到很空虚。"

"我也有同样的感受。"她忽然话题一转，问道:"春节没有接她来家过年吗?"

"我的心里只有你，别说是接她过年了，就是她年前来的那次，也是奶奶硬逼着我，我才跟她一起吃饭的。"

"你怎么能这样对待她?"

"我也知道那样对待她是不公平的，但是，跟她在一起，没有感情，没有共同语言，没有可以扯起的共同话题，又能说些什么呢?"

"感情是可以培养的，没有话可以找话说呀!"

"有你作比，我与她的感情是怎么也培养不出来的，再说了，假如我硬着头皮、装模作样地接触她、关心她，那么，我们的将来不是更难办吗？她不识字，会不会硬缠着我呢？会不会在我说不愿意她的时候，她闹出什么事端来呢？"田宇深沉并且有些激动地说了这一番话。

"我听大婶说，牛庄的那一位比我高、比我白、比我胖、比我能干。你还是愿意她吧！"秀芬说出了考虑已久的话。

"长相仅是个外表问题，婚后最重要的是待人接物、也还要生活、学习、劳动和工作，或许还要成就一番事业！咱们相互间已经有了那么深的了解，咱们谁也不能毁掉自己的前程！"田宇更加激动起来。

"事物都是在不断地变化的，咱们的前程也未必像是在学校读书时所设想的那样一片光明！"秀芬说。

"你说的前程，是指婚姻，还是指事业？"

"婚姻和事业都未必是一片光明！"

……

静。他们的脚步声、呼吸声是那样的响亮。乌云浮上月亮，月亮又艰难地拨开乌云。

7

从王引河挖河回来后不久的一天上午，向阳大队召开全大队团员会议，以举手表决的形式，讨论通过增补田宇同志为向阳大队团支部副书记。会上，大队会计、团支部书记尤梦高同志对田宇作了个人简历性的介绍，大队长尤梦文介绍了田宇回乡务农的表现情况和公社团委、大队党支部对田宇工作职务的建议。

在这之前，大队党支部召开了一次专题会议。会上，支部书记田德慈介绍了公社团委的建议（田宇在高中读书期间任学生会主席、学校团总支书记，现在尤梦文同志已经为大队党支部委员，大队会计，可讨论通过增补田宇为团支部书记），尤梦高同志愿意辞去团支部书记职务，并推荐田宇为团支部书记，大队长尤梦文认为田宇思想觉悟高、文化水平好，工作积极，吃苦耐劳，在河工表现很好，同意增补田宇为团支部书记。妇联主任也认为田宇是个人才，同意田宇为团支部书记。但，唯有一人——和田宇同一生产队的田济才

（大队党支部副书记）总是以田宇回乡务农时间较短，还要接受锻炼和考验为由，坚持增补田宇为团支部副书记，会议僵持了几个小时，还是以增补田宇为团支部副书记，提交团支部大会讨论通过作结。

这位外号"小诸葛"的田济才，为什么不同意田宇担任团支部书记，这个问题不能不引起支委会其他四位同志的思考。

这天晚上，田宇去了田德慈书记家里，向田书记交了入党申请书。德慈书记说："那次公社召开万人大会，你爬台子代表师生讲话，还和中央、县里的领导一起照了相，对咱老少爷们的震动可大啦！我那时就觉得你是个好苗子。你高中毕业后，这几个月的劳动表现也很好，干群对你的评价很高。可话要说回来，你没有事要多和田济才接触，要他多了解你，有事要多找找他，要取得他对你的信任。"

显然，田德慈书记的话富有指导性。他真的按照他说的话做了。田宇又写了一份入党申请书于次日晚上交给了田济才。田济才说："年轻人，要求上进好嘛！"田宇走后，田济才找到钥匙，打开抽屉，从一本书里抽出一封信来——这是一封育红中学党支部写给向阳大队党支部的信。他又打开信封，抽出信纸，再次眯着眼看那信的内容：

关于田宇同志入党问题的介绍

向阳大队党支部：

田宇同志，1956年11月出生，系贵大队田庄生产队人。1975年元月在我校高中毕业。在校期间，任学校学生会主席、团总支书记等职。该同志思想进步，学习刻苦，热爱劳动，为人正直，两年均被评为"三好学生"。同时，爱好文学，在省刊上发表过作品。他品学兼优，是个很难得的人才。他曾两次向校党支部递交了入党志愿书，但因年龄尚未满18周岁而没能报批。

希望党支部能够对他继续培养，让他早日加入党组织。

育红中学党支部

一九七五年三月十六日

掂着田宇的入党申请书和育红中学的来信，田济才觉得这分量太重太重，他不由自主地"唉"了一声，自言自语地重复着四个字："树大招风""树大招风"。之后，他重新把这封信和入党申请书夹在了一本《红旗》杂志里，放进抽屉，锁好。他要想个法子，不能任田宇这样发展下去，要让田宇不能施展才能，反倒吃不了兜着走。否则，他就难圆书记梦，反倒会栽倒在这个小毛娃娃手里！

又过了几天，田德慈书记去公社开会，育红中学校长袁方舟找到了他，问："田书记，关于田宇入党问题的介绍那封信，您收到了吧？"

"没有。"田书记不知道怎么回事，问袁校长："你交给谁的？"

"上次大队副书记来公社开会，我亲手交给田济才书记的。"袁校长回答说。

"噢，那可能还在济才那里，回去我问问他。"田书记说。

袁校长又把田宇在校的各方面表现情况给田书记介绍了一遍，最后说："田宇有德有才，又是优秀学生干部，有领导才能，你们可一定要重点培养他啊！"

田德慈书记赞许地点点头。

田德慈书记回到家后，找到田济才问到了那封信的事，田济才不得不搪塞了几句话，很不情愿地把信交给了田德慈。

田德慈又问："田宇最近有没有交给你入党申请书？"

田济才很不自然地回答："给了。"

"依你看，田宇可不可以作为党员发展对象？"

"刚毕业，应该再考验一段时间。"

"他就在你们生产队，你可要重点培养噢！"

田济才好像赤身滚在荆棘丛里，又喝了辣椒末，身上和心里都很不是滋味。他在心里想，这个小田宇真的要威胁到他了，他是该想个方子摁他一下了。

8

这是一个晚上，没有月亮，没有星辰，没有风响，高屋、大树黑黑乎乎，影影绰绰，几步开外的一切，则朦朦胧胧，似有若无。田宇刚吃罢晚饭，生产队长田顺才向他家里来了。一阵寒暄之后，田顺才说明了来意："你友仁奶奶不愿意喂猪了，经队委会研究，认为你干比较合适。"

话未落音，田宇的母亲说："不管不管，他一个小孩子家怎么能喂猪？在家里他连猪食也没有端过。"

"话不能这么说。田宇有文化，事业心强，又有耐功夫，保准能够把猪喂好。"田顺才接着说。

田宇皱着眉头，说："其他的活我还可以考虑，或者学着干，喂猪我实在没干过。您还是让别人干吧！"

田顺才像是鼓励，也像是心里怀着点什么，带着一些笑意地说："叫你喂猪，这是田济才书记最先提出来的，他要培养你，干得好了，全大队、全公社，甚至全省、全国都要推广你的经验，向你学习呢！你就别推辞了！"

田宇对田顺才后面的几句话根本就没有听到，唯有"是田济才书记最先提出来的"一句，他听得那样清晰，似乎感觉到了话中的分量，他的耳边又回响着老书记田德慈的一句话："你要多和田济才接触，要取得他对你的信任。"干，会不会有什么闪失？不干，会不会落个不服从领导安排的话柄？这，真让田宇进退两难了。

"田宇。"田顺才的叫声把田宇从沉思中拉了回来，"别犹豫了，你就干吧，明天上午接班。"

"这……"田宇的心跳了几跳，头懵了几懵。就在这时，不知道从谁家传来狗的嚎叫，这更增加了他的烦绪。他的眼前总是浮现着一个画面："海浪翻腾着，一只孤船迎着风浪艰难地航行，它随时都有被海浪吞没的危险。"看到这一幅画面、这个影像，他在心里又为这只孤船祈祷，为这只孤船鼓励，为这只孤船祝福：坚强些，你——能够到达彼岸！

田顺才走后，田宇拎着茶瓶，向刚刚盖好的新房子走去。走在路上，他心事重重，想得太多太多。百余米远，竟然走了半个小时！他来到新房门口，开了锁，打开房门，点亮油灯——这是三间新屋，土墙、瓦顶、九行笆。东间是个硬间子，留个角门，西两间通着，有一架梁头，西间的窗户下垒了一个土台子，土台子上放着罩子灯、书什么的，这就是田宇的"办公桌"了。土台子右侧放置着一个田宇自制的简易的书架，书架上有条理地摆放着许多书。与土台子正对面，靠北墙，放着一张木板床，床上有被子和褥子。靠近土台子，有一把木椅和一张长条凳。三间屋里的摆设就这么多，空旷或者空荡，倒也清静。他又习惯地坐在那把椅子上，伏在土台子上，开始学习起来。他打开了书本，但怎么也看不进去。他提笔胡乱地写了起来，最后竟绉成了几句不是诗的诗：

学习马列不知倦，

心明眼亮志更坚。

任凭风云多变幻，

何惧千难和万险。

德识自有书中给，

无畏无私天地宽。

事事难为事事为，

长志成事开笑颜。

第二天上午，田宇"上任"了。

首先，他请教似的向上任饲养员友仁奶奶询问了各个猪的习性，猪食配料，饲养方法等；接着走到猪圈里，逐个抚摸着这十三头猪——一头母猪，七个小猪，五头近百斤的菜猪。他一边抚摸着，一边自言自语，祈祷似的嘟哝着。他对母猪说："你是这七个小猪的母亲，也是那五头中猪的阿姨，你要爱护它们，相让它们，要好好吃食，多产奶，好好喂养你的七个小猪仔。"他对小猪说："你们那，要多听妈妈的话，要学着妈妈的样子多吃食，要在固定的地方拉屎拉尿，要快长大。"他对五个中猪说："你们那，既要听阿姨的话，又要当好小弟弟、小妹妹的榜样，也要多吃食，好好睡觉，快快长大。"最后，他说："你们这十三头猪，都要听我的话，我一定想办法好好地喂养你们，你们一定要为我争气……"他这样说着的时候，一个个猪都走近了他，有的猪拱着他，有的猪用嘴、用身子、用头蹭着他，好像听懂了他的话，欢迎着他。

为了把猪喂好，田宇每天起早贪黑，废寝忘食。他改喂生食为熟食，每天三顿，天天烧猪食。每天上午，他要出猪铺、拉土垫猪铺；每天下午，他要割猪草，割红芋秧子喂猪。尤其是老母猪生病的那十多天，他要请兽医给猪喂药、打针，因为缺钙，猪瘫痪了，他天天在鏊子上锫鸡蛋壳喂猪。因为喂猪，他学会了擀面条，拌面疙瘩等。在他的精心饲养下，母猪的病很快好了，一头头猪欢蹦跳跃，膘肥体壮。社员们见到他，提到他，都夸他有功夫，喂得好。他常常汗流浃背，常常湿透衣衫，常常因为烧猪食、甩猪铺而弄脏脸蛋，每当人们看到这些情景的时候，人们总是堆着笑容，投以赞成、钦佩的目光。可以说，他因为喂猪，又赢得了威信。

在这种情况下，队长田顺才按照大队副书记的旨意，给田宇加了重担，要田宇除喂猪外，每天跟社员一起拉粪、拉秫秸。说是"三秋"大忙，要田宇也多忙一点，同时干了不白干，另外加工分。其结果，工分一点没加，田宇只是硬撑着熬这一天又一天。他每天都累得腰酸腿疼盉歪甲斜，疲惫不堪。

终于，一件不愿发生、最怕发生的事偏偏真的发生了。

9

这是一个早晨，一个初秋的早晨。天阴沉沉的，乌云笼罩着大地，东边天空扯开了一丝丝、一缕缕、一片片的红霞。风儿不大，倒也尽显凉意，一只乌鸦从西南方向飞掠过来，停在生产队的牛屋上，拉开破嗓子发出呱呱的怪叫。提着笆斗、拿着料瓢的田宇正向牛屋走去，听到这声怪叫，不禁毛骨悚然。他想，难道今天真的要发生什么不好的事情吗？

不知怎么的，田宇感到浑身酸软无力，头像小时候转圆圈子转了几十圈那样，好晕；嘴里像是噙着黄连一样，好苦；两腿像灌了铅一样，好重；用手摸摸额头，额头像是冬天烤火围在火堆旁一样，好烫。他长长地打了个喷嚏，他知道自己一定是在发高烧，感冒了。但是，他还是坚持着，把喂猪的各种料配好，倒在锅里。又把烧火用的麻秸靠在墙上，他拿了些铺在灶旁，以备烧火用，免得起来欠去地不方便。就在他正烧着猪食的时候，他感到胃里的东西在往上泛，他连忙跑出门外呕吐了一片。他漱了漱口，又盘腿坐在灶旁，坚持着把猪食烧开。好容易把猪食烧开了，可田宇再也坚持不住了。他用毛巾勒着头，瘫倒在灶门口。

不大一会儿，他迷迷糊糊地睡着了。梦中，大海翻腾着，他乘坐着的这只孤船迎着风浪在剧烈地颠簸着。突然，孤船撞着了暗礁，撞击与风浪把孤船推向数米高，然后又落下来，船舱里灌满了水，他无处躲藏，就要与这孤船一起葬身于汪洋大海之中了……他满脸是汗，惊叫起来。也就是在这个时候，插在火堆里的麻秸又燃着了火，而后铺在地上的麻秸也着了起来，靠在墙上的麻秸也跟着着起了火，火苗向牛屋的秫秸屋笆飞蹿去……可怜的田宇，病中的田宇啊，你哪里知道，就是你睡着时的牛屋，就在你的身旁已经燃起了大火！可是，你却全然不知！

　　离牛屋大约四十米的地方，正在为生产队的大粪地上土的田令文和江圆，突然看到从牛屋里冒出的浓烟，屋里一道火柱正向上飞蹿。他们奔跑着，一边喊着"牛屋失火了——""牛屋失火了……"一边不约而同地冲向牛屋。田令文对江圆说："快找田宇！"到了屋里，看到田宇就在这火柱旁躺着。他们连忙把田宇从屋里抬出来，可田宇还在睡梦中惊慌地喊着"快救人！""快救人！"当他清醒过来的时候，他呆若木鸡，憨傻了一般。他看牛屋失火了，乱七八糟的人们正在挑着水扑火，几个壮年男子爬上了屋顶，人们传递着水桶，向屋顶泼水……

　　大火很快扑灭了。人们懒散地陆续回家了。田宇的母亲半跪在儿子的跟前，哭哭啼啼地说："宇儿，一大早我就说我替你烧猪食，你偏不，非要自己烧，看把你烧成什么样了……"大队副书记田济才看到田宇的头发被烧焦，衣服烧烂了许多处，暗自发笑，却又一副生气的样子："怎么能让牛屋着起火呢？"他说着，从上衣袋里掏出一颗纸烟，划了一根火柴，把烟点上，那是怎样的一副让人难读的表情啊！大队书记田德慈走来了，他关切地问："牛屋门口是你吐的吧？"田宇点了点头，并没有说什么，两腮挂着泪滴。田书记用手摸了摸田宇的额头，急急忙忙地说："你们娘俩别哭了，快治病去！"田书记看到了队长田顺才，说："快找个板车，把田宇拉到卫生室。"田顺才不置可否，心里想："哼，还给他看病，牛屋都被他烧了！"田宇的母亲说："不要找板车了，我们走着去！"

　　田书记陪着田宇娘俩向大队卫生室走去。

　　大队副书记田济才和生产队长田顺才相视了一下，嘴角处留下一丝快意。

　　失火后的几天，田宇三番五次地找队长田顺才要辞去喂猪这个包藏祸心的"职务"。田顺才找到了田济才，田济才说："不干就不干了吧，有这次失火，他想入党当官就不容易了。"

　　田济才，一个多么阴险狡诈、笑里藏刀而又老谋深算的家伙！

　　唉，这桩祸事究竟会给田宇带来什么样的影响呢？

10

喂猪失火，给田宇——这个刚刚涉足社会、不断编织却又难以编织未来生活图景，不甘命运却不断叹息命运的有为青年带来了难以排遣的沉重的心理负担。他在不得不接受喂猪这个任务时，似曾想过，或许能落个服从领导听指挥的好名声，又能干出点名堂来。可现在，非但没有"干出点名堂"，反倒闯了祸：我还能做出什么样的成绩来弥补自己的这一过失吗？他们会不会在推荐我上大学时而抓住这一把柄不计其余地攻击呢？我怎样才能改变这一环境呢？我将来还会有出息吗？谁才能指点"迷津"呢？他考虑的太多了，他不能不考虑这些，他应该考虑这些，换上任何一个前途未卜的青年遇到这种事也一定会同样考虑这些。

旧历七月的一天晚上，凉风习习，群星闪烁。可田宇躺在床上，翻来覆去却怎么也睡不着觉。人往往都是这样：在自己顺心高兴，或是忧郁沉闷的时候，在寂寞独处的夜晚，总会想自己身边的人或者身边的事；在拿自己和身边的人比较中，又生出许多感情、许多快乐或许多怅惘，甚至于由此而生发出自豪、得意、乐观或者消沉、失意、哀怨。和自己同庄同班的同学田梦龙比得上自己吗？他无论文科还是理科，成绩都很差，然而早在二月份就到本大队的小学里教书去了，应验了尤秀芬说的那句话："你毕业后，恐怕连田梦龙也不如，他的父亲毕竟是大队副书记啊！"另一个同庄同班同学江圆因给田济才有偏亲，却在二月份被派去公社搞了四个月的民兵执勤，回来后当了生产队的记分员——一个在生产队较有油水的差使。比自己高两届的一位同学尤成龙，才疏学浅，没有任何成绩，却靠耍嘴皮子，靠和公社干部认干亲，居然被推荐上了大学。就是和自己已经建立了恋爱关系、朝思暮想，自以为心心相印的女同学尤秀芬也当上了妇女队长。同时，他隐约地感到，她好像对自己疏远了，冷淡了。不是吗？三个月前，公社举办理论培训班，他们都去了。且不说学习的内容，单说那一个大队的 11 个人，以大队会计尤梦高为组长，同住在公社附近的一个房东家里，做饭、吃饭、闲谈、休息都在一块儿，他们几乎没有单独在一起，没有谈儿女情长。培训班结束了，唯他们俩一起回家，步行三十余里，也很少谈他们婚姻的事。只要涉及婚姻，秀芬总是说："等几年再考虑把。我知道你是一个很有野心的人，但又心比天高，命比纸薄。"是的！田宇自己也常常暗地里这样评价自己，他对她又能说些什么呢？但看到秀芬那个腼腆而又带着笑意的面庞，他的心里就已经荡着一阵阵的快慰。但有的情景又令他想不通。比如说，几天前奶奶跟他说，秀芬骑自行车见了奶奶，竟没有下车，奶奶招呼她，她"嗯"了一声走了，全不像高中刚毕业时的那个样子。是更成熟了，更会掩饰了，还是……她能够真的像林黛玉爱宝玉那样爱我吗？

七个月——本来时间很短，但这七个月来，人际关系的变化太大了。七个月前，作为读高中的学生时代，田宇作为学生会主席，常常受校长的委托，检查全校各班的学习、纪律、卫生、劳动等各方面的情况；常常利用早操的时间总结或者布置学校各班级的工作；每逢重大节日出专刊黑板报，那上面总有他的文章，有时稿件不够，他就以"宏宇""心语""旭宇"等笔名充填版面，他那潇洒遒劲的字迹，生动流畅的语言，自然严禁的结构，常常使师生们驻足称羡；每次校会上的发言更让师生称赞不已。毕业前夕，他在省刊上发表了一篇评论性文章（可以称之为"文学评论"），被老师称之为"敢于反潮流"，又在省报上发表了一篇散文。这都是轰动全校的事啊！哪位老师，哪个同学不称赞他田宇？不钦佩他田宇？那时的尤秀芬曾经为此而激动不已，她为将来能够成为作家的妻子而自豪和骄傲！她曾经说："你有志气，有吃苦精神，有文学才华，将来你会有出息的。我愿永远和你生活在一起，支持你，帮助你……"可是，七个月后的今天，不说别人，单是他自己同村、同大队的同学，他们反倒比自己"出息"了，学校时的辉煌如今再也找不到了！他深深地叹息，他非常地痛苦，他发狠心地要以文学为窗口改变这一状况。

他漫无边际地想着，他混乱不堪地想着，他愤怒憧憬般地想着，他的脑海中突发出一个奇念来——算命去！他曾经听他的姑娘说，市城里靠近市政府东侧的巷子里，住着一位姓梁的大娘，她相面特别灵验，特别准确，她能说对你以前的事和现在的事，也能说对你将来的事。田宇——这位无所依靠、无所寄托而又不甘命运的无神论者，居然真的打算去市城"相面"了。

他刚在思想上作出去市城"相面"这一决定之后，却又犹豫了。他希望能相出个"灾难已过，前途光明"来，却又怕相出个"灾难重重、前途暗淡"来。去还是不去？他从衣袋里掏出个五分的硬币，心里想，硬币向上抛，落到地上是正面就去，是背面就不去。他连抛了三次，三次均为正面，他这才怀着忐忑不安的心情于次日早上去市城。

路边有生长旺盛、沙沙作响的白杨，地里有快要成熟的玉米、大豆，有收获后高粱地新翻的泥土气息，有一道道沟、一条条河、一片片树林，但他全然无心欣赏这自然的风光，一心找到梁大娘，找到生活的希望。他拼命地骑着自行车，他终于找到了梁大娘，只见堂屋正中端坐着一位白发苍苍的老大娘，老大娘和田宇打了招呼，就让他坐下。她认真仔细地端详着田宇的面部，又让田宇伸出左手，看他的生命线、事业线与感情线。许久，她一连串顺口溜般地说起了田宇的"命运"来："你五岁有病灾，十四岁有水灾。你二月里苦，五月里难，好歹努过下半年。你二十一岁有争斗，转运要到二十三；二十五岁上大学，二十八岁有工作。你是好人保，小人捣，贵人保着你，小人怕你好！去年若真当了兵，今年排长有你名。你有志气，能吃苦，待人忠诚又可靠。你有才学文化高，大雁高飞宿鸟窝。三十岁有个小跟斗，三十五岁以后才好过。你的婚姻难定夺，两个不知哪个好。心里总觉自谈得好，家里又有亲戚说。自谈的，说过话，常见面，同在一个桌上使碗筷；另一个，亲戚连亲戚，亲戚扯亲戚。自谈的，想着你，看着你，盼着你，等着你，你要有了工作跑不掉，你要在家干活她就再重挑，还是亲戚说的那个对你真心好……"梁大娘这般如此，如此这般地说着，田宇不住地点头，他真的相信这位梁大娘的话了——因为她对他的过去和现状，说得那样清晰，那样丝毫不差，甚至对自己事业和婚姻问题的分析完全和自己的心理一致。他更相信："努过下半年"后就有转机，他还能上大学，还会有工作，还会有"好过"的日子。换句话说，小人是捣不了的，他还会有新的成就，还会有新的辉煌！这——相面使他增长了同生活作斗争的勇气，他有了希望，有了寄托，有了精神支柱！

11

不知晚上睡了多大会儿，天还没有亮，田宇又早早地起床了。他拨亮油灯，泥台上的那部长篇小说——《钢铁是怎样炼成的》打开着；他走近泥台，坐在椅子上重新研读起来。他被小说里的故事吸引了，他因保尔那种不屈不挠的斗争意志和顽强拼搏的精神激动了，他被保尔——冬妮娅之间纯真的爱情感动了。不觉间，他想到了自己，假如喂猪是个陷阱，喂猪失火是个挫折，他现在正处在逆境中的话，那么，他决心要像保尔那样，在逆境中成长。后来，他又想到他和尤秀芬之间的关系来——昨天下午劳动时，田令文的一番话又在耳边回响："尤秀芬的母亲在大队医院住院，听说尤秀芬跟赤脚医生田心恒好上了……"他很自信地想，这是不可能的事，他和秀芬同窗五年，彼此间相互了解，相互信任，可以说心心相印，且又海誓山盟，怎么可能因母亲住院就跟医生"好上"了呢？但转念一想，会不会因为母亲求医心切，别人追她，她扭不过就答应了呢？

太阳快要出来了，生产队长并没有喊早上干活的事，田宇心乱如麻，不由自主地走出门口，走到了田间小路上。正在他百思不得其解的时候，忽然他清楚地看到前面不远处的一条大路上，有两个人骑着自行车一前一后地走着。前边是尤秀芬，后面的正是那个田心恒。这一下，田宇几乎真的懵了过去：难道他们是真的？心绪稳定了之后，他又想，或许是他们去医院给秀芬的母亲看病，听说而已，未必真的如此，要知究竟，须亲自问一问尤秀芬。

总算挨到了天黑，田宇吃不下饭，带着疑惑，带着恼怒，或许也带着几分愤慨，径自徒步向尤秀芬家里走去。当他走到那雁鸣河上的雁鸣桥上的时候，他禁不住停下了。多少个夜晚，多少次送别，他们都要经过这儿，停在这儿——谈社会、谈人生、谈理想、谈彼此间的倾慕与相思……河水波光粼粼，树叶哗哗作响，虫儿低声吟唱。那是怎样的静谧与沸腾，寒冷与炙热哟！那是怎样的激动、快乐与幸福哟！然而今天——今天分明是田宇去质问秀芬，或者说向秀芬"算账"的呀！

秀芬家的门敞着。

田宇走到秀芬家的门前。

秀芬从里间走出来，走到堂屋当门母亲的床前。

秀芬的母亲似乎看到了田宇，身子欠了欠。

秀芬说："娘，你想坐起来？"

"不，我好像看到田宇来了。"

"你想他了，是不是？"秀芬依然低着头，并没有向外看，"娘，你不要胡思乱想了。我都不想见他了！"

"芬儿，宇儿是个好人。如果你能跟田宇结婚，我死也放心了。娘不会看错。"娘低慢的声音里裹着沉重与信任。

门外的田宇听着房内母女俩的对话，心里软了下来，那疑，那气，那怨都抛到了脑后，他向来都是把别人对自己的信任看的那样重要，更何况眼前的这位病重的老人，在向女儿临终嘱咐般地意欲把女儿托付给自己呢？

"大娘，我真的来了。"田宇走到秀芬母亲的床前，声音里有些颤抖，"你的病怎样了？"

听着这熟悉的声音，秀芬直起了身子，很意外地看着田宇，显出很尴尬的样子。

"宇儿，真的是你，你真的来了！"秀芬的母亲情不自禁地抓着田宇的手，用力地握着，第一次称田宇为"宇儿"，眼睛亮了起来。

静。静。静。

在"静"了一阵之后，秀芬搬来一把椅子，放到了田宇的跟前说："娘，让田宇坐下来跟您说话吧。"

娘清醒般地松开了田宇的手，含着泪花，挂着笑容，轻轻地说："坐，坐吧！"

秀芬倒了一杯茶递给田宇，田宇接过来放到靠近秀芬母亲的桌子上。

接下来，田宇询问了大娘的病情和就医情况。大娘和秀芬问了田宇的干活情况，当然也提到了喂猪失火这件事情。

后来，大娘若有所思，问田宇："宇儿，还没有人给你提亲吧？"

这是一个很重要，很敏感的问题，田宇还没有把"没有"这两个字说出口，秀芬几乎是抢过了话茬，说："人家田宇早就说好了，上初二时他爸就让他给人家见面了……"秀芬就是秀芬，她有着过人的聪明。

秀芬的母亲好像没有听到秀芬的话，或者听到了，但她并不相信这话是真的，或者即便是真的，病危的母亲还是要说出自己心窝子的话："宇儿，俺看得出你跟俺芬儿好。要是你们真的能够在一起，俺百年之后也就合眼了……"

"娘，你说到哪去了呀？"秀芬看了看田宇，又看了看娘说。

"芬儿，你的心俺这当娘的也摸不透。不管怎么样，我可是把这句话同着你俩说了，听不听由你。"娘说这话的时候，手动了几动，那算是手势了，话语里抑或有一些无可奈何吧。

更长一段时间的寂静。

……

墙上壁钟的时针指向了 12 点。田宇辞别了大娘。秀芬向田宇送别。

田宇和秀芬——他们两个——以前也无数次这样——低着头、并着肩儿地走着。可他们今天却不比以前，心绪都是那样的沉重，谁都没有先说话，谁都不知道该说些什么。

"你……"他们不约而同。

"你先说吧。"他们异口同声。

这种客气是他们认识以来的第一次。这"客气"里含着什么？又意味着什么呢？

"田宇，你今天不会是没有事来的吧？"秀芬问。

"何以见得？"田宇反问。

"你的表情，你的眼神，你的话语，以及咱们不曾有过的沉默都告诉了我。"秀芬的话也顺畅了起来。

秀芬真的是秀芬，她的确有着过人的聪明。

"我的一切都瞒不过你，我就开门见山了。"

"你问吧。"

好一个"问"字！田宇对这个"问"字感到好笑起来。

"'问'就'问'吧？我问你：有人说你现在跟田心恒好了。这——是真的吗？"

"已经猜到了，你问的就是这个问题。那就让我把事情原委都给你说一遍吧。两个月前，我母亲的病重了起来，拉到大队医院输了几天水，还是不见轻。他就和我一起把母亲送到了县医院检查，经检查诊断说是胃癌末期。我们就瞒着母亲，把母亲拉到家里。轻了，就在家打针、输水；重了，就拉到大队医院打针、输水。无论在家在大队医院，田心恒都很细心，很周到，很有功夫，我难免对他有些感激。谁知道后来他竟给我写了求爱信，我当着他本人的面婉言拒绝了。后来他又给我写信，我就说了咱俩的关系，可是他却说你和牛善云已经谈了四五年。逢年过节牛善云都到你家来，还常常过夜。如果你不愿意人家，道德上也说不过去。况且今年又送了彩礼，我是觉得他说得有些道理，但我还是没有答应他。再后来，有一天晚上，他居然拿着一瓶农药说：'你要是不答应我，我就喝药死了！'在这种情况下，我夺过药瓶，说：'我还能为这点小事，去葬送一个人的性命吗？'直到现在，我们还是这样很正常地来往着。今天早上，你在田间散步，我和田心恒是准备走集上乘车去县医院的，可后来见了你，我总有一种负罪的感觉，我的内心受到责备，我就预感你挨不了几天会来找我的。情况就是这些。"

田宇的心好凉，他的话语里带着责备与气氛："难道我们之间五年多的感情，竟没有你们两个多月的深？"

"我和他谈不上什么感情。"秀芬好像在被审席上，"我每天都在想着你。即使跟他在一起的时候，也是想着你。那天在县医院，我们漫步在假山、池水、花丛中，我就跟他说：'要是田宇在这儿，他一定会描绘一番的'，我一辈子都不会把你忘掉的！"

"好了，别说这些了。我要问你：你现在到底是怎么想的？究竟愿意我还是愿意他？"田宇有些单刀直入、有些急不择言了。

"我现在也不知道如何是好！愿意你吧，我已经软答应了他；愿意他吧，如你所说，我们到底是有感情的……"

"你就明明白白地说一句，别绕弯子了，好不好？"

"我想，要不愿意，我就都不愿意；要愿意，我就还愿意你！"

田宇的心好痛，火烤油煎般地疼痛。五年来的感情、五年来的相爱、五年来的期盼，不幸被这两个假设句否定了、淹没了、抹杀了。

"秀芬，我不知道你的心会变，更不知道会变得这样快，我真的很痛苦；但是，我告诉你，无论你怎样，我都会对我说过的话负责到底——我等着你，直到你真的嫁给了别人，生了孩子，我彻底地绝望了为止！我还要说，假如你真的做了别人的妻子，有一天你会后悔的——因为谁都不可能有我爱你！"田宇的这番话，是那样的沉重，那样的含情，那样的激动，那样的掷地有声！

月光洒在秀芬的脸上，她的脸上挂着泪滴。

雁鸣桥下的河水静静地流着、树叶随着风吹瑟瑟地响着，远远近近的秋虫依然在低沉地吟着。它们不敢喧哗，它们为曾在这儿留下欢乐的一对情人将有可能出现意外的变故而悲哀着。

　　远远近近，报晓的公鸡啼鸣了。

　　星星闪着寒光就要躲到那云层中去了。

　　月亮将要收回那最后的一道亮光了。

　　田宇和秀芬真的要结束这一整夜始料未及的长谈了。

　　在未来的岁月中，田宇和秀芬究竟会发生怎样的故事呢？

　　唉！

12

　　劳累了一天的田宇，晚饭后又习惯地坐在煤油灯下，看书、写文章。但是，昨天晚上他在秀芬家的情景和与秀芬一起在雁鸣桥上谈话的情景总是闪现在他的眼前！"要不愿意，就都不愿意；要愿意，就还愿意你"——秀芬的这句十分刺耳、又令他万分心痛的话，总是千百万次地在他耳边回响。愤怒、懊恼、委屈、痛苦……这许许多多复杂的感情全都一股脑儿地向他的内心压迫过来。他情不自禁地写下了这样一些文字：

亲爱的秀芬：

　　一天来，我吃不下饭，提不起神，干不好活，睡不成觉——你是否知道，你的那句话，对于我有着多么大的伤害与痛苦！我真的在心底里问苍天、问大地、这究竟为什么？

　　从初中到回乡务农，我们相处了整整六年。六年来，我们彼此欢乐着对方的欢乐、痛苦着对方的痛苦、忧愁着对方的忧愁——那一个个情景，一句句话语，难道你都忘了吗？我有宝玉之爱，你有黛玉之情吗？

　　我还是那句话：世上没有谁比我更爱你！我等着你，直到你真的嫁给了别人，为人之母为止！

永远爱你的宇
1975. 11. 6

　　第二天一大早，田宇骑着自行车径直向尤秀芬家去。他是多么希望她能够还他原来的秀芬啊！到尤庄后，田宇正巧碰上了秀芬。田宇把这封短信给了秀芬。秀芬看了信后，正要说什么，尤梦高会计挎个粪箕子、拎着提包是要到哪个生产队里去，他见田宇与秀芬正在说话，就打了句招呼："你们在这说话？"田宇接过去说："我家的猪病了，我是来请尤兽医的。尤会计，您干啥去？"尤会计说："我到白家庄找生产队会计有点事。唉，你们听没听说，咱们大队来路宣队了！"

"路宣队？路宣队是干什么的？"田宇和秀芬几乎是不约而同。

"路宣队，就是路线教育宣传队。他们是来搞路线教育的。"尤梦高会计回答说。

田宇像是在思考着什么，而尤秀芬却要打破砂锅问到底："咱们大队一共来了多少人？他们的具体任务是什么？"

"前天，公社里开了个会，说是每个生产队一人，另有组长、副组长两人，咱们大队一共来了12人。他们的具体任务说是对全大队人民进行路线教育，以提高思想觉悟，帮助整顿领导班子，发展一批新党员，加强基层组织建设……"尤梦高好像话没有说完，又补充了一句："你们年轻有为，可要好好把握机会哟！"

尤梦高走了，田宇和秀芬相视无语。

"我相信你能够珍惜咱们的感情"。田宇终于蹦出了一句话。

"我知道我昨天的话会伤害你。但是……但是，谁知道命运会怎么安排呢？"秀芬不无窘迫地说。

田宇自知在这种时候，这种情况下，秀芬是不会给自己什么承诺的，于是岔开话题，说："芬，今天除了想给你这封信外，我真的要去请尤兽医。这就不说了，刚才尤会计的话……你可要努力啊！"

"你也一样。"秀芬说这话的时候，还是充满着激励与希望的。

田宇走了，秀芬把信展开来，看下去，她的手有些儿抖动。她朝着田宇远去的方向紧走了几步，停住了，不无深情地目送着他，或许那眼睛里也还含着泪光。

几天以后，一个很不好的消息传到了田宇这里（或许可以称之为噩耗吧）——尤秀芬的母亲病故了。当这个消息被证实之后，田宇很是悲痛。这天晚上，他久久不能入睡，老人慈祥的面庞总是在他的眼前晃来晃去，尤其老人的那句话总是在他的耳边回响:"宇儿,俺看得出你跟俺芬儿好,要是你们真的能够在一起,俺百年之后也就合眼了。"不由得,他走出门外,站在月光下,向着正南方——尤庄的方向,鞠了三鞠躬。他在心里说:"安息吧,善良的老人!"

按照当地的风俗,老人过世三天,就要殡下地。田宇在想:我究竟去还是不去呢?去吧,会不会有人说我谈恋爱、说我搞迷信?同时,尤秀芬将来真的不愿意我了,会不会有人笑话我?不去吧,她秀芬会不会更伤心、更失望、更有怨言?田心恒会不会更去追她?已经到了第三天了,他还是没有想好。已经是时近中午了,他横下一条心——顺其自然吧,她愿不愿意我,是个感情问题,绝不会取决于我是否参加她母亲的葬礼。

下午四点多钟,远在几里之外的田宇,在这空荡的房子里,来回踱着,他似乎听到了起棺的炮声。他的头轰轰地响,但总有这样的两句话:"安息吧大娘!原谅我吧,秀芬!"

13

1975 年 11 月中旬,路线教育宣传队一行 12 人真的进驻了向阳大队。他们有 7 人住在大队部,组长、副组长都住在那里;另外的 5 人就住在田宇新房子东边邻居家的闲房里。他们分工负责中田庄西队的是一位中年妇女,是从学校里抽出来搞路线教育的。

几天后,由大队党支部和路线教育宣传队主持召开了全大队社员大会。会上,路宣队组长秦严真领学了中央文件,宣布了路宣队的 12 个人的分工,田济才代表党支部布置了今冬明春农田水利基本建设的工作任务,又有几位代表作了大会发言,其中田宇代表民兵发言。——这位育红中学学生会主席终于有机会在全大队社员面前,在路宣队领导面前,表现他出众的才华;发言稿的内容,逻辑严密,语言流畅,中心突出,符合身份;他发言时,表情自然、声音洪亮、气势充足,很富感情、很有节奏,博得了与会者的广泛称赞。只是田济才有些后悔,后悔应该坚持不让田宇代表民兵发言,不应该给他表现的机会。会后,严真主任找到田德慈书记,了解了一些有关田宇的情况。

"今天会上代表民兵发言的那个田宇，在哪个生产队？"

"在田庄西队。"

"什么文化？"

"去年年底高中毕业。"

"他多大岁数？"

"今年虚岁 20。"

"他家什么出身？"

"贫农。"

"表现怎样？"

"表现很好。今年的正月二月他到王引河挖河，尤梦文书记就说他表现很好，还在工地写了宣传稿子；这一年里，社员也反映他不错；今年二月，育红中学党支部还给咱们大队党支部写了一封信，介绍田宇的入党情况。"

"他已经入党了？"

"没有。育红中学准备发展他入党，但高中毕业时他的年龄还不满 18 周岁。他上高中时，成绩很棒，又是学生会主席。老师领导都很器重他。育红中学来信要求咱们大队培养他入党、并转交了他上高中时的入党申请书。前不久，他也向大队交了申请书。"

"看来他的底子不错，是个苗子。"

"秦主任，我还要给你说，田宇这孩子，确实是个好孩子。去年三月，陈永贵副总理视察咱们公社，而后县委在咱公社主持召开了万人大会，就是田宇在大会上代表师生发言；每次去公社开会，育红中学的袁校长只要见到了我，他总要问问田宇的情况。田宇这孩子啊，有学问，人老实，又能干，我们支部也正在培养他哪！"

"昨天开会以后，路宣队的几位同志都对他赞不绝口，所以我就想了解一下他的情况。"

田德慈书记送走了秦主任，心里想："田宇哪，你真遇上好人喽！"他的脸上露出愉快的笑容。

14

为配合路线教育、开展好农村工作，并且按照上级的布置，路宣队与大队党支部研究决定，成立"毛泽东思想文艺宣传队"。人员的组成，由大队党支部研究决定。

为此，党支部召开了会议，作为代表秦严真主任也参加了会议。

既然是文艺宣传队，亦即戏班子就得物色会弹的、会敲的、会吹的、会唱的，同时又要考虑每个生产队1—2人，有男有女。人选基本定下来之后，田书记说："还要研究两个问题，一个是文艺宣传队每个同志的待遇，第二个是要确定一个领头的，就叫宣传队的队长、副队长吧。"

田梦高会计说："待遇问题，我看就跟他们所在生产队的满劳力走算了。宣传队队长我看田宇比较合适。他有文化、有水平，又能写，上高中时是学生会主席，有组织能力。副队长应该是个女的，就让尤秀芬干吧。"

大队长尤梦文副书记同意尤梦高的意见。其他的几位同志也都先后发表意见，同意尤会计的意见。

惯于做最后发言、以老练著称的田济才，从衣兜里掏出一包纸烟，抽出一根，含在嘴里，掏出火柴，抽出盒屉，取出其中的一根，又把火柴盒在自己裤腿上摩擦了两下，然后划着火柴，左手的两个指头夹着香烟，对着火柴，吸了几口，那香烟立刻随着他的口吸一闪一闪地泛着红光，——香烟点着了，他又把冒着火的火柴杆弧形地摇晃了两下，待火熄后才把火柴杆丢在地上，又用鞋底踩了两下。这些动作完成了之后，他这才干咳了两声——委员们都清楚，下面他就要开腔了："刚才几位同志说的，人选嘛，我都同意；工分跟劳力走我也同意；就是——"他拖长了声音，又咳了一声，"就是由田宇当队长，还得考虑考虑。为什么呢?"他吸了一大口烟，烟头上像是冒着火花，发出嗤嗤的声音，而后两个鼻孔喷出向上升腾着的两道烟云。"学生纪律性强，又有老师整天跟着，当学生干部好办；而农村人生活散漫惯了，不好领；并且田宇不会弹唱，会写又用不着，不懂行也不好。我看白文华更好些，他是青年书记，又在部队锻炼多年。至于副队长，尤秀芬还可以。我这只是个人的看法，咱们大家看。"他用眼扫视了一下四周，又咳了一声，这表示他的发言完了。

接下去是一段时间的沉寂。

还是田德慈书记打破了这种僵局："其他问题意见都统一了，只是究竟用田宇当队长还是用白文华当队长意见还不一致，请同志们就这个问题发表一下自己的看法。"

还是没有人发言。

尤梦文大队长沉不住气了，说："单就组织领导来说，或许白文华比田宇要好些。"

于是又都附和着由白文华当队长。

田书记请秦主任拿个意见，秦主任以不了解情况为由，要大队党支部来决定，会议最终还是决定由白文华担任文艺宣传队的队长。

在这次会议上，秦主任始终都没有发言，或许他这也是了解情况的一种方式，了解支委内部人与人之间的关系，了解每个人的思想动态及倾向性，了解每个人的性格、特点、学识、水平、思维方式，等等。会议时间虽短，但讨论问题集中，每个人都有亮相，每个人都似乎给了他一个初步认识，或许也真给了他一种思考，给了他一种警醒：尤梦高很正直、很原则，有一定的知识水平，很注意思维的逻辑性；尤梦文很随和、很有人情味；大队副书记白文山思维敏捷、很正派又很圆滑；唯有副书记田济才不能小看，他很有心计，很有城府，遇事冷静、老练沉稳；书记田德慈待人诚善、处事谨慎，虽有主见但易妥协。还有田济才对田宇是不是有些那个？

散会了，田济才在那嘴角处堆聚着得胜似的快乐笑容。

田德慈没有走，秦严真也正要跟他谈话，于是会议室里就只剩下他们俩。秦主任问："田书记，田济才副书记跟田宇一个庄？"

"是的，他们不仅一个庄，而且还一个生产队，都在中田庄西队。"

"他们俩平时的关系怎样？"

田书记早就想向他反映这个问题，他这么一问，田书记便竹筒倒豆子，说了个精光："我跟你实话直说吧，这个田济才就怕田宇'树大招风'，怕遮住了他，显不着自己了。团支部改选时，大家都同意让田宇当团支部书记，就他不同意；在田宇入党问题上，他一再坚持'考验考验'；他生点子叫田宇给生产队喂猪，又要他干其他的活，结果许给田宇加工分，其结果一分未加，猪生了病，他想法设方割草、擀面条，锫鸡蛋壳，给猪吃。他队的社员都夸他有工夫，他累成了病，不慎牛屋失火，他田济才不去安慰、帮助，反倒幸灾乐祸、责怪他、刁难他；这不，今天研究文艺宣传队人选与领导问题，又是他坚持不让田宇干。他总是处处打压他、处处搿他。"

"你没有找他谈话?"

"谈过好几次,但他总说是出于好心,没有摁住他的意思。"

"那你现在有什么打算?"

"马上就要挖沟了,挖好沟,过年再研究他的组织问题。你看怎样?"

"这样也好,你可以有意无意地跟济才谈谈,要他正确对待年轻人。"

晚上,田济才怎么也睡不着觉。他已经意识到秦主任、路宣队的其他人都很器重田宇,他和田德慈都在袒护着田宇,他们一定会合伙让田宇入党、当书记的。到那时,哪里还会有我弹的杏核!不行!我必须想法子摁住他,永远不能让他抬起头来!

15

开挖涡沟是育红公社的内治工程。田庄西队的沟段靠近高家庄。高家庄离家有 15 里路,民工们必须吃住在工地。队长田顺才派田令文、田宇等四人先去一天,搭庵棚、垒锅灶,打地铺等。

这天上午,又是仁德老汉赶着马车,车上装着木棒、柴草、秫秸、炊具和他们四人的背包、他们四人也一同坐在车上向工地进发。太阳冲破乌云暖融融地照射着大地,一望无际的平原上散布着一块块浅绿淡黄的麦田和粗糙灰黑的过冬垡。麦田或过冬垡上的一个个坟头犹如雪白纸上的几个逗号那样耀人眼目。间或能够看到那一道道沟和一道道坎,沟里结着薄冰,白飘带般地伸向远方,坎上稀稀疏疏地立着几颗高矮不等的树木,荒芜着的土地上却杂草丛生,他们弯腰曲背似乎在向人们低诉:不该忽视这沟坎的存在。远远望去,稀落的被枯木包围着的村庄毫无生机地立在这原野上,犹如水墨画浓浓的、一堆一堆的、雾罩般地抹在那灰黄的背景上。并不宽阔的、用砂姜铺成的公路两旁,一条线般地立着白杨,笔直地向前方延伸着,不能不说这便是它的生机了。如果有人再瞅一瞅靠近公路两旁的村庄则另有一番景象:土墙草顶的房屋高矮不等,而又横七竖八地立在地上,剥落的墙面上拱着一块块原本用泥抹泥就的相对平滑的泥巴,犹如嶙峋老人破旧粗布夹袄上拴在上面第一个纽扣上又下缀着的一块用来擦鼻涕的烂白布,耀眼而又让人恶心。就是这样的墙面上,往往有一些木橛子,木橛子上挂着红辣椒、玉米棒、豆腐串或大白菜等。村庄里或许有一两条古老的河沟子，河沟子旁边往往会有一口土井，土井井口的四周是岁月侵蚀、人们用双脚踏成的光滑的石板，石板的四周就一定是深深浅浅的水汪汪，靠近沟边的那一面水汪最深，而这最深的水汪又有一条流向沟边的水沟，而这一片的沟坡上则有许许多多、深浅不等、纵横交错的因水流而形成的沟沟汊汊。脱光了叶子的、褐色的树木又高高低低地点缀在村里村外。看到这些情景，田宇的心情好像很沉重，他在想：农村——农村应该有大的变化啊！

马车很快到了高家庄。田令文叫仁德老汉把车赶到庄西头靠近沟段的一家房东门口。因为昨天分沟段后，队长田顺才就找到了几间闲房子，两间男民工住，隔壁的一间为女民工住。庵子就搭在房东门口，一是把锅灶垒在庵子内，二是还可以住几个男民工。他们先是把马车上的东西卸下来，而后垒锅灶做饭，午饭后，他们把庵子搭好，又打好地铺。

第二天上午，男女民工二十余人到达工地，午饭后开始挖沟。头两天是清除沟底的淤泥，再后是按公社的要求由外到内地挖坡，近两天开始向底下加深。无论哪一天，田宇总是拣重活干，除沟泥、抱大锹、挖龙沟……每一天他都是汗流浃背、每一天他都是腰酸背痛、但每一天他都利用晚上睡觉的时间看他带来的书……

这天上午工歇的时候，不知谁传来了消息，说是仁德老汉又来送柴草、米面和猪肉了，大家都很高兴，因为挖沟正处在攻坚阶段，改善伙食，无疑会鼓舞士气。但听说那猪肉竟是生产队的老母猪肉时，大家的脸上又都"晴转阴"了。据说这几天老母猪总是有病，几头小猪也有病，老母猪昨天死掉了，几头小猪中也死掉了两头，另外的两头小猪正在治疗中，可能也是死的多。当田宇听到这些消息的时候，实在是痛心疾首，他不由得回忆起来沟工前看望小猪的那幕来——

那天上午，田宇路过猪圈门口，大大小小的猪们听得脚步声，就都一齐涌过来，它们互相挤着跑到门口，有的拱着地，有的拧着尾，有的抖着耳，发出"哼哼"的叫声。他看得出，这些猪们都还记得他，都想向他诉说自己的委屈。他也看得出，有几头小猪显得没有精神，只是挣扎着走过来，那头老母猪更像强打精神，欢迎它们老主人的到来，更想以自己逐渐消瘦了的身体来表明自己的委屈！正因为这样，田宇不时地唤着它们，临走的时候，他还说："猪呀，你们要好好吃食、好好长个子、长身体。"

"田宇——"田宇的回忆被田令文的喊声打断了，"田宇，你还回去喂猪吧。"又有几个人接着说："要是田宇还喂猪，保证不得死。"田令文又接着说："田宇刚喂猪的时候，老母猪也有过病。他一天几趟请医生，烧熟食、擀面条、锫鸡蛋壳，就像伺候病人那样。现在的两个孩子，可有一点功夫，天天挖点料，兑点水，端到猪圈，吃就吃了，不吃就倒掉，长了十几个猪都能死完！"田令文深有感触地说了这么一大段。

有人问："现在是谁喂的猪？"

田令文说："谁喂的？队长娘子和田济才副书记的闺女。两个人没有人家田宇一个人喂的好。"

"唉，两个人干一个人的活，一个人却是两个人的工分。什么世道呀！"

"也只有她们俩能那样，换换二旁人也不行！"

人们还在七嘴八舌地议论着，田令文招呼了一声，"好啦，别气了，咱们干活吧！"田宇把这心里的怨和气，统统使在这干活上，更显得有力、有劲。

晌午了。收工了。该吃午饭了。民工们怨归怨，气归气，白菜、粉条烩猪肉，照样咀嚼得很香。

16

快到春节了。涡沟工程也结束了。劳累了一年的人们，总有了空闲时间，可以赶赶集，办办年货了。即使身无分文，小伙们也想赶集凑凑热闹、看看景色、饱饱眼福。而田宇却不这样，他要利用这相对集中的时间，去读书、去写文章。

这天上午，田宇正伏在泥台上写一篇散文。忽然，邮递员来了。他递给田宇一封信，是安徽《工农兵演唱》编辑部寄来的。拆开一看，他的小戏曲《公私分明》被《工农兵演唱》采用了，并随信寄来了本期的一本《工农兵演唱》和写作方面的读物《努力塑造无产阶级英雄形象》。他简直太高兴了，他的小戏曲发表了！这时站在门口往这看的负责田庄西队的路宣队队员任玉珍老师也急忙走到这边来，问："什么事？"没等田宇开口，邮递员说："田宇的作品发表了。"又问田宇："什么体裁？"田宇说："小戏曲。"任玉珍老师又问："写的是什么？"田宇说："写的是一位生产队会计坚持原则，公私分明，不挪用公款的事。题目就是《公私分明》。""这个主题很好，可以让咱们文艺宣传队演呀！"

到了晚上，村子里锣鼓声响成一片。田宇问邻居："怎么回事？"邻居说："演戏的。"又问："哪里的？"又答："咱们大队的。"这又让他喜出望外。他首先想到的是，可以找个机会跟秀芬说说话了，再就是推荐《公私分明》让他们演。他不由自主地寻声走去。

他果然见到了尤秀芬，可尤秀芬看了他一眼，却装作没看见，干别的什么事去了。他赶紧打招呼："喂，秀芬——"秀芬这才停住脚步，转过脸来。他紧走几步，到了尤秀芬的跟前。其他几个人都跟田宇打招呼，田宇一一应答。而后靠近秀芬说："对不起，我不知道你们今天晚上来俺队演出。"

"你又没做错什么，怎么说'对不起'？再说了，你就是知道我们今天晚上到你们队演出，你又能怎样？"尤秀芬总是那样聪明过人，话语里带着刺。

"别这么说，好不好？"田宇继续诚恳地说："我要是老早知道你们到俺队演出，最起码我可以请你或其他人到俺家吃顿饭吧。"

"我们会没有饭吃吗？公家派饭，我又何必打扰你呢？"秀芬依然是以友好的姿态说出那近乎刺耳的话。

"就是不吃饭，也可以到俺家或我个人住的地方谈谈话吧。"田宇的话真诚而又坦率。

"那就更不能了。你好不容易瞅这几天空闲时间，耽误你著书立说，岂不是很大的罪过？"尤秀芬的话里虽然有对的成分，但讽刺抑或嘲弄的成分也是很显然的。

"秀芬，你怎么了？为什么今天老是说话带刺？"田宇很委屈地问。

"没有呀，我这说的不都是真话吗？"稍停了一下，秀芬又接着说："如果没有什么事，我可要化妆去了。"

田宇听得出来，这是下逐客令了，于是就直接地表白和请求："秀芬，春节时你到这儿来吧。我真的很想你，哪怕是一个星期、半个月、一个月见一次也好。"

"到你这儿来？有闲工夫你还是陪陪你那位牛小姐吧，我可不敢跟她争份儿！"她的话又是这样不咸不淡，叫田宇无法理解，也不好再接着说下去。

尤秀芬走了，灯光给了她一个长长的黑影。

他看着她和她的那个黑影远去了，消失了。

不知谁拍了他一下肩膀，他这才大梦初醒般地转过神来，一看，是白文华。白文华开玩笑地说："计划好吗？晚上留在你这过夜吧？""别胡扯了，同学见了面，说句话不是很正常吗？"田宇回答说。刚说完这句话，他猛然想到小戏曲《公私分明》，就从口袋里掏出那本书，说："文华，我的一个小戏曲，题目是《公私公明》，就刊登在这本杂志里，如果你们认为可以的话，请给演出来。"白文华接过那本《工农兵演唱》，说："大作家的作品都被省里刊用了，咱还有不演之理？"

后来，白文华按规定把稿子交给田济才审阅，一看是田宇写的，就说"等一等吧。先演别的节目。"可是，宣传队总不能老是演那几个节目啊，就给田书记说了田宇的本子，又加上路宣队的几位同志都说《公私分明》写的就是农村的事，很有教育意义，田书记就去找田济才，田济才迫不得已，才同意排演《公私分明》。田济才心里想：你们总是想扩大对田宇的影响，但是，演的人知道是他写的，听的人却不知道是他写的，又能怎样？就给他一次出风头的机会好了！

田宇所作的《公私分明》终于上演了！

紧接着，公社党委发出通知，于春节前举行全公社范围的各大队文艺宣传队参加的文艺汇演评比活动。并通知田宇届时作为评委之一参加评选。田济才接到通知后，就是不通知田宇，不想让他参加。后来公社书记来大队检查工作，提及此事，田济才以忘了通知为借口搪塞过去。而公社书记要他今天晚上一定通知到本人，明天参加评委会议。田济才扭不过，才让别人把通知捎给田宇。这或许也叫"满园春色关不住，一枝红杏出墙来"吧！

17

就要过年了。

奶奶对田宇说："宇儿，明天就到年季啦，人家都把没过门的媳妇接来家过年了。你今天也去东庄接牛孩吧。"

"我不去。"宇儿答道。

　　"宇儿，奶奶知道你的心思。你还是在等着尤庄的秀芬。不是奶奶破你的劲，我琢磨着那秀芬是这个山巴着那山高的人。如今，她入了党，你没有入上，她还会看得起你吗？以前她多好，来咱家干这干那，给我铺床叠被，现在呢？上次见了我，自行车也没下。靠不住啊！"奶奶很真诚地劝导田宇。

　　"奶奶，别说了，谁怎么样，我心里明白。"田宇这样说着的时候，又想起唱戏那天秀芬说的话来："到你这儿来？有闲工夫你还是陪陪你那位牛小姐吧，我可不敢跟她争份儿！"

　　奶奶又继续说："听奶奶的话，该走哪步棋就得走哪步棋，免得这头擦了那头抹了。"

　　田宇见奶奶这么大的年纪，还总是为自己操心，实在有些于心不忍。他不由得又回忆起奶奶给他讲的有关他小时候的故事来。

　　田宇出生于1956年11月。苦命的田宇体弱多病，每天偎依在奶奶身边，身体水肿，肚子里又有虫，透过薄薄的肚皮，似乎都能看得到里面的肝肠肚肺。后来，田宇病得厉害，父亲不在家，母亲给公家干活，奶奶抱着宇儿看中医。奶奶煎好中药，哄宇儿："宇儿，乖孩子，吃药吧，吃药就能见上奶奶，不吃药就见不上奶奶了。"宇儿很听奶奶的话，就说："奶奶，我到外边去，你喊'宇儿来，快回来吃药喽——'，我就来了，我闭上眼，一下子就把药喝完了。"奶奶真的按宇儿说的去做，宇儿也真按自己说的去做：奶奶在屋里喊"宇儿来，快回来吃药喽——"，宇儿就慌忙从门外挪动小步，扶着门框，跑到奶奶眼前，投入奶奶的怀抱，然后闭上双眼。奶奶端起碗，舔一下药，觉得不热不凉，正好喝，就把碗沿靠近宇儿的嘴边，说："乖孩子，张嘴吃药吧！"这时，宇儿张开嘴，屏住气，一口气把药喝完。奶奶看到这情景，又疼又爱又感动，便把宇儿紧紧地抱在怀里，说："俺的宇儿乖，真乖，长大了一定会有大出息。"

　　"宇儿啊，你在想什么哪？快去吧！"奶奶催促着。

　　"没……没想什么。"田宇听奶奶在催他，这才从回忆中醒来，"奶奶，不是我不去，我是觉得不好意思去。她来，咱欢迎，就让她在咱家过年；她不来，咱也不怪她。行不行？"

　　"好吧。你说你不好意思去，我让你妹妹去接，总该管了吧？"奶奶说着，用眼神看着田宇，等待着田宇的回答，田宇只好答应了。

天快晌午了，按钟表或许是接近十二点的时候，牛善云随着田宇的妹妹回来了。奶奶、父亲、母亲都向善云打招呼，母亲对着田宇说："还不接过篮子？"田宇说："几里路都走来了，还在乎这几步？"不过，田宇这次说归说，做归做，还是上前几步，接过篮子，友好地说"架子不小，还得让人去接，自己不能来？"

田宇这样做、这样说，对牛善云来说，可是从来没有过的礼遇，她很高兴，说话也显得有些流利了："谁叫你请来？我正准备来，妹妹就到了，不信你问问妹妹？"妹妹说："就是的，我到时，大姐就拿好东西了。"

的确，在田宇的妹妹到牛善云家之前，善云的母亲已经收拾好东西，催着善云去。可善云就是扭着不愿去，娘说去吧，兴去的。以前，俺这一辈子为闺女时，不出三门四户，媒人婆一说，爹娘愿意，到了婆的那一天，是狗跟狗走，是鸡架鸡飞，是盲人、瘸子也活该了。现在是新社会了，自己相中了就愿意，相不中就不愿意，没进门都能去十八趟。俺都想得通，你还封建咋的？女儿有些害羞、或许也含着责怪说："人家都是人家接，俺偏偏是自己去，俺就这么不值钱？""善云哪，话可不能这么说，一个人有一个人的脾气，我看田宇是个老实人，又是个有学问的人，他一定是不好意思来接你。"正说着，田宇的妹妹来了，善云自然很高兴地来到了田宇家。

他们说着，已经把牛善云让到了堂屋。

奶奶欢快地说："牛孩啊，你和宇儿到西头新屋里说话去吧，这里人多，不清静。"

善云笑着说："奶奶，你坐下来歇着吧。停一会儿，我帮俺妈做饭。"

田宇的母亲说："你俩就去西头吧，做好饭我让你妹妹去喊你们。"

"我又不是为他来的，去西头干啥？我还是帮您做饭吧。"她说着，走出门外，从门口晒衣铁丝上扯下一条毛巾顶在头上，走进灶房，脸却红红的。

吃中午饭的时候，奶奶要田宇跟着善云坐在一块儿，田宇表现得很自然，并无推辞之意，这就使善云更加开心。善云把弟弟妹妹都拉到饭桌来一同吃饭，说："还把我当外人吗？一同吃好了。"奶奶、爸、妈都让她酒，要她喝盅酒，她说"不会喝酒"，一一谢绝了。后来，她拿过酒瓶倒了两杯，递给奶奶，说："我敬您的。"又分别给爸、妈各倒了两杯，又说："我敬您的。"这对善云来说，实在是一件很不习惯，又很不容易的事，但她知道她应该这样做。这时的田宇回忆起春节那天秀芬敬酒的情景来；同是这个饭菜、同是这些人，秀芬敬酒是何等的得体、自然？那气氛是何等的活跃、快乐？那实在是一种高层次的文化品位啊！而今天的善云，虽然想到了，也做到了，但那表现是何等的机械、笨拙？善云——秀芬，实在是不能同日而语啊！

田宇看得出来，母亲对善云还是很赞成、很欣赏的，因为她觉得这样的儿媳妇实在好使，没有拐弯心眼。

酒让好以后，母亲递给善云和奶奶、田宇白面馒头，而善云坚决不肯，因为做饭的时候，她知道，留了白面馒头、也留了杂面团子、玉米面馍。她走过去，拿了个杂面团子，结果被母亲夺下了，又递给白面馒头。这样三番五次，善云不得不吃馒头了。善云说："爸、妈，以后就不要让我老是吃馒头了，我什么都能吃，好面馍就给奶奶、弟弟、妹妹吃好了。"

午饭后，田宇拎着一瓶茶走在前面，牛善云跟在后面，向将来或许属于他们俩的新屋走去。

他们打开房门，走进屋里。

田宇倒了一杯茶，看了善云一眼，放在泥台上，说："喝茶吧。"

牛善云也看了田宇一眼，说："我不喝，你喝吧。"

接下去，你看着我，我看着你，一片沉寂。

总得找句话说吧，田宇想，说什么呢？忽然，他有了话了："你们那里也挖沟了？"

"挖沟了。"善云说，"我知道，你们这也挖沟了，一干就是几十天，该累了吧？"

"累有什么办法呢？生就干活的命。"田宇含着怨说。

"要是能顶替，我情愿替你干。一个读书人，怎么能撑住劲？"善云心疼地说。

"就是咱们结了婚，我也得干啊！"田宇忽敢失口，但必定话已出口。

"咱们结了婚，你想干就干，不想干就不干，我不攀你。自留地里的活，你不干一点我也能干完，我什么活都会干！"提到"结婚"这样的字眼，善云很幸福，很激动，脸上泛出些许红晕。

听着这些话语，看着她泛红的脸膛，田宇的心里真的有些激动。秀芬的话又回响在他耳边："要不愿意，就都不愿意，要愿意，就还愿意你。""有闲工夫你还是陪陪你那位牛小姐吧，我可不敢跟她争份儿！"他清楚地知道，就感情而言，善云一心一意，而秀芬三心二意。此时的田宇，真的有些春心冲动，真的想走上前去把她紧紧地抱在怀里。但——他没有，理智战胜了情感——因为他知道这样做的结果！

晚上，他们又在属于自己的房间里说了一会儿话，而后，田宇很规矩地把善云送到母亲那里歇息。

第二天——年三十一大早，田宇与善云一起贴春联，好快乐。上午十点多钟，远远近近的鞭炮声就响了。十一点多，善云与母亲一起做好了年午饭，端到了桌子上，田宇把一盘长长的鞭炮挂在树上，点燃了，噼里啪啦地响了很长一段时间。一家人围在方桌旁，奶奶端起了一杯酒，洒在地上嘴里念念有词："天老爷、地老爷，保俺庄稼人庄稼丰收，保俺全家幸福吉祥！"接下去，还是奶奶唠唠叨叨地说："今天哪，咱们团团圆圆，快快乐乐地吃个过年饭！"先是田宇把盏，向三位老人各敬一杯："祝你们健康长寿！"再是善云端起酒杯说："奶奶、爸、妈，我也一人倒一杯酒，祝你们幸福快乐，永远疼爱我们！"妹妹端起酒杯，说："祝奶奶、爸、妈身体健康！祝哥哥和未来的嫂子美满幸福！"

其声莹莹，其乐融融，善云已经是田氏家庭中的一分子了。

傍晚时分，善云执意要走，田宇向善云相识以来第一次远远地送别……

18

按习惯，每年过了正月十六，就要挖大河了。今年也没有例外。正月十三，育红公社召开由生产队长、大队全体干部、路宣队全体成员参加的治淮大会。会上，公社书记宣布："经党委研究决定：抽调向阳大队的田宇同志任育红公社解河工地通讯员，待遇由所在生产队按男满劳力负担，正月二十日到育红公社解河工地指挥部报到。"

这对田济才来说，是没有办法的事，是阻止不了的事，是不得不让田宇去的事。

正月十九日上午，田宇像去年挖王引河那样，带着背包、带着生活用品、带着书、笔等坐上生产队的马车，向解河工地去了。路上，他看到起伏的麦田宛如一片绿色的海洋，看到路旁的小草与杨柳枝条在萌发新芽，充满生机与希望，看到红旗翻卷，治淮大军斗志昂扬；他听到小鸟歌唱、路旁的树枝沙沙作响和劳动的号子九天飞扬。这是上级党组织给了他一次施展才华的机会，田宇已经充分地认识到了这一点，而且也会好好地把握的。他充满自信地想：我非常胜任宣传工作，我一定能够当好战地通讯员！

到了工地以后，他和本生产队的民工一起，搭庵棚、垒锅灶；对这项活的每一道工序他都是那样熟练，因为王引河和涡沟的工棚、锅灶都是由他亲手整造，他俨然为战场上的一名老兵！他虽然被公社派来搞工地通讯，但他没有忘记，他更是民工中的一员，是治淮大军中的一名战士！下午，他同本队的民工们一道，投入到紧张的治淮战斗中去了！

田令文风趣地说："喂，通讯员，在这儿干太委屈你了！"

"挖大沟大河，我可不是新兵哟！"田宇同样风趣地回答。

第二天上午，田宇按照公社党委的要求，到解河工地指挥部报到去了。通讯组共三人，田宇、赵民、朱影。田宇主要是采访、写稿件，朱影为女同志，主要负责广播，赵民负责线路维修。宣传工作的成功与否，关键在于田宇。宣传的任务是：及时采访、报道工地上的好人好事，曝光不足与薄弱，及时传达上级的指示，鼓励民工们的治淮热情，尽早完成治淮任务。

育红公社解河工地全长 3500 米，指挥部设在工地的中段。田宇每天上午去东段，下午去西段，一天至少要步行一个来回。哪个大队工程进度快、措施得力，哪个生产队热情高、干劲大，哪位民工不怕苦、不怕累，受到其他民工的称赞，哪个单位发扬龙江风格，顾全整体的利益，他必须深入工地，深入群众，获得第一手材料，尤其是批评某一种现象，更要客观求是，来不得半点的疏忽和大意。上级的文件精神，要由他整理后广播，指挥部的会议由他记录，而后整理成广播稿。

一天傍晚，指挥部的一位同志从工地回来说，刘家洼大队有一位民工，看样子有五十多岁，干得真迈力。田宇觉得这个素材很好，就立即去了刘家洼工地。来到工地就听到一个洪钟般的声音："加油地干哪，天黑之前，咱们要拿下这个无名高地！""拿无名高地？好，我也算一份！"田宇接过话茬说。"哟，是小田？""你们认得我？"那位喊"加油干"的老汉说："你是公社通讯员田宇，天天从这过，谁不认得你？"

"哪是无名高地?"

"这不就是嘛?!"老汉用手一指。

原来,这沟底里有一块十米长、五米宽、半米厚的土层尚未挖掉。于是,田宇作为一名战士同他们一起干了起来。有人说:"你要是来采访的话,就采访俺们的刘翻身老汉吧。"原来这刘老汉在新中国成立前给地主扛长工,连个名字也没有,新中国成立后人民翻身做主人,他就自己给自己起了个名字"刘翻身"。他平时在生产队参加劳动,干劲可大啦!这次挖河本来生产队觉得他已经五十多岁了,没有安排他,可他说:"你们这些人,如果有一人能扳过我的手腕,我就不去了;如果都扳不过我,我可非去不可了!"在河工,他也的确老当益壮,每天干得起劲的时候,光着脊梁,那汗珠就像断了线的珍珠那样顺着那古铜色的背脊往下淌。同志们在他的带领下,工程进度很快。下午收工回到指挥部以后,他立即赶写了一篇通讯《老当益壮,勇胜当年——记刘家洼大队治淮模范刘翻身同志》。

为了使广播形式多样,他除了写通讯、报道、表扬稿之外,还写散文,写诗歌,写朗诵诗。这里摘撷一首:

解河的颂歌 (诗朗诵)

在那彩霞飞舞的东方,

升起一轮火红的太阳;

在淮海战役这块神奇的土地上,

解河如同巨龙蜿蜒绵长。

红太阳——

普照大地,沐浴万物,

解河水——

除旱排涝,闪烁着丰收的希望。

千里解河哟,

——倾注着多少人的心血,

解河儿女永世不忘!

看吧——

多少辆满载泥土的板车，

多少个滴汗滚油的臂膀，

多少面迎风飘扬的红旗，

多少张幸福欢乐的面庞。

听吧——

解河流水哗哗作响，

劳动号子格外响亮，

机声隆隆频传捷报，

高音喇叭歌声飞扬。

谁曾想到——

这片曾被践踏的土地，

今天会是这般的辉煌；

谁曾想到——

这些曾是饥寒交迫的人们，

今天会是这般的荣光。

这里有饱经沧桑的半百老人，

这里有羽翼未丰的革命闯将。

新中国的青年哟，

哪肯做绕梁呢喃的小燕，

必将作九天雄鹰展翅飞翔。

是条龙，就要搏击风浪，

是战马，就能够驰骋疆场。

新时代的解河儿女哟，

一定会不忘昨天，展望明天、努力今天，

——向四化进军誓言铿锵！

人们似乎看到了——

解河两岸，麦浪滚滚，粮满仓仓，

异口同曲：歌唱伟大的中国共产党！

　　解河工程就要竣工了。按照公社副书记亦即解河工地总指挥的指示，田宇写好了《解河工程工作总结》，并且在指挥部全体领导面前通读了两遍，以征求意见。工作总结分为三个部分：一是解河工程基本情况；二是全体干群凝心聚力，奋战 45 天，胜利完成治解任务（亦即具体做法）；三是几点体会。所有领导都非常赞成，张书记站起来，握着田宇的手说："公社这么多年的工作总结，哪一份也比不上这一份，这一份全面、具体、科学、规范。治解任务的完成，你也是有很大功劳的！广播办得好、办得活！"的确，田宇在这解河工地的宣传工作中取得了很大的成绩，四十五天里，他共写稿件 136 篇，县治淮指挥部已采用 16 篇，是作为公社指挥部中采用稿件最多的。

　　田宇是有才华的，但有才华的人往往会被嫉妒者所嫉妒着才华，被是非精般弄着是非。田宇怎能知道，他所在大队的某些人正为了阻止他入党而对他百般陷害与攻击！

19

　　解河工程竣工了。田宇和民工们都回家来了。

　　挖河回家后的当天晚上，田宇经过再三考虑，总认为应当到田济才家与田济才说说话，以达到增进了解消除误解、沟通思想的目的。退一万步说，去总比不去好，去了要么有益、要么无害，不会因为上他家去了反而让田济才对自己更坏。于是，田宇向田济才家走去。

　　星光闪烁，却时时被阴云遮盖着；风儿不大，依然送来阵阵寒冷。田宇不由得扣紧纽扣，拽了拽衣襟。

　　刚走到田济才家门口，田宇看到门口好像有个人站着，并且向前走了几步，问："谁?"田宇答道："我。"又问："你是谁?""是我，济才大娘——您怎么在门口站着?"田宇反问道。

　　"噢，我以为谁呢？是你呀——田宇?"田济才的女人向院子里走了几步，把嗓门提高了八度，并且答非所问。

　　"快到屋里说话吧，田宇——"田济才把"田宇"的名字喊得更响些。

　　田宇已经走进院子，发现屋里的灯亮着，门虚掩着，并且听到屋里的人正在咕咕叽叽地说着什么，便问："屋子里的人正在吃饭，还是——?"田宇根据田济才女人对他招呼时的言行，已经猜到屋子里的人一定是在谋划什么，他真的想退回去，不想打扰他们。但是精明过人的田济才早就听得出女人的喊声，便没事人一样，从椅子上站起来，走近堂屋门口，打开一扇门，笑声朗朗，很客气地说："噢，嘿，嘿，嘿，是田宇啊，快进来吧!"说着，把田宇让进了堂屋。屋子里的人已经把座位安排好。田宇和屋子里的人笼统地打了句招呼："你们都来了?"没等大家答话，田济才一边指着椅子说"坐吧!"一边提起水壶，倒了一杯茶，递给田宇，说："喝茶吧!"

田宇接过茶杯说："济才大伯，客气什么? 都是自己人!"说罢，把茶杯放在靠近座位的方桌上。他转过身来，正想坐在椅子上，猛然发现屋子里的人都还在站着，便以礼还礼："你们都是我的长辈，怎么都这么客气，咱们都坐吧，都坐吧!"田宇待屋子里的各个人都坐了下来，自己才坐下来。坐下后，他这才有时间扫视着每一个人，过电影般地品味着每一个人。这屋子里除自己外，还有八个人，而这八个人，都是有些来头，有点典故的。田济才——虽说是大队副书记，但人们背后都叫他"赛诸葛"，因为他遇事冷静，处变不惊，心有城府，软刀子顿人。田顺才——田庄西队队长，跟田济才是族兄弟，也一个鼻孔出气，因为他的下巴长了一个大疙瘩，人们俗称他为"大肉坨"。那个三十出头的小短个，长着一双三角眼，眉毛倒竖，尖嘴猴腮，总是架着个左胳膊，稍有点文化，因为他常常给田济才出个歪点子，又在人群中装模作样，人们送他个外号叫"二诸葛"。这赛诸葛与二诸葛经常一起出谋划策，整治别人，而表面上却又笑嘻嘻的，实在是面善心恶，实在曲损了能掐会算、足智多谋三国时的伟人诸葛亮。那个个头不高不矮、年龄与田济才相仿 (四十余岁)，小眼睛、包金牙的人，人们给他的外号为"厚脸皮"，因为他薄薄的嘴唇，总是撇、骗、刮、拉，吃软吃硬、是个霉不倒的光棍，他上了几年学，并且二十年前闯关东，靠行骗竟在某县公安局干过差事，后因受贿蹲监两年，这段历史本不光彩，而他却常常以此炫耀自己的"能为"，实在是脸皮厚"厚脸皮"。靠近门旁的那个，幼名叫大华，肯说又结巴，人们叫他"华结巴"。华结巴个头偏短，大眼睛，尖嘴巴，稍驼背，身材很瘦削。在田济才当大队会计时，他是小队会计，后因群众对他的意见大，大队把他的会计给免了，他指望着这位田副书记能拉他一把，至少官复原职。靠近田宇跟前，坐着个木蹲子、吸着旱烟，年龄五十来岁的人，以前当过田庄西队的队长，但当队长不干活时常说头疼，头上总是勒着个小手帕，人们就称他为"小手帕"。这小手帕的队长被田济才的族兄田顺才取代了，本来他是很恨他们俩的，但他有个儿子是转业军人，虽然在部队受过几次处分，但必定有个兵痞，又初中文化，小手帕总指望着田济才能给他一官半职，省得兵痞儿子不想干活瞎胡混。那位叫"顺毛炉"的长得很清秀，总是顺着田济才的竿子爬，狐假虎威。最后的那一个是个二十多岁的人，叫母楚相，几年前靠关系到县城的某一合作社工作，虽是初中毕业，但由于父辈有历史污点，平时能发狠地学习，文章和字都写得不错。田宇和他也早就相识，也多有接触，由于他们在一定程度上背景相似，爱好相同，应该说，他们相互间的认识还是很好的。田宇也知道，这母楚相和田济才有拐弯亲戚，但今天他是被请而来，还是巧合串门？令他不解。

田宇正要和母相楚单打个招呼，但被田济才的问话打断了："田宇也是今天上午才从河工回来的吧？"

"是的。"田宇回答。

"没有什么事吧？"田济才问得很精明。

"一个多月不在家，想到您这里说会儿话。"田宇回答得也很客气。

田宇见田济才不再问什么，就赶紧面朝母楚相，很礼貌地问："楚相哥，你什么时候来家的？"母楚相家虽不在向阳大队，但和田庄是邻村，相距没有一公里，所以田宇这样招呼他是对的。

"我昨天回来的，听说母亲病了，回家看看。晚上又觉得无聊，就到这边坐了。"母楚相知道田宇会给他单说几句话，所以台词是准备好了的。

"大娘的病怎样？"田宇接着问。

"感冒了，小毛病。"母楚相回答。

"没有大毛病就好。"田宇又问："这次能过几天吗？"

"看情况吧。也许明天就走，也许过个三两天。天多了不行，合作社那边还有事情。"母楚相回答得很含蓄。

"工作还顺利吧？"母楚相没想到田宇会问得这样细碎，就不假思索地坦率地回答："工作还算说得过去，就是有时处理人际关系很伤脑筋。各地都是一样。虽说现在的派性斗争没有以前那样严重，那样明朗化，但依然在延续。我夹在他们中间真是很为难。"

"是啊，有时就是这样，虽然你没有派性，没有观点，甚至连思想倾向性也不想表现出来，但他们之间有明有暗地相互斗争。因为你识得几个字，他们往往会把你推到派性斗争的漩涡中去，反而让你充当了牺牲品。殊不知你吃了亏，还被其中的一派误解着。唉，做人真难啊。"母楚相虽然知道田宇的这番话是话中有话，但一时找不出合适的话来，只得搪塞着："就是，就是。"

精明剔透的田济才这一次在他认为算是真的领教了田宇的厉害：田宇竟然能在这么多的人面前句句双关，句句锋利，且使母楚相和他本人都无话可答，真的是既佩服又畏惧。但他毕竟被人们认为是一个能说会道的人，岂能在他的这帮人面前丧失"威信"？就生硬笨拙地对母楚相说："楚相哪，你在这样的环境里，就应该明白：假如领导班子由五人组成，若是有一两个竭力地拉你，而另外的三个随大势、不反对，那你就能办成了；如果有两个人支持你，想培养你，两个无所谓，看情况，有一个人却不顾一切地把住你，那么你就绝对办不成事！这——可要注意哟。"说到最后的时候，他显出很得意的样子。

田宇明白：这弦外之音里充满了杀气与恐吓。他必须借题发挥，双关回击："是啊，楚相，假如像济才大伯说的那样，你就干脆找寻另一棵树，别在那棵树上吊死了！让他们斗吧，斗的结果也定将会像主席说的那样'以害人的目的开始，以害己的结果而告终'。我曾经和几位老教师一起闲聊，一位老教师说：'艰苦考验人心'。另一位教师立即补充：'运动更考验人心。'我相信：历史是有良心的人写成的……"田宇停顿了一下，又说，"济才大伯，楚相哥，你们说对不对？"

他们叔侄二人都无言以对，只得说："对、对、对。"另外的六个人大眼瞪小眼，更是说不出话来。

田宇想了想，语气变得委婉、和悦了许多："今天咱们爷孙九个在这里说，处人长远，处事长远？一件事无论结果如何，都会很快地过去；但处人呢，那可是一辈子的大事，尤其是一个庄、邻近村的，低头不见抬头见的！"说到这里，有几个人不约而同地附和着"说的是，说的是"。田宇又继续说："我说楚相哥，咱们都还年轻，如果真的碰上那样的险恶环境，只要不被整死，我们完全可以自找路走，要走出一条光明大道来，要让那些整你的人在你的实绩面前，自己承认他们曾经是个错误，是罪过。"田宇的后几句话又含着激情高昂了起来。

屋子里一片沉静，小手帕吸旱烟的声音是那样的响亮。

过了一会儿，田济才另找话题，让田宇和其他人喝茶："咱们可以说说别的什么。"

田宇知道适可而止，站起来说："时间不早了，咱们以后再拉呱吧。"

田济才说："再坐一会儿吧。"又抬手看了看表，说："还不到 10 点。"

田宇说："你们或许还有事，咱们想拉呱，以后有时间。"

田济才他们几乎异口同声："没什么事儿，也是闲坐。"

田宇问："楚相哥，到我那儿坐坐吧？"

楚相回答："马上我也回去，哪天瞅时间，到你那玩。"

屋子里的人见田宇真的要走，都礼貌地站了起来，表现出从来没有的客气。田济才和母楚相把田宇送到大门外。

田济才显得很颓丧。

母楚相的笑容却很费解。

其他的人都为刚才帮不上忙很难堪。

"我刚才不是说了吗？你再能，只要有一个人把住你，你就别想上去！"田济才羞辱一般，发狠而很威风地说，"我今天请大家来，就是给你们透个话。万一明天的会议上我要是顶不住你们就一起出动，用社会力量阻止他"。

除了母楚相外，其他的几个人又是异口同声："好，你说咋办就咋办。"

这同一个晚上，在大队书记家里，大队书记田德慈正和大队会计尤梦高谈着话，最后老书记说："明天的会议，我来主持。你先念田宇的入党申请书，再谈谈他的表现、知识、能力；接着让尤梦文大队长谈田宇在河工的表现；第三个是我谈谈对田宇的认识，再谈谈育红中学和公社党委领导对田宇的看法；最后是他们几个发言。肯定是济才不同意，但看他怎么说。"

路宣队的几位领导也在大队部开会。秦主任说："就这样吧，明天的会议很重要，一定要开好。同意田宇入党更好。如果不同意，再根据具体的情况考虑下一步。"

田宇，你真的处在这样一个漩涡中了吗？你更处在决心把你摁倒的田济才等一些人的攻击、陷害、诽谤之中了。

20

次日上午，向阳大队党支部按时召开了支部委员会。会议由书记田德慈主持。田书记说："今天我们召开这个会议，参加会议的人员是支委会的五名同志和路宣队的两位领导。会议的主题是研究田宇同志的入党问题。会议的议程是尤梦高会计宣读田宇同志的入党申请书，再谈谈对田宇的认识；接着是尤梦文同志谈谈田宇同志在河工的表现；第三项是我来谈谈我对田宇的认识；第四项是田济才、白文山两位同志谈田宇的表现；最后是路宣队的两位领导做指示。下面咱们分项进行。"

尤梦高会计在宣读了田宇同志的入党申请书后说："我认为田宇同志的政治理论水平高——他本来就有马列理论水平；去年春季，他参加了公社举办的政治理论骨干培训班，他对一些政治理论方面的问题认识深刻，见解独到，受到了公社领导的赞扬；回来后，大队举办理论培训班，他作主讲，又在全大队的理论会议上，阐述了许多理论方面的问题。他的文化知识水平高——他博学多识，又爱好文学，在省刊上发表了小戏曲《公私分明》，为本大队的文艺宣传队写了不少节目。他谦虚谨慎，接触广泛，处事持重，为人忠厚，工作积极，吃苦耐劳，很多人都反映他表现得很好。他实在是一个难得的好青年，因此，我同意他加入中国共产党。"

尤梦文大队长说："去年挖清沟、涡沟、王引河，今年挖解河，群众对田宇的评价很好，也是我亲眼看到的。他劳动积极，不怕苦，不怕累，还能够做好工地的宣传工作，今年虽然抽调到公社写稿子，他依然一早一晚地在生产队的工地上劳动。除此之外，他爱学习，总是利用工歇时间、晚上的休息时间看书、写文章。他善于团结人，性格很温和，为人很正直，很磊落，我同意田宇同志入党。"

田德慈书记说："刚才梦高、梦文二位同志对田宇的看法我都赞成，要补充的就是：田宇这孩子很稳重，很忠诚可靠，有一种难不倒压不垮的精神。再加上他有知识，有志气、又爱学习，这样的人迟早会有出息的。公社党委就有好几位领导都给我谈了这样的看法，并要求我们好好培养田宇同志。育红中学早在去年田宇高中毕业不久，就写了一封信，介绍了他在学校的表现和在学校递交入党申请书的一些情况，并希望我们党支部能够培养田宇入党。这封信田济才同志看了，并且现在还在他那里保存着。他高中毕业后还不足两年时间，又多次向党支部交了入党申请书。这样的同志如果不能入党，实在是个遗憾。"

大队副书记白文山要田济才先说，田济才说："你先说吧，我最后再说。"

白文山说："那好，我就说说。我跟田宇接触得不太多，也挑不出什么毛病，就有一次我跟他一起去公社开会。通过谈话，我觉得这人是个人才，说话不简单，也很谦虚，不张狂。还有前年春天，他在公社召开的万人大会上的发言，听会的人都评价很高。那次是陈永贵副总理来视察咱育红公社，之后，县委领导来公社组织召开了万人大会，他在大会上代表全公社的师生发言，就连县里的领导都很赞成，我也同意他入党。"

田济才点燃了一支香烟，干咳了一声说："我和田宇一个生产队，对于他的情况我了解得或许更多一些。田宇这个人呢，"田济才总喜欢最后一个发言，而且慢条斯理，"优点很多，有理论水平，有文化水平，有志气，爱学习，我觉得要是做个宣传工作，那是棒棒的。还有性格温和啦，为人正派啦，劳动不错啦，等等。不过——"他拖长了声音，连连吸了几口烟，又干咳了一声，继续说："不过呢，他由于有知识，不能和群众说到一块儿去，不能打成一片，换句话说，就是不谦虚；第二，他的私心比较大，生产队收粪，他偏偏把好粪拉到自留地，没有交给集体；第三，他的工作责任心不强。就说喂猪吧，他烧猪食，怎么就把两三间牛屋给烧光了呢？后来生产队又死了几头猪，如果我没记错的话，也是他喂死的。至于劳动表现嘛，虽说还算不错，但也没有什么突出的地方，这是他本人的表现问题。另外还有几点要考虑：一是他们一家的成分问题，是贫农还是中农，他们一家的成分是在江家集划的，我们不太清楚。二是他父亲多少年一直出外蹓乡做生意，搞投机倒把；三是，据听说他父亲因蹓乡私刻公章被判过刑……正因为这些，我认为他暂时还不能入党。我就说这么多。"

静，静得出奇，静得可怕。

除田济才外，会议上的每一个人都认为田济才提出的问题很具体，很尖锐，都在考虑：下一步该怎么办呢？

田德慈想了想说："刚才济才的发言当中，我有几点不同看法。一个是田宇的喂猪失火问题。当天早上你我都赶到了现场：当时田宇的头上勒着毛巾，地上呕吐了一片，他是带病坚持烧猪食而后晕倒的，要不是上粪池土的田令文和江圆两个发现得早，把田宇从火堆里拉出来，他就可能被烧死了。就那他的头发都给烧焦了，裤子也烧烂了几块。当时救出来以后，简直就是个木偶人。我们应该正确地看待这个问题。第二个是关于田宇父亲出外做生意是不是投机倒把问题。我认为：他父亲出外做生意，向生产队缴钱，生产队给他记工分，是队委会的决定，又有生产队、大队的外出证明信，不能算投机倒把。还有成分问题，我有过调查，并且他爷爷弟兄五个，有几个都还依然健在，确实是贫农成分。再就是他父亲以前是拘留，而不是判刑……"

面对这种情况，路宣队的秦主任思考了一下，对田书记和张副主任说："这样吧，我们几个到外面开个小会。"

小会很快结束。秦主任说："刚才几个同志都作了发言，多数同志都同意田宇入党，只有田济才同志提出了不同意见。"田济才听到这里，脸黄得像蜡打得一样，但他总算能沉得住气，又听秦主任继续说："但有几个问题提得很具体，也很关键，刚才我们和田书记研究一下，打算派人调查两个问题：一是田宇的父亲是否判过刑？二是他家的成分问题。当然，也可听听群众对田宇表现问题的反映。这些都做过调查后，我们再开会研究。大家看，有没有不同意见？"

大家都同意这样做。田济才也舒了口气。

会议就这样结束了。

21

田济才吃了午饭以后，习惯地躺在床上，心想：这一次，就我一个人不同意田宇入党，要不是我当时的钢口硬，那就完了，我必须争取支委会内部的人，同时，也该"动用社会力量"了。他如芒在背般地从床上爬起来，穿上鞋子，挎着粪箕子，走向田间小路。几拐弯儿，用了很长一段时间，先到了白文山家里。巧的是，家里只有白文山一个人。

相互寒暄之后，白文山问："济才，有什么事儿吗？"

"什么事儿？你自己也该知道。你怎么就同意田宇入党了呢？"显然，田济才的话里带着责备。

"我觉得田宇确实不错。"

"就是因为不错，才不能让他入党。你想想，路宣队本身就是支持他田德慈的；田德慈和尤梦高本来就是向着田宇的；现在尤秀芬已经入党了，将来的支委会还不就是他们几个？"

"他们几个？"

"对，他们几个！田宇当书记，田德慈退居二线，田梦高还是会计，尤秀芬是妇联主任，很可能再添个田志当委员。"

他们正在说话间，尤梦文走来了。尤梦文是个骑墙派，一贯的优柔寡断。他在想：上午开会的情景已经明显地表现出意见分歧，那么下次会议怎么办？最终会怎样？他想和白文山一起谈话，听听他的高见。一看，田济才竟然在这里。没等尤梦文说话，田济才已经站起来让座，并且客气地说："说曹操，曹操就到。刚才我还和文山哥说，等会儿找你拉呱呢。不想，你现在来了，那就坐吧。"白文山先看了田济才一眼，心想，田济才真精明、真会说话，然后又看了一下尤梦文，说："快坐吧。"

尤梦文坐定之后，田济才单刀直入地把刚才的话向尤梦文学了一遍。

"如果真是那样，我们怎么办？"白文山问。

"济才书记说的或许有道理。"尤梦文点着头，说了这样一句话，似乎也曾这样考虑过。

"你还迷啥呢？欲加之罪，何患无辞？把我整掉，把你们免掉不就得了。"田济才说着设计师般的语言。

"济才，你看怎么办？"白文山和尤梦文不约而同。

"群众也有发言权吧，我就不信，群众会让田宇顺顺当当地入党？"田济才觉得这样说有点太泄露天机，又改口说："这就不说了，那是群众的事。关键是我们，我们要以不变应万变，无论他们怎样说，怎样做，我们就是不同意，他们就没办法。"田济才把每个"我们"都说得很重。

"要是那样也只能这样了。"尤梦文自言自语地说他自己。

白文山说："这样就这样吧，但——这样做对田宇就有些不公平了。"

田济才终于把他们"争取"过来了，得胜了，高兴了，走了。

晚上，田济才家一屋子的人。这些人又是大肉碗，二诸葛，厚脸皮，华结巴，顺毛妒，小手帕。田济才吩咐人把母楚相请来。

田济才的女人在大门外把风。

田济才请这些人的目的是要在一起商讨该怎么样对付田德慈和秦严真，该怎样阻止田宇入党？换句话说，或者说的更准确一些，是田济才安排他们怎样做，具体分配给他们"工作"任务。田济才先是介绍了上午开会的情况。然后说："我看咱们分两步走，今天写大字报，明天贴在大队部墙上。大字报的内容写田德慈包庇劳改犯田若年搞投机倒把，写田宇放火烧牛屋，喂死五个猪……第二步是看情况，必要时你们可以去闹路宣队。"

二诸葛说："除了济才哥说得那张大字报外，还可以再写一张，题目就叫《田宇究竟是红人还是黑人?》，内容有些重复不要紧。也可以再画几张漫画。"

田顺才说："赶明儿个路宣队搞调查，反正得找我，我就叫你们几个参加。"

第二天早上，由厚脸皮和华结巴出面，把大字报和漫画贴在了大队部的正面墙上。

田宇很快地知道了这件事情，就走到了大队部看大字报。他气愤到了极点，立即到学校借来笔墨纸张，以大字报的形式写下了下面的一篇文章。

事实真相　不可辩驳
——我对喂猪问题的自白

我已经出离愤怒了！我对攻击我，陷害我，诽谤我的每一件事都想一一澄清、一一反驳，但我又实在觉得无聊，也实在怕浪费了本来做真事、做善事的时间，怕弄脏了这支笔。我在这里，只想就我喂猪的真实情况向有天地良心不明真相的人们诉说一下，让那些捏造事实嚼血沫的一帮人去发抖，去遭天谴吧。

我是七五年五月六日开始喂猪，同年十月二十三日辞去喂猪的"职务"的，田济才的女儿和田顺才的女人于次日接替了喂猪。喂猪是要给工分的，这三个时间都是可以到小队会计那里去查的。我们于十二月六日开始挖涡沟，挖涡沟十多天后由仁德老汉赶着马车到涡沟送柴草，并送了死老母猪肉。这件事既可以去会计那里查到挖沟时间，也可以向民工向仁德老汉做调查。"放火烧牛屋"一事，实属捕风捉影：十月十九日早上，我病得实在厉害，但我不听母亲的劝阻，坚持烧猪食。我当时头上勒着毛巾，呕吐了一片，我坚持把猪食烧开，把麻秸插在灰堆里，躺在了屋门口。谁知道麻秸死灰复燃，竟然蔓延着上了屋笆。后经群众救火，屋笆还是着烂了锅拍那样大的一块。感谢田令文和江圆二位同志把我从火堆里拉了出来。我当时头上的毛巾烧烂了，头发烧得一半都没有了，裤子烧烂了。这件事田令文和江圆可以作证。

以上是我对"喂死五个猪，放火烧牛屋"的反驳，句句属实。请领导调查，如若我有半点不实之词，甘愿接受处分和处罚；如果是写大字报的人，造谣惑众，捏造事实，我要求他们还我清白！要他们公开向我检讨，公开向群众检讨，并给他们一定的处分！

田宇

一九七六年七月二十九日

当天晚上，和田宇同队的田安民、田安东二人找到田宇，愿意署名写田济才的大字报。对他们提供的田济才的罪状，田宇总要问明白、问具体、问真实情况。他深知被人诽谤陷害的滋味，绝对不写夸大事实的事。

揭发田济才的十三张大字报于七月三十日上墙了。

22

时间很快到了八月。田济才听说学校要添老师，大队要成立农科所。对此，他敏感地认识到，田宇要么当老师，要么进农科所当会计，两个角色一样都不让他干是不可能的。那么让他干哪一个角色呢？田宇和梦龙自小就在一起读书，小学、初中、高中，梦龙总是赶不上田宇，再加上田宇工作认真，口才又好，教书一定会出成绩，梦龙一定会落在他之后，说不定还会端个国家饭碗，不能让他当老师。如果让他到农科所当会计，他会不会做出成绩，以此为台阶，入党当书记呢？管它的呢，还是以不变应万变，他们有计策，我们有对策，他田宇想上去比登天还难。

这天上午，生产队里拉粪，田宇和其他几个男劳力专在公家的大粪池边上给马车、板车装粪。收工之后，他回到自己的住处，刷刷刷地写起日记来：

我田宇绝不是笨蛋！

今天上午，生产队拉粪，我和其他几个男劳力是专给马车、板车装粪的。谈话间，一个说"朝中有人好做官，你田宇再有知识，就是没有人拉你，有什么用呢？"另一个说"嘿，我看你混不过人家田梦龙。"当时，我有些激动，话说得有些直截了当，不掩不饰："我不想跟谁比，但我知道，路有千条，请你们记住，我田宇绝不是笨蛋！"

也许，和我同龄的一些人，依靠关系，会暂时混得比我强；也许，个别阴谋家，嫉妒狂，唯恐"树大招风"，便对我施加压力，造谣惑众，使得我一时抬不起头来。但我深信：时代在发展，社会有进步的一天，"天生我材必有用"，笑到最后的一定是我！现在某些人希望我气馁、悲观、消沉，但我偏不！犹如拍皮球那样，压力越大，它弹跳得也就越高。我要变压力为动力，发奋读书，读古今中外的书，读万卷书，让知识去等待机会；也可以从文学上打开一扇窗，走创作之路。我相信：迎接我的将一定是一片辉煌！

晚上，田宇正在看书。忽然听到有敲门的声音。开门一看，是任玉珍老师和一个小女孩。田宇一边打招呼，一边让座倒茶。

任玉珍老师说："一直都想到你这儿来坐坐，但又总怕耽误你的学习。今天哪，是她缠着我，要我跟她一起来的。"说着，用手指着那位小女孩。

那位小女孩欠了一下身子，说："路宣队的几位阿姨和大叔，每天都要谈到你，说你为人诚实，吃苦耐劳，工作积极，却遭人陷害和诽谤，他们为你不平，为你生气；更说你知识渊博，酷爱学习，又发表过很多文章，是一个很有才华的人。他们天天这样说，我就想亲自见见你，并且借几本书看……"

等这位小女孩的话停下来，田宇才笑着说："过奖了，你说得太夸张了，他们太抬举我了。你的话好流利哟！"他这样说着，然后满脸疑惑地转向任玉珍："任老师，她是——"

"哎呀呀，说了半天话，我还忘了向你介绍呢！"任玉珍这才说，"她叫秦俊秀，是秦主任的女儿。前天来的。"

"秦——俊——秀。好，这个名字起得好。"田宇看着这个小女孩说，"俊俏秀丽，真是人如其名，名副其实哟！"

"今年多大啦？"田宇接着问。

"小女子今年虚龄十三，开学该上初二了。"秦俊秀"文绉绉"地回答。说罢，自己便走到书架前，翻阅起书来。

　　任老师也看到一本田宇之前看了一半的书，看到书上圈圈点点、勾勾画画，一旁还放着一个笔记本，又抄又写的，不禁赞道："现在像你这样看书的人不多了。多半人只是来消磨时间，走马观花地翻翻看看，追求个故事情节；而你是真看，真研究。这样好，能够记得住。印象越深刻，收益也就越大。"

　　秦俊秀在翻田宇的书时，见里面的圈圈点点，又写了那么多的评点，也大加赞赏："怪不得他们都说你知识渊博，酷爱读书。任姨，你看看他的书，就像老师给学生批改作文那样，收益怎能不大呢？"她好像情不自禁："宇哥，好样的，将来你一定大有出息的！"

　　任老师听了俊秀的这一番话，忍不住笑了起来，说："这丫头，就是会说。大人们也说不过她。"

　　"她真的很厉害！"田宇笑着说。

　　"厉害？怎么讲？"秦俊秀问。

　　"你的厉害，就是——聪明过人，话不饶人。"田宇的话使她们连同田宇在内，都笑了起来。

　　任老师见泥台上有一个日记本，她拿起来，问："可以看看吗？"

　　"看吧，看后别忘了多多指教哟！"田宇说。

　　任老师翻到最后，《我田宇绝不是笨蛋》几个字跃入眼帘，她认真地看起来。看后，她说："写得好！有你这些话我就放心了。本来，我今天是想劝你面对某些人的陷害和压力，你千万不要灰心丧气，要挺直腰杆，干出名堂来给他们看看。你面对压力，能够调整心态，坚定信心，坚持目标，勇往直前，真是难能可贵！"

　　"从辩证法的角度看，坏事能够变成好事。今天的压力定将促使我痛下决心，脚踏实地地去追求、去大干——我只能这样，也必须这样！逆境更能锻炼人！"田宇的话里带着激情，像战士攻克碉堡前的宣誓那样。

　　"好孩子，我相信你会成才的！"任老师激动得脱口而出。

　　秦俊秀停住了检书，也看了田宇的那段日记，而后说："真是愤怒出诗人。句句都像大雷子炮那样，震耳欲聋，动人心弦。宇哥，你一定能做出成绩，我等候着你的好消息！"

　　次日上午，向阳大队支委会和路宣队的两位主要领导一起，研究了学校配备教师和大队成立农科所问题。由田济才提议，让尤成龙当教师；农科所的人员配备是一个生产队出一人，10 人当中一名所长、一名副所长、一名会计，由田宇当会计。这次，他居然一反常态，第一个发言，目的是让白文山、尤梦文他们同意他的意见。而田德慈、秦严真他们仍然想发展田宇入党、充实到党支部中去。所以，在田济才发言后，大家没有提出异议。在田济才看来，他——又一次得胜了。

23

这天早晨，天阴沉沉的，而且地上、房子上都撒上了霜花，树枝上更是毛茸茸的，好像昨晚下了一场小雪。农历八月初竟然下了苦霜，老年人都说活了这么大年纪也没有见过，人们已经感到了阵阵凉意，宿在树上的鸡儿抖了身上的霜花，飞落到地上。就是在这天上午，路宣队派人调查田宇的表现情况，早有准备的二诸葛、顺毛驴、小手帕，以及不和田宇一个生产队的厚脸皮、华结巴等都涌到了田顺才家。田顺才说："田宇在生产队的表现居于一般化，说不上好、也说不上坏。但是工作不谨慎，牛屋失火是真的。"顺毛驴说："什么失火，就是放火；还喂死了几个猪。他家以前在江家集住，是富裕中农，根本不是贫农。"二诸葛说："他爸几十年搞投机倒把，要不是田德慈包庇他，他早该受批斗了！"小手帕说："他爸不光搞投机倒把，还是个劳改犯。"只有田安民、田安东为田宇说了好话。田安民是个性情暴躁的人，他蹲在墙根前吸闷烟，早就憋了一肚子火，听到这里再也听不下去了，突然一蹦站了起来，非常气愤地说："卷着舌头说话是要遭报应的，嚼血沫子就不怕雷打吗？田宇因病倒在了屋门口，失火了连他自己都差点烧死了，怎么能说是放火烧牛屋？田宇喂猪失火以后就不再喂猪了，他和我们一起挖涡沟时吃的老母猪肉，怎么能是他喂死五个猪？"田安东也站了起来说："工作队同志，你是要俺说实话呢，还是要俺说瞎话？"路宣队的两位同志不约而同地说："当然是要说实话了，实事求是嘛！"田安东接着说："要是叫俺凭良心说话，俺就得说田宇是个好孩子，能吃苦能受累，劳动很积极。说人家放火烧牛屋、喂死五个猪，纯属诬陷造谣。"在田安东说完之后，又有几个人站了起来，都认为田安东、田安民说得对。

当天上午，调查组又去了江家集和县公安局。

下午四点，人们从收音机里，而后又从生产队的大喇叭里听到了令全国人民万分悲痛的噩耗——伟大的领袖和导师毛泽东主席于 1976 年 9 月 9 日零时十分与世长辞了！中共中央发出通知，从 9 月 9 日至 9 月 18 日全国人民停止一切娱乐活动。正是 9 月 9 日的晚上，二诸葛等人邀功请赏般地都聚在了田济才家。他们都各自表了功。田济才说："就这样好，没有他们的人，就说田宇的坏话；有他们的人，就捣着叫他们调查不成，会开不成，官当不成！"而后，田济才说："这里有桌扑克牌，还有一桌新麻将，咱们先玩玩。待会儿他妈把菜炒好了，咱们喝两盅！"话刚落音，田顺才说："济才，广播里说这几天停止一切娱乐活动，可管来牌喝酒？被人知道了可不好！"田济才若有所悟："我还把这事给忘了呢，那咱们就——"话未说完，二诸葛说："你看看这屋子里可有外人，没有事，你要是想省酒，咱就不喝了！""这——"田济才想了想说："这样吧，咱们把大门锁上，万一有人来，就采取临时措施。"

田安民早就料到二诸葛他们一定会在晚上都去田济才家，于是吃过晚饭就悄悄地走到田济才的窗户跟前，避了下来，屋子里每个人说的话他都听得清清楚楚，原来，他们就是这样有计划、有预谋地陷害着田宇！不行，我得揭穿他们，我得要他们丢人现眼！他这样想着，就把田安东和路宣队的任老师叫来，把在了田济才的家门口。任玉珍敲了几下门，喊："田书记在家吗？"屋子里的人一片惊愕与慌乱。这时的田安民纵身跳上墙头，冲向屋里，屋子里的人还未来得及离开酒桌收拾麻将扑克，田安民已经眼疾手快，用麻将下面的垫布将麻将连同扑克都包了起来，拎在手里，说："你们明明知道毛主席今天去世，不准搞娱乐活动，你们却喝酒、来牌、打麻将，好不快乐！"

能说会道的田济才一时间惊慌失措，目瞪口呆。门外的喊声、敲门声更加急促，田济才不得不吩咐家人把门打开。面对这酒桌、牌场，满屋子的人，满眼的狼藉，任玉珍说："刚才田安民，田安东跟我说这件事了，我还以为不可能，而你们却真的喝酒，打牌，太不像话了！"任玉珍还未把话说完，只见从她身后溜走一个人。任玉珍正疑惑地看着这个人，田济才慌忙解释："任老师，您请坐，您请坐。他是俺队的邹小二，有点事，刚刚来到；至于主席逝世，我确实不知道。不知不招罪，不知不招罪呀！""田济才，你还胡说个啥？我在你窗户前已经恭听多时了，你们谁说的话我不知道？还是你叫你女人把大门锁上，万一来人，再采取临时措施，是不是？地主分子邹小二是刚来的吗？我怎么就没有看见？我这样说该不是屈赖你吧！"田安民针锋相对地说着事实。

田济才哑口无言。满屋子的人低着头陆续走了。

路线教育宣传队根据群众的揭发和认真调查核实，田济才身为中共党员却违反党的原则，向很多人放高利贷、贪污大队钱款、冤枉陷害好人、主席逝世时竟然聚集近十人，并和地主分子一起喝酒、打牌、来麻将，后报请育红公社党委批准，撤销了田济才党支部副书记的职务，增添尤秀芬为支部委员。

田济才的职务被撤销了，田宇今后的路能否平坦呢？

24

全县各大队农科所一阵风似的成立起来了。向阳大队农科所的房子建起来了，由十个生产队抽调的十位同志已经上工了，农具耕牛等也基本凑齐了。大队给农科所划拨了五十亩地。农科所的十间房屋，土墙瓦顶，就建在这块地的东南角。东边的田庄离农科所有二里路，南、北、西三面远离村庄，东200米处，去年新挖的中沟向南北延伸，贯穿全大队；南面有一条宽10米的土公路，从田庄庄里向西，一直伸到向县城去的柏油路；农科所新房靠西新修了一条土路，与南边的土公路相接；新房前边打了一口井，以便人畜之用，土井旁开辟了一个小菜园，过冬菜种已经下地，菠菜、蒜苗儿，大葱等很有精神地长着，已经显出了它们的勃勃生机；房舍又被这四周的麦田拱卫着。这里虽算不上环境优美，倒也称得上宽阔幽静、清新自然、生机勃发、风凉水便了。农科所的10个人晚上轮流看护农科所，每人10个晚上，与饲养员做伴。每逢田宇看护农科所，他总喜欢到菜园里走走，到田野里转转，到中沟上看看，他在尽情地吮吸着大自然的新鲜空气，他在静听着中沟里哗哗的流水声和沟边、路边风吹白杨的响声以及田野里不时传来的秋虫的低吟。他望着天空、望着稀疏闪烁的星空，望着银盆似的月亮、望着不时掠过月亮那炊烟般的一缕缕、一片片的云雾。每当这时，他就感觉得到朱自清先生的《荷塘月色》写得真美，这世界也真的只属于他一个人的了，他的心中往往生发出几多快意——那忧愁、那烦恼、那茫然几乎真的抛在了脑后。但更多的晚上、更多的时间里，他和饲养员拉家常，听他讲故事。饲养员会讲好多好多的故事——秦琼打擂、雷公子投亲、三国、水浒等，田宇和这饲养员老王头很合得来，老王头也深知田宇的爱好，每天都是说一会儿话，自己就去蒙被打呼噜，留着时间让田宇独个儿的看书、做笔记、写文章。

田宇白天的劳动是积极的、辛苦的、有良心的人有口皆碑的："挖井那天，他一个人在井下挖了四五个小时，别人要换他，他总是说：'反正我的衣服已经湿了，就不要换你们也弄湿了衣服；再说井下也比上边太阳晒凉快得多。'"他在井下用抓钩头、用铁镐扒砂姜，扒泥块，扒了一层，水也泉多了，上边的人把水桶松下来，田宇把泥块、砂姜、泥水装在桶里，井上的人再把水桶提上来，倒下……直到挖好这口井。上级要农科所试种水稻，他和另一个人一起拉着板车，去县城近二百里，买柴油机、水泵。他不舍得花公家的钱，就自带烙馍、喝油茶、头天早上去，次日傍晚就回来。入冬以后，农科所和生产队一样没有活干，10 个人在一起商定搞积肥。他为了拾粪，每天起得很早，常常是拾满了一粪箕子粪就埋在地塥沟里，做个记号，再去拾；拾了两粪箕子以后再埋上，然后回家拿扁担挑。后来，他的脚生了疮，做了手术，依然一步一瘸地坚持拾粪。结果到了年底一结账，10 人中数他拾的粪最多。十二月中旬，大队给农科所一个劳动模范名额，经农科所全员研究，以无记名投票形式，选出田宇为劳动模范，但田济才一帮人又闹腾起来了。原来，田济才在农科所人员安排上，是有意安排田谷海到农科所去的，以便控制田宇的发展。田宇被推选为公社劳动模范这件事，田谷海当天晚上就去田济才家里向田济才作了"汇报"。田济才就赶快找厚脸皮、华结巴等人，到田德慈那里闹，声扬田宇当选劳模是田宇拉的票，不能算数，要重新选；并且又写大字报《田宇到底是红人还是黑人》贴在路宣队所住房子的墙上。为慎重起见，田德慈和秦严真等人一起研究，找到农产所所长了解了一下情况。厚脸皮、华结巴、田谷海等人又来闹时，田德慈说："现在的形势是安定团结，你们就不要再闹了，再冤枉好人了。我们已经了解了农科所的人员，绝对没有田宇拉票之说；再说了，你田谷海说田宇拉票，拉了谁的票，谁能作证；还有，田宇干得好坏，你们农科所的人都清楚，你也很清楚；至于你们两个，不是农科所的人，不了解事实真相，根本就没有权力说这说那！"他们这帮子人最终理屈词穷、低着头走了。但田济才仍不甘心，生怕田宇有所发展，又指使田谷海在公社召开表彰大会的当天早上，去公社找领导，诽谤田宇，力图不让公社评他为劳模，不发给田宇奖状，当时就被公社领导给顶了回去，田谷海只得灰溜溜地走了。

晚上，田宇正在看书，忽听有人敲门，开门一看，见是任老师，就连忙让座倒茶。

任老师坐下来，把茶杯放在台子上，说："田宇哪，听说路宣队过年就要走了。"

"过年？是上级叫走的？"

"是的。"任老师回答之后，"唉"了一声又接着说："昨天我们路宣队的好几位同志一起闲聊，都为你的事感到遗憾，都认为你是一个有志气、有知识、有才能的人，硬是被他们排挤、嫉妒、陷害，才弄到今天这个地步。我们都为没能解决你的组织问题感到很不圆满。"

"我知道你们对我很关心、很爱护、很支持，你们已经尽心尽力了，我很感谢你们。这两年我学到了书本上所学不到的东西，我受到了锻炼和考验，磨炼了我的意志、丰富了我的阅历、增长了我的勇气。我没有倒下去——将来也永远不会！"田宇的话又含有激情。

"好在形势变了，"任老师又接着说："你会有机会施展才华的！再说，我们还打算在走之前给你安排个职务，免得我们走了，你更受他们的气！"

"任老师，请你们放心"，田宇的话又高昂起来，"我是不会被压倒的！他们是不能一手遮天的！现在搞四化，需要的是人才、是知识，我依靠的是党和党的政策，我会为社会作出贡献的！"

25

1977 年春天，路宣队的十二位同志真的要走了。临走前的那天晚上，路宣队的任玉珍与另一位女同志林梅一起去了田宇的住处。任玉珍说："田宇，我们明天就要走了。路宣队的同志因没能把你的工作安排好，都感到很抱歉。但都相信，你是一位不怕困难、不惧势力，百折不挠的好青年，你将来一定会有出息的！"没等田宇说话，林梅接着说："那天开大会，本来是要宣布你当大队会计的，但二诸葛他们到底就是胡搅蛮缠，不让宣布你。"

田宇充满感激地说："谢谢你们为我所做的一切……"田宇的话还没有说完，林梅说："田宇，你觉得你那位女同学对你怎么样？"

田宇愕然地看了林梅一眼，然后很疑惑地问道："她，她说我什么坏话了？"

林梅很爽直地对他说："那天开会，尤秀芬说你'上巴下压'，当时就被秦主任给批评了一顿：'作为一个年轻人，有才华，又要求进步，见了领导客气一点，想攀谈几句，完全在情理之中，不存在什么'巴'不巴的；至于'下压'，那就更不可能了，他只是一位有文化的一般群众，没有权势，没有地位，他能压谁？谁又能服压？你已经是一位领导了，说话要注意影响。'几句话说得尤秀芬吭也没吭。"

田宇下意识地看着地面，神情呆滞，那表情是很难读懂、更难表达的。

任玉珍白了林梅一眼，微笑着劝慰似的说："田宇，你别听她瞎扯，更不要放在心上。说句到底的话，尤秀芬这个人上进心很强，只是有点这山巴着那山高，有点势利，有点唯利是图。你今后出息了，她会沾着你；若不然，你们……"

任玉珍的话虽没有说完，但意思是很清楚的。听着任老师的话，想着尤秀芬这一年多来的变化，田宇又能说些什么呢？他只觉得，"旁观者清"这句话实在是太对了——他与尤秀芬相处这么久，只是刚刚认识她的"这山巴着那山高"、见异思迁、唯利是图；而任老师他们居然在这一年多里，就对她认识得那么深刻，而这一年多的时间里，他们直接接触的机会并不多——真是"旁观者清，当局者迷"，迷啊！为什么会"迷"呢？那大概就是"情人眼里出西施"吧。她的弱点、她的错误每一次都被她的优点、她的情感，他们之间的感情淹没了、抛在脑后了……就在田宇陷入遐想的时候，林梅说："田宇，你别想那么多了，像你这么有才华的人，还愁讨不到妻子？我相信你今后一定会更加努力，我们都等着你的好消息。如果有什么要帮忙的，你只管讲一声，我们一定尽力！"

田宇不无激动地说："任老师，梅姐，我真的很感谢你们对我的信任与支持！请你们放心，我是不会被摧垮的！我可以毫不掩饰地说：我田宇绝不是笨蛋！"

任玉珍说："田宇，今天我们就说到这儿吧，祝你早日成才！"她看了林梅一眼又抬腕看了看手表，接着说："林梅，现在已经八点多了，咱们和田宇一起到老书记家去吧。"

林梅看着田宇说："好，走吧，田宇。"田宇连忙站起来，同时握着她们俩的手，激动地说："你们临走前还来看我，我真的是太感动了。谢谢你们，也谢谢路宣队的其他领导同志。请你们转告秦主任，我不会辜负你们的期望，并欢迎你们常来我家做客！"

他们三个人一起走到了田德慈书记的家门口。

田宇正要敲门，忽然听到屋子里的说话声与哭泣声。田宇回头看了看任玉珍，任玉珍摆了摆手。他们驻足静听：

"善云，别难过了，我是很了解田宇的，他有志气、有抱负、将来一定会有出息的！"门外的三个人都听得出这是老书记的女儿田桂芳的声音。

"都怪我刚才多说了几句话，让你难过了。好了，牛孩，别哭了。今后的机会还多着呐！今后的形势不会让他们那帮子人瞎闹的！听爷爷的劝，你就别伤心了。"这是田德慈书记的声音。

田宇的心砰砰乱跳，他自个儿知道，泪水已经落了下来。这怎能不让他感动呢？一个平时被他冷落、被他轻视、被他疏远的姑娘，竟能在他最痛苦的时候，为他伤悲、为他流泪，这对他来说，实在是一种理解、一种宽慰、一种深爱！他掏出手帕擦了擦挂在两腮的泪。

就在田宇要推门而入的时候，屋里传来一个中年妇女的声音："善云，咱们走吧，让你德慈爷爷休息吧。"

大概是觉得站在门外有些不合适的缘故吧，任玉珍一边推门一边说："老书记在家吗？"

"在家，进屋吧。"老书记听出是任玉珍的声音，连忙站起来。任玉珍、林梅、田宇一同进了屋。

"噢，你们都来了。坐、坐吧。"田书记指着凳子说。

就在任玉珍他们进屋的时候，牛善云和她的姑娘站起身正准备要走。田桂芳见此情景，拉着善云的手说："善云，你看田宇也来了，你就再坐一会儿吧！"

牛善云的姑娘征求似的看着善云，善云偷看着田宇，有些羞涩、有些拘谨地说："俺走了，你，你们……你们说话吧。"说罢，面向田桂芳，又看着她姑娘，说："俺，俺就走了。"

不知是出于礼貌还是感情冲动，田宇也跟着牛善云走出了门外。

他们相互道别，田宇和牛善云也没有单说什么。还说什么呢？他们的心已经贴得很紧很紧了。

田宇和田桂芳回到了屋子里，任玉珍笑着说："田宇，这姑娘很漂亮、也一定很能干，你好福气哟！"林梅也半开玩笑地说："刚才在门外，我就有些纳闷，哪位姑娘能够为田宇流泪呢？这才知道，真是谁的人谁疼哟！"

屋子里的人全笑了起来。之后，任玉珍说："看来，这位姑娘对你很真心。"没等任玉珍把话说完，林梅接着说："要比你那位女同学好得多！""是啊，刚才一提到田宇受人诽谤，也未能入党，路宣队的同志明天又要走，她就哭了起来。"老书记的话很真诚，很坦率，也充满着遗憾与怜悯。

屋子里出现了短时间的寂静。

还是任玉珍打破了这种寂静，说："田书记，是秦主任叫我们来的。他要我们感谢你这一两年来对我们的支持与照顾。对于田宇，就是我们不说，你也一定会继续培养的。"

田书记说："工作上相互支持是应该的，你们从不同单位来到我们这儿，帮助我们工作，我应该感谢你们。在生活上，我对你们照顾得还很不够，希望你们能够谅解。至于田宇，只要我还干着，我就一定要培养他。再说了，我琢磨着，今后的形势会对田宇有利的！"

……

第二天上午，路宣队的同志真的走了。

这一天的晚上，一弯新月挂在刚长满叶子的杨树上，树底下隐约可以看到月光投射出的斑驳的阴影，浮云掠过月亮，星辰失去灿烂，天空因新月而放射的亮光忽明忽暗，凉风吹着树叶发出"沙沙"的响声，几声狗叫却是那样的清晰响亮。田宇就在这门口的菜园子里踱步，时而看着天空，时而瞅着大地，他的两只手插在裤袋里，不时地用脚趄着地面，很无聊地踢着小坷垃，脑子里实在是一片空白。突然，一种思绪、一种想法、或许也是一种情感，跳到了他的脑海里，是那样的清晰、那样的急切，也是那样的执着：善云或许没走吧，我应该找她去！就在他作出这种决定之后，猛然间他隐约看到前边来了一个人，这人越来越近，这身影是那样的熟悉。是善云，真的是她！

他急走几步，伸出手，想牵着她的手，却又被一种什么力量阻止了，他的手放下了，脚步也停止了。"你来了？善云！"当善云走到他跟前的时候，他只是这样含着激情地打了句招呼。

"你怎么在这？"善云问田宇。

"我……我……"田宇一时间找不到合适的话来回答，"我……想到外面走走。走吧，咱们到屋里去。"

牛善云跟在田宇的后面，田宇打开房门，点亮煤油灯，又扶了扶那把椅子，说："坐吧。"说着，又给她倒了杯开水，递给她，说："喝茶。"

对客人让座让茶本来是件极普通、极平常的事情，但对牛善云来说，这可是她认识田宇以来第一次受到的礼遇，她为这"坐吧""喝茶"四个字感动极了，本来想了一路却不知从哪说起的话，由于感动和激动全都说了出来。她把茶杯放在台子上，说："你的啥事俺都知道了，你可要想开啊！能攀上去就攀，攀不上去就不攀。咱站着有人高，睡着有人长，怕什么？你上了十几年学，墨水子没有派上用场，心里苦恼；不想干活，可又不得不干活，俺都懂。以后我来了，自留地的活，俺不让你干；公家的活，你想干就干，不想干就不干，星期天你要干俺也不让你干。只要你能对俺好，不烦俺，不给俺脸子看，俺啥都依着你！"

多么朴实的语言，多么真挚的感情，多么深刻的理解，多么刻骨的疼爱！

一个人在经受失败、挫折或者最痛苦的时候，如果有谁能为他掉几滴眼泪，那将是对他最大的安慰。昨天晚上，善云为他流泪了；今天晚上，分明来劝慰他田宇的，并且留下了诚善的诺言，希冀与企盼。爱火在这位年轻人的胸中燃烧，感情的洪水终于冲破了理智的闸门，他走上前去，一把抓住了牛善云的手，把她紧紧地抱在了怀里。这两位泪人儿抱了许久许久。牛善云情不自禁，幸福地耳语一般地，喃喃地说："我真的好想你。打咱们见面的那天起，我的心就一天也没有离开过你……"

他们紧紧地拥抱、深深地亲吻。煤油灯上的火苗儿在跳跃。

26

一天早晨，全家人都正在吃饭，邮递员递给田宇一封信。一看地址，他很愕然。妈问："宇儿，谁来的信？"田宇答道："淮北矿务局来的。"

"那八成是你姨舅来的。"妈说。"哪个姨舅？"田宇问。"就是在淮北矿务局工作的那个，他是那个单位什么科的科长，唉，我也忘了。"妈又接着说。

"他给我来信干什么？"田宇不解地问。

"你老是在家趴着，我怕你憋出病来。那天，我就和你爸找到了他，要他给你安排个工作。"妈说罢，又赶忙问了一句："快看看，信上是怎么说的？"

"无论怎么说的，我都不会去。"田宇有些生气地说。

"那你总得看一看，让我知道啊！"妈急切地说。

"他给我安排个钳工，说是每月60元钱，每月带45斤粮食换粮票，或许一年后转正。"田宇无奈，把信上的主要内容给妈说了。

"那你就准备去吧。"妈说。

一种愤怒在他的胸中升腾着，他发疯般地在这十多平方米的灶房里来回走了两圈，猛然"叭"的一声把正在吃着的红芋片子馍甩到地上，把那封信也撕得粉碎，接着咆哮起来："难道我就真的被人挤走吗？难道我必须靠走后门、拉关系才能找到工作吗？难道我就不能靠自己的努力寻找出路吗？我一定要出其不意地站在对立者的面前，让他们自己说，田宇绝不是笨蛋！"说罢，径直向自己的房间里走去。

夜，一个又一个的夜，一个又一个不眠的夜。

油，一灯又一灯的油，一灯又一灯熬尽的油。

人，还是那个人，还是那个靠奋斗找出路的人。

天，万年之天，无尽头的天，能否赐给他一片天空呢？

田宇，劳累了一天的田宇，每天晚上都是这样：困了，两只胳膊垫着头，趴在泥台子上睡；醒了，不顾袭人的寒冷，不顾蚊虫的叮咬，一个劲地、发狠心地读、背、写。

收获。真的有许多收获。他读了一摞又一摞的书，他剪辑了二十三集《战地黄花——学习集》——他把报刊上的一些好文章剪下来，贴在学习集上。他发表了十余篇省级作品，小小说、散文、诗、对口词、小演唱、小戏曲等。但，这些豆腐块式的文章能够叩开那作家的大门吗？没有社会的变革与容纳，单靠个人奋斗，他能够成功吗？

喜讯终于来了。高考制度恢复了。这无疑是田宇人生路途上的一盏灯。但距离十二月底仅还有不足三个月的时间，却要复习那么多的内容，而且他必须考文科，而考文科历史、地理又几乎没有学过，他真的感到手足无措，也真的感到希望渺茫。但，他是一个不服输、会努力的人。从这一天开始，每天晚上，他转入了对各门功课的复习。

一天下午，田德慈书记到大队农科所去，他说："接县文教局的通知，要你 10 月 25 日上午八点前到县文化馆参加全县业余文艺创作座谈会。"说罢，递给他一张通知。消息很快传到了田济才那里，田济才又派田谷海等人到公社去找代书记，问是谁让他去的？为什么让他去？能不能不让他去？代书记没有答话，只是拿来一张纸，说："田谷海，我认识你，请你把想反映的问题和要求写出来，签个名，并把谁让你来的，都写出来。"田谷海不愿意写，也无话要说。代书记见此情景，有些生气地说："田谷海，你是转业军人，该知道'下级服从上级'这个组织原则吧。再说了，田宇是个很好的年轻同志，发表了那么多的作品，局领导会不知道？召开'全县业余文艺创作座谈会'让他参加，还不是天经地义？你们不能再像以前那样瞎闹腾了。回去，把我的这些话给田济才说一下，让他好好考虑考虑。我还有事，失陪了。"说罢就走了，田谷海等人讨了个没趣，灰溜溜地走了。

对于能参加县里举行的创作会，真让田宇喜出望外。他好几天放弃了功课的复习，收拾了一下他发表的作品，届时参加了会议。他是这次会议上最年轻的一个。这次会议，使他认识了省里几个有名望的作家和全县搞创作的新老同志，也更增强了他走创作之路的信心。当然，他没有忘记复习迎考，会议结束后，他依然天天晚上复习功课。

这是一个雨天。田宇正在屋子里看书、做题目。忽然他听到门外有人走路的声音。隔着窗玻璃，他清楚地看到尤秀芬打着雨伞向这里走来了。就在田宇看到她的那一刹那，他的心里"砰砰"地乱跳。他们初中三年、高中两年、回乡务农又接近三年。这是和田宇相处了八年的同学啊！这是让田宇刻骨铭心深爱着的人啊！八年，这在历史的长河中只不过是短暂的一瞬，但在人生的历程上这八年已经是不可多得的了。人生能有几个八年？又何况这个八年恰恰是田宇的黄金时间啊！尽管这个一年多，尤秀芬对田宇有些变化，但田宇一刻也没有把她忘掉，心里总是装着她；尽管几天前，田桂芳给他说，尤秀芬就等着你考大学，考上了也就还愿意你，加深了田宇对尤秀芬"有点势利、有点唯利是图"的认识，但他总还是想着和她在一起的欢乐与幸福，总还是希望能和她在一起生活……

尤秀芬快要走到门前了。田宇的回忆打断了。他急忙打开房门，跨出门槛，正要向雨中走去，一把被秀芬拦住了，"快进屋吧！"秀芬说着并走到了屋里，田宇也在其后回到了屋里。

两个人，四只眼，相对注视。

田宇忽感失礼，不好意思地连连让她坐下喝茶。

尤秀芬看到泥台上放着打开的书，找到了话题般地也正扯到了正题上："你在复习吧？"

"是的，你也在复习吧？"田宇问。

"我随便看看，忘完了，也记不住，就看你的了！"一边说，一边从靠近胸口的外衣内掏出几本资料，放在台子上，说："我侄子今年也参加高考，我让他从学校里多要了一套复习资料，送给你复习吧！"

"那你呢？"田宇问。

"我那里零零碎碎还算有一套资料。再说了，我总觉得我复习也没有用！"尤秀芬回答。

有几次，田宇想谈到他们俩感情的事，但都欲言又止，他们之间毕竟隔着一层障壁了。

"田宇，你还恨我吗？"尤秀芬却首先问了一句。

"哪能这样说呢？"田宇顿了一下，又接着说："我是爱你的，真的，直到现在！但是，你前段时间的那种说法与做法，真的让我受到了伤害！"

她最赞成田宇的坦诚。她说："我让你受到了伤害，这一点我非常清楚。从今以后，咱们互不伤害，好吗？"

"这话你只说对了一半。"田宇接着说："无论你对我怎样，我都不会伤害你的！"

短时间的沉寂之后，尤秀芬说："祝你马到成功，我等候你的佳音！"接着，又说："我就不耽误你的时间了，我走了。"

尤秀芬这样说着的时候，深情地望着田宇，她是多么希望田宇能够在这个时候一把拉住她，或者抱着她，不让她走；但是田宇没有这样做，只听到了田宇的一句话："别走了，等一会，咱们还一同回家吃饭吧。"田宇没有做到她所希望的那样，只觉得心里凉了半截，即刻把伞撑起来，走出了门外。田宇连忙走出门外，站在雨中，目送着她远去的身影……

一九七七年冬季的高考已经揭晓。田宇因为志愿太高而名落孙山。田宇没有气馁，没有失望，他仍继续复习着，准备参加一九七八年七月的高考。

27

高考揭晓了。田宇以一分半之差再次落榜。

牛善云的父母托善云的姑父田心诚要田宇尽快跟善云结婚，其原因是怕田宇以后变了卦，叫善云不好做人。

面对落榜和催婚，田守在想：我真的考不上大学了吗？我真的现在就要结婚吗？一个人结了婚，这意味着什么？田宇在自己的房间里，叉着腰，踱着步，沉思着。

夜幕降临了。月亮艰难地拨开乌云时隐时现，星星疲惫地眨着本该兴奋的眼睛。田宇关上门，点亮油灯。门外传来一阵紧似一阵的狗叫，接着是几声轻慢而低沉的敲门声。

田宇打开房门，牛善云走了进来。

"是你，善云？"

"嗯。"

"什么时候来的？"

"今天上午。"

"怎么没先到这儿？"

"不年不节的，又没有啥事，到你这干啥？"

听着善云的回答，田宇笑了，真的笑了。

"你笑啥？俺说错啥了？"

"你什么也没有说错。我笑你，像我们这种关系，非逢年过节，或是有啥事才管来？没有事就不管来了？"

"俺不想让人家笑话俺，要是你以后不愿意俺了，俺这脸往哪搁？"

善云的这句话犹如一块石头，投入了田宇的心河，并激起了层层波澜。

这句话道出了那种朴素，那种真诚、那种挚爱、那种坦率，或许也是一种担心。这种种都是心声呀，都是肺腑呀！他不无激动而且也是十分坦诚地说："善云，请你放心，我是一个很负责的男人；你对我好，我会很珍惜的；但是，我们现在都还很年轻，国家又有好的政策，我不考上大学是不会罢休的！今年我只差一分半，难道我能放弃这个机会吗？我以前说过我田宇绝不是笨蛋，我要用事实来证明这一点！"

"你的心很高，又想争那口气，我都知道；只要你不甩开俺，你干啥俺都听你的。"牛善云的话总是那样真诚、那样善解人意。

在这只有他们俩的房间里，在这如豆的灯光下，在他们相互倾吐真情的炽热氛围中，两颗年轻的心在剧烈地跳动，跳动青春的旋律，跳动着真爱的音符。他们四目相视。他们走近对方。田宇展开双臂，牛善云投入了他那温暖热切的怀抱。田宇的手轻轻地抚摸着她的后背，充满激情地说："善云，你这么真心地待我，真让我很感动。我以后无论端公家饭碗，还是在家劳动一辈子，我都会娶你的！"

牛善云的两腮上挂着几颗晶莹的泪滴。那泪滴，分明就是幸福、就是激动、就是宽慰和满足。

1977 年 5 月，即在路官队撤走后的第三个月，田济才官复原职，继续任向阳大队的党支部副书记。田宇又要在他的手下经受着"锻炼"。

就是这天晚上，大队党支部在田德慈书记家里召开支委会，会议的主要内容是研究民办教师的配备问题。会议一开始，田书记让尤梦高会计把两月前支委会关于民办教师配备问题的决议念一下，而后确定配备人员。上次的决议是：根据全大队参加高考或中专考试的分数，落榜的第一名配备为初中教师，第二名配备为小学教师。几天前，尤梦高会计已经从公社教办室抄来了全大队十三个人的考试分数。尤会计在念了决议之后，又公布了各个人的考试分数，田宇考 298.5 分为第一名，田明考 201 分为第二名……田书记接着说："按照上次会议的决议，根据这几个人的考试分数，田宇到初中任教，田明到小学任教。如果大家没有什么意见，过几天就通知他们到学校报到。"田德慈书记原以为有上次的决议，又有各个人的考试分数，即便他田济才再耍点子也没有办法阻止田宇到学校任教，甚至上次的会议决议，也是为田宇能顺利教书而铺平道路的，因为谁都知道田宇的成绩好，即便高考落榜，在全大队参加考试的人员中也一定会是最好的。谁知道这田济才实在是摁人也有摁人的诀窍。当他了解到各人的考试分数后，自认为不让田宇教书是不可能的，但绝不能让他教中学。他认为，教中学与教小学虽是一字之差，但客观上老百姓会认为教中学的知识好，教小学的不如教中学的；再说，他的儿子在小学教书，岂能让田宇超出儿子？还有，将来民师转正什么的，小学教师总还要征求大队的意见，田宇还会在他的手心中……由于他早知道会有这么一天，早有思想准备，在老书记的话刚说完，他就慢条斯理地说："我想说说我的看法。"说过这句话之后，顿了一下，紧吸了几口烟，只见烟卷的那一头"嗤嗤"的冒着火光，又干咳了两声，以突然的方式说出久经考虑的话："人嘛，都有个本位主义。没有本位主义，是不客观的。我就有本位主义。"说完了这句，他又吸了一口烟，咳了一声，像是练嗓子、壮胆子、想点子。随着他的停顿，支委会的其他成员都在不约而同地想：难道他这次也能把住田宇，不让田宇教书？"本位主义"——这八不沾、九不连的，天知道他这葫芦里卖的是什么药？就在大家百思不得其解、凝神静听的时候，田济才又开腔了："咱们向阳小学，学生仅来源于咱们一个大队，而初中的学生却来源于四个大队。如果我们叫成绩好的教师留下来教我们自己的小孩，直接为全大队的群众服务，群众一定会拥护、支持的。我这样讲就有点本位主义了，不知大家赞成不赞成？"

"济才，你这说的到底是什么意思？"大队长白文山不解地问。

"他的意思是：让田宇到小学教书，田明到中学教书。"会计尤梦高解释说。

田济才吸着烟，很含蓄地笑着。

妇联主任，田宇的好同学尤秀芬早在沉思中了。她明白田济才的意思，也明白田济才这样安排的意思，但她现在考虑的是：带小学的课相对轻松，能够腾出更多的时间用来复习迎考，但知识的衔接性不如中学；带中学的课，知识衔接较好，但需要付出太多的精力，用太多的时间。各有利弊，究竟怎么好呢？事实上，她是没打算参加这次会议的，只是老书记亲自通知了，她不好来。她不由得回忆起和田宇的朝夕相处、回忆起生活的酸甜苦辣，回忆起田宇不曾知道的、偏偏又影响着他们生活的许多琐事，她禁不住轻轻地叹息了一声。她随即悲观地想道：这是我参加的向阳大队党支部最后一次支委会了。不费那个心了吧，随他去吧。

其他的人面面相觑。

老书记田德慈向来是一个顾全大局的人，再说了，他的心里也没有那么多的花花肠子。他想：只要田宇能教书就好，一来田宇不得总待在家里闷得慌，二来也有了他施展才华的天地。说不定让他教小学还是一件好事呢！于是，他作结性地表态说："刚才济才说的也不是没有道理，就这样吧：田宇到小学任教，田明到初中任教。还有三两天就开学了，尤梦高会计负责，通知他们俩于 9 月 1 日上午到学校报到带课。"

田济才依然吸着烟，笑着。只是这笑里藏着几分得意。

田宇呀田宇，你每走一步为什么都是那么的艰难呢？

教书，这能不能说田宇从此开始了他的教学生涯了呢？

28

大地刚刚从薄明的晨曦中苏醒过来，村里村外的鸟儿就呼朋引伴地或飞在空中、或跳在枝头，叽叽喳喳地唱个不停；像是被少女的红纱裹着，太阳羞涩地从这红纱中露出通红的脸。路边的小草上和村旁的树叶上挂着晶莹透亮的露珠。略带凉意的晨风吹得树叶沙沙作响，露珠在树叶上滚动着滴落下来。炊烟袅袅，与这晨雾相咬合，汇成了白色的飘带，环绕着或是包裹着村庄。这时的村庄犹如黄土地大背景上的一幅水墨画。

太阳慢慢地、重重地向上升腾着，大地和大地上的一切沐浴在红色的霞光里。雾霭慢慢褪去，林子好像水洗过的清新。白杨树从枝头到树干，通身湿漉漉的，给人一种赏心悦的感觉。一只、十只、百只，说不清数的蝉儿在枝头上鸣叫着，给这本来寂寥的天空和沉静的村庄多了一分欢快，也多了一分诗意。

这就是淮北平原上的一个村庄哟，田守就生长在这个村庄里。

这是一个如诗如画的早晨，这是一个令人陶醉的早晨。这样的早晨给本来心绪较好的田宇，又增添了几分祥和与欢愉。早饭后，他就要到那所小学里任教了。他认为，不，是村民们都这么说，田宇算是开始了新的生活。

向阳小学坐北朝南，前后两排房子。房子都是泥墙瓦顶。前排房子中间是一间过道，过道两边是教室，过道正对着后排房子办公室的门，办公室两边也是教室；主干路路西，靠墙头有三间西厢房，那是江校长的寝室；主干路路东是花园，花园里有一口土井，上口面用砖砌着，种着一个单元的菜，各种花盛开着，花香与菜香掺和着、交融着，沁人心脾；再往东，就是连接南北两排房子的土墙头了。田宇来到这所小学已经记不清几次了，但其中的一次让他永远难忘。那是两年前的暑假里，校园里的墙壁上贴满了大字报，有好多张名曰写田德慈，实则写田宇，写田宇到底是红人还是黑人，写田宇是投机倒把分子的儿子，写田宇喂死五个猪，放火烧牛屋，写田宇入党当干部是痴心妄想，等等，等等。看到这一切，这个原本踏实务农，原本忍辱负重、原本想靠好的劳动表现而被推荐上大学的回乡青年，竟被这些人侮辱得一塌糊涂、一无是处。他为此出离愤怒了，也曾为此感到痛苦、悲哀和绝望。他作为民办教师第一天走进将要在这里教书的学校里，感到这里的一切熟悉而又陌生、亲近而又疏远、新鲜而又陈旧、愉悦而又悲愤、轻松而又紧张，总之，他百感交集。他不觉捏紧了拳头，他在心里对自己说：要在这里好好教书、在这里讨回公道、在这里洗刷本该光彩的耻辱！

田宇走近办公室，江校长早就迎上去与他握手。

"欢迎你，田宇！"江校长说。

"你好，江校长！"田宇说。

田宇和站在门口的老师们相互寒暄之后，江校长指着靠近南墙窗户的那张办公桌和椅子说："你就在这办公吧。"并把办公桌的钥匙递给了田宇。

江校长是一位五十多岁的老教师，两鬓已经些许白发，但精神矍铄，古铜色的脸上镶嵌着一双智慧而又和蔼的眼睛。他从自己的办公桌上拿起早已准备好的教科书、参考书、课本等，走近田宇。田宇赶忙站起来。江校长把手伸过来，田宇立即把手伸过去。他们紧握着手。

江校长很真诚地说："田宇，事先也没有跟你商量，学校决定让你带三年级语文，你看怎么样？"

田宇充满感激地说："江校长，您太客气了。今后请您和各位老师多指教。"

"相信你能够取得好成绩。"江校长的话里含着信任与期望。

"我会努力的！"田宇的话慢而且重，江校长听出了这话里所含的自信与决心。田宇说过这句话之后，又以征求的口吻说："江校长，我想今天学学老师们的备课，再听几节课，熟悉一下课文，明天再进班上课，好吗？"

江校长赞许地点着头，说："那最好。"仅从这一点，江校长就已经认为田宇是一个很谦虚、很谨慎、好学习、考虑问题很周到的人，并且真的深信他一定能教好书，做一名好教师，同时在这之前，江校长已经初步了解到田宇的为人与学识。

田宇看了几位老师的备课，又听了与他坐对面的五年级语文教师沈老师的一节课，接着就到中午放学的时间了。

等到中午快 12 点的时候，田宇才最后一个离开学校，回家去。他走到学校门口，正好迎面碰上田德慈书记。

"田书记，你来这儿有事？"田宇问。

"你今天来学校报到，我是来看你的。"田书记回答。

而后又补充说："本来是想早点来的，因为在南庄有点事，耽误了一会儿。"

"谢谢您，田书记。您总是那么关心我。"田宇很感激地道谢，只是田书记后面的话，他并没有在意。

"我也不进学校了。咱们一块回家吧。"田书记这样说着，已经走在了前面，田宇跟在了后面。

就在这时，从南边来了一辆马车，由三匹枣红马拉着。马头上均系着红布。马车上扎着拱形的棚，棚里坐着一位姑娘，姑娘的头上盖了一块红绸子布。马车后面有四人抬着红橱子、两人抬着红桌子……走到路口的时候，坐在马车前头、怀里抱着个大公鸡的人连放了三个炮。田宇知道，这马车是接新娘的车。田德慈书记走到路口，向车夫摆了摆手，车夫"吁"了一声，马车停了下来。

田宇的心里"咯噔"一下，立刻感到惶恐与不安。他警醒般地想道：这新娘是谁？田书记怎么会让车停下来？难道她是……正在他要看个究竟，但又怕如所料的时候，只见田德慈书记上前一步，说："秀芬，我在这儿——"秀芬听到是田书记的声音，立刻停住哭泣，掀开盖头。但，在她那蒙眬的泪眼里，首先看到的竟是田宇！即刻，痛、悲、愧，许多许多复杂的感情全部涌上了她的心头，她索性把红盖头扔在了一边，放声痛哭起来。在她的哭声里，田宇清楚地听得出她哭着、说着："我那苦命的娘啊，我……我对不起您啊，我没有……没有听您的话啊……"

秀芬有许多的话要向田宇说，但这时这地又怎么说？说些什么？

田宇有许多的话要问秀芬，但这时这地、这情景又怎么问？问些什么？又怎能忍心问？

四只眼睛。四只曾经热情得像火一样的眼睛。四只现在被泪水模糊了的眼睛。田宇手里的那本书不觉落到了地上。田德慈书记把这一切都看得清清楚楚，在内心里责备着自己，赶紧找回红盖头，轻轻地给秀芬盖在了头上，并慰抚似的说："秀芬，多保重，一路走好！"说罢，招呼车夫快走。

马车慢悠悠地向北驶去，田宇呆立在那里，目不转睛地看着马车。

精明、仁慈的田书记把书拾起来，递给田宇，慢慢地说："宇儿，咱们走吧！"接着，他似是劝慰，又像感叹人生："人这一辈子，啥事聪明、啥事糊涂，大都是走过去才知道……"

29

1980 年暑假。

这一天上午，田宇正骑着自行车行驶在从县城回家的路上。两年来，他在教育这块园地上辛勤地耕耘着，并且，已经初露锋芒，在全县小有名气——他两次在全公社举行公开教学，又有一次在全县举行公开教学！尤其是面对全县举行公开教学的那天，那么多的女同志或拎着个小皮包、或打着个小洋伞，穿着亮丽的衣服走进校园；那么多的男教师有的戴着个眼镜、有的拎着或挟着个皮包、穿着一新地走进了校园；也还有好几位领导模样的人从小轿车上下来，走进校园。这在育红公社的历史上可是破天荒的一次，城里的人居然来这偏僻的农村听课，这真的为向阳小学蓬荜增辉，更为田宇添了光彩！向阳村的很多人特地来观赏这场景，看到小学门前的操场上停满了自行车，停满了小轿车，看到那大模大样的领导居然也走上前去跟田宇握手，他们的心里荡漾着激动，脸上也浮着光彩的笑容。其中的一个说："田宇出了名了！"另一个说："有本事的人总会有出息的！"是的！仅这一次公开教学，老百姓的心里也已经为田宇"讨回了公道，洗刷了他本该属于光彩的耻辱！"

他不再是那个喂猪娃，那个被田济才等人抨击为"到底是红人还是黑人"的对象了！不唯如此，田宇的语文教学成绩在全公社也是最突出的。两年中，全公社举行了两次抽考，四次期末统考，他所带班级的考试成绩次次都是第一。公社举行小学作文竞赛，他所带的三个三年级学生，居然有两个获一等奖，一个获二等奖。老师、学生、学生家长们都知道：田宇的教学成绩是田宇用心血换来的。他除了不断探讨教学方法，以提高课堂教学效率外，还组织读书兴趣小组，在《学习园地》中开辟读书角，每周星期五的晚自习为"读书交流会"。他让学生自备《积词本》，经常选择妙句佳段，还从自己的《学习集》中选出一些段落抄在黑板上让学生抄，还让学生坚持写读书心得，写日记、周记。每天早自习，他组织学生在教室门前分坐两行，读书、背书或读背"积词"。学生读得多、背得多、写得多，不仅学会了课本上的知识，而且提高了写作水平。为教好学生，做一个合格的教师，洗刷莫须有的"罪名"，他放弃了七九年的高考。但他一天也没有忘记高考科目的文化复习——他要实现自己的理想，他要深造，他要学到更多的文化知识。

田宇骑着自行车，不时地用手帕擦去脸上的汗水。不觉间，他又回忆起两天前他在县教育局开会时和林局长谈话的情景来。那天上午散会以后，林局长走到田宇跟前，问："你叫田宇？"

"是的。"田宇面对这位慈祥的老人，这位副局长，心里不明白他为什么会问到自己，因而显得有点儿意外。

"你在哪个学校？"林局长又接着问下去。

田宇看着他的慈祥、他的微笑、他的关切与谦恭，心里面已经没有了那种领导与部下间的距离，于是很爽快、很自然地回答："我在育红公社向阳小学。"

"你认识林梅吗？"林局长攀谈般地问道。

"认识，认识。"田宇恍然大悟："您就是林梅的父亲吗？"

"是的"，林局长微笑着，称羡般地说："梅子常常在我跟前提起你，说你有志气、有才华。今天你的发言，有理论、有实践、有教法、有学法，全面、具体、透彻，真是百闻不如一见哪！"

"林局长，您过奖了，我还要靠您多指导哟！"田宇很谦逊、坦然地说。

"你这孩子，还叫我林局长？"林善贤局长很开心。

"您好，林伯伯。"田宇很快地改口，不禁肃然起敬。

"这才对呀！"林局长依然微笑着，然后又关切地问道："这两年没有考大学？"

"去年没考，前年差了一分半未被录取，今年参加考试了，分数还没有下来。"田宇实话实说。

"但愿你今年能够考上。知识是工作的本钱哪！"林局长顿了一下，好像经过了一个短时间的思考，而后，语重心长地说："你是一个很有才气的青年。社会在进步，人才是不会被埋没的！如果有可能，将来师大毕业了，我可以帮助你到县教研室工作。"

田宇还在回忆着，猛然听到有人在喊他，抬头一看，是本庄的一个邻居。他们各自下了自行车。没等寒暄，那人便连珠炮似的说："快回家准备当新郎吧。喜日订在旧历七月十四日，你爸这几天正四下里下请帖呢！"说罢，便推着自行车，一边上车子，一边说："我还有事，咱们两面吧。"

那人远去了，而田宇却木鸡般地呆立在那里，脸色寒了起来，自行车差点儿失手倒在地上。

田宇推着自行车，艰难地走了这一段路，终于走到了家里。

奶奶正在房前的树荫下纳凉，见田宇来了，连忙站起来，招呼了一声，端了一盆凉水，送到田宇屋子里去，说："宇儿，洗洗脸吧，这么热的天。"

"我不洗，奶奶。"

奶奶见田宇一脸的不高兴，便问："你知道结婚的事了？"

"知道了。"

"我就知道你会不高兴，但你和善云都老大不小了，也该成婚了；再说了，人家善云等了你七八年，从情上、理上都说不过去，让人家等到啥时候呢？"她顿了顿又接着说："常言说，人的命如钉钉，胡思乱想不中用。你现在好歹也是个民办教师，总比人家干活的人要好一些。将来生了孩子，就安分了，就能好好过日子了。"奶奶是个很会劝人的人，不说不说也要说上二百句。

"奶奶，你就到外边凉着去吧，我想一个人静一会儿。"田宇的声音里有点哀求了。

"宇儿，可别犯傻哟。我知道，你是最听奶奶的话的。你小时候，肚子肿得葱皮薄，肝肠肚肺都看得清清楚楚，我给你熬好了汤药，喊了声'小书羔——快来吃药了——'你就扎巴扎巴来到我跟前，'咕嘟咕嘟'地把药喝完。你可是我好不容易拉扯大的，可还要听奶奶的话噢！"奶奶又很不放心地作了这一番劝说。

田宇走到奶奶的跟前，扶着奶奶的后背，说："奶奶，请您放心，我不会干什么傻事的。只是觉得能努到我考上大学再结婚才好。"

"噢，我想起来了。你爸也打听过了，如果能考上，结了婚也可以上大学。再说了，考不考上大学又咋的了？咱们这个大家族，一百多口人，多少辈子也没有一个读书人，不照样过日子？你已经读完高中了，现在又教书了，这就够咱的了、高攀了，费心费力的，我还真怕熬坏了你呢！"奶奶接着话茬又说了这一大串。

"奶奶，我听您的，好不好？您就到外面凉着去吧！"田宇有些无可奈何了。

奶奶走出门外，田宇闭上了房门。

田宇躺在床上，思前想后，不觉咽咽地哭了起来。他在想，这多少年的努力，难道就付之东流了？

过了好大一会儿，奶奶存着心事般地走到了田宇的门前，敲响了房门："宇儿，开开门哪！"

敲门声伴随着呼叫一阵紧似一阵。

田宇只得把门打开。奶奶走进屋里。这一次，她没有说什么，只是踮着小脚，几乎每个墙脚处她都走了一遍，这瞅瞅，那看看，终于从墙脚处捡起了一个空农药瓶子，又从靠窗户的那个土台子上拿起了那把裁纸小刀，而后才说："宇儿，不是奶奶不想让你清静，奶奶看你这个样子难过啊！人常说：'奶奶疼孙子，床头攒金子。孙子是奶奶的幡杆子。'你可是我从小抱大的啊。我疼你比疼你爸还要很哪。我疼你图个啥？就图个儿孙满堂，就图个有家有业，就图个儿孙孝顺。啥为孝顺？孝顺孝顺，以顺为孝，只要听奶奶的话就是孝顺了。啊？"奶奶自知现在说什么田宇都很难听得进去，就拎着那个空药瓶子，拿着那把小刀走了出去。就在她要把门关上的时候，她又不放心地叮嘱了一句："想开啊，宇儿！"

田宇看着奶奶拎着空药瓶子，又慢慢把门关上的背影，一阵酸楚涌上心头，掺和着对未来的失望，多种感情交织在一起，他真的哭了，失声地哭了。

任凭爸、妈、奶奶的劝说，田宇已经两天没有吃一口饭了。晚上，奶奶端来一碗面条，面条里裹着四个荷包鸡蛋，递给田宇，近乎哀求地说："宇儿，你已经两天没吃东西了。明天过轿，后天你就娶亲了。到那时，招呼客人，应酬琐事，不吃饭撑不住啊！再说了，喜事已到跟前，没有法再改了啊！你就听奶奶的话，吃下这碗面条吧。"

两天来，田宇思前想后——想到和秀芬相处了八年，苦苦乐乐、曲曲折折之后，她竟然抛下自己结婚走了；想到自己慢待了善云好多年，她却委屈自己不变初衷地痴心追求着；想到高中毕业后回乡务农的最初几年，每天疲惫不堪，却又忍辱负重地终日劳作，其结果被田济才等人侮辱得一塌糊涂、一无是处，最终落得个一事无成；想到自己一天又一天彻夜不眠地苦读；想到近几年，自己虽然还谈不上事业有成，但总算改变了生活天地，境况日盛一日；也想到父母尤其是奶奶对自己的关爱与希望；当然，他还想到事已至此，如果逃避了，就会对不起父母、对不起奶奶，对不起善云，尤其是善云，她是怎样的无辜与不幸啊！如果逃避了，那些曾经对自己搬弄是非的人，或许会幸灾乐祸，看笑话……总之，他想了许多许多，他只能顺其自然。

事实就是这样，疙瘩往往是自己解开的。田宇在想清楚了这许多许多之后，面对着满头白发、老态龙钟对自己关爱无尽的奶奶，眼泪夺眶而出，他哽咽着说："奶奶，我对不起您，我总让您为我操心……"说着他接过奶奶端来的那碗饭，只觉得这碗饭是那样的沉重，这分明是奶奶的一颗心哪！田宇抹去泪水，挑起面条，慢慢地，像是执行任务一般地吃起来。

在一旁站着的奶奶，如释重负，长长地出了一口气，微笑着，泪水挂在了腮上。

……

旧历七月十三日下午。天气闷热，乌云翻滚，而后电闪雷鸣，大雨滂沱。须臾，地面上的雨水，一片片，一汪汪，四处流淌。大约半个小时过后，雨渐渐停了下来，西南天空呈现出一弯彩虹。就在这时，唢呐声由远而近，从村外响进了村子里。田宇清楚地知道，这是为自己结婚定的喇叭。听到这喇叭声，他的情绪骤然跌落下来。他重又闭上房门，躺在床上，但眼前总是浮现着一幅幅过往的生活图景，又想到人往往是以结婚为标志，婚后大都前途渺茫，更何况自己现在连一点起点也没有，不觉百感交集，坐在泥台子前，提笔写出一首词来——

菩萨蛮

唢呐门外奏激扬，书生房内断心肠。船行月黑夜，蝙撞丽日墙。

玉燕垒巢忙，愚公搬太行。但愿雷雨过，再现红朝阳。

七月十四日上午。

雨紧一阵慢一阵地下着，过了一会儿，天遂人愿，这雨也停息了。

前来贺喜的亲朋好友、同学同事已陆续到齐。

田宇冒雨应酬着前来贺喜的人们。

田庄村子东头。唢呐声声。鞭炮阵阵。接新娘的马车和送嫁、抬嫁妆的人们连同唢呐班子全都停在了村头。唢呐声息，鞭炮声息。

田宇家的院落里，靠一角用帆布搭着一个大棚。大棚下的厨师们正忙着置办酒席。人们忙里忙外，棚内棚外，出出进进。

大席总听到村子东头传来了唢呐声与鞭炮声，连忙招呼人点响迎车炮。

村子东头的唢呐班子听到迎车炮声，于是唢呐齐奏，锣鼓声喧。抱鸡的人前头带路，唢呐班子在其后，拉着新娘的马车又其后，最后跟着抬嫁妆的人们，浩浩荡荡驶进村子，驶向田宇家的院落。

大席总在这院前等候着。忽然，大席总好像有了什么重大发现似的，急忙吩咐人拿来一块大红布把院墙跟前的那块大石头盖上（注：按风俗新娘看到石头不吉利，有石妮子之意）。唢呐班子已经来到跟前，大席总让其停下来。吹唢呐的这班子人停在了一边，马车向前走了一步，停下来。按照大席总的吩咐，一串长长的鞭炮被点燃，响起来，震耳欲聋，随后唢呐也响起来。这时，两个姑娘拿着几张芦苇席，从新娘的马车边一直向前铺起来。而后两位姑娘各在一旁挽着新娘的胳膊从马车上走下来，走在这芦苇席铺成的路上。在新娘的一侧，一位和田宇同班辈的儿女双全，且又洁身一嫁的年轻媳妇用一只胳膊在怀里抱着个小斗子，另一只手从这小斗子里大把大把地抓出红高粱粒子和花生撒向前方、撒向两旁（寓意早生贵子、多生贵子）。另一侧，田宇穿着一新，蓝帽子上系着红头绳，端着馍盘子，从馍盘子里把散烟和糖果撒给观赏的人们。

人们欢笑着、戏闹着，其乐融融。

这一切完毕之后，新娘在新郎的搀扶下，走向举行结婚典礼的地方。田宇的结婚典礼处设在田宇的住处——洞房的前边。洞房的正面墙上贴着一张毛主席画像，画像上方有一幅拱形的标语，"田宇、牛善云二同志结婚典礼。"由大席总在前边带路，跟着是新郎新娘，再其后是唢呐队，前前后后，左左右右，簇拥着贺喜的人们。新郎新娘走到毛主席画像前的红桌子前，大席总侧立一旁，郑重地喊着"一鞠躬、二鞠躬、三鞠躬"，新郎新娘随着这喊声恭恭敬敬地向毛主席他老人家三鞠躬。而后，就是新郎新娘在人们的簇拥下、在嬉闹声中给拥进洞房。经过这一段时间的嬉闹，田宇好不容易地挤出洞房。唢呐队见田宇已经出了洞房，这才得以歇息，他们的脸上个个挂满了汗珠子。从拉新娘的马车驶进村子，到新郎官挤出洞房，这段时间里，唢呐队总得不停地吹奏着，因而这是他们最累的时间。

新郎新娘在毛主席像前的三鞠躬，就算是他们正式拜堂了。闹洞房过后，新娘又在两位姑娘的搀扶下到另一个处所与新郎一起拜父母、拜祖父母、拜长辈的亲戚和族里的长辈们。

拜完了长辈之后，大席总到橱棚里询问了一番，而后吩咐放开桌炮。客人们按大席总的安排，各入席位。客人们坐定，菜上齐之后，大席总两手托着红布，铺在门前，说了一长串礼节性的客套话，而后让新郎给客人们三鞠躬，以示拜谢。新郎三鞠躬之后，大席总高喊一声："拿壶——"只见办忙的人各自拿着酒壶放到各个桌上去。

——到此，婚宴算是真正开始了。

田宇，两天没有吃饭的田宇，两天没有吃饭而又迷途羔羊般不知去向精神不振的田宇，经过这一连串的折腾之后，他的的确确是疲惫不堪、盔歪甲斜了。但，"叹暑寒残月，问吾去何方"这句话却始终萦绕在他的脑际，回响着千百遍。

就在这时，田宇本庄的一位学生手里拿着一封信，急急忙忙地跑到田宇跟前，气喘吁吁地说："田老师，你——你的信！"说着，把信递给了田宇。田宇说了声"谢谢"之后，就拆开信封，打开信笺，只见上面写着：

沉　重

田宇同志：

　　高考已经揭晓。你考了 408 分，比分数线 335 分超 73 分。请你务于明天上午八点到育红中学填写录取志愿书。

　　顺贺成功

育红公社教办室

一九八〇年八月即日

　　看着信，田宇的手抖动着，嘴唇哆嗦着，眼里滚出了泪滴。他的一位同学看着田宇的神情与举动，总觉得不对劲儿，于是不知所然地走到田宇跟前，夺过信看了起来。没等看完，他就大声叫喊着："田宇考上大学了！""田宇超了 73 分！"喊罢，这位同学竟把田宇给抱了起来。

　　田宇激动了，流泪了，但不知该说些什么。

　　喜讯很快地传给了每一位客人。客人们沸腾起来了。

　　很多很多的人都在说着一句共同的话："田宇——双喜临门！"

　　门外又响起了一串鞭炮声。田宇闻声看去，只见牛善云的手里还拿着火柴，站在一旁目不转睛地看着燃炮。

　　看着这情景，有人高喊道："田宇婚后得志，抱一抱新娘吧！"而后，这声音此起彼伏。

　　田宇带着激动、带着喜悦、更带着感激，有点儿冲动地走到了牛善云的跟前，双手把她抱起来，并且在她的脸上亲了一口。牛善云含着幸福、含着满足、含着快乐，有点儿腼腆地埋下了红润的脸。

　　太阳出来了。门上的那幅婚联——"洞房花烛夜，金榜题名时"是那样的鲜亮，那样的红火、那样的暖人心窝。千百只蝉在枝头鸣叫着，与这喜庆人们的欢笑声交织在一起，被雨水刚刚洗刷了的大地散发出一股股清新的、沁人心脾的泥土气息……

　　八月底，田宇接到了来自省师范大学的录取通知书。

　　牛善云为田宇准备着行装。

　　上学的那天，妻、爸、妈、奶奶、田德慈书记、向阳小学的江校长和一些乡亲们都赶到村口，为田宇送行。说来也巧，正当他们就要分别的时候，尤秀芬的侄子用板车拉着秀芬回娘家。秀芬——她已经是两个孩子的妈妈了。

这么多的人都知道早几年田宇和尤秀芬谈恋爱的历史，这么多的人又都在看着尤秀芬、看着田宇。而他们——田宇和尤秀芬在这一瞬间，在这意想不到、不该有的场面里，确实都有点尴尬、有点儿不自在、有点儿不知所措。

还是田宇先开了口："秀芬，你回娘家？"

"嗯。"秀芬一边回答又一边说："祝贺你，田宇，我知道你会有这么一天的！"秀芬那不太光灿的眼里闪现着说不清楚的湿润。

田德慈书记说："秀芬，天这么热，你又抱着孩子，快回到家里凉着去吧！"

秀芬吩咐侄子"走吧"之后，又依然含情地看着田宇。他们四目相视。就在板车拉动之时，田宇突然跨前一步，说："你多保重，秀芬！"

"嗯。你也是。"秀芬回答了一句。

牛善云扶着自行车，一动不动地站在那里。她的心里想说点什么，但终究一句话也没有说。

板车远去了。田宇收回神来。他诙谐地、不无感慨地说："唉，人各有志。谁知道谁会走到哪一步呢？没能想到，她已经是两个孩子的妈妈了。"

随后，田宇和乡亲们热情地话别。最后，牛善云骑自行车带田宇到车站。就在火车鸣笛就要启动的时候，牛善云——这个刚刚与田宇结婚一个多月的姑娘，再也按捺不住内心的激动与对田宇的眷恋，她一步跨到田宇跟前，双手抱着田宇，把头深深地埋在了田宇宽阔的怀抱里。哽咽着说："宇，我会想死你的！"

田宇抱着善云，一只手抚弄着善云的头发与后背，充满激情地说："我也会想你的。想很了，我们可以相互看看对方的照片。"

牛善云从内衣里取出田宇的照片，说："我会天天把你带在我的身上的。"

见此情景，田宇更加激动地说："云，我会永远爱你的，爱你一辈子！"

"别这么说，"善云离开他的怀抱，抹云脸上的泪水，说："宇，这几天我想了一千次，一万次，总算想清楚了。你考上了大学，我为你高兴，但我觉得我更配不上你了。如果碰上个有文化，又对你好的人，你就跟她好，我不阻拦你。将来有了咱们的孩子，我就自己领着孩子过，我和你——和你——离婚……离婚……离婚不离家……"说到最后，她简直泣不成声了。

"善云，你说到哪去了呀！我早就跟你说过，我是一个负责任的男人，我今天做到了，将来也会永远做到！如果我背弃了你，那将会……"田宇真诚地表露着自己的心迹。没等田宇说完，牛善云伸手捂住了田宇的嘴，他们默默地注视着、紧紧地拥抱着、深深地亲吻着。

火车启动了，田宇不得已上了车。牛善云推着自行车跟着火车跑，后来，干脆抛开自行车，抬着手，追赶着远远飞去的火车……

第二部　红烛

30

转眼间三年过去了，田宇的大学生活结束了。熟知田宇工作分配情况的人大都认为田宇太傻了——师大要田宇留校，他没有答应；林梅的父亲林善贤副局长让他到县教育局教研室工作，他婉言谢绝了；师大的一位同学要帮他分配到县城一起工作，他也没有答应，最终县教育局按照他的要求分配到他读高中时候的母校育红中学。众所周知，田宇是一个努力奋斗、不甘落后的人，那么，他为什么偏偏要到现在仅仅保留初中的母校育红中学任教呢？在他想来，有两个方面，一是家乡的教育事业需要他；二是他的那个家庭需要他。他在家乡度过了他的童年，读完了初中、高中，他眷恋着家乡的土地、人民和那里的一草一木。更何况，他曾在家乡的小学当过民师，他教过的三年前的那些学生，现在大都读了初中，他们中的不少学生都先后向师大去过信，他们渴望田老师再来教他们。尽管家乡的个别人曾经嫉妒过他、陷害过他、整治过他，但绝大多数人都曾经对他有过关爱与鼓励；同时，这位大学生能够从历史的角度去迁就那些嫉妒、陷害、整治过他的人。他的那个家庭，人口多，兄妹六人，他是老大。而且他现在也是两个女儿的父亲了。包括他在内的这个四口之家已经在八一年四月就与大家庭分家了；也就是在这一年的午收前，家乡彻底实行了联产承包责任制，用家乡人的话说就是分"单干"了。他的这个小家庭有九亩地，连同大家庭在内，有40余亩地。在这个大家庭中，姑嫂之间，婆媳之间，兄弟之间，都有可能磕磕碰碰，相处不好就会闹"家窝子"。无论从家庭角度的哪个方面说，他都无法在外地工作，他只能在家乡工作，他要承担起这个家庭责任！除了这两个大的方面外，还有一个方面也严重地影响着他的选择。他是个大学生，同时也是个传统观念根深蒂固的人，他现在已有两个女孩儿，他想生个男孩儿。在他想来，留校或者是在县教育局工作，绝不可能生育第三胎。而在家乡工作，因为妻子是农村人，或许能生三胎，生个男孩儿。同时，他要进一步用事业来回答（准确地说，应该是回击）那些六七年前曾经嫉妒过他的人，来验证他的"我要出其不意地站在对立者的面前，让他们自己说'田宇绝不是笨蛋'的那句话"。

　　田宇按照县教育局给他开的介绍信上的规定，于1983年9月8日到县教育局育红中学报到。他又按照学校的安排熟悉了他将要任课的班级——初二（1）班。这个学校的教导主任于上学期调出，因而学校的整体工作与业务工作均由老校长袁方舟一人负责。田宇从袁校长那里领了教科书、参考书等，就认真地钻研起教材来。袁校长对田宇的到来喜出望外，求之不得——因为田宇在这个学校读高中时袁校长就了解田宇、欣赏田宇。说心里话，袁校长很想让田宇带初三语文，但又怕万一有什么闪失，初三这碗饭吃不好就会丧失威信，就会坑害了田宇，最后决定让田宇带初二语文、初三政治。袁校长在递给田宇教科书的时候，面带笑容地说："田宇，你上学时是位好学生，现在你教书了，也一定会像带小学课那样是位好老师。"说完，又语重心长地补充一句，"第一印象很重要，你可要上好第一节课！"田宇没有说什么，他只是深深地点了点头。他很感激老师对他的信任与鼓励，他已经体会到了作为老师说的这几句话意义上的实在与分量。

　　大家都知道，三年前的田宇在教小学时，已经在全县小有名气了，那时候的他能够取得那样好的成绩，只是因为他文化知识扎实，又年轻好学；而现在的田宇，学了三年的文化专业知识，应该说是如虎添翼了——他要用理论知识去指导教学实践。现在他正坐在自己家里，坐在灯光下，认真学习《初中语文教学大纲》，认真钻研教材和教学参考书，按照程序认真备课。他将要带的第一节课是《七根火柴》，分为三课时，他一鼓作气备完了三课时。他按照伊凡·安德烈耶维奇·凯洛夫的课堂教学结构，先写全篇课文的教学目的要求、教学重点、难点、教具准备、课时安排，再分课时写好教学过程。每课时要按照复习—进新—巩固练习—布置作业等，写出详细教案。不仅如此，他还在每一课时前后，分别写出导语和结语，以使全篇课文的三个课时浑然一体。直到又把教案看了两遍，田宇认为满意了，才感到身上轻松起来。

这时，一次又一次地跳进他的脑海、使他激动、使他心跳的名字——秦俊秀，再一次跳进了他的脑海，他浑身血液简直要沸腾起来。这使他又如数家珍般地回忆起大学三年同她一起令他陶醉、令他难忘的往事来。

三年前的那天上午，妻子与他在车站送别。在颠簸的车厢里，他回忆了许多，也联想了许多。他回忆起和尤秀芬、牛善云相处的一件又一件事，回忆起挖沟、挖河、喂猪、在农科所劳动的情景，回忆起田德慈书记、尤梦高会计、路宣队队长秦严真、父母、奶奶及其他那么多人对自己的关爱与鼓励，也想起田济才等人对自己的陷害与压制……他联想到将要到的这所师范大学一定很宏伟、很壮丽、很气派、很辉煌，联想到自己将和以往一样，在课堂上聚精会神地听老师讲课，将来毕业了，再去当老师，他下决心多学知识，将来还要写小说、出集子、成作家……就在他回忆加想象兴奋不已的时候，八个小时过去了，省城车站到了。他拎着行李下了火车，按照录取通知书上写的路线，匆匆地向淮海路口走去。就在他到了路口，刚要搭乘 1 路车去师大的时候，他的脚被谁踩了一下，田宇无意地向左右看了看，并不打算追究责问，但是，挨前面那位约十六七岁的学生模样的女孩子，先是"咯、咯、咯……"地笑了，而后调皮地说："对不起，你把脚放到我的脚底下了。"听她说这话，他真有点哭笑不得，因为人家毕竟说"对不起"了，田宇也就很随和地说了一句"没关系！人多嘛，常有的事……"他的话还没说完，那位女学生就已经上了车，这时田宇也紧跟着上了车。

"喂，你到哪儿去啊？"女孩子好奇地问。

"就到前面。"田宇回答。

车上早没了座位，他们抓着扶手站在一起，田宇觉得这女孩儿很好笑，很有趣，便有意无意地打量了一下她：只见她个头不高，身材匀称，乌黑的头发鲜活亮丽，一双不太大的眼睛时时放射着丰润的活力与青春的光泽，一口细碎洁白的牙齿也十分招人喜爱。如果胖了，就有点臃肿，如果再瘦一些，就有点瘦削，正所谓"增一分则太胖，减一分则太瘦"，她那个头身材正适合她这张脸，她的这张脸也正适合她的个头与身材，因而整体效果给人一种不高不矮、不胖不瘦、天真活泼、聪明俏丽的感觉，再加上她上身穿着粉红色短褂，下身穿着乳白色的裤子，真的如同出水芙蓉。

　　那女孩被田宇这一打量，反倒有些不好意思了，脸上泛出一阵红润。

　　下车以后，他们一同走进省师大校园。他们各自心里说："难道我们是同学？"

　　以后，两人在校园里又打过几次照面，只是相互笑笑或者打个招呼就过去了，但他们各自都已经确认他们真的是同学了。

　　一天傍晚，田宇独自一人在河滩上散步，然后找个地方坐下来，从衣袋里掏出一本书，打开来认真研读。就在他专心致志地看书的时候，他的背后响起了"咯、咯"的笑声，随着这笑声，那人又问："果然是你呀？"

　　"啊，是你？"田宇怔了一下，问，"你怎么会到这儿呢？"

　　"吃罢晚饭，没有事了，我就想一个人到河滩上散散步，猛抬头，看到前面不远处像是你，就跟在你的后面。"

　　"有事儿吗？"田宇问。

　　"有啊，我想问你叫什么名字？"

　　"我叫田宇。"

　　"家住哪儿？"

　　"查户口吗？"

　　"我可不是开玩笑的，真的！从我踩着你的脚那天起，我就觉得你很面熟。后来仔细一想，你会不会是几年前我熟悉的一个人？"秦俊秀在说到这几句话的时候，眼睛眨着，等待着田宇的回答。

　　田宇立刻站起来，喜出望外地说："这么说？你真的是秦俊秀？！"

　　"田宇哥！"秦俊秀还像五年前那样称呼他，"田宇哥，你真的好棒，我爸在家常常提起你——每当我贪玩的时候，他就说'看看人家田宇，农村的环境、条件那么差，还有人嫉妒他、压制他，每天还要干那么重的活儿，可他天天晚上熬到深夜，看了那么多的书，发表了那么多的文章。你要向人家学习，要知道天才来自勤奋啊！'我真的很崇拜你。"

　　"话不能那么说，我并没有什么出众的地方。只是在当时的环境下，我想活出个人样来，比别人多努力一点。"田宇很虔诚地说。

　　"田宇哥，前两年你没有参加高考吗？"秦俊秀问。

　　"1978 年参加了一次，差了一分半；大队的小学缺三位教师，大队就让我去了村小当了老师。今年才又参加了考试。"田宇实话实说，想了一下问："俊秀，你可够聪明的呀，第一年就考上大学了！"

"瞎猫逮个死老鼠，上天的恩赐吧。"俊秀说。

"打我第一天认识你，我就觉得你聪明过人，现在的你已经不是当初那位仅仅是聪慧幼稚的小女孩了。"田宇继续说。

"那我现在是什么？"秦俊秀紧接着问。

"现在你已经是位才华横溢、名副其实的大学生了。"田宇回答。

"田宇哥，你怎么这样取笑啊？我可永远是你的小妹妹呀！"秦俊秀有点娇嗔地说道。

夕阳，山野，天空，城市，树林……一切的一切，都是那样宽阔，那样高远，那样鲜活，那样壮丽，甚至还有点儿神神秘秘。大地，河滩，河水都像披上了一层红纱，让人愉悦，让人陶醉。那红色的河水呀，波光粼粼，慢慢地、轻轻地，或许也可以称作为温柔地向东流去。就在这落日的余晖中，这两位曾经相识，今天又重逢大学校园、年龄悬殊了八岁的青年男女亲密地肩并肩地谈笑着向学校走去。

次年春天，一个星期天的上午，秦俊秀与田宇一起去天鸿公园玩。这一天，阳光明媚，微风和煦，鸟语花香，游人如织，他们自然也是心情舒畅，兴高采烈。他们在一个凉亭里坐下，秦俊秀说："田宇哥，你的短篇小说《永别了的爱情》我看了好几遍了，情节曲折，生动感人。我想问你，你是怎么构思的呢？"

田宇说："你太过奖了。至于情节，那是有生活原型的。小说里的主人公申恒舟，实际上就是带我们心理学的仁胜久老师。"

"哦，原来这样。"她停顿了一下，感慨地说，"如果申恒舟与倩敏真的结合在一起，该是多么好呀！"

"无论文学艺术还是现实生活中，往往都不是那么圆满的。"田宇好像是在说他对生活的见解。

秦俊秀扑闪着她那双聪慧的眼睛，说："田宇哥，我有个问题想问一下你，可以吗？"

"有什么话你就直接说吧，用不着这么神秘吧。"田宇说。

"我听我爸他们说过你的爱情故事，但不知道你现在结婚了没有？跟谁结的婚呢？"秦俊秀泼辣地问。

"问这干什么？小小年纪。"田宇不愿回答这个问题。

"你快说嘛，这有什么不好意思的？"秦俊秀说。

"我去年就跟那位农村姑娘牛善云结了婚。"田宇说。

"你为什么会有这样的选择呢？"秦俊秀继续问。

"我和那位高中时的同学尤秀芬的事情，我想你也该听说了一些：她那时入了党，当了妇联主任，疏远了我，后来与别人结婚，而这位牛善云，尽管我对她很冷淡，但她总是那样痴心地等待着，我也真心受了点感动。去年暑假期间，我去县里参加教材研讨会，谁知道父亲已经为我定下了婚日，而且撒了请帖，我也就非结婚不可了。"田宇告诉了秦俊秀当时的实际情况。

"噢，原来是这样。那么，你还想念尤秀芬吗？"秦俊秀又问。

"我和他尽管没有成婚，但我们毕竟相处了八年。她离我而去，先我结婚，我真的是难过痛苦了一阵子的。也正在这时，将心比心，我反倒觉得很对不起牛善云，才接受了她。"田宇的回答很坦率。

"那么你现在对嫂子好吗？"秦俊秀又问。

"她真诚，善良，朴实，作为庄稼人也很能干，我没有理由去挑剔她的。"田宇的回答依旧坦率。

不知是听得入神，还是被田宇的爱情故事有所感动，或许别的什么原因，秦俊秀的脸上没有了快乐和愉悦，呈现了淡淡的灰色，而且忘神地自言自语地说："牛善云好福气呀，造化呀！"

田宇接过话茬说："我奶奶曾经劝我说'人的命如钉钉，胡思乱想不中用'，这话或许是有道理的。"

秦俊秀似乎没有听到田宇的那句话，又接着问："田宇哥，假如在这个大学里面再有人爱上你，你该怎么办？"

"这个假如是不成立的，我不是一个不负责任的男人！"田宇脱口而出，秦俊秀也没有再问什么。

快毕业的那段时间里，秦俊秀常常有事没事儿地约田宇去散步，去逛公园。而田宇呢，好像已经意识到了什么，往往推托有事，躲避着她。有一次又是在天鸿公园里面，秦俊秀问田宇："以后，你毕业究竟到哪儿去？想好了没有？"

"我不留校也不到县教育局，我已经决定了——回家教书！"田宇说。

"为什么一定要回家教书呢？"秦俊秀又问。

"因为我是两个女儿的爸爸，家庭和事业我要两者兼顾。"田宇直接回答。

"你能不能在县城里教书呢？如果你愿意，我可以帮你。再说了，明年我还能和你一块工作。"秦俊秀毫无遮拦，要求般地说。

"俊秀，你年轻、漂亮、聪明，你将来会有辉煌的前程，会有幸福美满的家庭。当然，你理解我、关心我，也想真心地帮助我，我深深地感谢你。但——我毕竟是两个孩子的父亲，我和你不能同日而语啊！"田宇的话也十分爽直。

"如果你不肯，那我明年就分配到你那所学校里去。我可以帮你做家务、带孩子，让星期天属于你，让更多的时间属于你，我要成全你的作家梦……"秦俊秀真诚而又激动地说。

……

田宇还幸福地回忆着，只听到床上那已经两周岁的女儿发出梦呓般的喊声："爸——睡觉。"田宇这才从回忆中醒来，微笑着摇了摇头，并轻轻地发出一声叹息，他抬腕看了看手表，已经深夜十二点多了。

31

时间老人公公正正地走到了一九八三年的九月十二日，这天是星期一，本来按照袁校长的安排，田宇在八点前到校就可以了，但在田宇看来，既然已经开始上班了，就应该严格地遵守学校纪律，以一个良好的开端步入育红中学全体教师的行列中。

早上，田宇四点就起床了，换好了煤球之后淘了两把米，馏了馍。之后，他刷牙洗脸，洗好脸后，锅已经开了，他赶紧吃了两个馍，吃了点咸菜，又喝了一碗米稀饭。早饭这样结束了，田宇微笑着心里想，今后的一天又一天，我或许就是这样地度过了。其实，田宇四点起床时，妻子牛善云要起来为田宇做饭。但田宇说什么也不愿意，因为她还要搂着两个女儿睡觉。如果善云起来了，女儿们醒了。挨冷的就是三个人了。

早饭后，田宇把教科书、参考书、备课本，还有一本小说《简·爱》装进提包里，又把提包挂在自行车车把上。正准备走时，妻子问："中午还回来吃饭吗？"田宇说："中午时间短，往返三十多里路，就不回来了。"

"我昨天单蒸了一锅卷油的馍，你就带上几个吧。"妻说。

"你还费那个事儿干吗？我上高中时天天吃的是红芋片面的窝头子，连酱豆子也没有，不也熬过来了吗？"话虽这样说，但田宇的心里暖融融的，一种感激之情油然而生。

"那时归那时，现在不是生活好了吗？再说了，中午让你一个人在学校里吃几个馏的馍，热不热、凉不凉的，真让我心里不好受。"说着牛善云已经披衣坐了起来。

"善云，别这么想，我不是一天在家吃两顿饭吗？中午一顿饭，有热馍热茶，不也是很好吗？你赶快睡着吧，不然吵醒了孩子，你就更麻烦了。"田宇劝慰妻子。

田宇把三个油馍装进了提包，把自行车推出院外，而后又回来，在妻子脸上亲了一下，说："睡着吧，我已经把锅坐上了炉子，把炉子封上了。过会儿，你打开炉门不用忙就做好饭了。我把门从外面锁上。你就安心地睡吧。"

按照学校的作息时间表，上早学的时间是五点半。可田宇在五点十分就来到了学校。他是四点半骑车来的，那就是说他在路上骑车的时间是 40 分钟，这一点他是一定要记住的，以免上课迟到。这时，天色微明，鸟儿已经出巢，在叽叽喳喳地叫个不停。教学楼上灯火一片，早到的学生已经开始晨读了。此情此景，他禁不住吟诗一首：

雄鸡初唱栖鸟惊，灯光顿扫满天星。

谁云华少贪香梦，书声琅琅催启明。

上午第一节课的上课铃声响了。田宇拿着教科书与备课本，面带笑容地走进了教室。全班同学随着班长"起立！"的一声口令，立刻"刷"地站了起来，并且异口同声："老师好！"

田宇一阵激动，脱口而出："同学们好！请坐下。"而后把书本放在了讲台上。

待同学们坐下来之后，田宇先是对同学们作了自我介绍："同学们，我姓田，田地的'田'，从今天起，你们的语文课就由我和你们一起共同学习了。我相信同学们一定会遵守纪律、勤学善思，不断进步的。好，下面我们就书归正传了——"

田宇停顿了一下，用他那流利的普通话，充满激情地说："同学们，我们今天的幸福生活是无数个革命英烈用他们的鲜血和生命换来的。今天当你看到那一排排灯火、一壶壶热茶、一袋袋面粉的时候，你也许会觉得它们都是那样的普通，平平常常，那是因为我们生活在幸福的生活里，生活在和平的年代里；假如在那战争的年代，在那特殊的环境里，也许那一撮面团、一束火把、一杯热茶，都将关系着几人、几十人、几百人的生命，关系着战争的胜利。今天，我们将要学习的《七根火柴》就是告诉我们：平凡事物的伟大作用，红军战士因为七根火柴所表现出的崇高精神和伟大的品格。"说到这里，田宇停顿了一下，扫视了全班同学。发现同学们聚精会神、专心致志。自己则感到满心欢喜，知道了他的这个导语，沟通了师生的心理，激发了学生们的学习兴趣，于是趁势作结导语，点明课题："下面我们就学习这篇课文——"说罢，他背转身体，在黑板正中上方写下了课题：第二课《七根火柴》。

当他又面对同学们的时候，他看到了同学们那一张张脸，犹如鲜花绽放，求知若渴。他向同学们简单地介绍了本文的作者——王愿坚，然后他说："今天咱们这节课要完成以下几个任务：第一，了解课文大意，给课文分段；第二，理解生字词，给形似字组词；第三，找出课文中你认为比较好的语句，尤其是描写的语句；第四，分析课文的第一部分。下面，就请同学们带着这些问题，先听我读一遍课文——"

天亮的时候，雨停了。

草地的气候就是怪，明明是月朗星稀的好天气，忽然一阵冷风吹来，浓云像从平地上冒出来的，霎时把天遮得严严的，接着，暴雨夹杂着栗子般大的冰雹，不分点地倾泻下来。

……

那同志一只手哆哆嗦嗦地打开了纸包，那是一个党证；揭开党证，里面并排着一小堆火柴，干燥的火柴。红红的火柴头聚集在一起，正压在那朱红的印章的中心，像一簇火焰在跳。

"同志，你看着……"那同志向卢进勇招招手，等他凑近了，便伸开一个僵直的手指，小心翼翼地一根根拨弄着火柴，口里小声数着："一，二，三，四……"

田宇读完课文后，他发现同学们一边用手扶着课本，一边眼泪模糊地看着老师。这时，田宇说："同学们，这篇课文写得何等好啊？七根火柴、无名战士、卢进勇，他们看似平常，实际却那么的伟大、感人。请同学们照我读课文之前说的那四项任务，自由地朗读课文，而后，同桌或者前后位的同学可以相互讨论。"

田宇下位巡视。他听到一位同学小声说："田老师读得真好，我怎么就不能读的那么好呢？""你要能读得那么好，你也是老师了。"他的同桌附耳低语。当他们发现老师正站在跟前，微笑着看着他们的时候，他们连忙低下头，读起书来。

当田宇听到多数同学已经读完课文的时候，他就让同学们按照上述的四个问题自由讨论，而后对前三个问题逐一提答统一认识，接着分析课文的第一部分。

他分析课文不是唱独角戏，而是用启发式，在关键处，激疑设悬，讨论提答，而老师只是起着引导、点拨的作用。在分析课文之前，他提出一个问题："这篇课文的主人公是谁？为什么？"在分析课文第一部分时，他又提出了这样一些问题：

1. 这部分是怎样描写环境的？大篇幅的环境描写对故事的发展、对表现人物有着怎样的作用？

2. 作者是怎样描写那撮青稞面粉的？卢进勇是怎样对待这撮青稞面粉的？他为什么暗自庆幸："幸亏昨天早晨没有发现它。"

3. 卢进勇是在什么背景下，"突然听到一声低低的叫声"的？

4. 卢进勇听到那低低的叫声，没有吃那捏成长条的青稞面，这对后文故事发展有怎样的预示？

5. 作者层层铺垫，意在说明什么？（需要火烤，需要吃点什么）这对你的写作该有怎样的借鉴？

　　同学们在老师的引导、启发下，自由讨论、积极思考、踊跃发言，对课文的内容、对一字一词都有着深刻的理解。为了巩固新知、及时反馈、及时矫正，田宇又进行了下一个环节："为了检查同学们这节课的学习情况，老师这里有几道题，现在提问一下。"说着，他到门口拎来准备好的小黑板，把它挂在了大黑板上，那上面有：一、形似字组词；二、用下列词语造句；三、用环境描写一片段。

　　接近下课的时候，田宇说："同学们对于《七根火柴》这一课，我们这节课了解了课文大意，统一了段落认识，找出了描写的句子，理解了生字词，又分析了课文的第一部分。同学们在课堂上积极思考、踊跃发言，做得都很好。那么，就课文内容来说，那'七根火柴'是怎样出现的呢？那'七根火柴'发挥了怎样的作用？表现了谁的什么精神？还有那一个又一个的细节描写，这都是我们下节课要研究的内容。"

　　田宇刚说完这些话，就听着门外传来下课铃声，田宇立即说："下课！"

　　同学们随着班长的那声"起立！"唰地站了起来，然后又异口同声："老师再见！"

　　田宇以一种信任、鼓励的目光扫视着同学们，然后说："同学们，再——见！"说罢，拿着书本，拎着黑板走出了教室，同学们涌到门外目送着老师走向办公室的背影。

　　初中的学生是最爱评价老师的，更何况这是田宇上的第一节课呢。有的说："太棒了，课文读得真好！"有的说："太好了，分析课文问题提得那么细，总是让我们自己讨论回答。"还有的说："田老师的课堂语言好，亲切、流畅、有激情、有气势。"总之，田宇的这节课上得非常成功，同学们是一片赞扬声，袁校长有意识地走近同学们，当他听到同学们对田宇这样好的评价的时候，不由得脸上露出了满意快乐的笑容。

32

　　一九八四年的育红中学。没有楼房，没有实验室，更没有图书室。比不得城市的中学；但它毕竟曾属县属中学，办过高中，历史悠久，因此占地面积有近 40 亩，教学区、生活区、运动区，三区分明。进到学校，一条水泥主干路直通南北，路两旁有对称的条形花坛。进门的两旁是学生宿舍，有三间食堂。往里走，两旁各有一个圆形花坛，东边的一个有雷锋塑像，西边的一个砌了一座假山。再往里走，便是教室门前的空地，靠近教室，主干水泥路的北头是个方形的旗台，15 个班级的学生就在这里举行升旗仪式，做广播体操。从旗台往北，水泥路继续延伸，两边有三排教室。最后一排教室的后面便是教师宿舍了。教室和教师宿舍的东边是个大操场，学校四周用围墙围着。就是这样的一所学校，在当时农村的中小学中已经是比较壮观气派，条件优越，环境宜人的了。况且，学校的前面是一条大公路，东面不远处是集市，集市再往东有一条南北大公路；西面靠近育红小学，育红小学往西不足一公里处，也有一条通向南北的大公路，这两条大公路均通往县城和农村集市。

　　放早学的铃声响了，田宇拿着书走出教室。汇入在学生回家的人流中。

　　太阳升起来了，大地上的一切沐浴在这金色的阳光里。因为刚下过一场春雨，便给人一种清新舒畅的感觉。田宇不知不觉地走进东边的花园，他看到迎春花、月季花、红梅、广玉兰、虞美人……各种各样的花竞相开放，各种颜色的蝴蝶扇动着翅膀，飞翔着，浮在那花叶上；池塘边上的那两颗垂柳，枝条绿绿的，叶面儿好像还在渐渐地舒展，宛如少女的发丝在低低地垂着。青松亭亭玉立，针叶上滚动着晶莹透亮、五颜六色的露珠儿；花园边上，雷锋像前，假山两侧，松树底下，一个个同学还在聚精会神地朗读课文；操场上，几位青年教师在打篮球；靠近围墙，一些退休教师还在忘我地晨练；头顶上，鸟儿叽叽喳喳，与那琅琅读书声和同学们的欢笑声应和着。好一副鸟语花香、生机勃勃的生动图景，好一支令人心旷神怡、流连忘返的校园晨曲。田宇真是太高兴了，他高兴自己生长在这个盛世里，他太快乐了，快乐自己由一个养猪娃而成了孩子王。

　　"田老师，吃饭了——"食堂王师傅的声音传来。田宇收回神来，走到食堂，拿着热腾腾的三个大馍，拎着一瓶开水，然后走到那间学校因他路远而照顾性安排的宿舍。他洗好手后，便吃起饭来。田宇的这间宿舍再简单不过了：靠窗户放着一张桌子，一把椅子，窗户左侧吊着个灯泡，桌子西头墙角放着一个盆架，盆架上放着一个脸盆，桌子东头靠山墙放着一张板床，板床上有一床被子、被褥和枕头，再就是靠西有一辆半新不旧的伴他往返的自行车，如此而已。

上午第一节课下课之后，当田宇走近他的那间文科办公室的时候，他的眼前跳动着了一个青春醉人、苗条匀称的身影，飞扬着一张聪颖俏丽、天真活泼的稚脸。"秦俊秀——她怎么到这儿来了？"田宇的脑海里立刻飞出这样一行字。

"田老师下课了？"秦俊秀微笑着走进办公室。

"你怎么来了？"田宇答非所问，刚才脑海里飞出的那个名字终于情不自禁地飞出了口，这——这可是他害怕见到却又天天渴望见到的人啊！

"实习呀！"秦俊秀眨巴着她那双聪慧的眼睛。

"实习？"田宇似是重复，又似是疑问。

"对，实习！"袁校长接过话茬，同样微笑着说："田宇哪，刚才小秦已经介绍了，说是你们在八九年前就已经认识了，在省师大又是同学，带实习生的任务就交给你了。"田宇、秦俊秀同时飞起眼神，相互注视着，微笑着。他们笑在脸上，也笑在心里，醉在心里。

星期天没有田宇的课，田宇也就没有到学校里去。但，另一个人秦俊秀却到学校里，为自己，不，准确地说，她是在为田宇忙碌着。她深知田宇的性格，她必须在星期天完成她要做的一切，她要实现帮助她的田宇哥做点什么的愿望，哪怕只是那么的一点点：她从集市里买来了蜂窝煤球炉、锅碗瓢勺、切菜板、水桶等等；又请人拉来了 500 块煤球，摆在门后；窗户两边挂着条幅，上方挂着横匾，上面写着"学海无涯"四个字；盆架上钉着简易的梳妆台，那上面有镜子，有放面霜、放梳子等的方格子；墙壁上贴着白纸和山水画。她又给他买了一床太空被、一床毛巾被和一个被单。当她把毛巾被和被单铺在床上的时候，她的泪滴在了床单上——那天，她第一次来到田宇的宿舍，看到这宿舍里摆设是那么的简陋，她的心里针扎般地疼痛，她觉得她的田宇哥太辛苦、太委屈了！因此，她在这一天就不能让她的田宇哥那么累、那么苦，她要趁着田宇哥不在的时候置办好一切！傍晚，临回县城之前，她又生了炉子，并在炉子上多放了一块煤球，害怕田宇哥来了，炉子等不到时候又灭了。

星期一的早晨，田宇打开房门，感到暖融融的，又见靠近盆架的地方有一束直射的光。他很奇怪，连忙拉亮电灯。他第一眼看到的是桌子上放着的台灯，再看到的房间里的一切，他仿佛置身于仙境了。他明白了，那束直射的光，就是煤球燃烧的光，他的眼前浮现着秦俊秀忙碌的身影。他把自行车推到了屋里，关上门，情不自禁地趴在那崭新的太空被子上。他哭了，而且喃喃自语："秀，你别这样，别这样啊！"他哭着、说着，两只手紧紧攥着被子，身子瘫软，泪水浸湿了被子……

从这天以后一直到秦俊秀实习结束返回学校，他们的中午大都在这里做饭、吃饭、备课或者学习。如果需要午休，田宇就让出来，自己到王师傅那里去。当田宇上语文课或者召开班会，或者处理班级事务的时候，秦俊秀大都到班级去，坐到学生的空位上。

这是一次班会，田宇老师要求同学们以《我喜欢这样的老师》为题，每人做三分钟的演讲。

短时间的沉默之后，班长吴永杰第一个发言："我喜欢教法灵活、能够启发学生、引导学生主动学习的老师。从田老师给我们上《七根火柴》第一节课的时候起，我们就喜欢田老师。田老师开始上课用的导语就吸引了我们，而后提出了本节课要学习的内容，要完成的任务，再接着就是泛读课文，提出问题让学生讨论……这样的教学总比满堂灌好得多……"接下去是一阵掌声。

田宇走到同学们中间，找个空位，坐了下来，鼓励同学们继续发言。那位叫李红梅的女生接着发言："我喜欢乐于助人，善解人意的老师。我们的秦老师虽然只是位实习老师，但她乐于助人、善解人意。上学期我们很多同学都觉得田老师每天早出晚归，吃馍喝茶，实在辛苦，但就是想不出帮助的办法。那天我有事到田老师宿舍找田老师，发现田老师的宿舍焕然一新，又有一套炊具……后来，我们知道这是秦老师给布置的。还有，那天家里出了点事儿，我还迟到了，精神也不好，秦老师就找到我，给了我精神上的安慰与鼓励。"

又是一阵掌声。

那位大胖子站了起来，慢吞吞地说："我喜欢老师们都能够了解学生、理解学生、尊重学生。我知道，我平时肯说笑话，好捉弄人，有时还搞个恶作剧什么的。有的老师就用眼瞪我，狠狠地批评我或者让我罚站。每当这个时候我就很反感。可田老师不这样，那次我趁张明不注意时，伸了一只脚绊他。

谁知就在这时，田老师赶上来，一边伸了只胳膊挡住了张明，一边说，'我再给你补充个动作吧'，才使张明没有倒下去。我当时不好意思，就下决心再也不搞恶作剧了。我喜欢像田老师这样的老师。"

没等大胖子李亮说完，同学们就大笑着鼓起掌来。

……

班会就要结束了，田老师说："同学们的发言都很好，无论语言还是内容都很好。在同学们的建议中，姑且当作建议吧，有我做到了的，也有许多我没有做到的，但我愿意与同学们一起相互学习、共同进步，也愿意把这些建议带给其他的老师。"

在同学们的一阵掌声之中，秦俊秀站起来说："谢谢同学们对我的鼓励，更应该道谢的是，同学们的发言让我学到了许多，我将来要努力做一个学生喜欢的老师。"

当两位老师走出教室的时候，同学们涌出门外。有一位同学悄悄地说："这位学生老师真帅。"

走在前面的秦俊秀回过头来微笑着问："学生老师，此话怎讲？"

那位同学不好意思地说："我是说你，你是我们学生的老师。"

"大概不全对吧？"秦俊秀带着诙谐的语调。

"那还能有什么意思？"那位同学飞着眉毛，有点儿调皮地说。

"如果我没猜错的话，你是说我是你们田老师的学生，同时又是你们的老师，兼有双重身份。"秦俊秀很开朗、很大方、很诙谐、很合群。

"秦老师，你真棒。"后面的同学竖起大拇指来。

33

一天早上。田宇刚走进教室，李红梅一边递给她一张纸条，一边说："田老师，这是李庆凤要我交给您的。"

"李庆凤她已经缺课两天了，怎么还没有来？"田宇有点着急地问。

"田老师，您看看就知道了。"李红梅说着走回座位。

田宇展开纸条，只见上面写着：

沉　重

田老师：

　　您好！

　　在我缺课的这两天里，您让李红梅口传或者捎信，让我赶快去上学，并且愿意帮助我补课，我很感谢您对我的关心和爱护。但我只能对您说：老师很抱歉，我不能去学校了。因为我必须在家帮妈妈干活。

学生　李庆凤

1984 年 4 月 6 日

　　上午第一节课下课之后，田宇和秦俊秀便各骑一辆自行车，到李庆凤家去了。学校距离李庆凤家大约有五里路。他们看到长势喜人的麦苗，看到新铺的渣子路（晴雨路），看到村里面农户新盖的红砖青瓦的房屋，先是秦俊秀说："这几年农村的变化真大呀，1976 年我去你们那里，多数农户住的是草房，吃的是红芋片面，穿的大都是粗布衣裳。"

　　田宇说："是啊，那时小麦亩产仅仅两三百斤，现在的亩产六七百斤，甚至七八百斤，上千斤。过去是红芋饭、红芋馍，离了红芋不能活；现在是好面馍，好面条，红芋片子喂驴骡。过去是茅草庵、茅草房，北风吹来草飞扬；现在是四合院、大瓦房，家家户户电灯亮。过去穿的是粗布衣，现在穿的是的确良。"

　　不觉间，他们来到了李庆凤所在的小李庄。经过打听，他们走到了李庆凤家的门口。这是一个显示着贫穷与落后，甚至还有点儿颓废与衰败的农家院落。在这个院落里，有四间主堂屋，土墙草顶；东头的两间门敞着，西头的两间门锁着；靠东有两间东厢房，门关着；靠着东厢房的南边儿，对东堂屋门有一间马鞍过底，上面的瓦已经残缺不全，过底往西是土墙头。到了对着西头堂屋的西山的地方往北折，与堂屋西山连接着，尽管这围墙经年失修，已经高高低低、断断续续、歪歪斜斜，但它总还能告诉人们这是一个整体的四合院，是或原本是一户人家。四间堂屋的正中到南围墙通南扯北的，好像曾经用秫秸夹着一道篱笆，而现在这篱笆也仅有靠南头的一段，而且东歪西斜、残残缺缺。如果不是门前的两棵树散着绿叶，这户人家几乎找不到一丁点儿生机。

　　看着这情景，田宇和秦俊秀对视了一下，心里都很酸楚，但谁也没说什么。田宇在前，秦俊秀在后，他们经过过底，走近东堂屋。

　　堂屋里，走出一位老妇人，她约莫五十出头，在那有些发黄的头发中已经有些许白发，圆脸上镶嵌着两只不大的眼睛，这眼睛犹如盛着浊水的泥潭，泛着昏暗疲惫的光。在这四月天里，她仍旧穿着棉裤、棉袄和解放牌大头黑棉鞋。棉袄的前襟向里掖着一叠，腰里束着一条黑带子，大概因为天热吧，上面的两个扣没有扣，裸露着白白的、丰厚的颈胸。棉裤显然有些肥大、松弛，裤裆连着裤腿，重重地向下坠着，棉裤棉袄都在闪亮着经年不曾拆洗的油腻与污垢。大头棉鞋也用麻绳系着。这是一个极其穷困潦倒的妇人，这是一位被生活重担压垮了的母亲，这是一只昏暗中泛着光亮的残烛。她两只手袖在袄筒里，抬起那双泛着浑浊光亮的眼睛问："你们……"

　　没等田宇和秦俊秀开口，里面走出一位十三四岁的姑娘，她闪动着那双秋水般的眸子，急切地、高兴地说："田老师，您来了？"当她又看到秦俊秀的时候，又赶忙补充一句："秦老师您也来了？"

　　秦俊秀点了点头，拉着李庆凤的手。

　　田宇面带微笑地说："你们娘俩都在家啊！"

　　这时，老妇人本来浑浊的目光却流淌着春水般的清澈，堆着愁容的脸舒展着春天的生机与活力。就在这一瞬间，田宇似乎看到了闪现在老妇人身上的五十多岁本该有的坚毅与富足。她连忙用脚趋着地面上乱七八糟的东西，收拾一下板床上的被褥，又从里面搬出一把破椅子放在靠近大桌子与板床对面的地方。她这才招呼两位老师："来坐吧。不像个家的样子，让你们见笑了。"

　　两位老师走进屋子里，田宇坐在板床上，秦俊秀坐在椅子上，李庆凤从里间拿了一个茶缸子，又从东屋拿了一只碗，分别给两位老师倒了茶，说："田老师，秦老师，你们喝茶。"

　　"不客气！庆凤，你也坐在这板床上吧。"田宇说着，打量了一下这屋里的布置：这两间堂屋靠梁头下是用秫秸夹的篱笆。东间靠后墙铺了一张床，床头上放了一张抽屉桌，桌上放着油灯和几本书。看来那便是庆凤的卧室了。李庆凤床前对面搁着几个盛着粮食的口袋，还有一个不足半米高的麦折子，地面还有一些零碎东西。当门的这间，靠后墙放着一张大方桌子，桌子东头靠着篱笆铺着一张板床，上面有被褥、被子、旧棉衣等等。靠西山的地面上，竹篮子、酱罐子、笆斗子、破袜子、旧鞋子、木底窝……很不规则地散置着，各个墙角布着网状的屋衣。看到这一切，田宇的心情就更加沉重。他站了起来，面对着李庆凤的母亲，声音低沉地说："大嫂，我们这次来是想让庆凤继续上学的。"

"是呀，多么水灵的孩子，不上学多可惜啊！"秦俊秀抚摸着李庆凤的头发补充道。

"不是我不让庆凤上学，你们一看就知道，家里穷得叮当响，交不起书钱啊！再说了，过几天就要点棉花、栽红芋，再过两个月又要割麦子，谁帮我啊？"李庆凤的母亲是那样的痛苦与无奈。

"大嫂，你交不起学费、书钱学校给你免；割麦子忙，我可以发动学生帮帮你。"田宇很诚恳地说。

"这哪儿成啊？自古也没有上学不交钱的理。割麦子让娃们帮忙，那成啥体统啊？"她说着流出眼泪来。但她又继续说下去："先生啊，不怕你笑话俺，今年春节俺一两肉也没买。她爸爸死了几年了，她大哥结婚分家了，西面的两间堂屋就是他们的。他们小两口起早贪黑地做豆腐卖；他二哥前年上了大学，东挪西借地给他凑学费，他在学校里晚上干活儿，挣钱维持生活，苦啊！春节时，是他大哥送了几斤豆腐，如果凤儿再去上学，我该怎么办呢？"泪水，生活煎熬的泪水，痛苦的泪水，无奈的泪水，顺着她那过早衰老的脸颊静静地流淌着。

田宇，秦俊秀，李庆凤他们师生三人被李庆凤母亲那痛苦的诉说感染着，同样流出泪来。李庆凤走到母亲跟前，一手捏着母亲的衣襟，一手握着母亲的手。

母亲揉搓着李庆凤那纤细的手，流着泪说："孩子，明天你就上学去吧。"

"谢谢您啊，太谢谢您了，我代表李庆凤和班上的同学向你鞠一躬。"田宇站在李庆凤母亲的对面，两脚靠拢，两手自然下垂，头深深地低了下去。他在心里说：您——是一位慈爱而又伟大的母亲，您会幸福的！

秦俊秀在一旁用手绢擦着眼泪鼻涕。

太阳从云雾中挣扎出来，温暖的阳光洒满了院子，洒向了堂屋。外面的树枝上，跳跃着小鸟，它们欢唱般地叫着。

田宇和秦俊秀辞别了李庆凤和她的母亲，推着自行车，迈着坚定的步伐向学校走去。

回到学校，田宇把这次家访情况向校长做了汇报，并建议学校给其免收学费。校长当即同意，田宇则给李庆凤垫付了书钱。

34

吃罢早饭，田宇正准备骑车去学校，忽见西南天空涌动一堆堆的乌云，他便从屋里拿着一把雨伞，夹在了自行车的后座上。骑到半路，乌云在头顶翻滚着，聚拢着，而后刮起风来。紧接着一道闪电划破了天空，撕碎了闷热，狂风卷着泥土，带着雨腥味扑面而来。"咔嚓——"撕天裂地，震耳欲聋的雷声响后，原本豆大的雨点儿变成了瓢泼般地倾泻下来，天地之间一片雨雾、一片昏暗。

田宇骑着自行车摔倒了，雨伞也刮到了几米之外。路边不远处就有村庄，他遍身是水，完全是一副落汤鸡的模样。

他可以避雨！

他应该避雨！

但，上课的时间不允许他避雨。

他没有避雨，推着自行车，顶着风雨雷电，艰难地前行。

他走进了学校大院。他打开了自己的宿舍门。他把自行车推进屋里。他看到小闹钟的时针指上了8点。他听到学校预备铃声响了。

第一节课和第二节课都是他的作文课，他自嘲地想：就这样落汤鸡一般去上课？就在他这样想着的时候，他的眼前一亮，一张便条映入他的眼帘：

田宇（请允许我这样称呼你）：

我知道你会淋湿的。请你换上床上的新衣服。我到班上去了。

秀
即日7：50

田宇看着便条，再看看床上的那叠新衣，他的心儿在怦怦地跳，他的身子在不由自主地颤抖，泪水和着雨水和汗水从脸颊上滚落下来。

风弱了，雨小了，田宇——还在激动着的田宇，穿着新衣，带着课本和粉笔，撑着雨伞走到了班级门口，然后把雨伞放在门旁，走进了教室。同学们刷地站起来，齐声说："老师好！"田宇带着兴奋与激动："同学们好，请坐下！"

此时，他的脸上一定是红润的。他扫视着同学们，发现同学们的眼光里除了盼望与期待之外，还闪烁着异样的光芒。那光芒里，或许糅合着对老师穿新衣的惊喜与惊奇吧。

课桌的最后一排，端坐着秦俊秀。她微笑着，眼睛湿润了，此刻的她同样是百感交集——感动，激动，或许也有钦羡与爱慕。她为田宇顶风冒雨按时返校的工作态度和严谨的治学精神所感动；她为田宇穿上了她为他买的新衣服而激动；她为田宇的成熟稳重刚毅而感佩和赞赏。

人啊，有思想、有辨力、有感性的人啊！

田宇在扫视了同学们之后，富有启发性地开始了他的课堂教学——

"同学们，你们各自一定都读过或者听说过一些名言，有些名言甚至成了你们的座右铭。它们有的在指导你做人的方向，有的则给你增添了学习的力量，有的让你有了向往，有的让你产生了兴趣……那么你最喜爱的那句名言是什么呢？为什么会喜欢那句名言呢？你对那句名言有独特的见解吗？你按照那句名言去生活、去学习了吗？那句名言会对你今后产生什么样的影响呢？请你们按照这些内容写一篇文章，题目是——"

显然，田宇的这番话是作为作文课启发学生作文的作前谈话。接着，他板书了课题：《我最喜爱的一句名言》。

在板书课题之后，田宇又指导审题：①题目规定了作文的题材是什么？②题目的中心词是什么？③人称是谁？④文章的重点应该写什么？审题之后，让学生讨论：怎样选择材料？怎样组织材料？怎样根据名言而确定题旨（即立意），怎样列写作提纲？怎样开头与结尾？怎样过渡与照应？最后指名回答作文的构思，启发学生作文。

正当同学们跃跃欲试准备写作的时候，一个同学站起来问："老师，您能说出您最喜爱的名言吗？"

田宇说："可以呀。"他的眼珠一转，那就是思考了，立刻从脑海里映出许多名言，"我最喜欢的名言是马克思的那句话——'在科学的大道上是没有平坦的大道可走的，只有那些不畏崎岖，沿着陡峭山路勇敢攀登的人才有希望达到光辉的顶点。'"不知道谁带头鼓起掌来。

接下来，又有几位同学用同一句话问："您还喜欢什么名言?"

田宇接着说了这样一些名言："胜利者不要怕洒下孤独的眼泪。""顽强的毅力可以征服世界上任何一座高峰。""不学习的人就像那不长谷物的荒地。""书籍是人类进步的阶梯。""不以恶小而为之，不以善小而不为。""人生得一知己足矣。"

掌声一阵接着一阵。

秦俊秀的眼睛一次又一次地湿润了。

第一节课的下半时和第二节课，同学们都在静静地写作文。教室里一片静寂。

35

第二节课下课的时候，风停雨住了，秦俊秀和田宇走进宿舍。

秦俊秀递给田宇一篇教案，郑重中带着一点调皮地说："这是我的实习评价教案，劳你的大驾，给修改一下。"田宇接过教案，微笑着说："相信你会写得很好的。"然后，他在抽屉里取出 50 元钱，不无激动地说："俊秀，请你收下这 50 元钱。"

"你是还给我给你买衣服的钱吗?"秦俊秀顿了顿又说，"你觉得有这个必要吗?"

"俊秀你听我说，"田宇激动地含着执拗，"你冒雨给我买衣服，急我所需，我已经很感动了。但是你现在还是一个学生，而我已经是一个拿工资的人了，我能够用你的钱买衣服吗?"

秦俊秀接过这 50 元钱，无奈地说："你的话总是这么充满着逻辑，充满着辩力，我拗不过你。"

几天后的一个上午，秦俊秀的那节实习评价课开始了。同学们犹如听田宇老师的课那样，一个个专心致志，他们随着老师那富有感染力和启发性的话语，随着老师的引导和点拨，积极思维，认真地开展着各个学习活动。听课的老师呢?他们听着秦俊秀那流利的、满含激情的、抑扬顿挫的、恰到好处的课堂语言，看着她那面带的微笑、大方不拘、深含启发鼓励的表情，看着她那点点粉笔灰的手势和直观、精当、巧妙的板书，一个个的脸上露出满意欣喜的微笑。

　　秦俊秀在育红中学的实习就要结束了。几天来，不，准确地说，应该是两三年来，在她的心里一直有一个愿望，那就是到田宇的家乡走一走，到田宇的家里看一看。只是随着实习的即将结束，近几天她的这个愿望就更加强烈了。那么，秦俊秀为什么要到田宇的家乡、家里去看一看呢？这——或许是她想进一步增进对田宇的了解吧；抑或怀有它念？

　　这一天上午，秦俊秀并没有同田宇商量，真的走进了田宇的家。她看到这样一个地道的、朴实的、并不能先进于其他农户的农家院落：三间主堂屋土墙瓦顶；东间有山墙、有角门，是他们的卧室；靠北墙铺着一张木板床，南墙的窗户下，放着一张紫红色办公桌，桌上放着书、笔等等，不用说，那便是田宇学习和写作的地方了。正中的一间，靠后墙搁着一张方桌，上有茶瓶、茶杯等，后墙上悬挂着一幅中堂画。靠东墙又铺着一张用绳子攀的软床，虽是软床，倒也平整洁净，上面只放着一张苇席。西间与中间的梁下放置着大衣橱和菜厨子，这样自然地由它们把中间的一间屋与西间的屋隔开，大方桌旁边放置两把木椅子。这中间的一间屋子，看来是城里人所说的"会客室"了。西间是仓库，盛着粮食和杂物。另外还有两间东屋，南头一间是灶房，北头的一间，喂着猪和兔子，两间东屋全是土墙草顶。再就是西面、南面的墙头与中间堂屋相对称的那间马鞍子过底了。这就是田宇的家，一个在住房和家庭摆设方面落后于其他中等农户的家，田宇的家也只能是目前的这个样子，他没有任何的抱怨。因为，他结婚后四年有三年上学，没有钱搞添置、搞建设。再说了，他还有五个弟弟妹妹，他的父母也没有能力去照顾这个已经分了家的儿子。她对嫂子牛善云有了初步直观性的认识：她的相貌，这在《锻炼》的开篇之初就已有叙述，只是现在作为生了两个孩子的少妇又平添了几分成熟与坚毅。无论个头、长相、人品以及能干，都很能够对得起田宇。当她看到这一切的时候，她的心中升腾起一种莫名其妙而又难以言表的激动、不平抑或酸痛："宇，你应该在县城有三室一厅的楼房里去学习、去工作、去生活；你应该在充满着静谧与温馨并且属于自己的书房里去思考、去研究、去创作；你应该有一位像牛善云那样贤惠、能干、康健而又才华横溢、爱好文学、开朗聪明的女子在你身边，陪你读书、陪你生活、陪你写作。如果说一个人的前程、地位是三分天命、七分打拼的话，那么，田宇你奋斗、打拼、抗争的还不够吗？大学毕业的时候，我是再三劝你到县城教书的呀，可你偏偏要到这偏僻落后的农村里来。假如你真的到这县城里来，依你的才华、能力和为人，你一定用不了多久就会改变自己的身份，到更好的单位去施展自己的才华！可如今……唉，田宇啊田宇！"

外面的广播喇叭声打断了秦俊秀驰骋的思绪，她抬腕看了看手表才知道，真的是中午十一点半了。她看到灶房上烟囱冒着炊烟。她立刻去了灶房，发现她的嫂子——牛善云正在炒菜，四岁的女孩儿正在烧锅，案板上放着几碟拼好的菜，又有一只鲜洁且冒着热气的鸡。她激动地说："嫂子，你怎么这么客气呀？"

牛善云一边炒菜一边说："都是自家园子里种的菜，又杀了一只鸡，不比你们城市，什么菜都有。"

"自家种的菜不是更新鲜吗？"秦俊秀一边说着，一边摸着那烧锅女孩的小手，"你叫梦梦吧？"

"你怎么知道我叫'梦梦'？"梦梦睁大眼睛问她。

"听你爸爸说的呀！"俊秀笑着回答。

"你怎么认识我爸爸的呀？"梦梦又问。

"前几年我和你爸爸是同学，现在我又到你爸爸那个学校当实习老师，这样我就认识你爸爸啦！"秦俊秀面对这天真的小女孩，做了如实的回答。

"那你也当老师吗？"梦梦继续问着。

"也可以这么说。"俊秀只能这样含糊地说。

"什么叫也可以这么说呀？"这个梦梦真是打破砂锅问到底了。

"嘀、嘀、嘀……"秦俊秀笑着看着梦梦往锅灶里添加柴火，解释说，"我现在呢，是跟着你爸爸学着当老师，然后回到学校再上一个多月的课，就大学毕业了。毕业后再教书，那就是真的当老师了。"

"噢——"小梦梦点着头，好像明白了那句话。

牛善云看着秦俊秀烧锅，赶忙说："秦老师，你还是到堂屋里看书去吧，小梦梦烧锅能行。"

"你是担心我不会烧锅吗？告诉你，寒暑假我在外婆家也经常烧锅呢。"秦俊秀说。

就这样，她们说着话、做着饭；做好了饭，秦俊秀就把饭菜端到了饭桌上。她们——牛善云、秦俊秀、梦梦，还有刚刚睡醒刚满周岁田宇的二女儿珍珍一同吃了饭。她们无拘无束，欢欢乐乐。

午饭后，牛善云倒了两杯茶，让俊秀喝茶。她们又说了一会儿话，休息了一会儿，秦俊秀就问："嫂子啊，田老师不在家，家务活儿，地里活儿都你一个人干呀，一定忙得很，有什么活儿让我帮你干干吗？"

牛善云说："今天哪，什么活儿也没有；你先看看书，我去喂猪，羊，兔子，咱们就在家里说说话吧。"

"妈，你不是说下午要浇园子吗？"小梦梦天真地问。

"今天咱们不浇了。"牛善云笑着回答。

秦俊秀接过话茬说："嫂子，我知道你的意思，你就别把我当外人了。等你喂好了猪，羊，兔子，咱们就去浇园子，不然我闲着也无聊。"就这样，秦俊秀、牛善云和小梦梦他们三个一起浇了园子，度过了一个很愉快的下午。半天的接触、半天的相处、半天的劳碌，使她们真的是"增进了了解，加深了友谊"，她们之间已经没有了自家与客人之别了。浇好园子之后，她们一块儿做晚饭。晚饭比午饭更丰盛了一些，这是因为：牛善云已经了解到明天早上田宇要送秦俊秀回城，也就是说今天晚上要为秦俊秀饯行了；再就是中午来了卖豆腐和卖猪肉的，牛善云当然买了些；还有田宇也一定会回家吃晚饭。

她们做好了晚饭。

牛善云估计田宇就要回来了，吩咐秦俊秀把菜端到桌子上。秦俊秀刚把一碟菜端到饭桌，又从堂屋走出来的时候，她听到过底的大门响了一声，随着这响声，田宇推着自行车走进了院子。

秦俊秀看到田宇的到来，全身的血液一起往头上涌去，便木然地站在那里，任凭那颗激动思念的心疯狂地跳动。田宇猛抬头，看到了站在院子里一动不动的秦俊秀，思念、爱慕、激动的心情便油然而生，眼睛里闪烁着一样的光芒，喉咙里被激动与兴奋哽咽了，自行车因为失去主人的搀扶而歪倒在墙上。

他们没有说话，但两双眼睛里都涌动着秋水般的波涛。唯有初夏的凉风在吹拂着他们发烧的面颊，唯有稀疏的星星和初洒银光的月亮在抚摸着他们的全身，痴笑着他们的醉态的朦胧，唯有晚归巢穴的鸟儿在轻声细语地歌唱着这小院里年轻的男女，唯有灶房房檐下的电灯照亮拉长着他们痴醉微颤的身影。

"爸爸！"小梦梦清脆响亮的叫声把他们双双从梦中拉回到现实，田宇向前走了一步，微笑着问："上午来的？俊秀？"

"嗯。"秦俊秀只这么一个叹词。

"到家里来，怎么没有和我打招呼？"田宇又问，便把梦梦抱在了怀里。

"到你家里来又不是到课堂上去，我想没有那个请示的必要了吧？"秦俊秀这才算从激动中走出来，又恢复了她原本开朗活泼的性格。

"喂，端菜吧。待会儿再说话。"牛善云热情的声音传了过来。

田宇和秦俊秀相互笑了笑。

秦俊秀继续从灶房往堂屋端菜，田宇把梦梦放下去，说："我帮阿姨端菜好吗？"梦梦点了点头说："好。"

秦俊秀说："不用劳驾了，你就洗了手准备吃饭吧。"

"那我可就不劳而获了。"田宇说着把自行车放好，刷筷子、洗盅子，找脸盆，拿毛巾。

秦俊秀和田宇一家人嚷着吃菜，其乐融融。

第二天早上，牛善云做好了早饭，并且准备好了给秦俊秀带的东西。早饭后，秦俊秀又感动地说："嫂子，我的实习结束了，我很感谢田老师对我的关照与指导。本来我是想在我回校之前，来你们这儿看望你们全家人，不想反倒又给你们添麻烦了。真的是太感谢你们了。"

牛善云接过话茬说："你太客气了，梦梦的爸比你早教书，你又到他学校实习，他给你提供一些方便，不是应该的吗？你到俺家里来，条件很差，没让你吃好、睡好，委屈你了，我还总觉得对不起你呢！"

秦俊秀听了牛善云的这一席话，越发感动起来，她情不自禁地说："嫂子，我会把你们全家人都永远记在心里的，好人有好报，你们会好起来的，你们会幸福的。"

牛善云也有点儿激动地说："谢谢，谢谢你说的这段话。说真的，梦梦她爸爸是个好人，是我拖累了他。你聪明漂亮又有知识，有能力，大学毕业了分到了城市，会生活得更幸福更美好，我深深地祝福你！"

未等牛善云把话说完，秦俊秀早已是心潮起伏、感动不已。她被牛善云的善解人意和善良贤惠深深地折服了，她喊了声"嫂子"，便投入了牛善云的怀抱。

"好妹子，待会儿让梦梦她爸送你回校。"牛善云一只手抱着她，另一只手梳理着、抚摸着她的头发，搂着说，"我给你准备了点绿豆花生，你就带着吧。"

"我会再来看你们的！"秦俊秀说着话，把梦梦抱在怀里，并且亲了一下。梦梦喊了声："阿姨。"

牛善云、梦梦，还有小珍珍，目送着田宇秦俊秀他们并肩远去的背影。

田宇和秦俊秀来到县城之后，先去火车站买了次日早上七点四十五分的火车票，然后在一家旅馆里分别开了房间住了下来。他们一同吃了晚饭，然后在新城的街道上散了一会儿步。他们相互说不尽感动、感谢与感激，讲不完思念、爱慕与理解。

到了早上，秦俊秀敲响了田宇的房门。田宇看了一下手表，还不到五点。其实，他们谁也没有睡好觉，他们谁都知道对方没有睡好觉。他穿好衣服，用手理了一下头发，打开了房门。秦俊秀闪身进入了田宇的房间。田宇回转身，发现秦俊秀今天是异常的漂亮：两颗眸子扑闪着，秋波粼粼；刚刚梳洗过的黑发，湿润鲜亮，散发着一种沁人心脾的芳香；白里透红的脸庞似乎升腾着灼人的热气；丰满的胸脯起伏着，颤动着，好像心跳而使然；绿色的上衣，乳白色的裤子，衬托着她那匀称苗条的身材；暗红色的皮鞋更烘托着她美的青春和青春的美。

田宇愣神了，发呆了，陶醉了。

"宇，我爱你！"随着这深情的表达，秦俊秀再也按捺不住自己激动的心情，竟然很不理智地扑入了田宇的怀抱。

此时的田宇究竟是心爱已久还是暂时的陶醉失神，竟然接受了她，拥抱了她，双手抚摸了她。

但，就在秦俊秀情不自禁地用她那滚烫的脸颊和灼热的双唇在田宇的脸上、唇上搜寻、捕捉、吮吸的时候，田宇的眼前闪耀着牛善云齐耳短发、宽肩阔背、丰满大方、温柔腼腆的身影，他猛地推开了秦俊秀，气喘吁吁地说了声："对不起！"

秦俊秀立在那里，手足无措，滚烫的泪水顺着脸颊在滴落，在流淌。

田宇充满着激情，同时又强烈地压抑着自己的感情："秀，我知道你对我很好；说实话，我同样也很喜欢你。但是，你想过没有？我们的这种感情不会有美满结果的。我生在农村、长在农村、工作在农村中学，又是一个有两个孩子的爸爸，况且还有一个尚未出生的孩子，我要对你负责，对我自己负责，对我的妻子负责；而你呢，现在尚未毕业，将来分配到城市，一定会有年龄比我小、相貌比我好、条件比我优越、才华比我更出众的小伙子去爱慕你、追求你。你有更光明的前程，你会更幸福的！"

"宇，我什么都考虑了，什么年龄、相貌、条件，这些都不重要。我崇拜你的为人，崇拜你的才华，崇拜你执着的追求精神，更崇拜你无论在顺境逆境中都能一如既往的抗争精神、拼搏精神，这是任何一个男人都不能替代的！你一定听说过这样一句话：'女人因为崇拜而爱一个男人，男人因为爱而崇拜一个女人。'我爱你，爱你，就是爱你，我不要你对我负责，我不要什么名分，我只愿能够拥有你，只愿能够陪伴着你。"秦俊秀的感情像决了堤的洪水。

"秀，你可以不要我'对你负责'，但是我做不到。一个对女人不负责的男人还算是什么男人？假如我们不要名分，情人般地去爱、去生活，那么社会舆论会对我们怎样？法律所维护着的婚姻会对我们怎样？我们所生存着的、工作着的人或者环境又将会对我们怎样？秀，清醒起来吧，从爱的迷雾中解脱出来吧，你会有比我更好百倍，好千倍的青年去追求你，去爱你，去拼死拼活的为你献身的，因为你是一个好女人、强女人、能干的女人！"田宇也越发激动了。

"宇……"秦俊秀还要说什么，田宇把她的话打断了："秀，什么都不要说了，我刚才说的话你在清醒的时候请认认真真地考虑考虑吧。"然后他舒缓了一下口气，恳求地说，"秀，现在已经6点多了，咱们刷牙、洗脸、吃早饭，然后退房，最后我送你上火车好吗？"

秦俊秀没有马上回答，那双大大的会说话的眼睛在一眨不眨地看着他，然后压低声音，满含深情抓住了田宇的一只手，说："宇，再抱我一下，好吗？"

田宇张开双臂，把秦俊秀抱在了怀里。他抱得那样深情、那样真诚、也那样的无奈。

汽笛响了，火车启动了。车上的秦俊秀头在窗外，手在用力地摇摆。车下的田宇跟着车跑，"你多保重！"那句话重复着融入汽笛，汇成呜咽般的叫

沉　重

喊。两个人，四只眼睛，两颗颤抖的心，无数的泪水。

回到家里，田宇习惯地坐在灯光下读书或者备课，但是，在他的眼前总是闪现着秦俊秀早上穿着绿上衣的身影，他的感情在澎湃，在翻滚。于是，他奋笔疾书，写下了一篇散文——

迟到的报春燕

四月，可谓是暮春了。可我就在这四月下旬的一天早晨，居然有生以来第一次见到你——绿色的报春燕。你从天而降，带着吉祥、带着祝福、带着润泽，那么轻盈、那么敏捷、那么美丽。看到你，我的心着实跳了一阵。我在心底里狂呼：你这迟到的绿色报春燕！

当我提起笔想要为你而作的时候，我依旧是激动地发抖，其心情又回到了见到你时的当初：那是初恋男女陶醉企盼的心胸，那是高考生接到录取通知书时的喜悦，那是化险为夷惊讶之后的狂欢，那是年轻母亲阵阵腹痛之后初听婴儿啼哭的骄傲，那是沉沉黑夜出现在东方地平线上的一缕晨曦……

春天，实在是令人心旷神怡。天空洁明，大地纯净，阳光灿烂，春风和暖，花香阵阵，松翠欲滴，鸟鸣枝头，鱼翔浅底，秃山还青，顽石显泽……多少诗人歌颂夏的明丽、秋的成熟和冬的凝重，更多的诗人则歌唱春的温馨。于是，我想起这自然界的四季和人的等号关系了——少年有春的欢快，青年有夏的瑰丽，中年有秋的持重，老年有冬的谨慎：春天是美的，而绿燕子的到来又为这美的春天增色十分。我记起一个神话故事来了：一对情人因相约地点含糊，虽赴约但双双未曾相见。正值夜幕降临，却又大雨倾盆，男儿沐风栉雨雇马而遭劫，宿庙而挨冻；在城市的女孩儿则跑遍大街小巷，最后失魂落魄地站在街心受着雨淋。次日早上，风停雨住，旭日东升，一只绿燕子却伴着男儿找到了自己的恋人。想到这个故事，我自然想到了《麦琪的礼物》中的麦琪。

现实与传说加深了我对你——绿燕子的美好印记。迟到的报春燕，你尽管报春迟到了，但我对你犹如对世间一切美好的迟到，更加珍惜回味。

绿色的燕子，你是纯洁万千景物的春雨，你是陶醉美好性灵的女神，你是报春的使者，你是梦幻情人的梦呓……你永远驻在我的房舍里吧，我愿看

118

你的形体，听你的歌唱，享受你的情爱，拥有你的一切。你驻在我的心间了，你刻在我的脑海里了，你融在我的血里了，你已经是我生命中的一部分、与我之生命同在了！

啊，报春燕——我爱你——你这迟到的绿色报春燕。

36

半个月之后，田宇收到了秦俊秀的来信。

宇：

在实习的这段日子里，你给了我许许多多的帮助与关爱，我实在是感激无限。同时，我有机会生活在你的生活里，使我获得了对你更深层次的了解，更加深了我对你的思念与爱恋。你的形象总是伴随在我的学习里，伴随在我的生活里，充满在我的梦幻中。尽管因为法律、道德、舆论的诸多因素，你不愿接受我，但我甘愿生活、陪伴、充盈在你的生活里，帮你做事（家务和教学业务），给你慰藉、让你解脱、使你快乐，成就你的大事儿，实现你的理想。你不是要写小说吗？你一定会梦想成真！

我早就考虑清楚了，现在更加清楚，我毕业后就回到育红中学任教，这是我的工作，我想你是"阻止"不了的。

祝你

一切顺心

深爱你的秀

1984 年 5 月 16 日

读着这封信，他感到非常的激动与不安。他读到了秦俊秀的真诚、激情与心跳，他为秦俊秀执意来育红中学任教而不安，为阻止她的这一行动，他提笔给秦俊秀的爸爸写了一封信。

秦主任（还这样称呼您吧）：

您好！

刚刚接到俊秀的来信，甚感不安。请你一定要阻止她来育红中学任教。现在就着手安排她到县政府或县一中去，让她在人生的征程上有一个辉煌的能够使其再发展的起点。我相信你一定能够做到的，千万千万！

沉　重

　　谨祝：

　　大安

侄儿田宇

1984 年 5 月 23 日

　　田宇是清醒的。他要搞好他的事业，他要按计划完成他的业余创作。他绝不能沉浸、陶醉或者翻滚在爱与被爱澎湃的浪潮中。他又坐在这灯光下，写他的备课，批改他学生的作业。

　　功夫不负有心人。

　　浩凌区教办室举行初中生作文竞赛，田宇推荐他所带的初二学生李庆凤、李红梅、吴永杰三个学生，李庆凤得了一等奖，李红梅，吴永杰均获二等奖。期末抽考田宇所带的初二（1）班语文成绩荣获第一名。初三毕业会考，田宇所带的初三政治成绩也荣获全区第一名。

　　这位在三年民师生涯中就小有名气的田宇老师，如今在初中教师中又荡起了波澜。

　　新的学年开始了，田宇跟班走，带初三语文和初三政治，原本 46 人的班级，外地转学到这个班又增加 16 人，全班学生 62 人。田宇血气方刚。田宇劲头十足。田宇信心百倍。

　　1984 年 8 月，浩凌区党委对教育体制进行改革，对学校领导的考核和任命实行"革命化、专业化、知识化、年轻化"，新学年开始前的 8 月 30 日，在区大礼堂召开区教师大会，宣读了区委文件——各中小学领导的任命情况。其中，育红中学校长是袁方舟，教导主任为田宇。就在区教委副主任宣读到"田宇同志任育红中学教导主任"的时候，田宇的确是喜出望外，激动得热泪盈眶。七八年前，田济才等人陷害他、整治他的情景又一幕幕出现在他的眼前，他深深地吐出一口气。

　　俗话说："喜事成双"。正当全校师生为田宇当主任而喜气洋洋的时候，田宇所在村庄的学生又传来另一个好消息：田宇添了一个男孩。

　　是的，田宇在生了两个女孩之后，又添了一个男孩。那天深夜，牛善云阵阵腹痛，田宇赶紧接来了本村妇产科医生。田宇抱来柴火给医生烤火，更是给牛善云烤火。田宇在外间听到妻子的呻吟或叫喊，感到一种揪心的疼痛，他听到医生"忍住些，用力些，用力些"的劝告，不由得在外间房子里不停地急促地踱着步，是忐忑不安，还是急切地盼望着？当他听到婴儿的第一声啼哭的时候，他多么想冲进屋里；而就在此时，屋里边传来妇产科医生的声音，"田宇，恭喜你，添了个长尾巴的。"

"啊，我有儿子了！"他在心里说，又抬腕看看表，早上 6 点 12 分，他很冲动地跑到院子中央，双膝跪下，磕了三个响头："感谢您，老天爷！感谢您，祖先们！"而后端了一盆温水，走到里屋，妇产科医生正给刚刚出生的婴儿洗澡，只见胖胖的婴儿在浴盆里，手和脚一蹬一蹬的，是那样的精神，那样的红润，那样的闪亮！此刻，田宇的心里更加激动，眼泪涌出来了，猛抬头看到躺在床上的妻子，正含着泪微笑地看着他，他真的想抱着妻子说一声"谢谢"。他们的心里跳动着同一节拍，也因为同一内容，丈夫对妻子的感谢和妻子对丈夫的热爱，都让这两双眼睛的泪水给表达了。

在这同时，田宇回忆起因计划生育实施男性结扎手术那段时间的情景来：十个月前的一天上午，受到区教委办公室的派遣，田宇等三位同志正在一所联中进行业务检查。袁方舟校长骑着自行车来到这所学校，他把田宇叫到外面，说："田宇，昨天区计生办派人到学校，要你回来做结扎手术。"

田宇很愕然地问："两个女孩就结扎？"

袁校长说："当时我也说你只有两个女孩，能不能再等一胎？他们就说：'根据他的情况，他连生第二胎的条件也不具备。'"

"那么能不能检查结束以后再去结扎？"田宇问。

"今天一大早，区教办公室的范营威主任到咱们学校，也是催你去做结扎手术。并且说，田梦龙还有另外的两名民师，都在等着你，你去做手术他们就去，你不去他们也不去。"袁方舟诚恳地给田宇说了实情。

"他们怎么能和我相比？田梦龙有三个女孩了，其他两位民师都是已经四个女孩，而我仅仅两个女孩。"田宇对他们的攀比有点儿生气。

"我看你还是回到家，看一下情况再说。"袁校长说。

"好吧，我待会儿就回去。"田宇说。

袁校长走后，田宇把情况向检查组的另外两位同志说了一下，就骑车回家了。

回到家以后，他了解了一下情况，区计生办又来人催促，田梦龙他们又在盯着田宇，比着他；同时，他还有他的事业，他还存在着结扎后仍然能生育的幻想，他不能因计划生育而把他经过抗争得来的工作毁掉。于是，他毅然决然地去育红医院做了结扎手术。在手术台上，他近乎乞怜地说："医生同志，我真的只有两个女孩啊，请你千万手下留情啊。"医生说："田老师，不要再说话了。二女户结扎你是首例，其他情况我也都知道，你就放心吧。"医生的话给了他很大安慰。

在上下不足半个月的时间里，田宇当了教导主任，添了个男孩，真可谓双喜临门了。他的同事这么认为，他的学生也这么认为。有一天晚上，真的有二十多位学生给他们的田老师送去祝贺的鲜花。

田宇双喜临门，田宇喜上眉梢，田宇精神百倍。

37

俗话说："新官上任三把火！"

田宇担任教导主任的这半个月里，每天都是早到校、晚离校，他在留心着各个班级的管理情况，留心着学校整体的管理情况，留心着每一位教师的出勤以及教育教学情况，他在思考着这样的一些问题："怎样才能使学校的管理正常化，规范化？怎样才能全面提高学校的教育质量？怎样才能丰富校园生活、发现和发展学生的特长？"在他自认为考虑得比较成熟之后，他一一向袁校长做了汇报。袁校长思考了一下，微笑着说："田宇，你想的这几个问题很实际，很细致，也很可行。你就放心地干吧，我会支持你的。今天下午的课外活动时间，可以开个教师会，你在会上布置一下。"

教师会开始了，在袁校长说明了开会意旨之后，田宇接着说："今天有几件事要和老师们商量一下：一是成立学校学生会组织，学生会负责检查并公布各班的德育、纪律、学习、卫生、劳动等情况，一日一公布，一周一小结；每星期五，各班举行卫生大扫除，学生会根据检查情况，分别在各班教室门上贴上'最清洁'、'清洁'、'不清洁'等纸牌。第二件事情是举办好学校的元旦联欢会，各班班主任要切实负责、编好、选好、演好节目，每班向学校至少推荐两个节目，多则不限。元旦联欢会由学生会负责，学生会由校团总支书记李大明老师负责。第三件事，为真正开设好艺体课程，要不断发现和培养学生特长。旧历年前各班的美术课，可集中写大字，要求每位同学今年自己写自己家的春联"。田宇停顿了一下，又接着说："今天我就讲这三条，请老师们批评指正。"

话音刚落，老师们立即鼓起掌来。不知谁说了一句："田主任烧起了这三把火，好!"又是一阵掌声。

校长袁方舟心里很高兴，微笑着说："看来老师们都很赞成做这三件事。我想，只要各位老师，尤其是班主任都能各负其责，就一定能做好。这三件事情是我们学校教育教学改革的开始，以后还要有系统的、具体的改革方案，我们学校教育教学质量的提高会因为改革而指日可待。"

田宇插话说："老师们可以就教育（德育）、教学、教研、教师工作量、教师考勤、财物管理、群团组织等各个方面具体地想一想，写出来，而后集思广益。"袁校长又接着说："对，就按田主任说的，期末咱们再开个会，把自己的改革意见提出来，然后统一整理，形成方案。'改革才能前进'嘛，近阶段咱们集中做好田主任说的那三件事情，好吗?"

"好!"老师们异口同声，兴高采烈。

教师会以后的第一个星期五的课外活动时间，校园内出现了新的景象：各个班级都在打扫卫生，有的扫地，有的洒水，有的擦黑板，有的擦窗户，有的擦墙壁……各个班级的卫生区更另有一番景象：平整地面、清理砖瓦碎片、打扫、洒水、墩白灰……更有趣的是，凡是花园、菜园的土埂上，都用绳子拉直，撒上灰线，班级和卫生区标志牌歪了的扶正，模糊了的重新涂写清晰。

袁方舟、田宇一前一后，到各个教室、各个卫生区巡视、检查，脸上露出了满意的微笑。袁校长突然像是想到了什么，赶忙对田宇说："田宇，快看看咱们的办公室。"当他们走进办公室的时候，已经发现地面打扫得干干净净，桌子上作业本摆放得整整齐齐，整个办公室窗明几净、一尘不染。袁校长与田宇对视了一下，笑了。袁校长自嘲式地说："只有落后的领导，没有落后的群众。"值日老师于文明说："我们刚扫地，老师们就帮助整理桌子擦玻璃了。不然的话，办公室得了个'不清洁'，那多不好意思。"

"哈哈哈……"在场的老师们都笑了起来。学生会的七个人开始检查卫生情况了。检查的结果是：各个班级各个办公室都贴上了"最清洁"——满堂红。

　　事实往往是这样，有些事看起来是小事，很普通、很平常，但由于它经常地、有规律地重复出现，就能够支撑起或铸就出一件大事。育红中学就因为学生会的成立，和学生会与团总支成员的高度负责，而使育红中学在很大程度上改观了校舍校貌，并且使育红中学的学校管理开始走上经常化、正常化的轨道。学生会 7 人，团总支 5 人，他们 12 人从星期一到星期六轮流值日，每天都到各个班级检查出勤人数、出操人数、德育、学习、纪律、卫生、体育、劳动等各方面的情况，填写《育红中学各班级综合情况检查记录表》，并在黑板上列表公布，一周一小结，一月一表彰，将三面循环红旗赠给得分最高的前三名班级。这样一来，不仅培养了学生的集体荣誉感和"五讲四美"的良好习惯，而且使学校校园内地面平整、洁净卫生，更加赏心悦目，学校的整体工作也更有计划、有秩序、有生机。

　　各年级各班的美术课真正地开设起来，而且集中学习写大字。每天下午的课外活动时间，各班都在为元旦联欢会而准备节目，学生们"八仙过海，各显神通"，学校生活丰富多彩。

　　育红中学一九八五年元旦联欢会在学校操场上举行。吴永杰和李红梅是联欢会的节目主持人。观看演出的各班学生在正面和两侧坐下，附近村庄的村民也来观看，把整个会场围个水泄不通。会场布置得虽然算不得豪华，但也称得上正正规规，又有几分节日的祥和喜庆气氛。借助篮球架横挂着会标——"育红中学元旦联欢会"，两边条幅为"丰富校园生活，活跃校园气氛""施展个人才华，全面提高素质"，两边又分别挂着四个红灯笼：一边为"庆祝元旦"，另一边为"欢度佳节"。左边摆着四张桌子，八把椅子，桌子上平铺着台布，上面放着四盆鲜花。当校长、主任、评委走进会场的时候，会场上立刻爆发出热烈的掌声。当音乐响起之后，前道幕布徐徐拉开，吴永杰与李红梅从后道幕布的两旁，面带微笑地走上舞台。

　　吴永杰：在 1984 年就要过去，1985 年即将来临，这辞旧迎新之际，李红梅：在 1984 年的冬天快要过去，1985 年的春天就要到来的时候，吴永杰、李红梅：我们育红中学在这里举行——元旦联欢会。让我们纵情欢呼，让我们放声歌唱。请听初三（1）班大合唱——《我们是 80 年代的新一辈》。

　　田宇置身于此情此景，他被这学生们的创造力折服了、感动了，他情不自禁地站起来，两手举起，用力地鼓掌。校长，评委和前排坐着的同学们也都站了起来，掌声经久不息。

接下去是小演员们非常投入的表演。节目的内容太丰富了——有歌颂党、歌颂人民、歌颂社会主义、歌颂祖国繁荣富强的，有歌颂干部清正廉洁的，歌颂教师辛勤劳动的，有盼望祖国统一的，有抨击鞭挞时弊的，有鼓励学生遵守纪律刻苦学习的，也有歌颂亲情、畅想未来的……节目的类型太多样化了，有独唱、合唱、舞蹈、快板、笛子独奏、唢呐独奏、相声小品、二人转、小戏曲……节目的表演艺术也十分到位，较为精湛。

上一个节目刚刚结束，吴永杰就大笑着走到台前，高声说："同学们，让我们以热烈的掌声欢迎秦俊秀老师的到来。"同学们面面相觑，当他们明白过来是秦俊秀来了的时候，场内外立刻爆发出热烈的掌声。只见李红梅挽着秦俊秀的胳膊向台前走来；这时，大胖子李亮带头鼓掌而高喊了欢迎词："欢迎——欢迎——热烈欢迎！"于是，会场上一呼百应，都在高喊着："欢迎——欢迎——热烈欢迎！"

李红梅拉着秦俊秀的手，面向同学们高声说："让秦老师给同学们唱支歌好不好？""好！"下面的同学异口同声。

秦俊秀，很大方地向同学们、向观众鞠了一躬，说："同学们好！我早就想来看望同学们了，只是抽不出时间来。这次放假能够赶上和同学们一起过元旦，一起联欢，真是太高兴了！好，恭敬不如从命，那我就给大家唱一首歌——《妈妈的吻》。在我未唱歌之前，请允许我向各位领导、各位老师、各位同学，致以节日的祝贺。"说着，她向评委的那一边又鞠了一躬，袁方舟、田宇和其他老师都站了起来。袁校长说："欢迎你，秦老师！你就唱支歌吧。"

秦俊秀唱完了《妈妈的吻》之后，掌声经久不息，同学们又异口同声地喊："秦老师，再唱一个！"秦俊秀不无激动地说："好吧，那我就再唱一首歌——《知音》。"

"……一声声，如泣如诉，如悲啼；叹的是，人生难得一知己，千古知音最难觅……"秦俊秀唱的那样清亮、那样圆润、也是那样的"如泣如诉，如悲如啼"。同学们被那用心去唱的歌声感动了、打动了、鼓起掌来，老校长用手帕揩了揩湿润的眼角，田宇则木然地呆在那里，想着心事。

联欢会结束以后，秦俊秀跟在田宇的后边，他们有说有笑地走进田宇的寝室。他们都很兴奋，也都很激动。他们因联欢会举办成功而兴奋，他们因接近一年后的这次难得相见而激动。他们的眼神里分明传达着对对方的渴望、思念与爱恋。

秦俊秀用脚尖儿把门关上，田宇立即用手把门打开。田宇说："秀，别这样。我们都是老师，而且又是在学校里，开着门，说话更方便些。"说着，田宇倒了杯茶递给了秦俊秀，"你喝茶。"秦俊秀接过杯子，那眼里已经沁出了泪滴。田宇赶忙转过脸去，换了一个话题："俊秀，你觉得刚才的联欢会办得好吗？"

秦俊秀掏出手绢揩去眼泪，换了副在那即刻还不能够自然、多少带点尴尬的表情说："是的。办得真的很好。"稍停了一下，问："这些节目都是同学们自己编的吗？"

"是的。通过这次联欢会，我们可以发现同学们潜在的创造力，我们应该也必须多给学生提供这样的表现机会。这样不仅能够活跃和丰富学校生活，而且能够让学生保持愉悦的心境去投入学习，不断地提高学习成绩，还能够发现和培养学生的特长，全方位地提高学生的素质。"说完这些，田宇猛然觉得自己的激动，自嘲般地笑了笑。

秦俊秀看得出田宇那种进入角色的激动，自己也激动起来："田宇你太能干，太出色了！"停了停又接着说，"但是，像你这种人才在这样的小学校很难施展，实在是一种浪费。是一种教育资源的浪费。"

"话可不能这样说，正因为农村的偏僻和落后，更需要合格的优秀的教师！"田宇脱口而出。

"瞧你这样说，我连个合格也配不上，不然你何以千方百计地阻止我到这所学校里来呢？"秦俊秀的这几句话，使田宇感到刚才自己说的那几句话有失言之处，被秦俊秀抓住了把柄，转移了话题，他忘记了谈话是应该看对象、看环境、看背景的。

一时间的沉寂。

"俊秀，不是我不让你来，而是你的父母在城市，你的关系在城市，你的事业在城市，你在城市里会有更大的发展！况且，况且我不值得你那样牺牲！"田宇又说。

"田宇，我不是向你说了千百次了吗？我不需要你的承诺，我不需要你负责，我更不需要你给予！我愿意经常看着你、支持你、帮你干家务，挤时间让你写作。这是我个人的事，你凭什么干涉我？"秦俊秀在控诉。

"秀，你想过没有？我有妻子有儿女，你却孑身一人；你带着那样的心绪来到这所学校，会只是你一个人的事吗？我不想让你为我牺牲，为我失去了事业，为我毁掉了前程，为我牺牲自己！"田宇的话，在感激里充满了自责。

又是一段时间的沉寂。

"俊秀，你在一中吧？带什么课？还好吧？"田宇问。

"还用问吗？是你让我爸把我安排在一中的，带高一语文。在课堂上，在学生跟前还算好，就是到了夜深人静的时候，却久久不能入睡。"秦俊秀羔羊般地低声陈述。

暴风雨过后是宁静！

"俊秀，现在已经十二点多了，咱们到街上吃点饭。然后，我送你回去。好吗？"田宇问。

"我要你亲自做饭给我吃嘛！"秦俊秀有点撒娇了。

田宇到街上买了些菜回来，他与秦俊秀一起做饭，吃饭。真的是比在饭店更惬意，更快乐。

"秀，上午你唱的那首《知音》，真让我心悸、让我颤抖、让我不知所措。"田宇说。

"我还以为你是块木头呢。"秦俊秀回答。

"你那么优秀，以后找个合适的对象嫁出去，心情就平静了。"田宇的这句话不知是劝慰还是自慰。

"我说过我这一辈子不嫁人了！"秦俊秀还是这样的执着。

他们并肩走着，走在这送行的路上。寒风吹着，吹着他们的头发，吹着他们的面庞，吹着他们的衣角。

38

1984 年，国务院颁发了《关于中小学教育体制改革的决定》和《关于加强中小学德育工作的通知》，并且决定从 1985 年开始，每年的 9 月 10 日为全国教师节。这些都无不说明了党中央、国务院对教育事业的高度重视，已经把教育摆在了优先发展的战略地位，教师的政治地位和经济地位也随之逐步提高。刚刚提升为育红中学教导主任的田宇同志，有扎实的知识功底，有良好的政策基础，也有多年的教学实践经验，他决心乘势而上做改革的弄潮儿，把"改革才能前进"作为自己的实际行动，他要从现在做起，从基础做起，即建立健全学校各种规章制度，使学校管理逐步规范化、科学化、正常化，使学校的各项工作有章可循。

这是1985年元月一个星期六的下午，和煦的阳光照射着大地，照射着世间万物；刚刚落下的那场小雪，慢慢地融化，大地吮吸着雪水，似乎让人们听到了她那"咻咻"的笑声，房顶上的雪水顺着房檐滴落下来，发出很有节奏的美好声响，小鸟呼朋引伴地在树枝间跳跃、在树枝间歌唱，它们在享受着新春的温暖，享受着人们的快乐。冬天过去了，春天真的来临了。育红中学的全体教师按照校委会的通知，已经陆陆续续来到文科办公室。点名之后，校长袁方舟说："各位老师，今天把大家请来，其主要意图是研究一下，如何以提高教育质量为目的，加强学校管理问题。具体议程由田宇主任做安排。"

田宇说："咱们元旦之前召开了一次全体教师会议，会上确定了上阶段学校改革的三点措施。那三个方面都实施得很好，有效地改观了校容校貌，促进了同学们的全面发展，使教育方针得到了更为全面的贯彻落实，也一定能够促进教育教学质量的提高。我代表校委会感谢各位老师对学校工作的支持。今天咱们的这次会议，是继上次会议之后又一次教育改革的重要会议。各位老师要畅所欲言，发言的思路可以为：要不要加强学校管理？从哪些方面加强学校管理？如何以制度的形式出现？各种制度包括哪些具体内容？"

一段时间的沉寂之后，赵振宇首先发言。

"我认为应该加强学校管理，因为只有加强了管理，才能使教师有章可循，才能进一步调动教师的教育教学积极性，才能提高教学质量。要建立各种规章制度，比如政治业务学习制度、考勤制度、奖励制度等。"

任祥伟接着说："改革势在必行，这一点我们都有共同的认识。在哪些方面改革？除了刚才赵老师说的外，还有工作量问题、工作成绩考核问题……"

老教师周丙龙说："也还有工作职责问题。校长、主任、班主任、科任老师以及其他人究竟应该做哪些工作？怎样才算做到了位？财经管理也应该订个制度，学校的收入、支出应增加透明度。让每一位教师明白、放心；同时，哪些该报销？报销多少？对老师们一视同仁，能够减少摩擦，增强团结，对学校班子能增强凝聚力……"

俗话说，万事开头难。这会议上的发言讨论也是这样，开始谁都不想第一个发言，但一有发言，其他的人也就争先恐后、接连不断了。

天快要黑了，大家还在热烈地发言。袁方舟跟田宇耳语了几句，说："由于时间关系，今天的讨论就到这里吧。大家的发言都很实际，有的也很具体，这说明我们的全体老师已经蕴藏着教育改革极大的积极性。为了使意见更加具体集中，下面请田宇主任把发言的内容归纳一下，会后再作详细的讨论集中整理。再由田主任安排一下整理会议各种制度的具体内容。"

田宇高兴地站起来说："谢谢各位的发言。就刚才的发言，我想可以归纳为以下九个方面，或者九个制度：一是总纲，阐述加强学校管理的意义；二是学校领导教职工工作职责；三是政治业务学习制度；四是考勤制度；五是财务管理制度；六是工作实绩考核办法；七是奖励制度；八是工作量核定办法；九是教职工档案管理制度……"接下去，田宇划分了九个小组，指定了小组长，规定了书面材料的报送时间。

一个星期之后，田宇在袁方舟的支持下，归纳了各组的意见，整理出《育红中学加强学校管理的征求意见稿》。而后又开了一次教师大会，宣读了意见稿，发到了各组征求意见，最后出台了《育红中学关于加强学校机制管理的暂行规定》。

田宇上任后，烧旺了三把火，又在全体教师的共同参与下，制定了《育红中学加强学校机制管理的暂行规定》。这段时间，或者说运作这些的整个过程，都给了他很深的感受。这感受，在田宇所撰写的一篇文章中有较为集中的体现。那天早晨，田宇带着兴奋、蕴涵着激动，没有打草稿，就直接在黑板报上写了一篇很有激情、很有感染力和号召力的文章——《岁首，和同学们说几句知心话》：

亲爱的同学们，我们育红中学有着悠久而光荣的历史。我们学校建校于民国初年，饱经沧桑又青春永驻……即使在"四人帮"横行的十年中，以老校长袁方舟同志为首的全体教师凭着做人的良心、凭着对党的教育事业的无限忠诚，他们依然认认真真、兢兢业业地对同学们"传道授业解惑"。这所学校为高一级学校、为社会输送了一批又一批合格的人才。今天在校或者将来在校就读的每一位同学都应当引以为荣，引以为自豪！

掀开那波澜壮阔的历史画卷，哪一页不是人民写成？人民群众是历史的真正创造者！就这一点来说，近阶段我们学校发生的变化，给我非常深切的体会。一个月前，学校成立了学生会，学生会的成员分工负责，很有规律、很有秩序地开展工作，每天检查各班的纪律、学习、体育、卫生等各方面的情况，又在每周五进行卫生大检查。由于这些活动的开展，教师与学生比学赶帮超蔚然成风，好人好事层出不穷。改观了校容校貌，教学秩序更加正常、更加规范，这个目标实现了！"元旦联欢会"的举办和美术课的切实开设，不仅丰富了校园文化，活跃了校园气氛，而且使我们发现了学生中所潜在的创造精神与实践能力！它也给教师们有了深刻的启示，那就是要发现和培养学生们的特长，全面贯彻教育方针，全面提高学生素质！

前不久，学校号召走教育改革之路，全体教师响应风从，在全体教师的共同努力下，学校制定了《育红中学关于加强学校机制管理的暂行规定》，这将会大大提高教师们的教育教学积极性。因此我要振臂呐喊：育红在奋进！育红的将来会更加辉煌！

……

老师和同学们看到田宇的这篇热情洋溢的文章，无不为之感动、无不为之热血沸腾——因为他的激情、他的号召、他的思想、他的文笔。

39

1985 年 3 月的一天，浩凌区教育局办公室召开了全区中小学校长会议，会议的主要议程是布置下周全区的中小学业务检查工作。检查分五个小组同时进行，检查的内容为计划、备课、作业和部分教师的课堂教学情况，以及学校的整体工作、校容校貌等；检查的方式为听汇报、听课堂教学、看计划、备课以及作业的布置与批改、看各室布置、校园卫生、校园文化，问教师、学生对学校工作的反映等，最后对学校进行检查小结。

会后的第三天，业务检查小组的三位同志便来到了育红中学，这三位同志分别是江明——小组组长，浩凌区实验小学校长；华涛——华庄小学校长；高溪——高原联中教导主任。

检查小组在听取了袁方舟校长和田宇主任的汇报后，先看了看办公室、教室以及其他各室的布置，看了校内外卫生、厕所卫生情况，接下去要求听两节课：一节语文课，一节数学课。田宇安排听郭岚老师的数学课和自己的语文课。郭岚老师的数学课仍然是凯洛夫的教学模式——复习、进新、巩固练习、作业布置。田宇的语文课，其教学模式是在凯洛夫目的教学的基础上有所创新，它根据语文课的特点创立了"四步教学法"，即"读、问、解、练"。读——先用小黑板出示学法指导（一），让学生根据"指导"中要求的内容去读课文，或者了解课文大意，划分段落，或者读准生字词、理解生字词，或者了解理解个别语句在具体语言环境中的含义及作用等等。问——既可以学生提出问题，也可以老师提出问题。一般说来，学生或老师提出的问题都要围绕"学法指导"中的提示，但遇到"指导"外的内容，都应由老师鼓励学生去讨论、去思考、去回答。解——根据师生所问，老师再出"学法指导（二）"，让学生展开讨论，由学生回答讲解刚才提出的诸多问题，对意见不一致的回答或者理解不正确的，由老师统一评讲、统一认识。练——形式多样，可以是再问、再解，也可以向深层次发展、延伸，与作文教学相联系，进行口头的或书面的片段练习，也可以小黑板、卡片、幻灯、投影等形式出示练习题，也可以布置作业。当然，读、问、解、练是课堂教学模式的主体，除主体外也还有根据实际需要的复习、小结等等。田宇的这个教学模式，是他语文课堂教学经验的总结，是他改革与创新的体现。这个时候来了业务检查小组，他就想以这种教学模式出现，听听他们的意见。如果能够得到肯定，他将以一个教研课题的形式继续深入的进行研究，在校内进行推广，让大家共同探讨，共同研究反馈的信息，共同发展和丰富这个课题。

田宇上的这节课是《普通劳动者》第一课时，他使用了这样的导语："同学们，在战争的年代里，老一辈革命者出生入死，抛头颅洒热血，在所不惜，为了人民的解放事业立下了汗马功劳；今天他们又以普通劳动者的身份，投入到社会主义建设中去，与年轻一代在一起，共同生活、共同劳动、共同为祖国的繁荣富强而贡献自己的力量。何以见得呢？下面，咱们学习《普通劳动者》，请你们认真体会林部长和战士小李这两个人的人物形象吧！"与此同时，田宇在黑板上书写了课题和作者姓名（王愿坚）。接着田宇挂出小黑板出示"学习指导（一）：1. 朗读课文，初步了解课文大意，给课文划分段落，编写段落提纲。2. 查字典、词典，理解生字词。3. 复述课文梗概。4. 想一想我们以前学过王愿坚的哪篇文章？与这一篇文章在内容上有什么不同?"

大约十分钟过后，田宇让学生提出问题，又根据指导（一）中的问题，逐一提答，复述课文，理解《七根火柴》与本篇课文在内容上的异同。对于个别问题，田宇点拨指导，统一认识。接下去，他又出示了学习指导（二），学习课文第一、二部分，读析结合，师生互动。再接下去，是出示练习题，第一题是文学常识填空，第二题是正音组词，第三题形近字辨析组词。又有口头回答的两道题。练习之后，他让学生们小结本节课所学的内容，让学生回答你学到了什么，最后在将要下课的时候，田宇做总结：

"同学们，今天我们初步了解了《普通劳动者》一课的课文大意，读析了课文的第一、二部分。那么，后文又是怎样突出了林部长和战士小李这两个人物形象的呢？课文的主题思想和写作特点又是什么？这将是我们下节课要学习的内容。这节课就到这里。下课!"这个结语，既总结了这节课的主要内容，使本节课的各环节浑然一体，又领启了下节课的内容，使本篇课文的两个课时浑然一体。

下课铃声响了，检查组的三位同志和本校听课的老师，带着快乐、带着激动、带着满足、带着笑意，走出了教室。

听完课之后，检查组查看了学校的管理情况，重点查看了育红中学关于加强学校机制管理的暂行规定，看了老师的计划与备课，看了学生的作业。这一天正好是星期五，下午课外活动时间，各班进行了卫生大扫除，张贴了"最清洁"标签，学生会又填写了当日各班情况检查结果公布栏。

第二天上午（星期六）的第四节课，检查组召开了由全体教师参加的检查汇报会。会议上，各同志将自己的检查情况作了评价。最后由江明校长做总结："我们对育红中学的整体印象有三点：一是改革的力度大。从制度的制定与实施，从课堂教学模式的创设，都能说明这一点。二是学校管理秩序井然。学校校委会、团支部、学生会、教师与学生齐抓共管，人人参与学校管理，这才有好的校容校貌，好的校风班风，好的精神状态。第三是业务方面的标准高，要求严。计划、备课、上课、作业的布置与批改都很好……一句话，就是田宇主任在黑板上所写的那句话，'育红中学在奋进，育红的将来会更加辉煌。'"一片热烈的掌声。

检查组走后不几天，区教办室主任范营威带领着其他同志，专程来到育红中学，重点听了田宇的一节语文课，看了《育红中学关于加强学校机制管理的暂行规定》。田宇的"语文教学四步教学法"和学校的管理受到了区教办室领导的高度赞扬。他们要求田宇把《暂行规定》打印 60 份，并在全区推广；要求田宇把"四步教学法"写成实验报告，报给区教办室和县教育局。随后，区教办室召开了中小学校长会议，总结了这次业务检查情况，育红中学的《暂行规定》发至各校，并且评价这个《暂行规定》更全面、具体、细致，可操作性强，刚性强，要在全区推广，各校可参考这个规定，结合本校实际情况，制定本校的各种制度，又高度评价了田宇的"语文教学四步教学法"，表扬了田宇敢为人先的创新精神。

一分耕耘，一分收获。育红中学在 1985 年的中考中，升学率达到了 91.6%。其中考取高中 68 人，考取中专 39 人，考取中技 11 人，在全区、全县均为第一名。

学校的质量提高了！

学校的声誉提高了！

暑假期间，田宇利用教师节就要到来之际，与浩凌煤矿领导联系，用钢管焊接了篮球架、大铁门和国旗旗杆，育红中学因此而增辉，校容校貌得到了很大的改观。

1985-1986 学年度新的学年开学了。因为育红中学教学质量的提高，在很大程度上也因为田宇在社会上的广泛影响，外校、外区的复习生，甚至初一、初二学生纷纷到育红中学报名学习。初三增加到五个班，其中三个新生班，两个复习班。两个复习班的人数均超过 70 人，田宇任三（5）班的班主任，很多中考落榜而且成绩比较好的同学都在田宇所带的班级里。

1985 年 9 月 10 日——全国第一个教师节到了。育红中学学区的八个村的支部书记前往育红中学，送来了贺匾。浩凌矿领导，不仅送来了贺匾，而且还送来了两卡车无烟煤和大铁门，以及篮球架、单双杠等体育器材。师生们都知道浩凌矿送来的这么多物资，全是田宇向矿领导磨破嘴、跑断腿、缠到底的结果呀！育红中学举办了教师节文艺演唱会，师生们、领导们沉浸在节日的欢乐之中。

沉　重

40

　　这是九月下旬的一天早上，田宇把凉馍和学生的作文本装进了提包里，挂在自行车的车把上；然后，打开房门推自行车准备到学校里去。呀，好冷啊！月亮星星全都不见了，甚至亮着灯光，几步之外，什么也看不到。浓密的、厚重的、弥漫的大雾仿佛是一堆茸茸的棉团在覆盖着、笼罩着、重压着这房屋、树木、大地及世间的一切。脚下路面的草木上、树叶上、碎硬瓦块上都生长着毛茸茸的霜针，路边的那个小粪堆，黑乎乎白茫茫，给人一种阴惨恐怖的感觉。他不由得打了一个寒战，走回屋里，他加了一件羊毛衫。他依然骑自行车向学校去。路上，他睁大眼睛，仔细辨别方向，辨别路口，辨别路面上有没有其他障碍，或是坑坑洼洼。他也在想：昨天晚上还繁星满天、凉风习习，怎么今天早上就浓雾蔽空、寒霜铺地了呢？

　　和往日相比，天迟到了一小时才慢慢放亮，而后太阳久久遮在大雾里，迟迟未能放射它耀眼的光彩。

　　和大雾的往日相比，时近正午，已经是11点多了，快要放学了，这大雾虽然比早间淡了许多，但是太阳依然没有给人充足的光照。

　　和大雾久难开的往日相比，这大雾太重太浓。中午之后，虽然被太阳撕扯得七零八落，撕扯成一块块的碎片儿，但它依然在挣扎，依然没有全部消失。

　　和秋日的久难开的大雾的往日相比，地上湿漉漉的一片，披孝般的树木枝叶上不时滴下被阳光融化了的冷冷的霜水，让人们似乎感到了寒冷的冬天的来临，人们诅咒：这大雾为什么这样重？太阳为什么不快快地击溃迷雾放射出它往日的光芒来？

　　下午四时许，灰蒙蒙的天空挂着若隐若现的秋阳，树叶随着阴冷的秋风，一片片地飘落下来，校园花园里的花儿依然在没精打采地萎缩着。课间时间，袁方舟校长把田宇喊出门外，瘦削的脸上分明写着阴郁和沉重。

　　看着袁方舟校长的脸色，田宇不解地问："有什么事儿吗？袁校长？"

　　"也没什么事儿。"袁方舟艰难地笑了笑，"区教办室范营威主任找你。"

　　"在哪儿？"

134

"在我的那间宿舍。"

田宇走进宿舍，看到了坐在床上的范营威主任。田宇把手伸过去，问："范主任什么时候来的？"

范营威跟田宇握手，接着说："刚刚到！"又指了指那椅子，"你坐下吧。"

田宇坐了下来，并且已经意识到了会有一件不好的事情将要发生，就强作笑容说："范主任有什么事儿，您就在这儿说吧。"

"也没有什么大事儿。"范营威面对一个去年刚刚提拔的，而且是成绩显著的教导主任，今天居然要接受调查，甚至要受到处分，这个谈话的开头实在是太难，他想了想说："田宇同志，作为教师你出类拔萃；作为育红中学的教导主任，去年一年你成绩显著，这是大家所公认的，也受到了区教办室和县教委的多次表扬。但是——"范营威说到这里，真的感到太难为情了，又一次停下来。

这"但是"后面的内容究竟是什么呢？田宇这样想，便着急地问道："出了什么问题了？"

范营威不能不直说了："工作上没有任何问题，问题出在计划生育上。县教委转来了反映田梦龙和你计划生育问题的人民来信，并要求立即调查处理。今天，我就是代表组织问一下你的生育情况。"

三伏天居然下起了大雪，上半场刚刚结束的篮球运动员浑身是汗，是谁居然从运动员的头顶浇了一瓢冷水？田宇感到了浑身寒冷、浑身颤抖。停了一会儿，田宇镇静下来，叙述了他的计划生育情况："我是1980年7月结婚，1981年12月15日，生育了第一胎，女孩，名梦梦；1983年正月十三日生育了第二胎，女孩，名珍珍；1983年12月，实施了结扎手术，这在全区二女户结扎实为首例，1984年10月11日生育了第三胎。男孩，名祥祥……"

一年前，当田宇双喜临门——被提升为教导主任又生下了祥祥，全校师生都为他祝贺的时候，田宇也曾在高兴之余，担心会因为计划生育而受处分。有同事就说，你的这个担心是多余的，因为你在全区第一个二女户结扎，谁还能再说你什么呢？只要没人反映，就不会受处分。谁又能反映呢？再说了，农村中生了三四个女孩，仍然继续躲着藏着生的多着呢！而今天，田宇担心的事情终于发生了，这正是怕如所料竟如所料了起来。那么究竟是谁写他的

"人民来信"呢？在他的生活和工作范围内，也就是在他的家乡和学校里，他并没有得罪谁。后来，才有人告诉田宇，是他的田庄村，有人下决心为扳倒现任村书记田济才而罗列的一个错误之一，于是就把田济才的一些亲信的计划生育情况，包括他的儿子田梦龙，又加上田宇的超生情况，一一写进了控告信之内，而且有两人常住县城，每天上午 8 点前到县委书记办公室告发，县委书记亲自批示"请有关单位调查审处"。这在田宇来说，真的是城门失火，殃及池鱼了。

　　一个月之后，县教委对田梦龙和田宇分别做出了处理决定，并下发了文件：撤销田梦龙田庄小学副校长职务，并取消其预备党员资格；撤销田宇同志育红中学教导主任的职务。

　　历史也是会开玩笑的——十年前田济才与儿子田梦龙一起压制、诬陷田宇，使得田宇一事无成；而今天，面对计划生育，田宇与田梦龙竟成了一根藤上的两个苦瓜。

　　田宇被撤职的消息传到了育红中学之后，立刻在师生中引起了很大反响。先是部分师生要到区政府、县教委请愿，要求保留田宇的职务；而后，是一些学生，尤其是一些外地转来的学习成绩好的学生，纷纷转到了外校。面对这种情况，田宇在想：究竟该怎么办呢？他先是坚决地制止了部分师生的请愿，他说："老师们，同学们，首先我要感谢你们对我的理解与信任。但根据有关文件精神，我超生第三胎，仅仅给个撤职处分，组织上已经对我迁就和照顾不少了。请你们无论如何都不能向组织请愿，给组织增添麻烦。至于我本人，我还一定会像以前那样，教好书、做好工作的。"

　　后来，适逢《人民日报》上刊登了曲啸题为《理想和信念支撑我走过坎坷道路》的报告，田宇就组织全班学生认真学习了这个报告。田宇在领读这个报告的部分章节、段落时，竟然多次感动地流泪了。最后，他在全班同学面前带着激动、带着感慨、带着恳求，语重心长地说："亲爱的同学们，我今天受的这点挫折比起曲啸来，比起我以往的经历来算得了什么？在任何时候，任何情况下，我都将凭良心做好自己的事业，赢得了普通百姓的赞许，那才是对我最高的奖赏。请同学们相信我，也请同学们把我的这段话转达给那些转校了的同学，给他们说我理解他们，更欢迎他们再回到这个学校来，回到这个班级来。"田宇的这番话在当时的的确确获得了同学们经久不息的掌声。

这掌声是理解，是信任，是激动，是崇拜，更是一种回应与报答。

几天之后，那些从育红中学转入外校的学生，又从外校转入了育红中学，转回到了田宇的班级里。因为同事们的拥戴和校长的信任，田宇保留在校委会，且仍然负责教导处的工作。由田宇出面与矿联系，又焊制了一副篮球架，两副单双杠，添置了脚踏风琴，乒乓球台等。学校又焕发了勃勃生机。

几个月之后，中考揭晓，全校的升学率达到 91.8%，其中考取高中 126 人，考取中专 59 人，考取中技 26 人，在全区第一，全县第一。而田宇所带的初三（3）班，考取中专 32 人，考取高中 28 人，考取中技 10 人，升学率 94.6%。

学区的百姓对育红中学取得这样的好成绩是一片赞誉，一片祝贺，附近的几个村委会还给育红中学挂了彩旗。

值得一提的是，田济才终因做了太多的坏事，在群众的愤慨声讨中，被撤销了职务。

41

这里想说一下行政区划的变更：七十年代，也就是在田宇读初中、高中和任民办教师时直到 1981 年，这个地方是育红人民公社；1981 年 4 月撤销了人民公社，成立了浩凌区人民政府，区以下设了七个乡政府，原来的育红公社也分设了三个乡政府，其中就有育红乡政府和浩陵乡政府。1986 年暑假期间，浩凌区为了发展教育事业，优化配置教育资源，在浩凌区政府所在地之东，新建了一所初中——浩凌初中，抽调了袁方舟同志任校长，田宇高中时的同学邵文彬任教导主任，田宇作为教师也被抽调到了这所新建的学校，而且区政府点名让田宇同志担任初三复习班班主任。按计划，这所学校先办初三四个班，第二年办初二、初三，第三年成为完全初中。

1986-1987 学年度新的学年开始了。育红初中的袁方舟、田宇、于文明、任祥伟、赵振宇和郭岚都被调到了浩凌初中。浩凌初中坐北朝南，前面有一条通往乡政府的大道。通往学校大门的是校内的一条主干路，这条路将学校东西两边一分为二。学校占地四十余亩，四周已拉了围墙。现在按计划只靠前面盖了两排房子。前排房子靠大门东边是三间食堂，食堂东边是六间宿舍，

沉　重

大门西边是九间宿舍。东边的六间宿舍住男生，西边的六个单间是教师宿舍，再往西是三间女生宿舍。第二排为教室，大路西边九间，三口教室，其中靠大路的一口教室为办公室。大路东边也是九间，三口教室，其中靠大路的两口为教室，最后东头的一口临时为男生宿舍。这样，第二排自西向东分别为初三（1）班、初三（2）教室，办公室，路东为初三（3）、初三（4）班教室，男生宿舍。田宇为初三（4）班班主任。初三（1）班、初三（2）为新生班，初三（3）班和初三（4）班为复习班，初三（3）班为差班，初三（4）班为优班。不能不说，在一定程度上，这浩凌初中是区政府的脸面，办复习班说得堂皇一点就是培养人才，说得直接一点，是多考几个中专。这样初三（4）班应该说是脸面的脸面了。田宇对此深刻理解组织和领导的信任，更感觉得到肩上担子的重量。

田宇对班级管理向来是民主的。他认为，班主任的工作任务就是：依据我国的教育方针和当前学校的任务，协调来自各方面对学生的要求和影响，有计划地组织全班学生的教育活动，做好学生的思想教育工作，并对学生的学习、生活、课外活动等全面负责，把班级培养成为积极向上的集体，使每个学生在德、智、体、美等多方面都得到充分的发展，形成良好的个性。因此他先让学生推选出班干部，让这些班干部来参加班级工作的实践，在此基础上，给这些班干部分配工作——班主席、生活委员、文体委员、学习委员，另设副主席；同时也通过对全班同学的观察，让学生们推选出七个小组的组长。然后，按照分工，分别由各个委员负责，分别制定出《生活制度》《学习制度》《文体制度》和各项纪律等。

班委会成立了，小组确定了，制度健全了，各科课代表选拔出来了，田宇在做了一番准备之后，以"理想+苦干=成才"为主题，召开了第一次班会。这次班会田宇首先读了上届一位学生吴永杰的来信，来信的最后说："请同学们一定要牢记田老师阐述的'7-1=0'的道理，并且一定要为实现理想而不懈地奋斗！"接着田宇让同学们结合这封来信所谈的内容，讨论理想、苦干、成才这三者之间的关系。最后，田宇做了总结性的发言："通过读吴永杰的来信和同学们的讨论，我们已经明确了'理想+苦干=成才'的关系，这里需要指出的是，成才不仅仅局限于升学深造、本科毕业，而是广义的'成才'，凡是实现了理想的，并且有一定成就被社会认可的都叫成才。而理想的实现就在那不懈的奋斗中。"同学们热烈的鼓掌之后，田宇又接着说："人们也包括我们在内，常常谈到'机会'这个问题，我认为机会的大门是永远向着那些有准备的人敞开的，我们要让知识去等待机会，绝不能机会来了再去寻找知识!"又是一片掌声。

田宇正要说下去的时候，靠近窗户的一位同学说："报告，老师!"

"什么事?"田宇问。

"秦老师来了。"那位同学答。

"哪位秦老师?"

"就是元旦文艺联欢会上演唱《知音》的那位。"

田宇的眼前立刻浮现出秦俊秀的身影……

那位同学看到田老师只是在愣神，并没有请秦俊秀进来，就又喊了一声："田老师，你……"

"嗯?"田宇从回忆中清醒过来，立刻问："她在哪儿?"

"在——"没等那位同学说完，秦俊秀已经推门进了教室，说："我在这儿哪!"

"你什么时候来的?"田宇两眼直直地看着秦俊秀。

秦俊秀有点儿激动地说："我已经在窗外听了好大一会儿了。听了你最后说的那段话我，我都感动得流泪了。"

一阵掌声之后，有一位同学说："秦老师，你能给我们说段话吗?"

"好吧，那就让我给你们讲个故事吧——"秦俊秀好像还没有走出激动，开始有点儿发颤："同学们，这是一个真实的故事，是我听我父亲说的，他曾经认识这样一个人：他在 1973 年考入高中，1975 年高中毕业后回到家乡务农。这个人在未高中毕业时就已经在省级刊物上发表了小戏曲、散文等作品;毕业后随生产队治淮大军挖大河，又给生产队喂过猪，吃了很多的苦;当时的路线教育宣传队进驻了他所在的那个大队。路宣队的领导和一些大队干部都力图培养他入党、当干部，但是由于派性斗争的干扰，更由于个别人的心术不正，污蔑陷害这个人，'喂死五个猪，放火烧牛屋'，'投机倒把分子的儿子'等，其结果，他不仅没有入党当干部，反倒被坏人说得一塌糊涂，一无是处。在这种情况下，他没有气馁，没有服输，没有靠关系招工，用他当时的话说就是'我一定要用自己的力量，出其不意地站在对立者的面前，让他们说我绝不是笨蛋!’就这样,在挖沟渠、挖河的工地上,当别人在晚上已经沉睡时,他把马灯放在庵棚内他的头顶上,认真读书;在劳动工歇时,他也认真读书,在家里常常‘一夜一灯油’地熬着,他深知,实现四化需要的是真才实学,他要以自己的文学天赋,从文学上打开缺口,走出一条自己的路。或者说他在用知识等待机会。好在后来恢复了高考制度,他以很高的分数考取了师范大学,现在已经成为一名被师生们称颂的人民教师了……"

"这个人是谁?"同学们齐声问。

"这个人远在天边,近在眼前。"秦俊秀说。

"田老师!"很多学生不约而同地喊了出来。

"是的,这个人就是站在你们面前的田老师!"秦俊秀愈加激动起来,"刚才田老师说的那段话,机会的大门是永远向那些有准备的人敞开的,我们要让知识去等待机会,绝不能机会来了再去寻找知识,这是他心声的表达,更是他生活经历和经验的总结。应该说你们的田老师就是你们学习的楷模。你们一定要不忘教诲、不负期望、拼搏进取、实现理想啊。"

掌声过后,下课铃声响了。田宇与秦俊秀走到了田宇的宿舍。当秦俊秀看到这宿舍里的布置还如同在育红中学,她给他布置的一模一样的时候,她的心醉了,她的眼睛再次湿润了,因为她已经感觉到了他的心里有她。

田宇倒了一杯水给秦俊秀,问:"怎么这个时候来了?"

"早就想来看你了。"秦俊秀说到这里稍停了一下,说:"最近几天又听说你受了撤职处分。"

"这是在意料之中的,算不得什么。"田宇说得很轻松。

"我还是想请你到县城去。"秦俊秀很关切,很为他委屈,"你撤职了,轻松一点了,就更有理由去县城发展自己;再说了,你已经 30 岁了,再等几年就不好办了。"

"你觉得我可以走吗?"田宇稍做停顿,"我从这儿跌倒,还要从这儿爬起来。"秦俊秀已经从他说话的语气里听出了坚决与执着,再想想他刚才给同学们说的那段话,她还能再说些什么呢?

1986 年旧历腊月二十八日中午,田宇骑自行车从学校回去,刚来到家门口,就看到过底的门上槛,挂着两个大红灯笼,再对院子里一看,几个人"一字儿"排开,面朝北,背朝南,立正站着,堂屋门两旁也各挂了一个大红灯笼，大红灯笼上贴着黄字："老师，您好。"田宇喜出望外，把自行车对门口一扎，高声说："吴永杰，请你们转过脸来。"

吴永杰高喊一声："向后转！"吴永杰、李红梅、李亮、张明、李庆凤、王永永、李立志等七位同学转过脸身来，仍保持着立正的姿势，齐声喊道："老师好！""同学们好！"田宇像是进了课堂一样还了一句，又补充说，"到堂屋里坐吧！"

牛善云从灶房里走了出来，笑着说："田宇，你看看吧，你的学生已经忙乎了一两个钟头了，饭做好了，堂屋里的画也贴好了，简直是提前过新年了。"

没等田宇接话，不知哪位同学说："还是师母说的对，咱们提前过新年啦！"这几位同学有的拉桌子，有的搬椅子，还有的端菜，拿盅筷。

田宇走进堂屋简直有些惊呆了：屋内正面墙上贴着中堂画，上方挂着贝雕画匾（迎客松），两边又悬挂着一幅幅条幅，这些条幅有的是宋体字、有的是魏碑、也有正楷字、草书，有小字也有大字，有字也有画，又有剪纸，都是这些学生们的作品。田宇看到这些类似画展般的作品，不住地称赞道："学生们有出息了！""真的是刮目相看了！""真的是青出于蓝而胜于蓝了。""我比不上同学们了，真是闻道有先后，术业有专攻嘛。"

在学生们的簇拥下，田宇和牛善云坐上了上席。吴永杰站了起来，给在座的每一位斟满了酒，说："来，咱们祝田老师桃李芬芳、鹏程万里！祝师母和全家人幸福健康万事如意！干杯！"师生喝了第一杯酒后，田宇也站了起来，说："让我和师母也为你们倒一杯酒吧。"牛善云正要倒酒，大胖子李亮抢过酒瓶说："让我为老师、师母代劳吧。"李亮倒酒时，田宇说："同学们，我今天真的很激动，也很感动。这因为我看到了你们的进步，看到了你们的才艺，也好像看到了自己的成就。让我和你们师母共同祝你们百尺竿头更进一步。"

……

这一天的田宇开心极了，他与学生们一起共进午餐，与学生们一起有说有笑，与学生们一起畅想未来，也从学生们的身上看到了自己事业上的辉煌。

42

　　这里还是让我们回到 1986 年的 10 月，新建的浩凌初中已经走向了教学正常化。田宇所带的初三（4）班选出了班委会、团支部、各小组组长、各科课代表，又先后制定了各种规章制度，可以说，无论班主任田宇在还是不在，班级活动已经能够正常地开展了。在没有说下面的故事之前，我们还是要先了解一下浩凌初中教师在一周内的轮休情况。20 世纪 80 年代，教师们的教学积极性空前高涨，但违反教育规律和教学规律而去片面追求升学率的现象，无论是在内容还是在形式上，无论是在浩凌初中还是其他学校，也无论上级主管部门怎样的三令五申不准片面追求升学率，但在客观上都是一直严重地存在着。浩凌初中正是在这种大的背景下，为了提高全区的升学率才新建的。因此，浩凌初中也和其他学校一样，对于初三学生（现在还仅仅是四个初三班，后来发展到了完全初中十三、四个班也一直是这样），每四周星期一天，每个星期天的下午不上晚自习，远路住校的学生可以利用星期天下午不上晚自习的时间回家带馍、带面。这样，带初三课的老师就可以轮流休息，田宇的星期天是星期四。

　　这天早上大约两点多钟，牛善云拉亮了电灯，说："田宇，你睡着了吗?"

　　"嗯。有……有啥事儿?"田宇揉了揉眼睛。

　　"我觉得珍珍又发烧了。"牛善云说。

　　田宇连忙用手摸了摸珍珍的额头，又用脸贴了贴，说："有热，恐怕热还不小。"说着，他下了床，从床头桌子的抽屉里找到体温表，将体温表放在珍珍的胳肢窝里，五分钟后拿出体温表对着灯看，他不由得"啊"了一声："体温太高了，39.5℃。"然后他吩咐妻子，"快穿衣服，抱珍珍上医院打退热针，我先找退热片给她吃。"说着他从抽屉的小瓶里倒出一片半退热片，又倒了半茶杯开水，冷了冷，喊醒珍珍："珍珍，珍珍——"

　　珍珍发烫的身体被母亲用棉被紧紧裹着，通红的脸蛋儿冒着热气，嘴唇没有了往日的湿润与鲜亮，显得是那样的干燥，半闭的嘴唇露着尚未长齐的牙齿，两只眼睛紧闭着，眉毛很乖顺地横在眼眉上，凌乱的头发堆在她那小小的脑袋上。看着这一切，田宇的心里陡然升腾着不安，焦躁与悲哀。

田宇一声又一声地喊着，几乎是流着泪喊着："珍珍，珍珍，我的好女儿，你醒醒，你醒醒呀……"

"珍珍，珍珍，快睁开眼，快睁开眼呀！爸爸喊你、喊你哪！爸爸喂你吃药哪……"

就在爸爸妈妈不断地喊叫声中，在他们轻轻地摇晃下，小珍珍终于慢慢地睁开了她那蒙眬的双眼，她那春藕般的红亮的小胳膊从被窝里抽出来，小红手又在脸上揉了揉，然后停在额头上，好像在遮挡电灯光亮，她启动那干裂的小嘴唇蹦出了两个字："爸——妈——"

"你吓死我了。"牛善云一边说着，一边将小珍珍的小胳膊又重新放在了被窝里。"来，乖孩子，爸爸喂你吃药了。吃好了药，咱们再到大队医院打针去。"牛善云挂在腮边的那两行泪水滴落在被子上。

小珍珍，多么听话的小珍珍呀！田宇把这一片半退热片放在了小珍珍的嘴里，又把温开水送到了嘴边上。小珍珍喝了一口水，一仰脖子就把药咽下去了，接着又喝完了那半小碗水。之后，田宇抱着珍珍用大衣给她裹好。牛善云把祥祥放在梦梦的怀里，说："梦梦，搂好小弟弟哟！我和你爸爸到大队医院给珍珍看病，马上就回来。嗯？"一个不满五岁的孩子，竟然在这漆黑的夜晚，在这空荡荡的房间里面承担起大人的职责，照料一个不满两岁的弟弟，她可真的是很不情愿，也很害怕哟。梦梦撅着小嘴，扑闪着眼睛，又怕惊醒了祥祥，就低声说："我好害怕，你们可要快点回来呀！"

田宇抱着珍珍在前面走着，牛善云打着手电筒在后面跟着，她回转身把门关上锁好，又从前面的桃树上拽掉一根桃树枝，将一端放在裹着珍珍的大衣里面，向医院走去。熟悉淮北地区乡土民情的人都知道，大人们带幼儿，尤其是不会走路的孩子到外面去，走亲戚、去医院，总要带上桃枝，老人们说，那是用来辟鬼邪的。其实，那是父母对孩子的一片心意，是祈祷、是祝福、是求安。

天空像是一口倒扣的黑锅，往日放着光明眨着眼睛的星星，躲在那厚厚的黑云里。田宇和牛善云所看到的是手电筒光亮，是光亮照射下的高高低低、深深浅浅、坑坑洼洼的矸子石路面，间或是一米直直的光柱。他们所听到的是风吹电线和风摇树枝的沙沙声，间或还有那秋虫的低吟。每当有鸟儿在他们头顶掠过，或者野兔从路边草丛里跳出来，跑到别的地方去，他们就会毛发悚然、心惊胆战，牛善云就不由自主地靠紧田宇。就这样，他们情切切，又急匆匆，终于走到了医院。他们拍着医院的大门儿，连声喊着医生的名字："心恒叔——心恒叔——快开门！"

田心恒拉亮电灯，穿好衣服，打开房门。

"打扰您了！心恒叔。"田宇说。

"坐吧，"田心恒指着那条长凳，又问："谁怎么了？"

"小珍珍，发高烧。"牛善云先开了口。

"测过体温了吗？"田心恒问。

"试了，39.5℃。刚才吃了一片退热片。"田宇和牛善云几乎同时回答。田宇把大衣掀开，只见小珍珍脸蛋儿通红，冒着热气，昏暗的眼睛睁开了一下又眯上了，嘴唇干燥，喉咙里发出"齁喽齁喽"的声音。

田心恒用手在珍珍的额头上摸了摸，说："热还没退，把她的扣子解开，我来听听。"田心恒用听诊器听了一下后，说："烧成支气管肺炎了，得输几天水。"

"不会再有其他的病吧？"田宇问。

"不会的。你放心，输几天水就该好了。"田心恒说。

田心恒汇好药液，准备给小珍珍输水，牛善云把珍珍的胳膊露出来。田宇微笑着给珍珍鼓励，说："珍珍是个乖孩子，是个勇敢的孩子，一定不会哭的。对不对？"

珍珍这时精神振作了起来，眼睛睁得大大的，说："我不哭。"

当田心恒将针头扎进珍珍的胳膊找血管的时候，珍珍的眼睛只是眨了一下，嘴努了一下，到底一声没哭。

田心恒笑了，说："珍珍真听话，真是个好孩子。"

输好水回到家里，已经是早上5：10了，正是田宇该上早学的时候，田宇装了几个凉馍，又向妻子嘱咐了几句，就径直骑自行车到学校去了。

又到了星期三，小珍珍一连输了七天的水。在这七天里，虽然没有高热，但总还是体温不稳，常常发低烧。作为父母，他们的心里都很不踏实，都怕会有其他的病。正好次日星期四是田宇休息日，夫妻俩决定次日早上一同去市人民医院，带小珍珍去检查。他们按计划到了市人民医院。经 X 光透射、做 B 超、查血，内科的望、闻、问、切，得出的结果是肝肺正常，但血象较高，这说明珍珍仍有炎症，再根据田宇、牛善云对珍珍近几天病情的叙述，医生怀疑会不会是败血症，要求住院观察治疗，先交押金 300 元，怎么办？田宇心中虽然担忧万分，但他又考虑了诸多方面：首先是他带毕业班的语文，又是班主任，且为浩凌初中建校的第一年，他必须带好这些学生，他不能辜负领导和学校师生的信任与期望啊！其次，是在市医院的住院费用太贵，他每月只有 50 多元的工资，支付不起呀！况且，医生只是说住院观察，并没有断定是什么病啊，还说开个药方，在地方医院吊几天水也可以，再说了，正值三秋大忙，他还要几头兼顾啊！这么想着，他就跟牛善云商量，让医生开药方，到珍珍姥姥家的大牛集乡医院住院治疗。

就这样，小珍珍在姥姥家的大牛集医院一住就是两星期，基本治好了病。在这期间，姥姥、姥爷经常看望她，也常常腾出时间让牛善云处理家务，在家里花钱让别人用拖拉机给犁了豆茬。田宇则每天放晚学时候去看望一趟，然后再回到家里。

中间隔着个中秋节，姥姥给了他们二斤月饼，田宇和牛善云抱着女儿回到家里，将这二斤月饼一斤给了母亲，另一斤给了奶奶。奶奶舍不得吃完，又分了两个月饼给珍珍。1986 年中秋节晚上，在别家人吃梨，吃月饼，赏月的时候，他们这一家人——五口之家只是在庆幸小珍珍这个小生命的存在，感恩上天的慈祥，用这两个月饼，过着这个传统节日啊！在女儿生病尚未痊愈，又逢这传统佳节的晚上，他要躬耕教育、善待幼小、孝敬老人、周全关系，他有几多疲惫、几多辛酸、几多担忧、几多愁苦和几多感慨。深夜，在他们母子女睡了的时候，他用手轻轻地刮去了那流到腮边的泪水。

在小珍珍的病基本好了的那个星期四的下午，田宇把珍珍接回了家。就是在这天下午，浩凌初中，准确地说是在田宇所在的班级里却发生了一件不该发生的事。

43

这是一个星期五的早上，稀疏的星星在依依不舍地眨着眼睛，金秋的晨风在凉凉爽爽地吹拂着，播种后不久的小麦顺着齿沟泛着鹅黄似的新芽，自然的一切都是那样的美好，那样的清新，那样的令人心情舒畅。办公室里空堂的老师有的在伏案备课，有的在批改作业；教室里，学生们在通明柔和的日光灯下高声朗读着课文，田宇在教室里巡视着，随时准备回答学生的提问，他已经陶醉其中了，校园里的一切也是那样的平静、那样的祥和、那样的让人愉悦不已。这一切的一切，都无不在向人们暗示：这平凡又崭新的一天已经到来了。

三（4）班的第一节是田宇的语文课，田宇的学生们正在按他的要求，一边默读课文，一边思考问题。正在这时，教室的门"砰"的一声被推开了，随着这门声，闯进了一个怀抱着孩子的男青年——谁都认识，他是英语教师马兰兰的丈夫王劲欣，愠怒、狂野和粗卑分明写在了他那抽搐的脸庞上、翕动的嘴角上和发直的眼神上。见此情景，田宇合上课本，走上前去，厉声质问："你来干什么？"王劲欣或许根本就没有听见田宇的问话，却径直地发问："俞凤荣是哪个贱女人？诳你什么 B 大毛长？"

此时的田宇已是愤怒至极，他声色俱厉："王劲欣，你给我听着，你现在是社会青年，是在扰乱教学秩序，你给我滚出去！滚出去！"说着，他把王劲欣推出了门外。

门外的王劲欣还在用手指着、喊着："俞凤荣，你给我出来。我捏死你！"

"你要再不滚，我就叫派出所来人抓你！"田宇的气势登峰造极。

王劲欣怀里抱着的孩子惊恐地睁大眼睛，而且哇哇地大哭起来。王劲欣这才骂骂咧咧地走回去。

田宇回到教室把门关上，用眼睛扫视了一下全班同学，而后把目光停留在俞凤荣那儿，只见俞凤荣低下头，趴在桌上哭了起来。

教室里一片静寂。

就这样两三分钟后，田宇刚才的愤怒情绪和教室里的紧张气氛稍稍得到了缓和。田宇布置了一下作业，让同学们自习、做作业，又把俞凤荣叫到了办公室。

俞凤荣站在田宇的办公桌旁边，低着头小声地哭泣，手指在拨弄着纽扣。

田宇坐在椅子上，平声静气，很温和地问："俞凤荣，王劲欣为什么骂你？你能说说具体情况吗？"

办公室里空堂的几位老师无不转过头，惊愕地看着这个向来被老师认为品学兼优的俞凤荣同学。俞凤荣哭着断断续续地叙述了昨天发生的事：

"昨天上午的英语课上，马兰兰——"田宇打断了她的话，说："不能直呼老师姓名，应该称她为马老师。"

俞凤荣说："那就还称她为马老师吧。昨天上午的英语课上，马老师要我背那段英语，我站起来说'不会'。她就提问了另外几个同学。那几位同学都坐下了，我也坐下了。这时，马老师就对着我问：'谁叫你坐下的？'我就说：'我自己坐下的。'她接着说：'你可能得不是你了，你给我站起来！'我给她拗了劲，没有站起来。她就气急败坏地走到讲台上，大声喊：'这节课我没有法上了，是高才生俞凤荣不让我上的！'说罢，她在桌子上一摔书就走了。"

"下午课外活动打扫卫生时，马老师走到我跟前讥讽我，说：'高才生，还能管扫地吗？太委屈了！'我知道她明明是来找碴儿的，就没有理她。她就进一步地地逼我：'怎么不说话？哑巴啦？俞小姐！'我气愤极了，就说：'马老师请你放尊重点，不要侮辱我！她又变本加厉：'哼，尊重？侮辱？你这样的孩子也配尊重？'我接过来说：'我不给你还骂，你骂是骂你自己的！最后，她又说，'我明天还会找你的，看你能有多能。'昨天的事就这么多，你可以再问问其他同学。今天。她就让她男人来骂我，侮辱我！"

"说完了吗？"田宇问。

"说完了。"俞凤荣回答。

这个时候，田宇已经完全冷静下来，微笑着问："俞凤荣，我相信你说的这些话都是真的。咱们先不说马老师做的有哪些不对，单就你这方面，请你冷静地想一下，你有哪些不足？"

俞凤荣擦了一下眼泪，说："昨天晚上，我好长一段时间没有睡着，我一直都在考虑这件事。我不该没让坐下就坐下，不该和老师顶嘴，和老师较劲，下午不该和老师还骂。"

"我想说说我的看法。正如你刚才所说，昨天发生的事，你不该不让你坐下的时候就坐下，让你站起来你就偏不站起来，不该和老师顶嘴，不该和老师较劲。除了这些以外，我认为你还有一点做得不够，那就是今天早自习的时候，你就应该尽早地说一下，哪怕只是反映一下情况，如果早上说了，我也可以尽早地做工作，或许能够避免刚刚发生的事。你说，是吗？"

"嗯。"俞凤荣只吐出了一个字儿。

"你能写一下昨天发生的经过吗？"田宇问。

"能。"俞凤荣又是一个字的回答。

接着，田宇又语重心长地说："俞凤荣同学，从昨天到刚才所发生的事，有些地方是马老师做得不对，刚才完完全全是王劲欣做得不对，使你受到了很大的委屈，我会通过学校妥善处理这件事的，这一点，请你放心。不过我对你有几点要求：一是把昨天事情的经过写给我，并谈谈认识，作点自我批评；二是以后不要背任何思想包袱，要一如既往地刻苦学习，德、智、体全面发展，以实现自己的理想；三是从这件事上吸取教训，要尊重每一位老师和每一位同学，更应该尊重马兰兰老师，要主动地与她和好如初。最后一点，是这件事情不要再发展了，不要跟家长说，免得带来更多的麻烦。俞凤荣，我说的这几点，你能做到吗？"

田宇的这番话，使俞凤荣受到了很大的安慰，也抹去了她心中原有的许多不平，一种更加崇敬的心情油然而生，她说："田老师，我和同学们都很崇敬您、崇拜您。在这件事情上，我原以为您会把我叫到办公室，一定会指责我、训斥我，没想到您是这么尊重人、理解人、体贴人，平等地对待人。我，会听您的！"

"你说得不完全对。比如，在这件事情上我就有两点错误：一点是，几年前我是王劲欣的老师，他刚才能那样做，也是我教育的不够；第二点是，这件事情已经发生，班委会竟然没有人向我反映，这说明我的班主任工作没有做好……"田宇还要说下去，只是俞凤荣的眼泪夺眶而出。这泪水，已经不是刚才的委屈，而是一种自责和对老师的崇拜了。她哽咽着说："老师，对不起！我给您添麻烦了。"

见此情景，田宇内心充满着欣喜，而表面却又很平静地说："别想那么多。回去吧，好好上课。"

俞凤荣百感交集，不由自主地向田老师鞠了一躬，走出了办公室，走进了教室。

俞凤荣走后，一直在办公室里倾听着这些情节的李大明老师跷起大拇指说："田老师，你高，实在是高。"

中午放学后，田宇向袁方舟校长就上午那件事情，把他调查到的情况实事求是地做了汇报。袁方舟认为这件事在学校里，甚至在社会上都将会产生一定的反响，一定要认真对待妥善处理。田宇根据得到的一些情况，认为有必要在教师中说明事实经过，这样，就决定下午课外活动时开个教师会，说明事实经过，再讨论研究出一个具体的处理办法。

谁知道下午刚上课的时候，俞凤荣的母亲走进了办公室，她问道："田老师在吗？"办公室里的田宇、袁方舟和其他老师闻声望去，竟然是一个妇人，他们认为不关自己，也就各自忙各自的，唯有田宇因为家访，认识此人是俞凤荣的母亲，他在惊愕之后立刻恢复了平静，很客气地说："您来了，大嫂？"又转向校长说："这是俞凤荣的母亲，咱们找个地方给她说说情况吧。"

"好吧，那就到你宿舍里说吧。"袁方舟说。

到了田宇的宿舍，田宇先搬了两把椅子，让袁方舟校长和俞凤荣的母亲坐下，后又倒了两杯茶，分别递给他们，然后说："大嫂，大忙天的又让您跑一趟，我就说晚上再给您说说情况呢。"

没等袁方舟说话，俞凤荣的母亲就说："我就知道有情况，不然，俺孩子怎么一到家一副闷闷不乐的样子，问她怎么了，她说啥事也没有，她也没吃饭，好像还淌过眼泪。究竟是怎么回事啊？"

田宇看了看校长一眼，校长点了一下头。田宇就把昨天和今天上午发生的事，实事求是地向俞凤荣的母亲说了一遍。俞凤荣的母亲听了这番话，很抱不住火，气愤地说："怪不得凤荣到家哭呢，他这么横，这样侮辱俺孩子，我不能给他算拉倒，我要找派出所抓他！"

袁方舟接过她的话说："大嫂，听过刚才田宇老师说的事实经过，别说您气，我和田宇老师也都很生气。不然，田宇老师怎么在当时就赶王劲欣滚出去呢？"

田宇说："是的，大嫂，我当时气愤极了，从来就没有发过那么大的火。我也深感痛心，这也是我教育的失败啊！因为王劲欣曾经是我的学生，事情又发生在我的班级里面，班委会的人没有谁跟我反映昨天的事，说明我的班主任工作没有做好。我应该首先向您检讨。现在学校还没有形成处理决定，但是，你来了我得给你有个交代呀。我就向您和袁校长谈谈我的个人处理意见：首先，昨天马老师对俞凤荣同学有体罚现象，下午又有辱骂语言，很不理智，是老师的不对，应该在教师会上提出批评。其次，王劲欣冲进课堂，扰乱教学秩序，应该在同学和校园里消除影响，并且让他向俞凤荣和您当面道歉。再次，从换位意识出发，俞凤荣作为学生，当着老师的面向老师顶撞，和老师较劲，又还骂老师，这也是她做得不对的地方，应该把她和马老师做得不对的地方，同时批评。至于让派出所来抓人，抓王劲欣，我看就不必了。因为，大嫂，您想想，就昨天来讲，马老师就没有委屈吗？没有昨天的起因，就没有今天的发展。如果把王劲欣抓到派出所，虽然可以这样做，但马老师的心理平衡吗？"

袁方舟校长扶了一下眼镜，微笑着说："大嫂，我今天也想了一个中午，田宇老师想的比我想得更细致、更周密，我想这样做都是可以接受的。大嫂，你说呢？"

俞母听着田宇说的那一番话，句句在理，也没有什么别的要求，就说："我也不是得理不饶人的人，只是他王劲欣什么时候向俺娘俩道歉呢？在什么地方道歉呢？"

"明天上午还在这个地方。袁校长，您说呢？"田宇问了一句。

袁方舟看出了田宇的自信，很赞成地说："那就这样吧！"

下午课外活动的时候，袁方舟校长召开了全体教师会议，先让田宇老师叙述了昨天和今天上午所发生事情的全部过程。而后，让老师们发表自己的认识和处理意见。有的老师认为俞凤荣违反纪律、顶撞老师，应该在师生大会上点名批评；有的老师认为马老师体罚学生、讥讽学生，又辱骂学生，太不应该，也应该受到批评；全体教师都认为王劲欣的做法，闯进教室侮辱谩骂女学生，不堪入耳，且又是社会青年，应该作为一个案子提交到派出所处理；也有的认为俞凤荣已经受到了伤害，不能再对她进行批评。

在这种情况下，袁方舟示意田宇说："田宇老师，把你的看法和处理意见说给老师们听听吧。"

田宇就把下午给俞母说的那番话，向老师们说了一遍。最后他说："刚才，我谈了我的个人认识和处理建议，也在今天下午向俞母交换了意见，不知道各位老师会认为有什么不妥。但无论做出怎样的决定，我都要向同志们做检讨，明天我将书面检查提交给校长。这因为：第一，事情发生在我带的班级里，班委会成员完全有可能在今天早上给我反映，我也完全有可能制止事态的发展。但没有任何人向我反映，说明我的班主任工作没有做好。第二，作为这件事的当事人，有两人是我的学生，说明我对他们的教育不够。除了这些以外，我由此产生了一个想法，或者上升到理论高度，是教师对学生管理的一个新理念，那就是对在校的学生要做过细的思想工作，要观察他们的思想、学习、生活等各方面新动态，以采用不同的方法有的放矢地进行教育；对已经毕业或者已经走向社会的学生，要实行跟踪教育，教育他们服务社会、奉献社会⋯⋯"

老师们频频地点头。

第二天上午上课之前，袁方舟校长，田宇、马兰兰、王劲欣、俞凤荣和俞凤荣的母亲都来到了田宇的宿舍。由于昨天晚上田宇和袁方舟一起又找到了王劲欣和马兰兰谈了话，他们也同样被田宇中肯的分析和语重心长的言辞所感动，于是，就有了今天比田宇预料还好的结果。俞凤荣和马兰兰先后各自承认了自己的错误，王劲欣则情不自禁地跪倒在田宇面前，哭着说："昨天我一时失去了理智，做出了对不起俞凤荣的事，我应当向她和大婶道歉，我更感到对不起教我多年的田老师。我对不起你，我给你丢了人，你骂我吧，打我吧⋯⋯"

"算了吧，起来吧。俺孩子也不是没有一点儿错。"俞凤荣的母亲走上前去，把王劲欣搀了起来。

田宇不无激动地说："经历是一种财富。错误和挫折会使我们吸取教训，汲取知识，增长才干，让我们都能够从这次不该发生的故事中，得到有益的启示吧。"他看着这两位学生，好像他们成长了许多。

44

1987 年的春天，在经历了严冬之后，在大自然艰难地储备着生命的力量之后，在人们"冬天到了，春天还会遥远吗？"的声声呼唤中，姗姗地向人们走来了。但由于春寒料峭，人们总以为还置身于隆冬之中。沟河里仍然结着冰，大地上依旧一块冻土，鸟儿颤抖着，躲在不堪风雨的巢里，儿童们穿着棉裤棉袄依然双唇冻得发紫。就是在这个寒冷异常的新春的日子里面，田宇的儿子祥祥，已经有好几天很难解下小便了。起初，祥祥的棉裤总是尿湿，母亲牛善云还以为是小孩嫌冷怕冻，而不愿蹲倒尿尿造成的。可是，后来有几次祥祥在尿尿的时候，居然喊着"妈妈，疼，我尿不出来。"这时，牛善云才留心观察，只见祥祥的包皮鼓鼓的，透亮透亮的，祥祥费了好大劲，也只是滴着几滴尿。牛善云帮他将包皮翻起来，他也只是尿成像线一样细的尿，然后又是滴滴的。

晚上，田宇放学回来，牛善云便把祥祥尿尿的一些情况说了，他们赶紧抱着祥祥去了大队医院看医生。医生田心恒说："这是包皮过长，应该尽快做包皮切除手术，不然会憋出病来的。""做手术不会影响祥祥将来的生育吧？"牛善云有点紧张地问。"不会的。"田心恒笑着解释说，"这你们放心，医生把前面的那一小段过长的包皮割了，尿就能尿出来了。这与生育绝无关系。"

第二天正是星期四，是田宇该休息的这一天。鸡刚叫，田宇就催着牛善云，给祥祥穿衣服。

祥祥揉揉眼睛，呶着小嘴，问："起这么早干什么？"

"给你看病呀。"牛善云说。

"看什么病呀？"祥祥不想起床，穿着衣服还是懒洋洋地问。

"你不是尿不出来吗？咱们今天到大医院去，一下子就治好了。"牛善云乐观地劝祥祥。

祥祥这才表现出高兴的样子，说："那就穿衣服吧，只要能尿尿就好。"恰巧，这几天牛善云的母亲也来了，她知道要给祥祥去县医院看病，也早早地起床了。田宇、牛善云刷牙洗脸之后又帮着祥祥洗了脸。院子里，电灯已经亮着，田宇把自行车推到院子里，把小板凳绑到了自行车的大杠上，牛善云则给小祥祥围好围巾，又将大衣给他裹起来，把他坐在了自行车的小板凳上。而后，牛善云又从门前桃树上拽下一根桃枝，把桃枝放在大衣上。田宇推着自行车在前，牛善云拿着手电筒在后，一前一后走出了院子，走进了夜幕里。牛善云母亲送到大门口说："善云，田宇，你们放心地给祥祥治病。家里有我呢。"而后回来，关上了门。

天黑黑的，伸手不见五指，张嘴看不见牙齿；风冷冷的，唾沫吐在地上也会即刻成冰；风灌入衣服里，会冻彻骨髓；路坎坎坷坷的，因为几天前下了一场雨，路面没有干透，白日里的脚印、车痕留在路上，稍不小心就会摔倒的。田宇推着自行车，小心翼翼地走着。他一边走一边想起了四个月前给小珍珍看病的情景。小珍珍刚刚康复，怎么小祥祥又病了，他不由得有着这样的叹息：唉，祸不单行。上天啊，您还会对我进行怎样的考验呢？

就这样，他们走过了十七里路，走到了浩凌初中。东方的天空刚刚放了一点儿白光，田宇看了看表，正是六点十分，正是他每天上早学到校的时间。他把自行车放在寝室里，袁方舟看到了田宇，连忙从办公室里走过来，问了一下情况，又把他们送到大门口，送到大路旁，送他们上了客车。就在田宇上车的时候，袁方舟走过来嘱咐了一句："田宇，好好地给孩子看病，不能来就别来，千万不要担心上课的事。"

客车载着田宇、牛善云和小祥祥，渐渐地远去了。袁方舟校长望着远去的客车，好长时间还在挥着手。

公路由于整修，又由于路上堵塞，他们九点多钟才到了县医院。只见县医院现在是人来人往，挂号处排起了长长的队。怎么办？不挂号就直接去外科检查？不行啊，医生不见挂号单是不给看病的啊！那么就不排队直接到前面挂号，也不行啊！他分明听到后面的人在一起骂着前面那个不排队就挤进去的人。田宇这样地急不可待，这样绞尽脑汁地想办法，但终究没有想出走捷径的办法。再说了，他又想到自己是一位人民教师——"学高为师、身正为范"，是应该起表率作用的。更何况，等着看病的人哪个不着急呀？不排队被人骂，不光彩啊。他只得让妻子抱着儿子到外科诊室的门前，在凳子上坐下来等着，自己则按规矩排队。

十点多，他持挂号单与妻儿一起走进了外科诊室。这里也要排队，但好在人不多。经过医生的诊断，说是要做手术。医生说："你们来得算巧，今天星期四正是医院做小儿科手术的时间。"说着，医生开了一张手术单子递给田宇："交费去吧。"这时的田宇很着急地问："医生，交费之后上午还能做手术吗？"医生抬腕看了看表，说："你交好费就 11 点多了，得等到下午做手术了。""那可怎么办？"田宇不由自主地说。"有什么急事嘛？"医生问。"下午做手术还能回去吗？"田宇答非所问，反倒又在问医生。医生说："那就要问手术医生了。""我明天还要上课呢。你能不能帮个忙让医生先给做手术？我这就交费。"田宇急不可待地向他求情。医生笑了："看来也是一位老师。对于老师，上课固然重要，但这给孩子治病呢，你掂量掂量，哪个更重要？你说让我帮忙先去给你孩子做手术，这怎么能行呢？这可不比学校里调课。我这里有许多病人，手术室也会有病人，即便我们医生有意先给你的孩子做手术，其他病人也不会答应啊！你说是吧？"在医生的这段劝说之后，在经过自己的一番沉思之后，在他的眼前浮现了牛善云生祥祥，后来自己被撤职的一幕幕情景之后，他突然梦醒般地说："医生，你说得对！我刚才一时着急，说了不合情理的话，请原谅。"医生笑着说："快去交费吧，不然下午再排队，交费时间就更晚了。"听到了这话，田宇说了声"谢谢"，便急忙转身排队交费去了。

中午，田宇他们在医院附近的一个小饭店吃了午饭。饭后，小祥祥想要尿尿，可又是尿不出来。田宇就帮他。病在祥祥身上，却痛在田宇、牛善云心里。

中午的时间较长，他们便到县医院东侧的汽车站的候车室内休息了一会儿。田宇抱着祥祥，往事却像开了闸的水那样，在他的眼前倾泻下来：妻子牛善云快要生祥祥和生下祥祥时的各种情景。

当他还沉浸在往事的回忆中的时候，候车室里不知谁说了一句，"都两点了怎么还不发车？"两点了？田宇从回忆中醒来，抬腕看了看手表："真的是下午两点了，走，上医院！"他向妻子看了一眼，于是就抱着祥祥，一同走到了医院的手术室门口，在那儿等候。

下午两点半，小祥祥被送进了小儿科手术室。当田宇夫妻俩就要跨进手术室的时候，一位医生把他们拦住了："你们不能进手术室。"话刚说完，手术室的门就关上了。他们好歹熬过了半个小时，可小祥祥还没出来。牛善云两个胳膊交叉着，扶在椅背上，头埋在了胳膊弯里，不作声地掉着眼泪。田宇再也坐不住了，他来回地踱着，不时地说："都快一个小时了，怎么还不出来？"他们焦急万分，他们心痛如焚。此刻的他们只担心儿子的手术，他们祈祷着不会有什么意外发生。

田宇靠近手术室，用耳朵贴近门缝，他似乎听到医生在说些什么。说些什么呢？他什么也听不清楚。他的心好像被什么揪着，午饭后他所回忆的那一幕又重新浮现在他的眼前。

就在这时，田宇听到门插销的响动之后，赶紧迎了上去。门慢慢地打开了，两位医生和祥祥一起出现在了门口，其中那位抱着祥祥的医生说："手术一切成功！一个星期后再来拆线。"另一位医生说："这个小孩真乖！你们放心吧，再尿尿就能尿出来了。"田宇接过孩子连声说"谢谢"。牛善云也同时走过来，扯住祥祥的手，一边揩掉自己眼中的泪水。

夕阳把它红中带黄的光亮从几幢楼的空隙中斜射过来。此刻的田宇已经从紧张的情绪中舒缓过来，对医生充满了感激，再次说："谢谢你们！我们得抓紧时间赶车了。"那个刚才抱着祥祥的医生说："你们最好还是就近找一家旅馆住下来，观察一夜，明天再走。"听到这话，田宇又着急地问："会有什么问题吗？现在走不行吗？"医生平心静气地回答："问题估计不会有。我说的是你们最好观察一夜。如果你们一定要走，走也可以。"说着，这两位医生便走回了手术室。

"怎么办？走还是不走？"田宇看着牛善云问。

"走吧。祥祥会不会有什么事？不走，我知道你是担心耽误你学生的课。"牛善云回答。

"是呀，他们也是孩子呀！"田宇毫不犹豫地说。

"祥祥，你手术的那地方疼不疼？"田宇问。

祥祥没有回答。

"那咱们是回家还是不回家？"田宇征求儿子的意见。

祥祥还是没作声。

"祥祥怎么不说话呢？"田宇疑问式地自言自语。

"刚才医生不是说打了麻醉针，得再过两三个小时才能醒过来吗？"牛善云反问道，并看了田宇一眼。

"哦，是啊。"田宇这才记起医生的话，他想了想又说："医生说'走也可以'，那咱们就赶紧走吧。"田宇把眼光再次向牛善云送过去。

"你已经决定了，我还能说什么呢？还是你的学生重要。"妻子不无怨言地回答。

就这样，田宇带着担心、带着无奈、带着对教育事业的无限忠诚，抱着儿子，同着妻子走向车站。上了汽车，踏上了归程。

等他们下了车到学校的时候，已经是晚上七点多了，学校里灯火通明，学生们的晚自习开始了。田宇把祥祥递给牛善云，把自行车推到学校门口。就在这时，袁方舟校长走了过来。他微笑着扶了一下他的深度眼镜，用手摸着祥祥的小手，温和地喊着"祥祥"的名字，但祥祥总是没有回声。

"他睡着了吗？"袁校长像是自言自语，又像是发问。

田宇说："做手术时，医生给他打了麻醉针。临走的时候，医生说要再过两三个小时才能醒过来。"

"哎呀，那你们怎么不过一夜，明天再回来呢?"袁方舟校长的话责备中充满着关爱。

"本来医生也是叫观察一夜，明天再走的，可他总怕耽误学生的课。"牛善云接过话茬，有点儿嗔怨。

"医生说也可以走的。"田宇似乎在分辩。

"田宇，你太冒险了!"袁方舟校长正要往下说着，但他的眼泪流出来了，他不得不摘下眼镜，用手帕擦了一下，又断断续续地说:"我……我了解你，你为了学生，也不能……不能连儿子的病情也不顾呀!"

"校长，别……别这样。这不是好好的吗?"田宇也有些哽咽了。

就在这时，祥祥的胳膊动了几下，又抬了起来，揉了揉眼睛。

"祥祥，祥祥，你醒了吗? 你醒了吗?"牛善云急切地充满喜悦地捏着祥祥的小手腕。

"我想尿尿。"祥祥睁开眼睛，一副天真可爱的样子。

牛善云把他放下来，把他棉裤上的外罩褪到下边，两手把着儿子两腿，只见儿子比较容易地尿出了尿，尿成了一条线。

田宇，牛善云，袁方舟三个人的眼睛对视着、微笑着，原先对祥祥的担心减少了许多。

"吃好饭再走吧?"袁方舟说。

"不了，越耽误时间越长，明天还要上早学呢!"田宇回答。

田宇他们推着自行车在前面走着，后面跟着袁方舟，田宇再三劝袁校长回去，可袁方舟就是不肯。等送到了惠民桥，他才肯停下来。到这里，离学校已经走过了三个自然庄，五里多路了，他不无感慨地说:"生儿育女不容易呀! 前面珍珍有病，今天祥祥又手术，尤其是祥祥，他是你唯一的儿子，曾带给你好大的连累。好在这一切都过去了……"

"袁校长，你既是校长，更是我的老师，这么多年来你对我的信任和关爱我都记在心里，我真的是太谢谢您了。"田宇充满了感动、感激和感谢。

"你是我的好学生，是学生们的好老师，我相信，你的晴天会多得很。"袁方舟校长的话是安慰、是赞赏、是期望。"我这里有 40 元钱，就算学校看望祥祥的吧。"袁方舟校长接下去说着，并把这 40 元钱塞给了祥祥。田宇把钱拿过来，又还给了袁方舟，说："袁校长，您的心意我领了，这钱我不能要。"袁方舟再次把钱塞给祥祥，说："田宇，你就不要再给我了，你对学生的那片心千金难买呀！"田宇还能再说什么呢？

"时间不早了，我就不远送了。你们慢慢走吧。"袁方舟叮嘱着。

"袁校长，要您送了这么远，眼睛又近视，你回去也要小心一点呀。"田宇充满崇敬地说。

袁校长回去了，田宇和牛善云久久地站在那里，目送着他。田宇无限感慨，他在心里想着：这五里多路，路不算远；这四十元钱，钱不算多，但却表达了一位校长对一位普通教师工作上的肯定和生活上的关爱。这就够了。田宇的眼睛湿润了。

……

第二天一大早，还不到六点钟，田宇的身影又出现在了浩凌初中三（四）班教室里的三尺讲台前。

45

五月下旬，淮北地区的原野上到处翻滚着金黄色的麦浪，农民已经开始收割早熟的小麦了。

浩凌初中按照上级的指示精神和本学期的实际情况，决定放麦忙假从6月3日开始到6月15日结束。但由于中考在即，初三学生前五天放假，后八天实行上大课，即每天上午上两节课，下午上两节课，每节课是90分钟。学校制定了临时课程表，为了兼顾农忙，有课的老师就到校上课，没有课的老师则可以在家收麦子。

按照临时课程表，田宇这八天麦忙假期间，上课的时间为周一、周三、周五、周日的上午第一节课。

因为集中放假的时间只有五天，所以田宇就显得比别人抓得更紧。6月2日下午，田宇利用晚自习的时间，给他班的学生开了个主题班会——面临冲刺，我们应该怎么办？

在学生们各抒己见之后，田宇根据学生的发言，再把自己的意思综合进去，强调了三点："一是要珍惜时间，集中精力，投入冲刺；二是注意方法，搞好复习，补缺补差，全面发展；三是劳逸结合，不打疲劳战。"最后，田宇又强调："在麦忙假期间，一定要自觉遵守纪律，保持良好的班风、学风，特殊情况一定要及时向学校领导反映，向我反映。"

回到家里，牛善云问田宇："放假了吗？"田宇回答："只放五天，后面还有八天，初三要上课。""放假了就好！五天就能完成快一半了。今天下午咱那块二亩六分地，我已经割了快一半了。"妻子接下去说："头几天咱们抓紧些，如果二亩六和那个一亩六打下来，就基本上能够保证种子、保证全年的口粮了。"田宇又接下去说。

"这几年哪年卖过粮食啊？年年七亩多麦地，收成好了，也只有四五千斤。交公粮、交提留、留种子，就要去掉一千五百斤，剩下的努七努八只是够吃的。收麦子也是一点儿不能马虎的。"妻子的话很诚恳，也多少带点怨。

"刚才我没说完，后八天初三补课，我是隔一天有上午一节课，正常情况下我十点半就回来了，还照样干活儿。"田宇又补充道。

"年年收、种，你又是教书又是干活，我也知道你累，我也不想让你干，我更不去攀你干。我尽力地干，能干多少干多少。只要老天给时间，早晚能干好，只要你别怨我干得慢就好了。"妻子的话语是疼爱？是责怪？还是无奈？谁都很难用一个方面说得清楚。

"我怎能怨你呢？你跟着我已经够苦够累的了。别的女人家里有男人干活，而你割麦拉麦打场，都得跟着干。唉，谁叫我是老师呢？"田宇一边说，一边激动地拉了一下妻子的手。妻子被他这些知疼知热的话感动了、激动了，也因为他这一拉，就趁势依偎在他的怀抱里，将头埋在他的胸脯上。

第二天早晨，壁钟刚敲响三下，田宇、牛善云就早早地起床了。田宇忙着磨镰刀，牛善云则换好煤球，淘好米，兑好水，把米又放在锅里，篦子上放好馍，再用锅盖盖好，把锅放在炉子上。田宇把镰刀磨好，牛善云把做早饭的准备工作做好之后，就叫醒了梦梦，要她照顾好妹妹和弟弟，等到六点半就把炉子开开，锅开以后，就把锅端下来。就这样，他们从外面锁上门，到田里割麦子去了。

外面一片寂静，只有密密麻麻的星星在慷慨地不知疲倦地把光亮洒向大地，大地朦朦胧胧的，好像被天的帷幕罩着，裹着，做着喜悦的梦。

他们并排地割着，但没过多大会儿，田宇就被落下了一大截。牛善云见田宇被落下了，就朝着田宇的这边割得宽一点，这样田宇就很快地赶上了，他们又并排地割着。他们那"哧拉""哧拉"的割麦声音，很有节奏地响着，分明就是一支支开镰曲、丰收曲，抑或是和美的恩爱区、幸福曲。

不知什么时候，天亮了，太阳出来了。他们的身后，是两趟齐整的麦朴子，他们的眼前是融着红霞站立着的麦穗子。他们俩直起身子，对视了一下，笑了。而后，田宇望着那碧蓝的天空，被早霞染红了的白云，以及冉冉升腾着的红日，再瞅着眼前湿漉漉的麦穗，脚下黑黝黝的土地以及小草上挂着晶莹的露珠，情不自禁地赞叹道："这麦收的早晨，真是太美了！"

"俺的大文豪又抒情了！"牛善云一边说着，一边扯下脖子上的毛巾。拧了一把水，递给田宇："擦擦汗吧，看衣服都湿透了。"

田宇接过毛巾，擦了擦汗，又把毛巾递过去，有点自嘲地说："真的，我从来没感到大自然是这样的美！"

牛善云看着田宇的神情抿着嘴笑，又接过话茬："赞赏大自然，那是你们文人的事，我看哪，大自然再美，也没有咱眼前的麦穗美。"她说着，摘下一个麦穗，用手一搓，用嘴一吹，把手一伸，她那揉掉了麦穗的黄澄澄的麦粒，即刻跃入田宇的眼帘，"看看吧，粒粒饱满，活像石榴米。"牛善云笑着让他看她手掌上的麦粒子。

田宇看到这麦粒子，又生发出感慨来："是呀！这是政策好，是人勤劳，也是大自然的杰作。"说着这些话的时候，他又瞅了牛善云一眼，他看到她的满脸笑容。他这时候的心情同他接到学生们录取通知书时的心情是一样的，是无比激动的，快乐的，幸福的。

不到9点，他们就把昨天牛善云割剩下的麦子全割完了。

吃过早饭，牛善云忙着刷洗、磨镰刀；田宇拉出平板车，在平板车上绑好架网，而后他们一同拉麦子去了。他们一趟趟地把麦子拉到场上。时近正午，太阳像个大火球，烧烤着大地；大地像是一块焦土，升腾着被燃烧着的热气；劳动着的人们被太阳烧着、被焦土烤着、被热气蒸着，他们口干舌燥、他们汗如雨下、他们疲惫不堪。

田宇在前面弯腰拉着车，襻绳蹬得紧紧的；牛善云在后面躬身推着车，双手抱着杈子，两腿伸得直直的，汗水浸透了衣服，浸湿了鞋子。田宇想到"锄禾日当午，汗滴禾下土"的诗句来。

中午，牛善云回家做饭，田宇则继续装麦拉麦。直到下午四点，共拉了八趟才拉好，拉好后他们又摊场，花钱（每小时 12 元钱）找人用四轮打麦。等他们打好场、垛好垛，就已经是晚上十一点了。

次日早上，他们继续割麦。天亮了，也有风，他们又赶紧回家扬场。扬好场，聚好糠，把小麦摊了晒，又是接近九点才回家吃早饭。吃了早饭，又继续割麦。割完了那一亩六分地，他们又拉麦回到场上，把麦装在口袋里，放在场边儿不误打场的地方。他们又是在傍晚的时候才摊场，用四轮打麦，又是次日上午扬场。就这样，他们除了每晚睡上四五个小时的觉以外，总是一刻不闲地劳动着。在这前五天的时间里，他们割完打好了五亩多麦，他们太累了，几次居然在吃饭的时候，因为打瞌睡，正吃着的馍都掉到了地上。

6 月 8 日的早晨，田宇没有下地割麦，因为早饭后他要到学校去上课，他必须保持一定的精力。不然的话还是三点下地，他会在课堂上睡着的。那么，下地割麦就只有妻子一个人了。

早饭后，田宇骑着自行车，到了牛善云割麦的田头，对牛善云说："你现在先回家吃饭，吃了饭再来割麦子。割好这八分地，就不要再割了，今天天不好，别下了。我要是不能来到，你就先拉着。或者你在家睡会儿觉，等我回家再来拉。"田宇的话里充满了怜惜与疼爱，牛善云立起了身子面朝田宇微笑着说："走你的吧，别唠叨了。"说完又弯腰割起麦来。田宇自知再说也无用，就骑自行车向学校去了。

上课之前，田宇按座次看了一下，又查了人数，66 位学生，一个不少。他先是表扬了学生们遵守纪律，而后又鼓励和要求他们天天这样，节节课都要这样，一定要自觉遵守纪律，刻苦学习各门功课。

第一节课刚下课，数学老师就赶到了，他又交给了田宇一个便条，是下午第一节课的化学课邹老师写的："实在脱不开身，不能到校上课了，请田宇老师给安排一下。"田宇看到这张便条，很无奈地笑了笑，心想，这个时候安排给谁呢？"安排"我自己吧。

田宇担心家里的麦子不能拉，等数学老师已经上了课，他才骑自行车回家。还没到家，他就远远地看到牛善云在割另外一块地的麦子了，他赶紧骑到牛善云割麦的田头，把自行车扎在那里，喊："喂，不要再割了，回家拉麦吧。"这时，天暗下了来，田宇不由得仰脸看了看天空，只见几片乌云聚拢来，堆在一起，翻滚着。他连忙跑到妻子跟前，很急切地说："天不好，赶快拉麦吧。"妻子听见"天不好"，便看了看天空，说："你去拉架车，我在那块地等你。""你吃过饭没有？休息一会儿没有？"田宇又关心地问。"我刚吃过，快拉车子去吧。"田宇只得跑到田头，蹬上自行车飞走了。

拉了一趟之后，牛善云回家做饭，田宇继续装麦拉麦。为节省时间，牛善云在炉子上烧茶，馏馍，用小锅烧火炒菜。馏好馍、炒好菜之后，牛善云又急忙帮田宇拉麦。

正好，田宇已经装满车了，他们就把这第二趟拉到场上，这块地的小麦（八分地）也拉完了。太阳从乌云中挣脱出来，天放晴了，他们一同回家吃饭。这时壁钟敲了两下，田宇说："我还得回校上课，因为化学老师请了假。""你去吧，只要一上课我就不指望你了。"妻子的回答，平平淡淡。

田宇骑着自行车去学校了。刚到学校，只见西南天空一堆堆乌云紧簇着，聚拢着，扩展着，像大海中汹涌澎湃的波涛翻滚着，霎时间弥漫了整个天空，最后狂风卷着草木灰黑压压地横空扑来，大树小树"呼啦啦"东倒西歪；紧接着，豆粒大的雨珠从高空中落下来，地面被砸成了一个又一个的土坑。这些土坑很不规则地，交接着，重叠着，加深着，连成了湿漉漉的雨洼；最后如注的大雨，斜垂下来，形成了雨帘，遮蔽了一切，天地之间连为一体，没有了界限，没有了它物，只有雨注，只有灰蒙，只有黑暗。一道闪电撕裂了天空，"咔嚓"一声巨响，雷声震耳欲聋。雨更大，风更猛，风趁雨势，雨助风威，更是天昏地暗，整个世界陷入了疯狂。

刚刚走进了教室的田宇，只见靠墙的学生还在关窗户，插插销。窗玻璃被风雨打的"嗒嗒"作响，屋檐下的雨水直倒，真是个没有雨滴的雨帘，室外的地面上雨水在流淌。

坐在前一排的一个学生问："田老师，你地里有没有麦朴子了？"田宇回答："有。"另一个学生又问："怎么下午你又来了？"田宇又回答："化学老师请假了。"之后，他们又正常地上课了。"风声，雨声，读书声，声声入耳"，能否感动上苍呢？

雨停了，风住了，东南天空一道美丽的彩虹展现了。田宇的课上好了。他骑自行车走在那矸子石路上回家了。他的脑海里对小麦没有拉的担心泛起了。回到家里，听了妻子的叙述，他早就想到现在确切知道的情况是：还有两车麦没有拉；麦垛是在风小的时候盖上了塑料纸，上了糠；妻子淋成了落汤鸡，现在正发烧……田宇现在还能干什么呢？他唯一能干的事，是请来本庄的医生给妻子吊了水。

　　第二天早上天晴了，太阳出来了，田宇穿着胶鞋到那块没拉麦的田头去。路上有的人说："这场雨真大，得三天不能进地。"有的说："也好，过几天就能够耕地了。"也有带点儿风趣地说："就该这样，这一下雨，不能进地，就能休息几天了，不然真的该累死了。"

　　到了地头，田宇看到的景象是：原本整齐的麦朴子，被风刮得零零乱乱，满地都是。看到这凄惨的景象，又想到妻子因淋雨而生病，他不由得长长地叹了一口气。

　　今天他没有课，同时在他心里因为小麦受损和妻子生病而生长着一些懊悔，他仿佛看到了昨天狂风刮得麦朴子满天飞的情景，仿佛看到了妻子拉着空驾车往家跑的情景，仿佛看到了妻子只身一人垛垛、盖塑料纸、上麦糠的情景。

　　"宇，咱们把垛顶子掀掉吧，让太阳晒晒。"田宇隐隐约约听到妻子这句话，才从昨日凄惨状况的想象中清醒过来。"好，我一个人去就成了。"田宇急急忙忙地回答。

　　"不，我给你扶着耙。再说了也不知究竟湿了多深。"妻子坚持到场上去。

　　"你就在家歇着吧，昨天刚输的水。"田宇又说。

　　"我哪有这样娇惯。走吧，你扛着耙，我扛着杈子，抓钩子。"牛善云愉快地吩咐般地说。

　　他们到了麦场上，田宇把耙靠在垛上，妻子扶着耙，田宇上了垛。妻子把杈子递给田宇。田宇用杈子搂掉塑料纸上的麦糠，揭掉塑料纸，又用叉子把剁上面一层小麦挑开：这些麦子多数都湿了。妻子又将抓钩子递给田宇，田宇用抓钩子往下面扒。还好，下面打过的麦穗没有湿。因为场面很湿，无法将剩余的小麦挑到地上晒，现在也只有将垛顶子扒开了。

　　时近中午，妻子又说："麦朴子已经晒了半天了，上面的晒干了，你扛个杈子将它们翻一遍吧。"田宇又去地里把麦朴子翻开晒。

　　后来的几天，虽然能割麦子，但田宇担心别的老师因为忙，不能及时到学校上课，他也担心个别同学缺课会影响教师的教学情绪，更担心个别学生自己不学习还去违反纪律影响别人的学习。这样，作为班主任的田宇有课去学校，没有课也到学校，管理着班级。割麦拉麦，甚至垛垛都只有牛善云一个人干了。对此，牛善云别说没有怨言，即使有点怨言，也是没有办法的。牛善云也认为谁叫他是教书的呢？后来余下的二亩多麦，虽然割了、拉了、也垛了，但终究没有打，她一个女人忙不开呀。再后来，中考一天逼近一天，他根本就没有休息日，天天跟着学生，天天守着班级。这样，他那垛在垛上的新麦和只打了一遍的麦穗，只得等到他带考回来以后再去处理它们了。

田宇，你真的是以校为家，以学生的发展为本，以教育事业为魂啊！

46

"田老师，张志林骑自行车摔倒了。"初三（四）班张勇跃在还未跑到学校办公室的门口就气喘吁吁地高喊着。因为还没有上课，老师们都在办公室，田宇惊慌地跑到门前，问："怎么回事儿？"张勇跃喘着粗气说："张志林在东边不远处骑自行车摔倒了，不能起来，直叫着疼。""好，我现在就去！"田宇又看着传达室的王师傅说："王师傅，你的三轮车呢？我骑一下，把他送到医院吧。""那不是？就在门口。"王师傅指着门口的三轮车说着，便跑到那儿，并把三轮车推到门外。田宇骑车就走。

老远田宇就看到张志林瘫在地上，一只手摸着腿，还在"哎哟哎哟"地叫个不停。王师傅和其他几位老师也跟着到那了。田宇本不想再问，但张志林见来了那么多的老师和同学，就咬着牙坚持着说摔倒的过程："我在前面骑着自行车，谁知道后面来了一辆摩托车，又按了一声喇叭。我急忙靠右拐头，没有想到会撞到那块矸子石上。摔倒以后我想起来，但这个腿很疼，怎么也起不来。马跃东扶我起来，可我还是起不来。"只见他摸着左腿，豆大的汗珠沁在脸上。田宇和王师傅他们几个人小心翼翼地把张志林抬到了三轮车上，接着田宇说："我上午没有课，你们回到学校就不要再去了。我和王师傅一道去吧。王师傅，你也上车扶着他。"

到了医院，田宇挂了急诊，而后由田宇和王师傅抬着张志林拍了片子，片子显示左腿骨折。田宇连忙向医生说明情况，办了住院手续。

这时，张志林的父母赶来了。母亲摸着孩子的腿只顾哭，父亲则向田宇和王师傅连声道谢。紧接着，张志林立即做了手术，并被安排到第四病室住院。田宇问医生："得多少天能下床走路？"医生说："半个月就可以出院在家护理了。如果身体恢复得很好的话，20天就可以让人搀着慢慢走路了。""哦，这样还好。"田宇自语道。这时的田宇才从这半天来紧张的情态中舒缓过来，并对张志林有可能参加中考而放宽了一点心。

下午，课外活动的时候，田宇召集班委会成员和各学科课代表到自己的宿舍开了一个短会，会议的主要内容是听取同学们的意见和建议，怎样搞好考前复习，怎样抓薄弱环节。根据同学们的发言和近几次的考试情况看，物理这一科相对薄弱，应多用一些时间，多想点办法。另外一个问题是班委会成员、团支部书记、学生代表选个时间一道去医院看望张志林，给他以慰藉，给他以鼓励，鼓励他好好养病，不放弃中考。后一个问题是学生们的事，田宇就让他们自己去办。对于前一个问题，他必须找物理老师马玉飞好好谈一谈。

第一节晚自习快要上课了，田宇正要去办公室，刚好看见物理老师马玉飞从自己的宿舍门前走过去，他赶紧走出门外，喊："喂，马老师，到我这里来，我想跟你谈谈话，好吗？"马玉飞闻声则回过头来，走到田宇的宿舍，问："田主任，有什么指示？""不敢当！"田宇说着，又拿把椅子，"请坐，茶，你自己倒。"接着又问："改行的事做得怎么样了？""喂，田宇，你该不是批评我物理考得差吧？我可有话说在前头，这跟我的物理课可没有什么关系啊！"马玉飞很敏感地接过话说。"玉飞，我们已经搭班三年了，有话我就不绕弯子了，我还是想跟你说——你还是安安心心地当教师吧，别改行了，搞行政也不是件容易的事。"田宇接着说。

听了这几句话，马玉飞带着点激动地说："田宇，你以前说过，不让我改行的话，我也认真地考虑过，但还是没有下定决心；去年我跟你干，咱们班级考试好一点，社会就不同凡响，地方群众就赞扬咱们学校，尤其是夸奖你，我就觉得教书也是件很光荣的事，但我还是不肯就此搁置。说实话，我知道自己心眼实，性子直，不是当官的那块料，但几个同学已经给我跑得差不多了，况且为此花了点钱，如果……唉，究竟怎么办呢？我很矛盾。"

田宇知道，他的这段话是实话实说，而且也有点儿冲动，就从椅子上站起来，说："玉飞，刚才你有一句话说得很对——'去年咱们的班级考得好一点，社会上就不同凡响'，而且，咱们来到这所学校，又有一些家长把他们的子女交给咱们，这说明什么？说明咱们的学生、学生家长和地方群众好待成，说明他们关心教育、支持教育，希望他们的子女有好的老师教他们；正因为这样，只要你做了只是你该做的事，取得了一点点的成绩，他们就会尊敬你，信任你，拥护你，甚至崇拜你，爱戴你。我想：只要我们在任何时候什么情况下，都凭良心做好自己的事业，我们就问心无愧；获得了普通百姓的赞许，那将是对你的最高奖赏！"

马玉飞也站了起来，他的脸上好像喝多了酒，充了血，红红的，他的身子也在颤颤地抖着，异常感动也激动异常："有你的这番话，我就下决心不改行，铁定教一辈子书了！"他这样说着，又伸出一只手。立刻，田宇把他的一只手也送了过去，两只手紧紧地握着。这情景，就像战场上的一对战友，用握手来表达着各自对对方的信任，支持与并肩战斗，一起胜利！

"看着同学们那一双双求知若渴的眼睛吧，他们和我们当年求学时的心情不是一样的吗？"此时的田宇是激动尚未停止，而且也是使这热度继续提升。

"田主任，你什么也不要说了，我会想办法给同学们补课的。"马玉飞恳切地说。

"巧妇难为无米之炊。我把星期二早上的自习和星期五晚上的第一节晚自习让给你。"田宇的话平缓了许多。

就这样，在以后的时间里，直到中考前，马玉飞老师总是多用时间补物理课，还常常利用课外活动时间组织兴趣小组学习物理知识，做物理试卷，对个别物理成绩差的同学，他还个别辅导、有重点地针对性辅导。

是生活的曲意安排还是上天的刻意考验，越是中考前学习紧张就越是有新问题在不断发生——但，田宇总归是从容地对待了，处理了。

几位女学生共同向田宇反映，街上有一个流氓，老是拦路调戏女学生。田宇向校长反映，其他班主任也向校长反映了这一情况，学校做出决定：在上学、放学时派人到街上、路口轮流值班，发现情况及时将嫌疑人抓送派出所。

这天中午，田宇班上的刘玉梅来到学校向田宇反映："田老师，我刚才来上学时，又见到那个流氓了，就在东边的那条街，又向东去的那条小路的路口上。"田宇不容分说，骑车赶到路口，四下查看一会儿，不见踪影。这时他想这个流氓不可能再在这儿停留了，很有可能向东去，东边还有一条矸子石路向南去，通往学校。他就立即向东去，到路口停了下来。忽然，他发现路口厕所里站着一个男人，二十来岁，尖脸，很黑，眼凹陷，上唇有胡须，和女生反映的那个流氓很像，又是他站在厕所里，并没有解大小便，只是向路上窥探。田宇更断定这个人就是学生们反映的那个流氓。这时，田宇丢开自行车向前几步，眼疾手快抓住了那个人的衣领，把它捞了出来。那个人醒过来，已经被田宇抓住了胳膊反拧了，那人惊慌失措却装模作样。

"你干什么？""调戏我们学校的女学生没有？"田宇厉声问。

"没……没有……啊。"那个人结结巴巴地说，一对凹陷的小眼睛放射着淫狞而又恐惧的光。

这时，其他的几位老师也赶来了，马玉飞说："就是这个孩子，跟学生描述的长相一样。"

那人跪倒在地上，连声哀求似的说："老师，老师饶了我吧，我决不再有下回……"

田宇和几位老师交换了一下眼色，就共同抓着他，把他送到了派出所。从此，走这几条路经过学校的女生，再也没有恐惧的心理了。

又有一天，田宇发现吴永芳已经两天没来上学了，这究竟是怎么一回事呢？带着这个问题，田宇于晚自习后进行了家访。

刚走到吴永芳家门口，只见门闭着，他就敲了几下门，里面没有声音。他又敲了几下门，问："吴永芳在家吗？"随后他听到里面走向门口的脚步声，但就在这时，又听到一个严厉的还带着恼怒的声音："不要去，快去洗衣服！"那个脚步声又由近及远地去了。

"请开门哪！我知道里面有人，我是吴永芳的老师。"田宇在门外解释似的平和地喊。

"老师怎么啦？进来吧。"她很不耐烦地嘟囔着把门打开了。

田宇进得屋来，只见眼前站立着一个双手叉腰的女人正朝向他，已经开始发福，还不太臃肿的身材，一张白白胖胖的脸，一对挤出眼圈外像蟾蜍那样圆鼓鼓的眼睛，两弯高挑稀疏但抹得很浓的眉毛。她旁边茶几左侧的椅子上，一个男人头低着，头顶上几绺花白的头发，汗渍渍地闪着光亮，一手扶着椅背，一手耷拉着，一副无可奈何的神情。

"你们好!"田宇带着点尴尬反客为主地打着招呼,又说:"吴师傅也在呀?"因为上学期田宇来过一次,他认得那男人是吴永芳的父亲,所以他就补充了一句。

那位"吴师傅"见田宇已经走到自己的跟前,还很难为情地微微抬起头,并指着一把椅子:"你请坐!"

"吴永芳已经两天没上课了。她在吗?我能向她问问情况吗?"田宇并没有坐下,直接切入正题。

"她在里屋。"吴师傅的话还没说完,里屋的角门打开了,并飞来了一个令田宇很熟悉,很清脆但很无力的声音。"田老师,请进吧!我在这儿。"

没等吴永芳让座,田宇就拉来了那把椅子,坐下来。他单刀直入:"你怎么这两天没来上课呀?"吴永芳用手指着外间房子,又用手点着自己的嘴唇,小声地说:"那是我后妈,爸才接过来的,他们不让我上学了,总是让我做这做那的。""哦,原来是这样,这哪能成嘛!我跟他们说去。"田宇醒悟似的很有把握地说。"恐怕你说也不行,前几天都是我偷着上学的。这两天爸一上班,后妈就把我关在屋里。"一向活泼开朗的吴永芳说这话时几乎陷入了绝望。"那我也得跟他们说说,我一定要让你上学。"田宇坚决地说着走出角门,坐在了刚才吴师傅让座的那把椅子上。

田宇清楚地认为:现在这个局面只有他自己先开口了:"吴师傅,大嫂,我是来劝你们,让吴永芳这孩子去上学的。这个时候不上学可惜呀!因为,第一,还有二十多天就升学考试了,怎么也要让她参加考试啊!第二,她的成绩是优等生,各科都很好,都很均衡,考取中专是很有希望的。第三,今后的孩子不上学是没有出路的。更何况,她本人也很想上学,你们就成全孩子吧!"

"我成全她,谁成全我呀?洗衣做饭,买东西,你来我往,那么多的事情,我一个人忙得过来吗?"吴永芳的后妈似乎理直气壮。

"孩子上学,做父母的自然要多忙一些。但是你为她好,她上学上好了,将来会报答你们的。"田宇继续给他们讲道理。

"报答?说得轻巧,谁会报答?现在还有几个报答的?"那女人真的是寸步不让。

"供儿女上学,抚养子女长大成人,这也是做父母应尽的义务。"田宇有点儿急躁，仍旧给她理论，虽然在田宇这方面是情不自禁，是解释劝说，但他们已经不自觉地陷入到了那种正面交锋、直接理论的境地了。

"义务？她爹供她读了八九年的书，义务尽够了，现在也该轮到她为这家尽点责了。"没有料到那女人的声音居然提高了，像是跟田宇吵架似的。

田宇面对这么一个不讲理的女人，也真有点激动，真有点生气，又接着她的话茬说："大嫂，她总归是个孩子呀，她原本有希望深造的呀。再说了，过去大哥一个人在家也坚持了那么多年，现在你来了，你跟大哥分担着家务，应该说比过去相对轻松的呀。"田宇稍停了一下，找到求助似的，面向吴师傅："大哥，你说是不是？"

"你说的倒也是呀，可——我，我又有什么办法呢？"吴师傅看了那个女人一眼，胆怯地接过了这么一句话。但那个女人仍然听出了弦外之音，几乎是跳到他跟前，用一只手指着他说："你说什么？你'没有办法'，那是我一个人阻止你的乖女儿上学了？好吧，她上学你做家务，钱你供应，我什么都不问。我明天就走好了！"这女人简直有点撒泼了。

"你这说的什么话呀？刚才你跟人家田老师吵，现在又……"说着，他从坐着的椅子上站了起来，终于显示了一点男子气。

"好，好，好，随你怎么着？你看着办吧！"说罢，转身向左侧房间去了。那女人走了，留下的是一片尴尬，一片沉默，一片死寂。

吴永芳这个时候走了出来，她感激，她无奈，她内疚，她的思想里充满了那么多的痛苦和悲哀，她说："田老师，千言万语汇成一句话，谢谢你。"她抹了一下眼泪，又接着说："田老师，你走吧，我就不送你了。"

田宇像是受到重大挫折似的，只得以此为台阶说："吴师傅，那我就先告辞了。你……你们还是要多想想呀。"说罢便走出门，吴师傅礼节性地送到门口。

田宇走在路上，先是气愤：这样的社会，这样的时代，居然还有这样的人！后又想，自己今天也有点儿沉不住气，怎么僵到这种地步。最后，他还是坚定信心，一定想办法让吴永芳去上学，去考学。

第二天上午，田宇向一些学生打听了一些有关吴永芳家里的情况。他得知：她的后妈带来了一个男孩儿，一个女孩儿。男孩儿已经上了初一，女孩儿读小学四年级。她最主要的是担心将来没有能力负担她的两个孩子上学，现在就不愿让吴永芳上学。还有，了解到吴永芳的两个姐姐已经出嫁，且她的两个姐夫都在矿上上班。知道这些情况后，田宇又两次去家访，并担保吴永芳真的能读中专，也不需要花多少钱。虽然这两次情有所动，但终究还是没答应让吴永芳上学。怎么办？田宇与其他老师商量，找到了吴永芳的两位姐姐，让大姐把吴永芳领出来住在二姐家，中午在学校吃饭，又赶上其他的一些近路（距家三四里路）的学生也要求住校，田宇就自己掏钱，维修了三间宿舍，买了炉子、瓷盆、毛巾、钢精锅等生活用具、炊具，把原来住校的学生调整了一下，把所有的女生都安排住在了这三间宿舍里。这样一来，吴永芳上学的问题才算真正彻底地解决了。

田宇深知"7-1=0"的道理，所以他总是协调各学科教师给部分学生重点补课。单就住院的张志林同学来说，为了不使他的成绩落下来，各个老师每隔几天总是到医院给他补课，把试卷给他送过去，让他口述解题思路。张志林和父母真的对这些老师千恩万谢。

前面已经提到过，这个学校是每四个星期学生休息一天，那天是学生休息了一天以后的第二天，即星期一，第一节课是语文，田宇按座次看了一下，发现徐翔没有来。他就问班长："马跃东，徐翔请假了没有？"马跃东答"没有"。田宇就在点名册上给徐翔画了个圈儿。

这节语文课就要下课的时候，只听得门外一声"报告"，老师和学生都向门外看。田宇看到徐翔满脸汗水又上气不接下气，显然是跑着来的，田宇就让徐翔回到了座位上。

下课时，徐翔跟在田宇的后面，赶上田宇说："田老师，我刚才迟到了。"

田宇回转身笑着问了句："能告诉我是为什么吗？"

徐翔很为难地挠着头皮说："家里有点事儿，没有来得及给你请假。"

"好，我知道了。"田宇对违反纪律的但能够主动承认错误的同学向来是不主张批评的，而这次徐翔迟到，他总认为一定有其他原因。

正是放学铃响后学生纷纷走出大门的时候，校门外响起鞭炮声，并有一张"感谢信"很醒目地贴在了校门左侧的墙壁上，一位四十多岁的男子两手恭敬地捧着一个绸匾，上写着：教导有方，名扬千里。下有一行小字：感谢徐翔同学送母回家。落款：东安县王寨村王成民，一九八七年六月二十八日。把绸匾送到了办公室，交给了校长，然后王成民叙述了那个动人的故事：

　　"母亲因为跟家里人生气，离家出走已经十多天了，我们就找了这十多天，但总是找不到。没想到，昨天下午你们学校的徐翔同学发现，我母亲在他村庄的麦场边上流眼泪。他就仔细地问母亲缘由。得知情况后，他就领母亲吃了饭，又护送母亲坐车，下车后又扶着母亲回到家里。那时天已经黑了，我们强留他在家里过夜。今天一早，他没有打招呼就回来了，我们给他车票钱，他说什么也不要，问他叫什么名字他也不说。还是母亲想起来的，他村上有人叫他'徐翔'。校长、主任、老师，你们有这样的学生，是你们教导有方啊！我真不知道怎么感谢你们才好。"说着，那王成民竟流出了眼泪。

　　看到这情景，这场面，在场的每一位老师、每一位学生都很感动，微笑了，不知是谁喊了一句："向徐翔同学学习！"于是，千百个人同声喊着这个口号，这口号震荡在空中远去了。三（4）班有几个同学去找徐翔，另外几个同学说："刚下课时他看到捧匾的那个人，就急急忙忙跑回家了。"

47

　　中考之前，田宇所带的初三（4）班由班委会组织召开了87届初中毕业生茶话会，当校长、教导主任、班主任和全体任课老师都就座之后，同学们报以热烈的掌声。

　　黑板上的"会标"设计得巧妙、精彩、向上：初三（四）班毕业生茶话会为半圆形，半圆下面署上日期"1987.7.8"，两边有对联——"不忘师恩几番琢磨方成器；牢记教诲四化建设必显功"。会上，同学们歌颂生活、歌颂时代、歌颂教师，有的唱歌，有的吹笛子，有的说相声，有的演小品，其场面令人激动，令人兴奋。吴永芳的诗朗诵把茶话会推向高潮：

我想给大山拍照，
因为它那样巍峨；
我想给青松拍照，
因为它那样崇高；
我想给小溪拍照，
因为它那样自豪；

我想给小草拍照，

因为它从不嫌弃自己矮小；

我想给蜡梅拍照，

因为它在雪中独傲；

我定要给老师拍照，

因为您把人才塑造。

刚读完，田宇就站起来带头鼓起掌来，那掌声经久不息。田宇激动地说："同学们，今天我们的这个茶话会办得很好。从形式到内容，每一句话，每一首诗，每一支歌……都充满着激动、洋溢着热情、显示着力量。我已经感动其中，乐在其中，陶醉其中了。我相信，同学们的聪明才智一定会在自己未来的岁月中得以发挥、得以发展、得以创造！无论你们继续深造，还是扎根农村，如同你们不会忘记老师那样，老师们一定也不会把你们忘记。——青出于蓝而胜于蓝。同学们的未来一定会有专家学者、国家干部、企业家、艺术家、百万富翁……那么就让我们携起手来，为我们伟大祖国的繁荣富强而努力奋斗吧！"又是一阵热烈的掌声。

1987年7月11日上午，也就是中考的前一天上午，田宇就和其他老师一道，带着同学们来到了县城。下午，他又带着他的学生，到各考点看考场。当他再回到住地的时候，田宇不禁怔住了——秦俊秀在住地门口站着。

此时此刻，假如有谁身临其境，那么这个"谁"就一定会想到那些文学作品中的一对对——贾宝玉与林黛玉、高君宇与石评梅、高加林与刘巧珍、肖涧秋与陶兰、冉阿让与芳汀、保尔与冬妮娅……

许久，他们仍然都站在那儿。

他看着她，她也看着他。

他没有说话，她也没有说话。

在这一刹那，在他们脑神经的语言区域内，根本就不曾发生过任何信息或者语言指示。

他面部的肌肉在抽搐，她眼角的泪水在低落。

"田老师！"刘玉梅从旅馆走了出来，"刚才秦老师找您呢！"话刚出口，看到了秦俊秀就站在田宇的面前，赶忙改口，"你们都在这儿啊，怎么不上楼

沉　重

说话呀？"

他们——田宇和秦俊秀都被这喊声惊醒了，都有点失态地笑了笑。田宇转过脸去，正要和刘玉梅搭话，但刘玉梅已经上楼去了。秦俊秀也转过脸去，用手帕揩去腮边的泪。他们又都转过脸来，笑看着对方。

田宇问："你怎么知道我们住在这儿的？"

秦俊秀说："反正你们一定会住在县城。开始我是挨个儿旅社找，后来碰到了刘玉梅，她领我到这儿来的。怎么，不欢迎？"

田宇笑笑，说："我会吗？来之前我就想，中考期间或许能见到你。走，上楼去吧。"

"不去了，刚才我已经去过了，才回到这儿的。"秦俊秀答了他的话，又说："现在4点多，走，到我那坐会儿吧。"

"不去了，学生来了这么多，我要跟他们在一起。"田宇说。

就在这时，校长袁方舟走下楼来，说："小秦，你就和田宇到街上转转吧。"

秦俊秀接过话赶忙说："走吧，校长已经批准了。"

"袁校长，我六点半之前一定回来。您就替我多看着点学生。"田宇说。

"你就放心地去吧。"袁方舟说。

秦俊秀高兴而又感谢地说："袁校长，谢谢您，再见！"

就这样，田宇和秦俊秀并肩走在了大街上。过了路口以后，秦俊秀说："到我家坐坐吧，两分钟就到了。"

"到哪儿去？"田宇问。

"刚才不是说好了去我家吗？"秦俊秀回答。

"别去了，今天咱们随便走走，以后抽时间再到你家吧。"田宇说。

秦俊秀想，这田宇说是六点半之前赶到住地，现在只还有不足两个小时，他是说到做到的，让他延长时间肯定是不行的。唉，不去也罢。然后，她说："那就听你的，反正这三天里你一定要去一次。"

于是，他们到商场转了转。正走着猛抬头，"使你美照相馆"几个字映入他们的眼帘。"咱们去照张相吧？"秦俊秀征求似的问。

"有什么好照的？你不是有我的照片吗？"说罢这句话以后，田宇又忽感失口，接着补充了一句，"我不太喜欢照相。除非逼不得已。"

"那已经是几年前的照片了。再说了，今天就算是我逼的你，成不成？"

秦俊秀向来思维敏捷，一句话便堵住了田宇的口。就这样，他们走进了照相馆。

刚走进照相馆，女老板就把他们领进了摄影室。"看得出你们都是工作人员，郎才女貌，多好的一对呀！"女老板的话，带着热情，带着夸赞，或许有生意人的套近乎。接着又说："来，先照张合影像吧。"

"老板，你，你……我们不……"田宇的话还没说完，秦俊秀赶忙抢着说："不什么呀？就先照张合影吧。"说着，她便一只手拉着田宇的手，另一只手挎起了田宇的胳膊，走近镜头。

容不得田宇分辩，也一时让田宇不知所措，老板就把这张合影给照下了，接着他们又各自照了一张单人照。

隔了一天，即7月13日上午，田宇与秦俊秀相约到照相馆取回相片。这张田宇本来不愿照的合影，但由于老板恰是在田宇欲解释他和秦俊秀不是恋人或者夫妻关系，而秦俊秀正拉着田宇之时而拍下的，十分自然、十分和谐、十分得体，从他们的脸上也看得出，他们十分快乐、十分幸福、甚至十分甜蜜。这老板真的会选镜头啊！

看着这张照片，老板和秦俊秀都拍手叫绝，即使田宇也不得不承认照得不错。但随即又补充了一句："就是有点太亲密了。"他们的合影，他们各自保存一张，单人相各自交换了一张。

之后，秦俊秀再次邀请田宇去自己家里。田宇自知"躲"不过，也就买了点礼品，陪秦俊秀到她家里去了。该也巧，她家里没人，因而也就没有那些烦琐的礼节和新入家门见其他人的那些客套了。

进了秦俊秀的卧室，上面墙上被放大的装在镜框里的是田宇的照片，赫然耀目；又有一幅画，从画面的内容来看，或许可以叫作"山野晨景"吧，大背景都是霞光照耀下的山野树林，主题画是三排粗壮的参天大树，前面是百花争艳。这不由得使他想起三年前她师大毕业，秦俊秀与他送别的情景来，在一家书店他买了一本路遥的《人生》给她，她则买了一本精装的日记本给他，扉页写着"春蚕到死丝方尽，蜡炬成灰泪始干"。她给他一张自己的照片，又索要了一张田宇的照片。

"田宇——"秦俊秀叫了一声，就扑入田宇的怀抱。

而这时田宇尚未醒过神来。"秀，别这样。"田宇推开了秦俊秀。

　　但秦俊秀还是抱着田宇，把头靠在了他的肩上，她呻吟着："我，我想死你了。"

　　"我早就渴了，给我倒杯茶吧。"田宇再次推开秦俊秀。

　　她只得给他倒了杯茶，并拿过一把藤椅说："坐吧。"

　　就这样，他们缠缠绵绵谈了足足两个小时。

　　田宇抬腕看了一下手表，不觉"呀"了一声："已经十点半了，我得赶紧走了，再有半个小时这场考试就结束了，我得赶到考点。"说着，田宇便走出门去。

　　"别慌，我还有一件礼物给你。"秦俊秀说着，便从自己抽屉里取出一方精致的盒子递给田宇。

　　"这是什么?"田宇问。

　　"你现在不要打开，你到家方便的时候可以打开，但一定要妥善保存。"秦俊秀压抑着内心的狂跳，脸上已经是一片绯红。

　　田宇捧着它没有办法说不要，也就恭恭敬敬地把它装入自己的文件包里，他似乎猜到了那个礼品的内容。

　　7月14日上午，最后一场考试结束了。下午，田宇把学生安全送到学校后回到家里，妻子牛善云下地管理庄稼去了，他便来到自己的房间，打开了那件秦俊秀送给他的礼物。原来，这礼物外面是自制的纸盒，纸盒里面是塑料盒，塑料盒里面装的是一本日记本——真的如同田宇所料，那是秦俊秀的日记，那日记里记录着她的快乐，她的痛苦，她的相思，她的眷恋。田宇读着读着，脸上挂满了泪水。

　　天空收回了它最后一抹晚霞，夜幕降临了。妻子牛善云和孩子们回到了家里。田宇一边要他们吃他从城里买回来的果品，一边去灶房给他们盛自己刚刚煮好的面条。田宇——他发自内心而又竭尽全力地做一个好教师、好丈夫、好爸爸。

48

　　晚饭后，田宇和牛善云商量着小麦脱粒的事情。

　　妻子说："不管是用牲口打场还是用脱粒机脱，明天都得整理场，上午泼水，下午按场。"

田宇说："如果用牲口打场，至少得四天，打新麦两天，捞穰一天，扬场一天；而用脱粒机一天脱粒，一天扬场，两天就够了。就是到哪儿找脱粒机呢？"

牛善云说："听说尤庄的尤安才有脱粒机。"

"那么我现在就去联系，联系好了明天就泼水、按场，后天脱粒。"田宇说。然后田宇骑自行车到尤庄去。

路上，他不由得想起了十年前和尤秀芬在一起的情景来。就是在这条路上，田宇曾经送尤秀芬回家，尤秀芬也曾经送田宇回家，他们并肩走着谈社会、谈人生、谈理想、谈今后过日子……

想着想着，田宇已经到了尤庄。在村口，他仿佛看到了前面走着一个人。他下了自行车，问："喂，前面是谁？"

"是我。你是谁？"那人回答。

"我，北庄的田宇。"田宇打着手电筒照了一下。

"哦，稀客稀客，田老师。你有什么事儿吗？"那人问。

田宇说："我想找你们庄的尤安才，请他用脱粒机帮我给小麦脱粒。"

"哈哈哈哈，那你真找对人了。我就是尤安才。"那人回答。

"这真是太巧了。几年不见听不出声音了，请别见怪。"田宇说。

"不怪不怪，我不是也听不懂你的声音了吗？走吧，家里坐会儿。"尤安才说。

"我就不坐了，你看后天上午能不能抽点时间给我脱脱粒呢？"田宇问。

尤安才又爽快地回答："行！俺本村有一户明天要捞穰。这不，我就是出门送他的。后天上午，一准能到你那里去。该着我能帮上你的忙。田老师。"

"那就这样定了。后天上午，我要不要再来一趟呢？"田宇问。

"说哪儿的话？田老师，你放心好了！后天上午八点前一定到你场上，不要你再来二趟。"那人又说，"那我走了，你回去吧，田老师。"

田宇说："好，我也走了。"然后就转身离开尤庄，回到家里。

第二天，天刚蒙蒙亮，田宇就和牛善云一起挑水泼场。泼好场后，田宇赶集买菜，因为明天小麦脱粒还要另外再请三个人帮助脱粒、垛垛。下午，田宇找毛驴拉滚按了场。

7月16日早晨，太阳刚刚升起就被红霞遮住了，而后红霞慢慢扩大，零零碎碎地洒满东方的天空。直到八点多，太阳才慢慢地挣脱云层，时隐时现的，挂在天空。天气很闷热，人们穿着单衣，依然脸上沁着汗珠。趴在树荫下的狗吐着通红的舌头，滴着口水。被田宇请来帮忙的人已经把垛顶儿推下来，牛善云拎着炊壶，拿着茶杯也赶到了场上。田宇不会吸烟，但他向请来帮忙的人——田军、田超、杨松，每人发了一包烟。

田军问："宇哥，怎么脱粒机还没有来呀？要不要去看看？"

田宇回答："尤安才说好了的，八点前一定来。或许吃饭吃得晚，或者临时有点事什么的，再等一会儿吧。"

正说着，南边响起了小四轮的声音，不大一会儿，尤安才就把机子开到了麦场上。"不好意思，吃饭晚了点，又有几个人在我家说点事，让你们久等了，田老师。"尤安才说着，用手指着麦垛，继续说，"不就这垛麦吗？快，四个小时保准脱好。"

万事开头难，一点儿不假。等到固定好柴油机和脱粒机，响起了机子，开始脱粒就已经十点半了，田宇递给尤安才一包烟，说："老兄，我不会吸烟，也常常忘了让人吸烟，这包烟给你，什么时候想吸，你就什么时候吸，方便。"

"田老师，你太客气了。"说着，尤安才接过了这包烟。

为了垛垛和脱粒能够同步而有序地进行，他们分工——杨松续麦、田宇挑麦、牛善云扒脱好的小麦，田军与田超垛垛。

正是这七月天，太阳时隐时现地当头照着，天气闷热难当，给小麦脱粒既紧张又呛人，人人汗流浃背。干了一个小时左右，垛垛的人腾出一个，田军继续垛垛，而田超接替牛善云的工作，牛善云回家做饭。

又一个多小时后，也就是下午一点的时候，他们停机吃饭。他们每一个人就像从煤堆里出来的，满脸污垢，满头灰草，满身湿泥。到了田宇的家，四个人洗了两盆灰水，然后又换了一盆清水，洗了第二遍。他们——尤安才、田军、田超、杨松看着堂屋里满桌子摆的都是菜，便异口同声："你们太客气了，太让你们破费了。"田宇与妻子也都说类似的话："哪有什么破费呀？真让你们太受累了，看都热成啥样了！"

酒桌上，他们互相让着，说着，笑着，吸着烟，喝着酒，吃着饭。吃到差不多的时候，尤安才说："听我说句话好吧。"其他的人都一起瞪着眼看着他，"酒喝个差不多就行了，别耽误下午干活儿。再说了，天这样闷热，不知道会不会下雨。咱们抓紧点时间，吃好了就上场。你们说怎么样？"除了田宇、牛善云夫妻外，其余几个人都齐声说："对！酒也已经喝好了，上馍吧。"

田宇接过话说："哎，不忙不忙。俗话说'催工不催时'，'自家的活自家干，自家的人吃自家的饭'。活儿要干好，饭一定要吃好，酒也一定要喝好。"说着，他又给大家斟满了一杯酒。

杨松说："田宇哥，等你把馍端来，再喝这最后一杯酒，你们说行不行？"他们齐声说："好！好！把馍端来吧！"吃好饭后，他们又都在场上各忙各的了。

下午五点多钟，小麦脱好了，麦穰也垛了垛。田宇要他们留下来吃晚饭，他们坚持不愿意，就各自回家了。

他们回家后，田宇和牛善云就抓紧时间扬场。

一个小时后，西南天空乌云密布，而后汹涌翻滚，天色一片昏暗。田宇立即吩咐牛善云拉板车把压垛的棍棒、绳子、塑料纸拿来，再拿十多个化肥口袋装粮食。牛善云把这些东西拿来以后，就与田宇一起先装粮食，并扎好口袋，而后把没有扬的粮食堆成堆再去压垛。

就在这时，西南风猛烈呼啸，刮得树林一顺头往东北歪，刮得人们睁不开眼，刮得没有扬好的粮食顺风而飞。紧接着，豆大的雨珠从高空落下来，砸得土路上呈现出一个个土坑，砸得人们脸上又疼又痒，砸在场面上一片湿漉，脚底打滑。

田军，田超，杨松飞快跑到场上，其他的人们也跑到场上帮着田宇把粮食扛到路边儿的面机房里去，帮着田宇把没有扬好的成堆粮食用麦糠盖上，用塑料纸盖上，帮着田宇把垛压好。

就在这些工作接近做好的时候，风减弱了，没有了刚才的疯狂，但瓢泼似的大雨从高空倾倒了下来，人们纷纷跑到面机房子里避雨。顷刻间，麦场上存满了水，水向四处流，水汪中漂着水泡。

天黑了，机房里拉亮了电灯，顺着灯光，只见门口路上的雨水向路沟里淌去。田宇拱着手面向大家，连着说"谢谢大家，谢谢大家！"

大约有半个小时，风停了，雨止了，但却响起了沉闷的雷声。有人说：

"天老爷喘好气，赶会儿还会下更大的雨。咱们跑吧!"说着冲出了门外，紧接着一个个都跑了出去，屋子里只剩下田宇和牛善云。田宇说："你也回家做饭吧。我在这等会儿。"

牛善云刚到家，一道闪电划破了漆染的黑暗，一声雷鸣，紧接着雨更大了。

第二天早上，鸟儿早早出巢，旭日冉冉升起。而这时田宇的麦场上多了一道平日不可多得的风景，这风景同样是那样的清晰，那样耀目，那样让人忍俊不禁：场面上一堆堆麦穰，大大小小、高高矮矮，毫无规则；一道道溪水流过的痕迹，如针灸图上人体的经络与穴位；一片片薄薄厚厚疏疏密密的麦粒散落在场面上，像迷途而未入群的羔羊，像孤儿院外的孤儿那样可怜，那样凄楚，那样悲切。

田宇在麦堆里用铁锹弯腰放水。对直麦场的路上站着几个闲聊的人，一个说："唉，田宇这次得损失千余斤，场上抛撒，雨水浸泡……"另一个人说："他怎么不老早脱粒呢?"又一个接着说："一心想着教书，前天才带学生考试回来……"

田宇什么话都听得见，但什么也不说，只是放水擦汗、擦汗放水……

49

1987年8月17日上午十一点多，一个人来到田宇门口，气喘吁吁地问："田宇在家吗?"

田宇说："我就是。有什么事吗?"

"赶快点，你爸爸被汽车碰着了。"那人答。

田宇也有些着急，问："我爸碰着了? 你是谁? 你是怎么知道的?"

这时有人插话："他是咱后来的田文东。"

田文东说："我赶龙山集回来，正好遇见你爸爸出了车祸，可能是你爸爸和你伯父一块去龙山集卖芝麻，赶毛驴车，在横穿马路时碰着的。你伯父已经把板车毛驴寄存到熟人家里，已经叫救护车去了县医院。"此刻，田宇说声"谢谢"之后，立即去找到堂叔田志宣，并凑齐一千元钱，与堂叔一道赶赴县医院。

到了县医院，田宇的爸爸已经进了手术室，只见伯父和堂弟在手术室门外候着。这个时候，着急也是没有办法的。田宇先向伯父田志坤、堂弟田鹏询问了爸爸的伤势和被车撞着的经过。通过他们的叙述，田宇已经知道父亲的左胳膊是粉碎性骨折，需要下钢筋、打石膏、住院治疗；又知道肇事者拉煤车已经被开到县交通监理局，司机也扣留在监理所。

手术室的门开了。田宇急切地问医生："我爸的伤势怎么样？手术情况怎样？"医生说："粉碎性骨折，很多碎片。不过总算都对上了，情况还不错。"里边的医生说："请向边上站一下。"这时，田宇扑倒在爸爸的病床上，连声喊着："爸、爸……"泪流满面。田宇的爸爸被送到了四号病室六床。爸爸躺在病床上，声音很微弱："宇儿别哭了，拆了石膏，取出钢筋就会好的。"

最初的几天，田宇总是守护在爸爸的身边，后来又去信用社借款两千元，再去监理所处理索赔事宜。就在父亲住院的第二天，田宇的妈妈也来到了医院。

到了晚上，医院里只允许一个病人有一个人守护照料，他和堂弟田鹏只得到外边去。到哪儿去呢？他们俩在大街上毫无目标地走着，不时地四面环顾，寻找一个休息的地方。

走着走着，他们走到了县汽车站的候车室。已经是深夜了，田鹏说："哥，你要是困了，就在这儿的椅子上睡一会儿吧。"两天来的奔波忙碌真让田宇疲惫不堪，田宇说："为了省钱，今天也只有在这儿将就了，好在天不冷不会冻着。这两天也让你吃苦了，受累了，你困了也睡一会儿。"田鹏接着说："哥，你说哪去了？叔的事也是我的事，你就睡一会儿吧。"

田宇躺在条椅上，不大会儿就睡着了。田鹏听到田宇熟睡的鼾声，觉得无聊，就坐在另一个条椅上打起盹来。后来，他索性也睡在了条椅上，并且也睡着了。

就在他们俩都睡着了的时候，那个徘徊在候车室门口的人，蹑手蹑脚地溜进候车室，悄悄地靠近了田宇的身旁。田宇停止了鼾声，动了一下身体，那人就像没事儿似的背过脸去。等到田宇又打起呼噜，那人又侧转身回来，靠近田宇。那人紧盯着田宇的上衣口袋，发现里面什么也没有，就慢慢儿地伸出手，轻轻地挠着他的后屁股。田宇像是觉得痒痒了，就翻了个身，面朝椅背，屁股朝外面。那人看得出田宇裤子后面的口袋里装的东西，就慢慢地把手伸进口袋，然后快速地取出口袋里的东西，即刻走出候车室。

　　就在这一刹那，田宇朦胧中好像感觉到了什么，闭着眼，迷迷糊糊地摸了摸后衣袋："不好，有小偷！"田宇说着向门外冲去。田鹏听到叫声，也立刻起来跑到门外，只见一个瘦高个的男人沿着大街向西跑去，右转弯跑进了巷子。田鹏说："咱们说话的时候，我就看到那个人贼眉鼠眼，不是什么好东西。后来我看他走了，怎么又来了？"外面卖瓜子的妇女说："这样的东西就是趁你不注意才下手的。你们丢了什么？"田宇说："我先是觉得后背痒痒，没想到会有小偷；后来又痒痒，再一摸口袋里什么东西也没了，才知道是被人偷了。""肯定就是刚刚才那个往西跑的人。"田宇答非所问之后，又补充说："口袋里有 50 元钱，一串钥匙，一个工作证，全被偷了。真是贼有'妙计'！"田宇自知再气也无用，只得苦笑着，且又叹了一句："唉。财去人安吧！""怪不得，傍晚的时候有乌鸦在我头上叫呢！"田鹏说。"唉，不管他了，无财一身轻。咱俩再睡一会儿吧。"田宇接着说。

　　8 月 25 日，新学期正式开学上课了，学校的初三班增加了一个班：新生班两个复习班三个。学校安排田宇继续带好复习班，即三（5）班语文兼班主任。去年，田宇所在的三（4）班取得了令人触目的好成绩，全班 58 人，考取中专 34 人、考取中技 6 人、考取高中 11 人，升学率达 88%。刚刚创办的浩凌初中因为这三（4）班打响了第一炮，获得了开门红——这里面蕴含着田宇多少苦、多少累、多少牺牲哟！田宇没有为自己的付出和牺牲而懊悔，他又微笑着走进了课堂。

　　田宇的星期天又是在星期四。这个星期的星期三下午，他把班级的一切工作都安排好后，于傍晚赶到了县医院看望父亲。医生告诉他，父亲缺一样药，县医院现在没有，需要到县大药房去买。他就与田鹏一起去县大药房给父亲买药。

　　天很黑，寥寥无几的星星眨着眼睛，像是在窥视着地面，路灯灯光刺目，拉长了街面上行人的影子，路旁的树叶沙沙作响，有一种逼人的秋凉，给人一种寂寥惊恐的感觉。田鹏在前面走着，田宇跟在后面。快要到大药房门口，只听到田宇"唉哟"一声又"噗通"一声响。田鹏回头一看，只见田宇一条腿掉进了大药房门前左边大约 20 米处的一个下水道里，上身趴在了上面的水泥盖板上。原来，这一条下水道是用水泥盖板盖上的，而田宇趴下的这块盖板断了，又掉到了阴沟里，田宇只顾往前走，一不小心脚踏进了窟窿里。田宇只觉得腿疼、垫在盖板上的这块胸肋疼，但他坚持着咬着牙，胳膊挎着盖板，由田鹏搀扶着站了起来。他们走进大药房，买好了药，回到了医院里。

第二天早上，父亲得知昨晚田宇掉进了下水道，摔了跤，又见他腿走路一瘸一瘸的，就再三让他拍个片子。后经拍片子检查，发现"胸肋微伤"，再掀开两个患处的衣服一看，胸上、腿上两块红肿，大腿上有巴掌大的一块血痕。按照医生的要求，田宇输了水，吃了跌打丸和其他一些药。

吃过午饭，田宇深情地说："爸，我要走了。如果没有特殊情况，我下个星期天再来看您！"躺在病床上的爸爸有点儿惊讶地说："你这样怎么走啊？胸腿都疼，你能骑车吗？有法给学生讲课吗？""这点疼，我能坚持；满屋子的学生都在等你上课，你偏偏不去了，学生会乱的。有了这一次，再有下一次，全班的纪律就没法维持了。再说了，你在这里，有妈妈照顾，有田鹏照顾，我不去学校也不安心呀！"田宇说了这么多的道理，近乎恳求了。田宇的爸爸听了这些话，也觉得再劝也劝不住，孩子有自己的事业，便语重心长地说："你说的话我都懂。那你就去吧，但是不能努就别硬撑着。"

田宇坐上了回校的汽车。在客车上，大学毕业后任教的往事就像电影回放的镜头那样，一幕幕出现在了眼前。他所带的班级举办的历次歌咏比赛会、茶话会都很成功，他都很高兴；发给同学们的录取通知书，看到同学们高兴的表情，他都很快乐；女儿病了，他把女儿送到姥姥家所在的医院，有姥姥照顾女儿；儿子小手术，本该住院观察一天，但他却冒险地离开医院，为的是给学生上课，他为这些而痛苦，难过和无奈；儿子手术回来，校长陪送五六华里路，他很激动……想着想着，他的眼泪流出来了。这泪水里包含着什么？是激动，痛苦还是无奈？就是他还在回忆往事的时候，客车已经停在了通往学校的岔路口上。当他艰难地走到学校的时候，袁方舟和同事问他这是怎么了？他不得不如实叙说了一遍。接着，他要回家去。校长劝他不要回家，田宇说："不行，我必须回家！因为家里还有学生的作业和我的课本。""你这样，还能骑自行车吗？"校长关切地问。"我先吃一片止痛药。我想我是能够坚持的。"田宇说。就这样，他又艰难地忍着疼骑自行车回家了。

第二天早上，四点五十分，田宇又起床了，但是他真的感到是没有法再坚持了，因为胸部与腿部疼痛难忍，他不能走动。牛善云很理解丈夫，已经起床了。她给孩子们做饭，她安排了梦梦起床吃饭、上学，安排珍珍和祥祥吃好饭就在家里玩，哪里也别去。她自己则带着馍、学生的作业、田宇的课本，骑着自行车带着田宇上学校。这位多情的人哪，田宇坐在自行车上竟然也流泪了。这时他想起一句话：每一个成功的男人背后，都有一个支持他并愿意为他牺牲的女人。

牛善云把田宇扶进了寝室，又把馍给王师傅馏上，然后骑自行车回家了。

早饭后第一节是语文课，田宇拄着拐杖一歪一瘸地走进教室。他感到教室里是那样的安静，学生们说的那句"老师好"是那样的洪亮、一致，起立与坐下，犹如战士向首长行军礼那样，齐整与严肃。田宇在心里说：学生啊，我懂事的学生啊，你们会茁壮成长！

接着他开始讲课："同学们，在我们的生活里，一些人的许多事常常会浮现在我们的面前。为什么？就是因为他或者他们的那些事曾经使我们感动，给了我们教育，值得我们回忆。那么，这么多的事应该怎样理出头绪来？分别属于哪些方面？每一个方面有几件事情？这些事又应该怎样写呢？我们今天将要学习的《回忆我的母亲》这篇课文，给我们提供了很好的范例。那么下面就让我们共同学习这篇课文——"说到这里，他背转一下身体，写下了课题——"《回忆我的母亲》朱德"。

田宇又转过身来，面向同学们。这时，豆大的汗珠爬满了田宇的脸，前面的学生看得很清楚。正当田宇用手指刮去脸上的汗水、弯腰拎起小黑板挂在大黑板上的时候，第二排的一位同学站起来说："老师，您别坚持了！您摔伤了胸部和腿部，我们都知道。您把自学提纲和作业都挂出来，让我们自学吧。"这位同学刚说完，另一位同学又站起来说："田老师，您休息会儿吧！"第二位同学刚说完，全班同学都"唰"的一声，全部站了起来，异口同声地说："田老师，您休息吧！"这时，田宇一阵激动，他连声说："谢谢，谢谢同学们！请坐吧！"同学们坐下了，田宇只得把自学提纲、课堂提问和课上课下作业，都用小黑板给挂了起来。田宇心里想，这也算是一次课堂教学的尝试吧。

后来，田宇在批改学生题为《和老师说句知心话》的作文中，发现有一位叫陆玉荣的学生这样写道："……老师，您的女儿、儿子生病住院，您安排好他们没有缺我们一节课，您带给我们的是微笑；您的爸爸因为车祸住院，但在课堂上，您脸上挂着的还是微笑；您胸部、腿部都摔伤，但您却挂着拐杖、哑着嗓子，脸上沁满了汗珠，坚持着给我们上课，您显现给我们的依然是微笑。总之，债台高筑，您微笑；灾祸连连，您微笑；您总是微笑着面对人生。您百折不挠、一往无前的精神将会鼓舞我们，在人生的征程中勇往直前……"读着这些抒情般的流畅语言，田宇趴在桌子上，哭了。

50

1988 年 4 月 20 日上午，浩凌区教育总支部在区教办室召开会议，研究组织发展问题。党总支委员浩凌初中党支部书记，校长袁方舟同志在会议上介绍了田宇的工作情况，最后说："田宇工作认真、踏实，年年带毕业班，成绩优异。被撤职后依然一如既往地积极工作，经我们支部研究，一致推选他作为积极分子'考察对象'。"

有一位同志提出疑问："他撤职还不到三年吧？这样做合适不合适？"

一阵讨论之后，党总支书记范明伟说："田宇撤职之前，仅仅是积极分子考察对象，转预备党员的事情因为撤职，而被搁置了两年。再说了，田宇这几年教学成绩十分突出，在校内外、区内外，已经享有崇高的威信。因此，作为有突出贡献的人物，我同意田宇成为党的积极分子考察对象。"说着，把手举起来，会上的同志全举起了手。后来，他于 1989 年 4 月 23 日转为正式党员。

1988 年 5 月，他的论文《打铁先须本领硬——浅论教师的"三个水平"》在县教育局主办的《东安教研》上发表。文章中肯而又透彻地论述了作为一个合格的人民教师，应不断提高自己的政治思想水平，文化专业知识水平和教育教学水平。这篇论文在当时东安区教育局引起了很大的反响。

1988 年 8 月，教学论文《谈谈中学语文教学中的导语》在省教委主办的一级教育刊物上发表。导语中论述了导语在语文教学中的地位与作用；常见的导语有五类十法；使用导语时应注意的十个问题。这篇论文使用价值高，可操作性强。东安县教委教研室发出通知，要求全县中小学语文教师要认真学习，认真感悟，尝试使用。

1988 年 10 月，田宇具备充分的条件和突出的成绩，一举被评为中学一级语文教师。同月份，县教研室举行优质课验收——早在 1987 年 9 月，县教研室就发出通知，要求在全县范围内开展一次初中语文优质课评选活动，自下而上，层层选拔，最后县教研室组织专家前往听课验收。田宇参加了这一活动，学校评选时，他上的是《幼林》；区教办室评选时，他上的是《孔乙己》；这次县验收，他上的是《我的叔叔于勒》。县教研室的同志对他这一课给予了很高的评价。语文教研室教研员吴茂锋同志问田宇采用的教学方法是什么时，田宇直言不讳地说："我是在目的教学、尝试法教学的基础上，自己创造的一种新方法，即'学、问、解、练'教学法，可以简称为'学练法'。""请你继续探讨并写出个材料来。"吴茂锋老师对田宇非常赏识地说。

一周之后，县初中语文优质课教师评选揭晓，在全县 19 位优质课教师中，田宇是其中一个。

11 月上旬，县教研室组织全县初中语文优质课大奖赛，田宇的《我的叔叔于勒》被评为一等奖。

颁奖大会结束后，县教研室领导又让田宇到主席台上介绍了他的教学模式。他的讲话获得阵阵掌声。秦俊秀也参加了这次大奖赛的听课活动，她常常被田宇精彩的教学活动和演讲打动，腮上总是挂着激动的泪滴。

亲爱的读者，请允许笔者把田宇后来春风得意的有关事提到前面来写。从 1987 年到 1994 年这七年间田宇发表了 20 篇教育教学论文，除前面的两篇外，又有《关于作文命题的几点思考》《课堂提问浅见》《教师写"下水文"》《作文批改六要》《作文审题六要》《谈谈结语》《谈谈中学语文教师的课堂语言》《谈谈板书设计》《在语文教学中培养学生的作文能力》《谈班主任形象的自我塑造》等等。后又因为搞语文教学"学练"教学法研究，他所在的浩凌初中被省教育委员会命名为省农村示范初中，他在县内外真的是名声大振。1993 年 4 月，田宇被洪山市教委推选为中学语文教学专业委员会常务理事。1994 年 10 月，他顺利地被评为中学语文高级教师。同年 9 月，被省人民政府评为优秀教师，并奖励一级工资。

田宇——他获得的殊荣，当之无愧！他得到的奖励，天经地义！这些殊荣和奖励，应该说是对他付出代价的回报！是他道德良心和血汗的结晶！

51

田宇愿意而且已经做到了把自己的全部心血甚至整个生命都奉献给自己所热爱着的教育事业。他自己这样认为，别人也这样评价他。但是，人无完人，田宇也有过偏激，他不允许别人对自己——这个事业的狂热追求者有任何的吹毛求疵。这个"别人"中也包括他的学生。

这是一堂语文课。对学生历来严格要求的田宇说："还有五位同学的作文到现在还没有交，请站起来！"这五位学生都站了起来，"请分别说明一下原因。"他挨个儿地问原因，并要求今天下午放学前交。

等问到马文永的时候，田宇又多说了一句"怎么？你先生也没交呀？"

"我怎么了？我不想交！"没想到马文永居然顶撞了老师。

"你是什么学生？什么态度？"田宇质问学生。

"你是什么老师？什么态度？"马文永以牙还牙，这时的田宇气愤至极，脸上的肌肉在痉挛地抽搐着，他紧走两步，走到讲台前，然后"砰"的一声，猛拍了桌子，他一时不知怎么回答这位学生。

三间教室，72 位学生，静，出奇地静。

许久，田宇把书和粉笔都放在了讲台上，压低了声音说了一句："我是什么老师？二十分钟后我再来给你回答。"说罢，大步跨出教室。

教室里依然是一片寂静。

十分钟后，班长马永彬站了起来，走到马文永跟前说："马文永，我跟你一道，你给田老师道个歉，咱们请他来上课，好吗？"

"我不去！"马文永斩钉截铁。

马永彬心平气和地跟他讲道理："马文永，你作文没有交，又说他是什么老师，他能不气吗？"

"他为什么讽刺我？他为什么先说我是什么学生？"马文永毫不相让，似乎义正词严。

"好，好，我不跟你争。"说着，马永彬走回了原位坐下。

这时，刘玉梅站了起来，她的话很恳切，又好像振奋着一种激情："同学们，还有马文永，请允许我说几句话。刚才惹老师生气也有我的不对，因为我的作文也没有交。我还认为，老师称'马文永为先生'那句话或许不是讽刺，而是一种友好的说法。再说了，我们的田老师去年女儿、儿子生病都顾不得照看，为的是给学生上课。前几天他拄着拐杖为我们上课等等。这样的好老师难得啊！走，马文永，我跟你一起去跟田老师道歉……"说到最后，她竟然泣不成声了。

刘玉梅话音未落，另外的三位没交作文的同学也要求跟马文永一起去，但这时的马文永还是说"你们谁去谁去，我就是不去。"他收拾一下他的抽屉里的书，又说："我走。""你哪儿走？退回去！"班长马永彬厉声说，因为马永彬看到田老师这边走来了。

田宇依然脸色铁青，大踏步走上讲台，手里拿着几页稿纸，身在颤，手在抖，嘴在哆嗦，声音里带着愠怒、含着激情。

我是这样一位教师

我，1956 年 11 月出生，1975 年元月高中毕业。在高中读书期间任学校学生会主席，在省刊上发表一篇小戏曲。然而，高中毕业后，很多在学校成绩很差的同学，有的当干部，有的当老师，我却去给生产队喂猪、挖沟、挖大河。我心里很不平，曾经"一夜一灯油"地熬着，在土泥台子上趴着。好在粉碎"四人帮"，恢复了高考制度，我以全大队 13 位高考落榜生中最好成绩当上了民师，两年后又考取安师大。三年民师期间，我曾经两次在公社、一次在全县进行公开教学。

1983 年 7 月我师大毕业。师大领导要我留校工作，我没答应；东安县教育局领导要我到县教研室工作，我没同意；我毅然决然地回到母校——育红中学任教。去年，这个学校创办，我又被调到咱们的这个浩凌初中。我为的是什么？为的是报效家乡，报效桑梓人民。

1984 年 11 月，我升任育红中学教导主任，却在 1985 年 10 月因计划生育受撤职处分。我的不少学生，尤其是一些成绩好的学生因我被撤职而纷纷转校。我在班上，借曲啸的报告《理想和信念支撑我走过坎坷道路》而表达心声：我在任何时候，任何情况下都将凭良心做好自己的事业！请同学们相信我吧！也请同学们把我这句话转达给那些转校的同学们！于是，同学们又都转回学校来。

1986 年 9 月我来到了咱们浩凌初中。女儿从 11 月到次年 4 月都一直在生病，尤其是在病得最重、医生要她在市人民医院住院的时候，我却把她送到了她的姥姥家，她姥姥家在集上，集上有医院，女儿就全由她姥姥照顾；1987 年 2 月，儿子做小手术，本该留院观察一天，我却冒险地把我这个唯一的儿子抱回来。等回到学校时，儿子因为打麻药针而尚未苏醒，此刻咱们的袁方舟校长哭着送我，送了六里多路！今年麦收期间，我为了管理班级很少在家割麦，割麦、拉麦都是妻子一个人。她只能把麦垛上，等我带学生考完试回来再脱粒。7 月 16 日找人用脱粒机脱粒，结果一夜大雨。小麦损失千余斤。今年 8 月 17 日，父亲出车祸，我为给父亲抓药而跌倒，招致'胸肋微伤'，我没有耽误学生的一节课！

这几年，我所带的班级连创佳绩：1984 年全班 46 位同学，考中专 16 人、考高中 17 人；1985 年，全班 56 人，考中专 33 人、考高中 16 人；1986 年，全班 68 人，考中专 36 人、考高中 17 人；1987 年全班 58 人，考中专 34 人、考中技 6 人、考高中 11 人。这几年我本人也丰收颇硕：我被评为县中学语文优质课教师，以后又在全县优质课大奖赛中获得一等奖，又发表国家、省、市级教学论文 21 篇。我现在给同学们上课使用的模式——"学、问、解、练"简称"学练"教学法，为我独创，已被县教育局认可，且被县教育局上报省作为科研课题。

综上所述，我可以回答同学们，我是一位什么样的老师呢？——我是一位有着历经磨难又矢志不移背景的教师；我是一位淡泊名利、甘愿为家乡父老效劳的教师；我是一位为父亲、儿女的病痛而痛为学生取得好成绩欢喜而欢喜的教师；我是一位舍小家保班级的教师；我是一位居功不傲、却又试图创新的教师；我是一位默默奉献却不愿索取，也不奢望给予的教师……总之，我是一位头顶"风沙"、脚陷"黄土"、身负重压，却又一往无前的教师！

或许是愤怒出诗人吧，他的这段话，准确地说，他的这篇文章是一挥而就、一口气读完的。无论偏激与否，我们都不能不说他是用血写出的，他写出了他的委屈、不平和愤慨！同学们随着这读声，时哭、时惊、时喜，最后鼓起掌来。

下课铃响了，老师和学生们各怀沉重，走出教室。

后来，马文永转学了。

再后来，马文永又转回来了。他又回到了田宇所在的班级里。

这一年，他考取了中师。上师范后，他分别给田宇老师和田宇所带的新的班级写了一封信。两封信中都有同样的几句话："……听着田老师在诉说自己是一位什么样的老师和同学们的哭声，我很为自己的过错而内疚和悔恨。田老师那种顺境不傲、逆境不倒、百折不回、勇往直前、淡泊名利、无私奉献的精神，将永远鼓励着我刻苦学习，将来努力工作！"

52

1989 年 7 月上旬，学期的期末到了。这对于学校来说，无论中学还是小学，这段时间都是非常忙碌的日子，浩凌初中也不例外。学生们在忙着期末考试。教师们除了按教导处的安排进行监考外，还要批改试卷，填写考试成绩表，做试卷分析，计划布置暑假作业，班主任还要填写《通知书》，给学生写操行评语。学校领导除了忙着作为教师的这些工作外，还要搞各种统计，统计教师的考勤，统计教师本人获得的各种奖励和所带学生的奖励，统计教师期中、期末及历次抽考的成绩，统计论文发表情况……根据这些填写《浩凌初中任课教师积分表》，这些将是每位教师职称评定、年度考核、评比先进、晋级增资等的重要依据。这个办法是依据田宇当育红中学教导主任时起草的《关于加强育红中学机制管理的暂行规定》，确定积分因素，确定各项分值的。此外，学校还要结核账目、公布账目，教师们的期末积分工作由教导主任邵文武、校委会成员田宇和团支部书记李大明三位同志负责。积分表填写后，按学校的规定公示了三天。

这是一个星期天的晚上，几颗稀疏的星星，零乱地挂在空中，其晶亮却又常常被乌云遮挡着。虽说是盛夏，但因为有风，吊扇下的人们，反感觉到还是室外凉快得自然一些、舒畅一些。忙碌了六天的教师们总不愿意错过这松闲的机会，去串串门，拉拉呱。而今天的这个晚上，他们大都不约而同地汇聚在闪耀着的电灯光亮的校园水泥路上。他们有的在谈话，有的在下棋，有的在散步，几位年轻的男女教师结伴跳起了舞，还有几位教师居然亮起了那清脆动听的歌喉……

任祥伟向正在一起谈话的几位教师跟前走来，"你也来转转?"一位教师向任祥伟老师打招呼。"是啊。"说罢又问了一句，"聊什么呀? 这么起劲儿?"

"闲说话呗!"赵振宇老师回答，"难得是个星期天，就近到我们家喝杯茶说说话吧。"任祥伟邀请他们说。

"不了，马上就回家了。"其中的一位教师说。

"今天不要说'不'，振宇，你带个头去我家!"任祥伟更加热情地邀请。

这时，赵振宇在这两位老师后面，两只胳膊分别搭在了他们肩上，他们也就只好有点不情愿地去了。

任祥伟看到周丙龙和于文明两位教师在下象棋，即刻走到那里，二话没说，把他们的棋子儿倒进了盒子里，这才说："走吧，到我家喝茶去!"当周丙龙和于文明两个人从莫名其妙中清醒过来的时候，只见象棋已经被任祥伟拎着回家里去了。周丙龙和于文明相视后笑了笑，也只得去任祥伟家。

茶几上放着两个果盘，果盘里分别放着南瓜籽、西瓜籽、葵花籽、葡萄干和苹果、香蕉等。任祥伟分别给他们倒了茶，说："别客气，想吃啥就吃啥。"他们正漫无边际地侃着，忽听到厨房里传来了喊声："祥伟，你来一趟。"这几位教师听得是任祥伟妻子的声音，不觉有点尴尬了。周丙龙说："看来得喝酒了，他这是有准备的呀!"赵振宇说："喝就喝罢，反正是他在酒厂的哥不要钱的酒。"正说着，任祥伟和他的妻子李芳芳一前一后端着碟子走来了。任祥伟说："咱们喝两盅，消遣消遣。"就这样，你嚷我，我敬你，觥筹交错，笑语声喧，好不热闹。

在这几位教师中，周丙龙的年龄稍长些，他若有所悟地说："祥伟，今天请我们喝酒，该不是为明天评选市优秀教师吧?""周老师，这话就严重了，我是无意间碰到咱们哥几个，随便烧几个菜，酒是现成的，谈不上'请'，更无'醉翁之意'。"任祥伟眉飞色舞，话还没有说完。"再说了，评选市优秀教师的事，我很自信，就是没有今天咱们的一坐，你们就不投我的票了不成?"赵振宇接过话茬，附和着说："那是那是!"于文明担心地说："祥伟哥，按《积分表》你排名第五，前面还有四个人哪。再说了，那田宇这两年红得很，你有把握吗?"

任祥伟有点不屑一顾地说："田宇又怎么了？没听鲁迅说吗？'孔子是权势者们捧起来的'，我看，架得高，摔得响。他去年已经得了个县优秀，马上又提拔为教导主任，难道好处就该都是他的了？"稍停了停又说："再说了，他也不是一块没有瑕疵的玉，整天大出风头，抢头功，趾高气扬，哪个看得惯？"

周丙龙有些听不下去，没等他说完就接着说："你想评先进，说明你积极向上，有进取心，无可非议；但不能损人家田宇，田宇是位好同志。"

任祥伟满脸涨得通红，结结巴巴地说："我……我是随便，随便说说，请……请不要……请不要介意，权……权当我没说，我没说。"周丙龙说："祥伟，时间不早了，酒也喝了不少了，再喝酒都得醉倒了，结束吧！"

"不，再喝……"任祥伟说着，又拿过来一瓶酒。

于文明把酒夺过去，说："祥伟哥，确实不能再喝了，六个人已经喝了四斤了。"

这时，李芳芳见任祥伟真的喝多了，其他几个人又是都要走，就赶忙把清炖鸡汤端上来说："酒不喝，就喝点鸡汤吧。让你们见笑了，只要来人，一喝他就得喝多、逞强地喝。"

"真让你们太破费了。"周丙龙说。说着，他们各自喝了点汤，就要离席回家。

这时，赵振宇说："祥伟哥，你休息吧，你的事我们会放在心上的。嫂子，你给他多喝点水，我们回去了。"

他们刚走出门外，又听见任祥伟高喊着："振宇、振宇，你别走，给我……给我回来。"赵振宇只好说："你们先走吧，我再陪他一会儿。"

赵振宇走了回来，扶着任祥伟说："有啥话说吧。"

任祥伟坐立不稳，红着眼睛，挥着臂膀说："咱俩是……是……铁哥们。我马上……马上……就……就到县……县里去了，这次……这次的先进……先进一定得评上，它……它是个资本。你……你……你得帮帮我，帮帮我。咱们……咱们……有情后补……有情后补。"说罢，他在桌子上打起了呼噜。

"哈哈，睡着了。"赵振宇酒也喝得多了一点，向着李芳芳说，"嫂子，请你，你们，你们放心，我一定给他……一定给他做做工作。我也回去了。"说罢，踉踉跄跄地走出了院子。

就在这时，一位男学生风风火火地走进了任祥伟的家，而李芳芳刚刚把任祥伟扶上了床。这位男生问："任老师在家吗？"

李芳芳说："刚刚睡了。有事儿吗？"

男生回答："咱们班的赵晓明病了，三（5）班的田老师把他送到医院去了。"

赵振宇又回来了，问那个男生："田老师怎么知道赵晓明病了呢？"

然后那男生回答："田老师给他们班上的一个学生补课回来，路过这里，发现赵晓明正捂着肚子直叫唤，就赶紧骑自行车把他送进了医院。"

"哦，是这样。"赵振宇又说，"嫂子，任老师他——"

李芳芳赶忙说："祥伟他感冒了，已经睡下了。"显然，这话是说给那位学生听的。

这时，任祥伟掀开被子，侧着身子，用一只胳膊拉着床，断断续续地说："是赵小光吧，很……很抱歉，就让田老师好人做到底吧，谁让他是优秀呢！"

第二天傍晚，也就是下午课外活动的时候，全体教师按照学校的通知都去了多功能教室。主席台上的袁方舟校长讲了话："各位老师，首先请允许我代表咱们浩凌初中，感谢各位老师一年以来的辛苦努力，感谢老师们对学校工作的大力支持。今天，把大家请来，是想通过投票产生市、县、镇级优秀教师。前几天，我们已经把《积分表》公示了三天。三天来，没有人提出疑问和异议。相信各位老师一定能够做到公平、公正、公道，以对事业、对学校、对他人、对自己高度负责的精神，认真填票。在这里，我还要说明一下：咱们最后根据票数的多少，由高到低取出前六名，第一名为市优秀，第二、三名为县优秀，第四、五、六名为镇优秀……"

就在这时，赵晓光向校长送来了赵晓明所写的感谢信。感谢信的内容是昨天晚上田宇送赵晓明看医生，直到家长到了医院。校长袁方舟也很感动，就在会上念了这封信。

任祥伟听了感谢信，第一个站起来说："我代表我们三（4）班全体同学向田宇老师表示感谢，到底是优秀教师嘛，当之无愧！"

不少的老师听出了话中有话。有人就小声议论了："这封感谢信，很及时啊。"又有人说："这个时候念感谢信，感到对田老师不利。"

田宇也站起来，说："如果换上别的老师碰到这件事情，也一定会这样做的。这的的确确是我应该做的，用不着感谢的。"

收齐票之后，紧接着是读票、唱票、计票。很快结果就出来了：第一名是任祥伟，第二名是田宇，第三名是马玉飞……

任祥伟深深地出了一口气，很得意地站了起来，抱拳拱手作揖："谢谢大家！谢谢大家！"赵振宇的嘴角上流露着一丝成功的微笑，周丙龙送给大家的是一张读不懂的脸。更多的人是在惊讶之后又很快恢复自然。

吃罢晚饭，周丙龙带着沉重的心情，忐忑不安地走进了校长办公室。袁方舟见周丙龙老师来了，连忙让座，倒茶。袁方舟问："周老师一定是有事儿跟我说吧？"

"是的。"周丙龙说，"我要先做自我批评，因为我昨天下午不该去任祥伟家喝酒。我现在认为，任祥伟昨晚的做法是搞小动作、拉选票。"然后，周丙龙就把昨晚去任祥伟家喝酒的全过程，一一向袁方舟详细说了一遍。

袁方舟紧皱的眉头终于舒展开来，说："选举一结束我就有点纳闷，为什么这第一名竟然是任祥伟？现在对这个问题我有三点意见：一、我要找任祥伟问个清楚，然后对他进行批评；二、我也找田宇，一是安慰他，再是让他谈谈想法；三、昨晚你们在一起喝酒的事情，不要再给别人说了，以免影响团结，影响工作。"周丙龙就这件事情向校长做了反映，又谈了自己的看法，身上轻松多了。

周丙龙走后，袁方舟在室内踱着步，总认为这是一个非常棘手的问题。就原则上来说，任祥伟的这种做法是背后策划、干扰选举，以不光彩的行为争荣誉。这样就应该重新选举。如果重新选举，任祥伟几个人就成了弄巧成拙，受了批评，失了面子，结果会形成得罪一批人，影响工作情绪。如果不重新选举，就这么定了，委屈的只是田宇，顶多还有几个为田宇鸣不平的人有点意见。即使他们真的知道任祥伟他们背后做了小动作，那也只能怪任祥伟他们。作为组织、学校这方面组织很严密，过程很细致，他们不应该有什么意见。再一想呢，现在周丙龙他们已经反映到了学校，如果一句话不说，恐怕又有损正气。唉，怎么办？棘手啊，棘手！疑团解决了，但新的问题又涌上来，怎么办？袁方舟慢慢关上门，像周丙龙来之前那样，带着沉重的心情，忐忑不安地向田宇的宿舍走去。

尚未敲田宇的门，袁方舟就听见屋内马玉飞像连珠炮一般在喊："他任祥伟昨晚请喝酒是拉选票，还让赵振宇去分别给几个人做工作。昨晚，赵晓光去了任祥伟家，告诉他赵晓明生病的事，他还说风凉话。今天袁校长念的感谢信，他任祥伟又话中带刺……"又听田宇说："好啦，事情都已经过去了。再说了，任老师工作也很积极，成绩也比较突出，功底也很扎实，评上他也是在意料之中的，没有必要大惊小怪的。"

门外的袁方舟校长，听到他们的对话，不觉微笑起来，脑海里升腾着一个念头：这件事情有田宇这样的思想基础，还是冷处理为好。接着是大脑指挥着他的双腿，向校长办公室走去。

一个月之后，在田宇和袁方舟的一次闲聊中，袁方舟很诚恳地说："田宇，在评选市优秀教师这个问题上，我知道你很委屈，我也感到很对不起你。人多，心不齐，关系复杂，这也不是育红中学呀。前天，就那件事情，我也单独找了任祥伟，批评了他。再说了，机会有的是，今后再争取吧。"

53

这是 1990 年的 11 月，在袁方舟校长的再三推荐下，经过组织考察，中共浩凌区党委下发通知：任命田宇同志为浩凌初中校长。田宇——这个学无止境的人，奋斗不息的人，勇往直前的人，终于可以大展宏图、大显身手了。

我们相信：田宇高中毕业时在生产队里挖过河，当过民师，历经磨难；师大毕业后，经受了儿女多病、父亲骨折、自己胸肋微伤且又债台高筑的痛苦考验，不同寻常的经历，定将为他今后的事业储备了足以战胜困难、走向成功的勇气与毅力，将来浩凌初中会越来越好。

田宇上任后，在老校长的支持、鼓励和指导下，他先是完善各种管理制度。他以《育红中学关于加强学校机制管理的暂行规定》为基础，又征求老师们的意见，制定了《浩凌初中关于加强学校机制管理的暂行规定》，规定中涵盖了各种制度，各种工作量的计算、绩效考核、各种奖励、课堂教学常规等各个方面。以此为基础，使老师有章可循、共同遵守、用以提高管理水平，提高教育质量。二是制定《浩凌初中三年发展规划》，《规划》的内容概括起来有三个方面：①加强学校管理，提高教学质量；②扩大办学规模，提高办学效益，三年内要扩大到 25 个班级，学生数量由现在的不足千人，扩大到两千人，要成为全县甚至全市的知名学校；③实施"学练教学法"，全面提高学生素质，提高教育质量。

作为工作思路，田宇很清晰；作为纸上谈兵，田宇很顺利，他在不到半个月的时间内就都完成了。但具体操作起来，落实到位，实在不是一件容易的事。

相比起来，学校管理贵在平时，贵在细微，较为容易。在他的操作下，各群团组织、各个班级都有任务；各个教师、各位学生齐抓共管；各项工作均做到有布置、有落实、有检查、有总结、有记录。学校的管理工作很快步入了经常化、制度化、规范化的轨道。这使他很欣慰。

令他头疼的是"学练教学法"的实施。他已经起草了"学练教学法"的课堂结构，他把这一模式课堂结构进行了逐一讲解，但教师实施得很少。怎么办？他带着这个问题请教了老校长袁方舟。袁方舟微笑着说："我看这样行不行？包括你在内，再找几个已经使用'学练法'的教师，认真备课、上好示范课，让他们感受到这个模式确实比'目的教学法'好，而后……"田宇接过来说："然后，交给各教研组讨论'目的教学法'有什么弊端，'学练教学法'有什么益处？""对，就这样，在大家有了共识之后，再……"袁校长与田宇不约而同："再抓几个实验班，学期、学年结束进行对比。"他们相视着笑了。

田宇、于文明、马玉飞、马兰兰等先后上了"学练法"示范课。示范课之后，由执教老师先说课，再由听课的教师进行评课。

几节成功的示范课之后，老师们共同认为这个教学模式好，好就好在能够变"要我学"为"我要学"，学生能够自主学习、合作学习、探究学习、能够开发智力、挖掘潜能、培养学生的创新精神与实践能力，真正体现了学生是学习的主人，把时间与空间还给了学生，激发了学习兴趣，提高了学习效率。

接下去，各学科教研组针对"目的教学法"和"学练教学法"进行讨论。田宇参加了语文组的讨论。大家一致认为："目的教学法"主要是教师的"教"，忽略了学生的"学"，学生是容器，只能被动地接受，是填鸭式、注入式，不利于发展智力，培养能力；而"学练教学法"体现了启发式、自主学习，合作学习，学生的主动学习是第一位的，而教师则是学生学习的引导者、启发者和参与者，学生学习的兴趣浓，在无意注意中加深了记忆，能够培养能力、发展智力、培养学生的创新精神。

当田宇提到"学练教学法"有没有哪些方面要改进时，有的教师认为复习应该作为课堂结构之一，要不要加一个"小结"？也有的教师提出"问"和"解"可不可以合在一起，因为"问"中有"解""解"中有"问"，且"解"与后面的"练"重复。田宇对这些问题又深入进行了思考，且交给各组讨论。在统一意见的基础上，田宇把"学练教学法"的课堂教学结构，总结为四个方面：一测，即测评已学过的知识与后面知识有联系的知识；二学，即学生自主学习，根据已有的知识经验，学习规律，自己学习新知识；三问，即对新知识进行提问，可以学生问学生，学生问老师，老师问学生，在质疑问难的过程中，学生回答学生的问题，老师回答学生的问题，或者老师诱导新问题，让学生回答；四练，即巩固练习，要求覆盖面广，有梯度，当然也包括布置作业。至于小结，它与测、学、问、练比起来，不能单独成为课堂结构，但在实际教学中不能少它。

在老师们对"学练教学法"达成共识之后，让老师们自报用这一模式讲课，再统一安排，一个年级抓一个"学练教学法"实验班。

扩大办学规模问题，更是一个棘手问题，因为它不是学校自身的力量能够解决的，它需要政策的支持、政府的支持、群众的支持。就此问题，田宇组织召开了校委会，吸收了团支部书记和工会主席参加。会议进行了热烈的讨论，通过了《浩凌初中关于扩大学校规模的报告》，《报告》的内容主要是集资、捐资办学、扩建教学楼三层，共48间，15口教室，再建宿舍楼两层计18间，总投资150万元，需全区范围内人均集资15元，再通过各种途径捐资10万元。

会后田宇将此《报告》连同会议记录一式三份，一份报给区政府，一份报到县教委，一份自存。为了促成集资建校，田宇与袁方舟真是发扬了"磨破嘴，跑断腿，缠到底"的精神，最后，区政府终于向各乡各中小学下发了《关于集资扩大浩凌初中办学规模的通知》，要求农村人口人均集资15元，在职干部、教师人均集资30元，另外还可自愿捐资。

田宇看到这个通知，激动得热泪盈眶，连忙跑到老校长袁方舟跟前，把《通知》递给了袁方舟，袁方舟高兴地说："我们的梦就快实现了！"

沉　重

在建校这半年多的时间里，田宇为了筹集资金，联系了区、乡、村，甚至村民小组，联系上级单位，联系在外地工作的家乡人，联系附近煤矿；为了购置建筑材料，他总是亲自跑有关单位。尽量节省资金；为了看场子，他除了有特殊情况由老校长袁方舟替他外，他每天晚上都睡在庵棚里，不怕风雨侵袭、不怕蚊虫叮咬，有时顾不上吃饭，他就在庵棚里吃方便面、喝开水。

1991 年 9 月，新教学楼和宿舍楼终于落成了。

这一年浩凌初中的课堂教学改革也成绩显著。各年级实验班的各科成绩均比其他班的成绩平均分高 5-20 分。初中升学考试成绩更为明显：实验班考取中专的达线率为 56%，升高中、中专、中技的达线率达到 89%；而其他班少则低 5 个百分点，多则低 20 个百分点。这说明"学练教学法"能够提高课堂教学效率，能够提高教学质量。1991 年新学年开学了，全校学生猛增到 1800 多人，很多外县的学生慕名而来，全校各年级各学科全部实施"学练教学法"。

1991 年 9 月开始到 1991 年 12 月，田宇将有关"学练教学法"的所有资料进行系统的加工、整理，报到县市教委教研室、教育科。而后，在市、县教委的支持下，由田宇执笔整理成《学练教学法新探》一书，报到了省教委。省教委派专家考察，得到肯定，于 1992 年 5 月正式将"学练教学法"立为省重点教育科研课题。

到 1992 年 8 月底，初中升学考试成绩全部揭晓，浩凌初中的升学率在全市名列榜首。新学年开始后，全校学生数量增加到了 2100 余名。许多中小学前来浩凌初中参观学习。

1992 年 9 月，浩凌初中被省教委命名为省农村示范初中。

1992 年 10 月，浩凌初中根据市、县教委的指示，在洪山市教育电视台发布信息——"东安县浩凌初中将于 1992 年 11 月在全市开展'学练教学法'开放月活动，欢迎各中小学教师前来赐教"。

1992 年 10 月底到 1992 年 12 月底，在这两个多月的时间内，前来浩凌初中参观学习的市内外甚至外省的中小学教师络绎不绝，浩凌初中受到了教师们的广泛赞誉。

这是 1992 年 12 月份的一个雨后的早晨，大地尚未苏醒，而浩凌初中的各个教室里如同白昼的灯光，却早早就辉映着稀廖闪烁的晴空之星了。

学校的集合铃声响了，各个教室的学生涌出门外排着整齐的队伍走向操场。他们在跑步之后，各班按照规定的位置有序地站成广播操队形，沐浴着早晨的阳光，在庄严的五星红旗下，吸收着新鲜空气，整齐一致地做着广播体操，充实着一天的精力。广播操之后，学生们又各自到教室精神百倍地投入到学习中了。

早自习刚刚结束，前来浩凌初中参观学习的教师就接踵而至，走进校园，首先映入他们眼帘的是，后排两栋教学楼之间水泥路上方架起的横幅："以学生的发展为本"，东、西两边围墙的墙壁上分别有标语："面向全体学生，全面提高学生素质""学会生存、学会求知、学会创新、学会做人"。走近后排教学楼，路两旁分别有两块大展板，东边的两块，一块是学校的发展情况，一块是学校实施素质教育情况；西边的两块，一块是"学练教学法"的几个流程及实施情况，一块是学校平面图；平面图靠右边赫然写着"本周开放课日程"。而今天星期五的开放课日程为：上午第一节是田宇的初三语文《我的叔叔于勒》，第二节是任祥伟的初二数学，第三节是马玉飞的初二物理，第四节是马兰兰的初一英语，下午半天是田宇的"学练教学法"讲座。

这群教师当中有一个女教师竟然高兴地跳了起来，她双手举起鼓着掌，然后拍着她两边男教师的肩膀，一连串地说："太好了，太好了。有田宇的课，又有田宇的讲座！"

一位男教师说："看把你乐的，比见到男朋友还高兴呢！"

"那当然，他就是我心目中最崇高的男朋友。"秦俊秀毫不害臊地脱口而出。

另一位男教师接着说："那咱们现在是不是找他先聊聊？"

"不行不行，他第一节课就有课，下午又有讲座，咱们不能打扰他、影响他。要不，讲座后再和他聊。"秦俊秀的话里显然带着善解人意的浓厚感情。

秦俊秀带着东安一中十多位教师走进了浩凌初中多功能教室——浩凌初中教师上公开课的地方。秦俊秀他们坐在了听课教师席的最前排。

这时，田宇正在宿舍里吃着饭，不小心半杯水倒在了桌子上，镶嵌着的他与秦俊秀实习班学生合影照的玻璃上。他赶忙用抹布一遍又一遍地将水擦去。忽然，他的眼神停在了那张照片上，一股暖流涌上脑门，全身热辣辣的。他愣住了。当他清醒过来的时候，他的脑海里升腾着一个想法，秦俊秀今天

沉　重

会不会来听课呢？

上课铃声响了，田宇手里拿着课本与教案，面带笑容地走进教室，同学们"刷"的一声全体站了起来，喊了声："老师好!"田宇微笑着还了句："同学们好，请坐下!"在学生们坐定之后，田宇开始了他的这节开放课。这里我们不妨摘录他的这节课教案——

《我的叔叔于勒》，莫泊桑。

第二课时

一、学习目标：

1. 理解语言、动作、表情等各种描写的作用。

2. 为小说另拟一个结局，作片段练习。

二、教学重点：

通过自主与合作学习，学生能够理解课文中语言、动作、表情等各种描写的作用。

三、教学难点：课文的主人公是菲利普夫妇，为什么以《我的叔叔于勒》命题？

四、教具准备：投影仪、自学提示卡片等。

五、教学过程：

导语：同学们，上节课我们在初步感知课文内容的基础上，又学习了课文的第一、二部分，那么后文是怎样淋漓尽致地刻画菲利普夫妇两个人物的形象的呢？又是怎样具体地深刻揭示了资本主义社会人与人之间的那种金钱关系的主题的呢？下面，就让我们继续学习——

【承启式导语】

板题：我的叔叔于勒（莫泊桑）

一、测（出示投影）

1. 通过对前两部分的学习，你对菲利普夫妇有着怎样的认识？为什么会有那样的认识？

2. 二姐的婚事说明了什么？

3. 作为读者，假如你只读到这里，你认为后文将写些什么？

【概括前两部分，完成知识迁移。】

二、学（自主、合作学习）

1. 出示学习目标（投影略）。

2. 出示自学提示一：朗读课文，在朗读课文中，加深对课文内容的理解。

①自由读课文。

②泛读。"哲尔赛的旅行成了我们的心事……"一节，让学生体会：A 平缓的语气，欢快的心情；

B. 景物描写的作用。

【书读百遍，其义自见。让学生以读去感悟，理解课文内容。】

3. 分角色朗读课文。

4. 同桌讨论、交流自学收获。勾画各种描写的句子，做学习笔记，并准备提出不理解的问题。

【培养自主学习的良好习惯。】

三、问（学生问学生，学生问老师，老师问学生）

1. 小组交流，互提互问互答。

2. 小组汇报。

3. 个人提问，指名作答。

4. 教师提出问题，而后出示"自学提示二"。

①小说的第三、四部分哪些地方用了语言、动作、表情的描写？这些描写各有什么作用？

②哪些地方是环境描写？各有什么作用？

③菲利普夫妇对于勒的到来，经历了一个怎样的过程？在这个过程中，他们的心理是怎样变化的？说明了什么？

④小说的主人公是谁？为什么以《我的叔叔于勒》命题？

⑤体会词语的妙用："吃""狼狈"。

5. 挖掘小说的主题：

①让学生根据板书内容口述主题。

②以出对联的形式概括主题或某一方面。

【让学生自主学习，在问题中学习质疑问难，合作创新】

对联例句

A. 贫居闹市无人问，富在深山有远亲。

B. 富在天涯盼相聚，穷到眼前不认亲。

C. 从骨肉亲情变为陌生路人，从财神福星成了瘟神灾星。

D. 丈夫转弯抹角探寻船长，妻子指挥若定组织撤退。

E. 于勒发大财，朝思暮想望眼欲穿，赞叹满口，计划千般；

于勒穷光蛋，骨肉相逢，咫尺不认，惊恐咒骂，如避瘟神。

F. 盼之唯恐不至，避之只怕不远。

【培养学生即席应答应变能力，也是人文教育】

【学生若答不出来，老师可作答或点拨，让学生体会】

6. 感悟归纳小说艺术手法（即写作特点）。

①通过人物语言、动作、表情等揭示人物心理刻画人物性格。

②构思巧妙，情节曲折。

四、练：

1. 小说的主要人物是谁？为什么以《我的叔叔于勒》命题？

2. 造句：①狼狈不堪——②差异——

3. 为小说写故事梗概。

4. 为小说另拟一个结局，口头作文（要求有语言，动作，神态描写）。

5. 小结本课时内容。

让学生回答这节课你学到了哪些知识？

【与作文教学相联系，学以致用，加深对课文内容的理解】

【让学生回答，既归纳了课时内容，又培养了学生的口头表达能力与创新能力，一举多得】

结语：同学们，我们用两节课的时间学完了《我的叔叔于勒》这篇小说，作者对菲利普夫妇感情变化的描写浓墨重彩，挥洒自如；对"我"和"叔叔"的描写却惜墨如金、恰到好处；我们不仅认识了资本主义社会人与人之间那种金钱关系，而且感知领悟了小说的艺术表现手法。我想：只要我们不断地学习与实践，仔细地观察生活，认真地分析事物，把握好表现手法，我们也一定会写出好作品！同学们中间也一定会有作家出现，祝大家成功！下课！

【既总结课文内容，又鼓励学生创作。以学生为本，以学生的发展为本。

同时使一篇课文的两节课浑然一体】

附板书设计：

$$我的叔叔于勒（莫泊桑）\left\{\begin{array}{l}盼于勒\\赞于勒\\遇于勒\\避于勒\end{array}\right\}金钱关系$$

语言、动作、表情——人物心理

【力求直观、精当、巧妙】

示范课就这样结束了，但听课教师依然沉浸在听得入迷的忘我境界中。不知谁带头鼓起掌来，于是这掌声如雷鸣、如急雨，经久不息。

学生陆续走出教室，田宇笑着走下讲台，走向听课教师前排，那视线与秦俊秀的视线相遇了。田宇不无激动地说："我刚才看到你了。"

秦俊秀的心跳得厉害："我刚才看到你看到我了。"

"我们好久不见了。"

"对，我好久没见到你了。"

"就来你一个？"

"不，十多个呢。"

"我们是秦主任带队来的。您果然像秦主任夸赞的那样，太棒了。"秦俊秀身边的那位教师眉开眼笑，带着点崇敬地说。

"县一中是我们县的最高学府，在你们面前我献丑了。"然后，田宇眉毛一扬，眼睛一亮："噢，秦俊秀当主任了？这可是件值得庆祝的事，中午我请客，你们都作陪。"

"什么主任呀，不足挂齿。请客嘛？不必了。中午我们把你灌醉了，下午你怎么做报告？"秦俊秀紧接着说。

"这样吧，中午我也真有点事，晚上你们都别走了，住宿、就餐我全包了。"田宇笑着说。

秦俊秀见田宇真的执着起来，就说："你忙去吧，听了讲座后再说吧。"

"马上就要上课了，咱们晚上见。"田宇说。

一中的老师们都站了起来，挥着手："再见。"

　　田宇在讲座结束之后，就立刻回到办公室，把讲稿放进抽屉里，然后走下教学楼。他的目光在搜寻，搜寻秦俊秀和她所带的一中的老师。果然他和她的视线相逢了。他们紧握着手。

　　"走吧，我请客。"田宇说。

　　"不了，现在还有回县里的车，他们都要走。"秦俊秀说。

　　"田校长，您忙吧。车多的是，我们明天都还有事。所以就不让您破费了。"一位男教师说。

　　"那么你呢？"田宇问秦俊秀。

　　"我就没打算回去，今天我还有许多要请教的呢！"秦俊秀说。

　　田宇和秦俊秀送走了一中的老师，便回到田宇的单身宿舍。走进宿舍，秦俊秀一眼看到的就是那张贴在窗户上方的彩画——天空飘忽着白云，大地沐浴着晨霞，一颗颗松柏耸入云霄，一朵朵鲜花含笑绽放——这里有春天的盎然生机，有大自然的伟大力量，有人们生活的幸福美好，有当今社会的和谐与欢愉。她清楚地记得，这张画是她六年前买来，并由她亲手贴在育红中学田宇宿舍正对门窗的上方的。今天，田宇把这张画又挪到了浩凌初中他的宿舍里，而且也贴在正对门窗的上方。她好高兴，好激动啊。她又来到窗户下的桌子前，玻璃下工工整整地放置着她和田宇以及她实习班同学的合影照。她转过脸来，又发现宿舍门的后面也贴着一张照片，她走近门，原来门板上的照片，竟然也是那张他们与实习班学生合影的同底版照片。

　　看到这一切，秦俊秀的手凉了，泪流了出来。她猛然地扑到田宇的怀里，两手紧紧抱着田宇的后背，时而揪着天宇的衣服。她哽咽着说："宇，你对我太认真了，如同我对你的认真一样，我们彼此都是深爱着的。"

　　田宇故作镇静地说："我的大主任，发什么感慨啊？"

　　秦俊秀慢慢地松开田宇，两手攥着田宇的胳膊，两眼紧盯着田宇的面庞，说："宇，桌子上、门板上的照片，还有窗户上方的那张画，都在默默地告诉我：你爱我，你对我是十分认真的。"

　　"俊秀，你现在主持教导处的工作还顺利吧？"

　　田宇把秦俊秀的手拉开，微笑着问她："我知道你这是故意转移话题。工作还算顺心。我这次就是专门向你学习来的，学你的'学练教学法'，学你的管理经验。"秦俊秀用手绢擦眼泪，坐到田宇的床沿上。

晚饭后，他们又回到田宇的宿舍里。秦俊秀说："田宇，我在想，一个女人有事业、有家庭和孩子才是最完美的女人，你说是吗？"

田宇说："秀，你能这样想，说明你成熟了，现实了。女人有丈夫，有孩子，那才是最自然，最原始的伟大啊！"

秦俊秀又说："宇，我是多么想和你朝朝暮暮啊！"

没等秦俊秀说完，田宇就抢过话来："那是不可能的。你应该有一个比我更好的丈夫，一个更好的家。"

"是的，那是不可能的。你是一个对事业、对生活、对家庭都很认真的人，一个有责任心的男人，这我清楚得很。但是，你知道性是什么嘛？"秦俊秀一连串地说。

田宇急忙地说："咱们不讨论这个好吗？"

"不，今天咱们必须讨论这个问题。有个小册子说：'性是感情表达的最高形式。'这话对极了。"秦俊秀抱紧了田宇，气喘吁吁地说，"我们相爱了十年，这感情还不够深吗？我们为什么要极力压抑自己的情感呢？"

"因为我们是人，人都是有思想、有理智的高级动物。"田宇说。

"宇，我就要结婚了，这是给你的请帖。"说着，秦俊秀将请帖塞给田宇，断断续续地说，"正因为这样，我……我一定要完成我的梦……我的梦，我要把我的……我的处女之身给你，这样……这样，我今后才能平静一些，舒服些……"

"不，我们不能这样。"田宇攥住了秦俊秀正在解扣子的手，说："我不能糟蹋你，不能玷污你。如果真的那样做了，我们就会给今后的生活留下阴影，我们会更不平静。我们有责任用理智为自己，为对方塑造完美的形象。这样，我们才能对得起你未来的丈夫，对他公平吧，给他一个贞洁之身吧。"

秦俊秀站在地上，趴在床沿上，哭得好痛心。

第二天早晨，田宇骑自行车从家里来到学校，来到宿舍里，秦俊秀正好做好了早饭。饭后，田宇把复印的"学练教学法"的初稿递给秦俊秀，把她送到回县城等车的路口。田宇握着秦俊秀的手说："俊秀，祝贺你，祝你永远幸福。我到时候一定参加你们的婚礼。"

54

秦俊秀和尤涛结婚的日子到了。东安县城靠近县政府的一所宾馆——翠珠家园里，一片辉煌又热闹非凡。在大门通向后排"翠珠家园"主楼的干道上，铺着红色的地毯，道路两旁的上方悬着"囍拉"，"囍拉"下缀着镶嵌着"喜"字的大红灯笼，这些灯笼每隔 3 米一个，两旁对应着；快到大楼楼门时，东龙西凤飘然起舞，门上方呈拱形龙凤相吻，中间夹着一颗明珠；大厅西靠后墙的左侧悬着"尤涛与秦俊秀结婚典礼"的标语，大厅的天花板上吊着七彩明珠般的圆灯，又有用七彩灯组成的横幅："亲爱的嘉宾，欢迎您!"门两旁各放着一个花篮，左边为常春藤，右边为百合花。大厅内外，红地毯上前来贺喜的宾朋，摩肩接踵，神采奕奕，相互握着手，问个好，谈笑风生。虽是隆冬时节，但老天作美，阳光普照，温暖和煦，给这喜庆的日子增添了温馨、欢乐、和谐的气氛。

一辆红色小轿车徐徐驶进翠珠家园。

人们不约而同地向着小轿车，投去羡慕的目光。没走多远，小轿车慢慢地停下来。后车门打开了，走出一位英俊潇洒、手拿红伞的青年。青年中等个头，肩宽背阔，腰板挺直，浓眉大眼，气宇轩昂。他撑起红伞，走到前车门跟前，轻轻地把车门打开，于是，从这红轿车前门内飘出一位娇小玲珑、体态轻盈，沉鱼落雁，闭月羞花，穿着白色婚纱的仙女来。男青年身穿蓝色西服，白衬衣上打着红色领带，胸前佩戴着新郎胸花，黝黑的脸膛上泛滥着幸福得意的微笑。他一手牵着新娘，一手给新娘撑着红伞，慢慢地向宾馆大厅走去。他们所到之处，红色地毯两旁的嘉宾赞不绝口，掌声经久不息，尤其是身后飘着长裙的新娘，更令那些公子哥们垂涎三尺。

他们走进大厅，那位婚礼主持人便立刻走上前去，问："新郎新娘，现在是否举行婚礼?"没等新郎开口，新娘秦俊秀说："等一会儿。"新郎接着说："那就等一会儿吧。"

秦俊秀在走过红地毯的时候，虽然没有四下张望，但她却感觉得到，他的心上人田宇还没有来到。是的，这时候田宇还在路上呢。田宇是上了一节课，才坐车赶往县城的。按照他的计划：9 点 50 分坐车，11 点之前是一定能够赶到县城的。不料，到了龙凤桥地段，因为修桥车辆只能单行，却堵了车。开始，他尚且沉得住气，坐在车上又回忆起自己跟秦俊秀十多年的相处来。在去上大学的客车上，秦俊秀踩了田宇的脚，反倒说："对不起，你把脚放在我的脚底下了。"那时的秦俊秀该是怎样一位稚气未脱、开朗活泼的女孩儿啊！之后，在大学的三年里，他们在夕阳下，在大海边，在沙滩上，在花园里谈生活、谈社会、谈理想。大学毕业后，秦俊秀再三劝他到县城任教，而田宇还是回到了他的母校育红中学。在育红中学，秦俊秀作为实习生与田宇相互听课，一同家访，又与学生一起照合影相。在那些日子里，秦俊秀为田宇布置宿舍、购买新衣，到田宇家里做客。秦俊秀返校时，向田宇倾诉衷肠，为此田宇写了《迟到的报春燕》。田宇被撤职，秦俊秀前来看望。在浩凌初中"学练教学法"课程教学开放日活动中，秦俊秀率领东安中学教师前往听课、听讲座，并在他的宿舍里、在新婚之前要给他一个处女之身，却被他拒绝……

翠珠家园大厅里的秦俊秀也在如痴如醉地回忆着与田宇相识相知的一幕幕。主持人抬腕看了看表，有点着急地说："两位新人，快到 11：30 了，婚礼开始吧。不然就要过 12 点了。"

尤涛拉了一下秦俊秀的手，征求地问："可不可以现在开始了？"

秦俊秀像是从梦中惊醒，抬眼看了一下尤涛："啊？"了一声。

看着秦俊秀热泪盈眶的双眼，尤涛也"啊"了一声，然后又一遍问秦俊秀："俊秀，现在可不可以开始举行婚礼了？"

"还有半个小时，再等一会儿吧。"秦俊秀故作镇静地说。

被堵车还在龙凤桥上的田宇，听到谁高喊了一声："怎么搞的？已经 11 点半了，再不走就误了我们的事儿了。"他被这喊声惊醒，立刻跑下车来，挤着跑过一辆辆车，跑到了被堵车流的头上，叫了一辆出租车，直奔翠珠家园。

"师傅，请靠近前面的那家花店，我买束花。"田宇下了车，慌乱地拣了束牡丹花，掏出 50 元钱放在柜台上，说："老板时间紧，回头多退少补啊！"他又坐上了出租车，在车厢里先付了钱，到宾馆门口下了车，便飞快地跑向大厅。

宾客中有谁高喊了一声："浩凌中学的田校长来了！"听到这喊声，秦俊秀立刻转身跑向大厅门口。在到大厅门口的台阶上，田宇秦俊秀情不自禁地同时张开了双臂，在他们就要相拥抱的这一刹那间，田宇猛然理智的两手抱着那束花，站在台阶上挡住秦俊秀即将拥抱的臂膊激动地说："路上堵车，我迟到了。"然后举起花，深情地说："恭喜你！祝你们永远幸福！"

秦俊秀也清醒过来，用手绢儿拭去腮边的泪，脉脉地说："等你多时了，谢谢你！"她接过那束花，周围的人立刻鼓起掌来。

大厅外，鞭炮声，"噼里啪啦"地响起来；大厅内，尤涛和秦俊秀的结婚典礼开始了。

1993 年的春节过去了。新的学期开始了，田宇和他的教师们又投入到紧张而有秩序的工作中去了。

4 月上旬的一天上午，阳光灿烂，春风和煦，一辆黑色小轿车驶进浩凌初中的院子里来。车上走下三个人：走在前面的是新建镇中共浩凌镇委书记赵明松，中间的那位是东安县组织部部长商仁武，后面的那位是东安县教委人事科科长魏占魁。现任浩凌初中党支部书记的老校长袁方舟同志走下楼来，一一与他们握手，并请他们到办公室去。让座、倒茶之后，袁校长笑着说："今天各位领导怎么有时间到我们学校来了？有何指示？田校长现在正上课，要不要去叫他？"

"不用叫田校长了，下课后他会知道的。"说着，魏占魁科长从文件包里取出了一份文件递给袁方舟，"袁校长，看看教委的通知吧。"

袁方舟立即看了那两份文件，一份是"关于田宇同志工作职务的通知"：经研究，聘用田宇同志为东安县教委教研室副主任。另一份是田宇的干部调动介绍信。看后，袁方舟才恍然大悟，高兴地说："咱们县领导真是慧眼识英雄啊！田宇有德有才有能力，一定会胜任这份工作的。"

他们正说着，下课铃声响了，田宇走进校长办公室。田宇先后与赵明松、魏占魁握了手、打了招呼，而后手伸向商仁武部长："您好！"赵明松介绍说："这位是咱们县组织部的商部长。"田宇再次握了握商仁武的手："您好，商部长！"

商仁武说："请坐吧！"

田宇坐定之后，说："欢迎各位领导莅临我校！请作指示吧。"

魏占魁说："先请田宇校长说说下一步的工作打算吧。"说着他向赵明松、商仁武递了个眼神，赵明松、商仁武会意地笑了笑，赞许地点了点头。

田宇立即开门见山："新学期开始不久，学校的各项工作已经走向正常化。下一步的工作打算有三个方面：一是针对学校实际，吸取外地经验，进一步完善各项制度，加强学校管理；二是继续实施'学练教学法'，向课堂教学要质量，全面推行素质教育；三是落实学校规划，加强学校三区（教学区、生活区、活动区）建设。这一点我前不久，已经向赵书记做了汇报，打算今年再建一座教学楼……"

"好家伙，头头是道啊！"魏占魁赞扬着，又说："下一步你只能抽时间协助袁校长做好上面的几项工作。你要派到更大的用场去。"

"什么？更大的用场？"田宇不解其意地问。

袁方舟笑了笑，递给他两份文件。

田宇看了看，不解地问："我哪有那么大的能耐呀？我可没有一点思想准备呀。"

商仁武接着说："刚才田校长所说的下一步工作打算，思路清晰，有气魄，有激情，是个干大事儿的人，是一个有能耐的人。咱们县教委真是没有选错人哪！"

"那么能不能让我在这个学校干完这一学期，下学期我再去教委？"田宇恳切地问。

赵明松接过话说："这一点，我同袁校长也多次向教委、组织部要求过，但都不顶用啊，因为是教研事业急需人才，局部要服从整体啊。至于学校的工作，还由袁校长负责。你如果不忘浩凌，就常来指导吧！"

……

田宇就要到县教委赴任了，浩凌初中的老师和田宇校长所带的三（5）班同学们共同要求开个茶话会，好好为田宇送别。根据田宇的意见，学校决定星期五下午课外活动时间，在三（5）班的教室举行由全体教师和三（5）班全体同学参加的茶话会。

课外活动时间到了，挂在西边天空的那轮夕阳，把自己的红色染满天空，又洒下大地，大地上的一切像是披上了红纱，翩翩起舞，鸟儿在这凉爽而又温暖的春风里叽叽喳喳，尽情地歌唱。

三（5）班的学生们为这次茶话会进行了精心的策划和安排。当袁方舟校长说："开始吧"之后，两名主持人（一男生一女生）走上了靠近讲台的那片空地。在学生们表演的节目中，有唱歌、有对口词、有相声，还有小品……这些节目赢得了师生们的阵阵掌声。

节目之后是学生们、教师、校长的谈话。每个人的谈话中都倾吐了自己的肺腑之言，都充满着对田宇的敬仰和敬佩，都洋溢着难分难舍的师生情，战友情。

正说着，一位老师唱起了《送战友》，有一位学生唱起了《妈妈的吻》，田宇也情不自禁唱起了《知音》，最后全班学生一起唱起了《当我走近你窗前》，茶话会因此推向了高潮。

这时，袁方舟说："老师们，同学们，下周一田校长就要到县教委教研室报到了。可以说，他与咱们在一起的日子不多了，机会难得呀！下面就让田校长为我们讲几句话吧。"话音未落，掌声雷鸣。

田宇抑制着内心的激动说："老师们，同学们，在我即将与师生们分别之际，我真的有千言万语，但又不知从何说起。首先，我感谢袁校长和许多老教师对我的培养和教导，感谢老师和同学们对我工作和教学上的支持与鼓励。其次，我在工作和教学上一定有许多不足之处，恳请师生们以后不拘形式地对我进行批评指正。最后，我想从我的个人经历中说几句感悟的话。我从小学读到大学，向来是认认真真，不敢马虎和敷衍，这是我的学习经历。我的生活经历呢，高中毕业以后，在生产队里挖过沟，喂过猪，当过农科所会计，当过青年书记，一度受过一些别有用心者的诽谤与陷害，结果使我一事无成。后赶上恢复高考制度，我才当上了民办教师，后又考取了师大。师大毕业后，我没有留城，没有去县教委，毅然决然地回母校任教。任教后，又因计划生育受到了撤职处分。最后，我接受考验，一如既往地服从领导安排，踏踏实实地搞好教学，来到咱们的浩凌初中，承担了'学练教学法'的科研课题。我所走过的路与同龄人相比，虽不非常坎坷，但也不十分平坦。我认为：一个人要很好地活下去，最重要的是胸中有志，腹内有识，心存仁善，拼搏进取，它将使你在顺境或逆境中经受得住考验，百折不挠，并勇往直前；其次是找准坐标，在任何时候任何情况下都将凭良心做好自己的事业，淡泊名利，宁静致远——赢得了普通百姓的赞誉，那才是对你最高的奖赏！"

说到这里，掌声经久不息。

田宇又接着说："我还要补充的是：人在生活中，尤其是在困难、挫折甚至打击面前，一定要有骆驼的那种精神——头顶风沙、脚陷黄土、身负重压，而又一往无前！”又一阵雷鸣般的掌声。

夜幕降临了大地，万里无云的天空上，星星在兴奋而又快乐地眨着眼睛。已经九点多了。袁方舟校长说："茶话会就到这里结束吧。以后谁有话还可以单独找田校长说。再说了，田校长也会经常来这里看望大家的。"

这时，有几位同学一起站了起来说："田老师，你晚走会儿好吗？"

田宇说："好吧！"袁校长和其他教师陆陆续续地走出了教室。

田宇坐了下来，又坐到了同学们的中间。班长马永彬捧着一个厚厚的笔记本说："老师，这是我们全班同学的心声，请收下吧。"

田宇站起来，郑重地收下笔记本，然后坐下来就打开笔记本，只见扉页上写着："田老师，请您收下我们全体同学的心声吧，您无论走到哪里，都将永远是我们最最敬爱的老师。"落款"九三届三（5）班全体同学"。

田宇又继续往下面翻了几页，只见每一页都是一位学生的留言。留言上面工整地贴着留言学生的相片。不觉间，田宇的眼睛湿润了，两行热泪流到了腮边，流到了下巴，流到了桌子上。于是，全班同学无不"咽咽"地哭了。

这时，教室里走进了一位中年人，他是学生季娜娜的爸爸季永强。他满怀深情地说："孩子们，你们的老师高升了，你们应该高兴才对呀。说实话，作为学生的家长，我有三个孩子都是田老师的学生。两个大孩子上了高中、中专，她们回家都说'还是田老师教得好，教得认真，我们高中、中专的老师远远不如他'。当家长的谁也不愿意让他走，但是，他还有更辉煌的事业，同时他也要服从领导，身不由己啊！好了，孩子们，我替田老师说句话'回去吧'。"

田宇泪流满面地转过脸去，拉着季永强的手说："谢谢你，谢谢你！"

班长吴振峰想了想说："全体同学起立！向田老师说声'再见'！"

全体同学"刷"的一声站了起来，异口同声："田老师，再见！"

田宇激动地颤抖着，断断续续地说："同学们，再……再见，再见！"

田宇，这个在困难和挫折面前百折不回、一往无前的人，这个德才兼备、已经在教育第一线取得了卓越成就的好同志，能否在新的岗位上继续辉煌呢？能否如他所说"找准了坐标"呢？亲爱的读者，请你继续读第三部——《坐标》。

第三部　坐标

55

　　东安县教育委员会坐落在新城淮海路东的中间地段，南有民政局，北有文化局，路西则是商场、超市、美容院、影剧院、宾馆等。淮海路上车水马龙、络绎不绝，商场内外，人头攒动，熙熙攘攘；美容院内，各色人等，笑逐颜开；影剧院里，座无虚席，歌声飞扬。可以说，这道街是县城最繁华、最热闹的地方。而县教委是街两旁的一个最大的单位。县教委大院深而阔。靠近路边是一栋门面楼，楼高五层，第一层楼门朝西，中间一间过道，两旁均租赁给商人开了店铺，卖衣服、卖家电、卖茶叶、卖磁器、卖鞋袜等等。第二层至第五层均门朝东，与院内的其他楼房、设施浑然一体。第二层是教委的函授学校，工业公司、工会等组织。第三层多为单间，是教研室人员办公的地方。第四层是电视大学的办公室、教室和微机室，第五层为电大的教室。这座楼的北头，从东到西，坐北朝南，是县教委八十年代初期兴建的主体办公楼、共两层。主体办公楼的前面，分东西两块，东面又是一座办公楼，与西面靠近路边的门面楼，这之间是一片空地，在这空地上修建一座小型花园，花园正中置一石碉塑像——陶行知塑像，下方刻着一行草书"捧着一颗心来，不带半根草去。"最南面与最北面的主体办公楼相对应是门朝北的一栋平房，分别为茶水房、自行车房、仓库、保管室等。应该说，在这儿工作的人员、其环境还是很清新、很舒适、很宽松的。

　　1993年4月中旬的一天，也就是田宇到县教委教研室报到任职的第二天上午，教研室召开了一个会议。参加会议的是教研室的全体人员，教委主任也参加了会议。会议由教研室副主任汪飞儒主持。他说："今天我们召开县教研室全体工作人员会议。会议的内容有三项，一项是宣读县教委的一个人事决定，二是范主任布置下阶段工作，三是教委尤主任做重要指示。下面逐项进行。会议第一项，由我宣读县教委的一个人事决定。"汪飞儒读完田宇同志工作职务的通知之后，指着田宇说："这位就是田副主任。"田宇站了起来，微微鞠了一躬，又坐了下去。汪飞儒接着说："我也把在座的各位介绍给田主任。这位是咱们的县教委主任尤令思同志，尤主任。"尤主任与田宇几乎同时站起来，同时说："你好，咱们已认识多年了。"在田宇的印象中，尤主任是一个中等个头、微胖、方脸、工作很认真、待人很随和的人。接下来，汪飞儒向田宇介绍了坐在尤令思右侧的范营威——他是教研室主任，去年从浩凌区教办室调进来的，五十二、三岁，胖高个，小平头，一双眼睛失神地瞅着桌面，两个胳膊肘拄着桌面，十个手指头交叉着，一副若有所思又十分威严的模样。当汪飞儒把范营威介绍给田宇的时候，田宇立即站起来，随口说："您好，范主任。您是我的老领导了。"而范营威只是微微抬起头，抬起那双似乎是十分疲惫的眼睛，紧紧关闭着的上下嘴唇像是翕动了一下，但未发出声音，之后眼睛又继续瞅着桌面。尤主任见这情景不太和谐，于是笑着说："田宇，你就坐下吧，大概范主任为准备这次会议累了点。"这时的范主任听了自己的直接领导点了自己的名，像是被弹簧弹了起来，立刻躬着身，面朝着尤主任说："尤主任说得对，说得对，昨晚看了个材料，精神有点不佳。"说罢，便自个儿坐了下来，并未看田宇一眼。尤主任又说："范主任太客气了，没必要解释嘛。"稍停了一下，朝着汪飞儒说："老汪，继续介绍吧。田宇也不必再站起来了。"教研室人员是坐在条形椭圆状会议桌四周的，几位主要领导坐在东头半圆的位置上。负责中学理科的教研室副主任石伟坐在范营威的右侧，正好是靠东头而坐北朝南，九点多钟的阳光从窗户外透过来，照射在石伟把络腮胡楂刮得青亮的左半边的面部上。汪飞儒把石伟介绍给田宇，田宇又立即站起来，很客气地说："石主任你好，今后请多多指教。"石伟坐在那儿，立刻答话："哪里哪里，田主任是个大名人，'指教'实不敢当，相互学习吧。"田宇的脑海里蓦地一闪，石伟给田宇留下了老道城府而又精明的感觉。汪飞儒继续介绍："石主任的右侧是教研室会计朱冲。"田宇和朱冲同时站起来，相互看着对方，田宇说："你好，朱会计。"朱冲本来就很难说出一句主谓宾同时存在又兼有简单修饰成分的话，面对着教委主任、教研室主任、副主任及其他二十多人，不觉有点儿紧张，但为了表示会计这个不容忽视的位置，也为了套近乎疏通关系甚至有个什么三差五错的不被别人有太多的反对，他已经习惯于当面恭维："田……田宇，不，不，田主任，你……原……来就……就是大……大校……校……校长，今天当主任，非……非你不术（属），祝……祝贺你，今后在工……作中，多对……我批……评指……指正。再说……"未等他"再说"，坐在他对面早就捂着嘴笑的小学语文教研员吕焕带着点戏谑地说："朱会计，现在就不要'再说'了，今后'再说'吧。想发表祝贺词，老早也打好稿。"刚才捂嘴笑的人听得吕焕的这番话，都"哈哈哈……"地笑了起来。这位朱会计赶忙抹去快要滴下来的鼻涕，又将这擦鼻涕的手在裤子上抹了一把，很不好意思地红着脸说："不……不说了。"说罢，自个儿坐了下来。田宇心想：这人是慌张呢，还是结巴呢？说的这些话怎么就这么别扭呢？既不符合逻辑，也没有表达明确的意义……之后，汪飞儒又介绍了其他人。最后，他介绍了自己："鄙人姓汪，名飞儒，副主任，负责函授工作。"会议的第二项是范主任布置下阶段工作。他说："我们教研室下阶段的重点工作是：认真贯彻落实国家教委颁发的《课程计划》。"谈到具体措施时，可概括为三个方面：一是认真学习《课程计划》、研究《课程计划》，学习研究中小学各学科新的课程标准，新旧教学大纲的联系与区别；二是开足开齐开好课程，转变教育教学观念；三是以新的教学观念为指导，举行全县范围的中小学部分学科的公开课，在课堂模式上，可继续研究和推广田宇同志所创设的学练教学法，并且田宇主任所负责的中学语文可先带个头。会议的第三项是县教委主任尤令思作重要讲话。他说："我只谈两个方面。一是真诚地欢迎田宇同志到咱们县教委工作。田宇同志任教研室副主任是市教委领导提议、县教委认真考察，而后作出决定的。我相信，田宇的到来一是会使教研室的工作更加出色、全县的教学工作更加出色，全县的教学质量会进一步提高，因为田宇有一线教学的经验，有教育研究能力，又有领导水平，田宇一定会不负众望；二是我完全同意刚才范主任对下阶段教研室工作任务的安排。开足开齐课程，转变教育观念，实施素质教育，不仅是教研室的一项重要工作，而且也是县教委主要工作的一项内容。我相信，同志们会共同努力把这项工作切实做好的。县教委还有另一项重要工作，那就是全县实现'两基'达标。'两基'指的是到 20 世纪末，基本实现普级九年制义务教育，基本实现扫除青壮年文盲。教研室也要与县教委的整体工作一致，目标同向，措施同步，在抓好教学教研的同时，抓好'两基'工作。"

　　会后，教研室摆两桌为田宇接风。到了饭店后，范营威作了这样的安排："今天，咱们教研室为田宇接风，同时也是为了招待咱们的尤主任。那么，就让田宇，我和尤主任在一桌，汪主任、石伟在另一桌，其他人分两桌随便坐。"范营威的话刚说完，本来在几个人后面的朱冲，赶忙紧走几步，插到了范营威的后面，并且以主人的口气说："范主任，尤主任你们往里坐。"边说边挪过椅子，让范、尤二人往里去。尤令思说："范主任，你先往里去，你比我年长几岁。"范营威立刻把尤令思拉到他的前面，推着尤令思说："这哪能论岁数，您是领导嘛！"尤思令扭不过，也只好往里去，坐在主座上，范营威坐在了尤令思的右侧。田宇觉得自己初来乍到，年龄又比朱冲、吕焕等人小，就有意落在后面，推着吕焕、朱冲他们往里坐。教研室的这两桌放在同一间屋里，待这一桌坐定之后，田宇见那一桌也已经坐好，只见石伟坐在最里边，而汪飞儒却坐在外边。朱冲见凉菜已经上齐，就赶忙把十个杯子放在自己面前，像是还有其他任务等着他做似的，慌慌张张地开了两瓶酒，连忙把酒盒里的奖券装在自己衣兜里，往这十个杯子里倒酒，每个杯子都倒了半杯。田宇见只剩一个杯子没有倒，就站起来端过那只空杯子，说："朱会计，我不会喝酒，就倒一点儿，点到为止吧！""那哪能，今天可是为您接风，你不喝酒，就没有意义了。"朱冲接过话茬，很利索地又接着说："半杯，不就两把酒吗？""你不知道我的酒量，不信你问问尤主任，问问周健明，我这桌喝到底也不能喝这半杯酒。"田宇着急地说。周健明说："别给他倒这么多，他真的不能喝。"尤主任也打圆场："你就少给田宇倒点儿吧。"而就在这时，朱冲看另一桌正在开酒瓶，为了争取时间，也就只给田宇倒了不到半两酒。把酒安排给各人后，他急忙到另一桌为其开酒瓶，也是连开两瓶，把奖券装在兜里。而后又回到自己的座位上。范营威见朱冲忙着为本桌、为另桌开酒瓶，装奖券，习惯而又轻蔑地斜了他一眼。朱冲还未坐定，就喧宾夺主："怎么还未喝啊，等着我来啊，喝，喝！"说着，举起了酒杯。范营威见此情景，带着点生气地说："你坐下吧，等我说两句。"朱冲不好意思地坐下来，用餐巾纸擦了擦鼻子和嘴。范营威很郑重地说："喂，两桌都有了，啊？今天，咱们一是欢迎田宇同志来教研室当领导，二是感谢尤主任对教研室工作的关怀，三是为了咱们团结协作，共同做好各项工作，咱们先干这一杯！"说罢，笑着示意尤主任："来，喝。"而后一饮而尽。两桌的人除田宇外也都一饮而尽。范营威又接着说了句："下面就随便吧，不拘形式了。"这之后，朱冲又给每人倒酒。倒酒之后，他放下酒瓶，把尤令思的酒杯端起来，双手递给他，说："尤主任，我敬您。"尤主任说："喝酒你是强项，我三个也不行，咱们一起喝吧。"朱冲向来是不跟领导打酒官司的，于是举起酒杯，倒在嘴里，一仰脖，"咕咚"咽了下去。接着又单个地敬了范营威、田宇，再接着是和其他同事共同喝了一个酒，而后又去另一桌串酒喝。再就是为两桌开酒瓶，装奖券。私下里，县教委的同志为朱冲喝酒编成了唱："朱会计，酒量大，单个喝酒人人怕；开酒瓶，最拿手，次次奖券装满兜。见了领导敬着喝，见了小姐逗着喝，见了生人端着喝，见了下级要着喝，同事一起划着喝，本单位一起捣着喝，外单位来人疯着喝，酒桌多了串着喝。这里喝，那里喝，在家喝，在外喝，对上喝，对下喝，喝得单位透支多，喝得自家钱捆高；装奖券，多记账，吃回扣，报假账，明明暗暗有名堂；人人心里都厌恶，届届领导都难防。"饭后，范营威站起来，后退一步，让开一条道，躬着腰，打着手势说："尤主任，您先走。"尤主任笑着说："谁先走不一样，这么客气干什么？"由于范营威执意让尤令思先走，尤也就只好走在了前面。当范营威抬头挺胸往前看的时候，他不愿看到的现象出现了，那桌的几个人居然走在了他和尤主任的前面，他的脸立刻变得铁青。他想："这些人怎么这样不懂事，等会我非训好你们不可！"出了饭店大门，尤令思向南回家去了，范营威还是跟在其后，躬着腰连声说："您慢走，您慢走。"等尤令思已经走远了，范营威才挺直了腰杆，满脸怒气地说："怎么一点规矩也不懂，领导还没有走呢，你们就跑到前面，投胎去！"田宇吓了一跳，很多人怔住了，只有几个很了解他的人嬉笑着，心里想："熊你们不亏，怎么到现在还不知道他是一个在领导面前点头哈腰、毕恭毕敬而在属下面前却凶神恶煞、耀武扬威的人！""也就是，一般情况下，都应该是领导先走，其他人才能走，"在范营威一旁躬身站着的朱会计附和着范营威，又接着说："您也不要太生气，以后大家注意点就行了。"稍停一会，他又说："大家都走吧。范主任，我还没有记账，我记账去了！"范营威也没有正色看朱冲，只是从鼻孔里发出一个"嗯"字。朱冲一歪一斜地走到收银台，嬉皮笑脸地说："吴……吴小姐，结……结结账吧。"刚才就给你算好了，两桌一共1456元，饭店的吴小姐说。"这，这么多啊！"朱冲问。吴小姐说："光酒就喝了十瓶，十瓶酒就700元了，还有四盒红黄山烟呢？"朱冲听说10瓶酒，忙从衣兜里掏出奖券，点数了一下，说："不……不对，我这才9张奖券。""9张你个头，其他人就不许装一张了？"吴小姐很随便地跟他开玩笑。"对，对，这……也有可能。"朱冲说着，抬起右手，伸出两个手指头，在自己微张的嘴上抹了一下，又用这两个手指头，指着吴小姐的嘴，嘴里吐出两个字："蜜嘛。"吴小姐更狂了，说："你那个熊样，到家跟你女人'蜜嘛'去吧，快来记账。"朱冲听了这话，更是心里得意，说："好，好，我给你弄上。""别废话，快签字。"吴小姐命令着说。朱冲就在这菜单上龙飞凤舞地签上这样一行字："会议工作餐壹仟柒佰捌拾捌元整。"吴小姐看了这行字，开玩笑地说："朱冲，朱冲，你可真是个蛀虫，又多签了三百多元。""唉，这你就不懂了，靠山吃山，靠水吃水，不捞白不捞。"朱冲理直气壮也面带笑容地说。"光这样签，看你什么时候能给我钱？"吴小姐说。"怕什么，还能少了你的钱？到时候一定塞给你。"朱冲更加放肆。"滚吧。"吴小姐说罢径自走出去了。

教研室的人们在吃过饭以后都各自回家了，唯有新来的田宇独自走进自己的办公室——他要熟悉环境、熟悉业务、制订计划、准备资料，完成上午会上范主任交给他的任务，那就是由他负责率先在全县举行中学语文公开教学，并传达教改信息。他现在思考的是：用什么办法选拔执教教师？选拔几个执教教师？在哪所学校举行公开教学？传达哪些教改信息？资料从何而来？正当他思考这些问题的时候，他听到门"吱"的一声开了。田宇抬头一看，只见朱冲笑嘻嘻地走了进来。"朱会计，你中午不休息啊？""我无所谓，休息不休息都行。"朱冲说："你在忙什么呀？""我在准备公开教学的事。"田宇说"没必要抓那么紧，活是干不完的。"朱冲接着说"你看我，平时没有多少活；有活了，脚踢手拨拉就干好啦！"说着，坐到了田宇对面的椅子上。田宇说："我哪能跟你比啊，你在教研室干了十多年，资格老，阅历深，又有能力、有水平，我还要靠你帮助呢！""帮助谈不上"朱冲用手抹了一下鼻子，真的打开了话匣子，上午的紧张已经不复存在："别管公事私事，遇到犯难的、需要帮忙的，给我说一声，咱一准立马解决，我可是黑道白道通吃。上几年，范主任联系新华书店订书，他有几次没办成，我一出马就办成了；去年下发目标测试卷，朱楼镇，秦柳乡不愿要，我去了熊他们一顿，他们都乖乖地要了，一张也没少。再说了，他伸长了脖子、用手指敲着桌面，一副很得意的样子：搞教研，咱也不黑门。我没来这里之前，在学校带初中数学，我哪次别说在全校，就是在全乡、全区都是第一。那时的孙校长孙绍贤嫌我吊儿郎当，想剋我，总是找碴熊我，但我教的成绩好，他能拿我咋着，他可服？他们光会磨洋弓，磨不出成绩。我呢？有闲有忙，次次都考得好。……"他抬腕看了看手表："哟，两点半了，到上班时间了，我得走了，耽误你工作了。"没等田宇起来送他，他已经开门走了出去。田宇只得站在门口说："朱会计，不送了啊？"而后回到自己的座位上。他想，上午开会时说话结结巴巴，满脸通红，被人戏弄，中午吃饭，大喝特喝，又多次替领导带酒，开两桌的酒瓶，装两桌的奖券，刚才说话倒滔滔不绝，而这些话又大都标榜自己，贬损别人。他到底是怎样的一个人呢？他为什么要跟我说这么多话呢？

　　为使全县初中语文教学公开课举办成功，田宇做了许多认真细致而又充分的准备工作。先是在他所熟悉的几所中学中听课，进行筛选，确定了东安县第一中学的秦俊秀、浩凌初中的邹文武和城关初中的刘艳等三位教师为公开课的执教教师。而后，对他们的教案进行了修改，修改之后又上了试讲课。最后，直到田宇认为三节课都很满意了，才确定时间上公开课。

　　公开课如期举行，先是秦俊秀、邹文武、刘艳三位教师上了公开课，而后是这三位教师进行各自说课，最后是田宇进行评课和传达教改信息，又介绍了"学练教学法"。上课、说课和评课，都博得阵阵掌声。尤其是田宇结合教学实际，传达的教改信息和对学练教学法的介绍，更是让与会者充满着感动和敬佩，更是掌声不断，可以毫不夸张地说，这次公开课取得了圆满成功，田宇任县教委教研室副主任之后的第一炮打响了。

　　公开课之后，田宇向三位教师颁发了东安县公开教学证书。邹文武、刘艳他们充满着感激地说："谢谢田主任，您给了我们这次机会，促进我们成长，我们永远不会忘记您。"在邹文武、刘艳走后，秦俊秀眼里含着泪花，手里捧着《简·爱》这部文学名著，哽咽着说："这是我1983年9月6日买的，今天送给你。"田宇的手也和俊秀的手一样，抖动着，他接过这本书说："谢谢你，我明白，我会把它保存好的。"

<h1 style="text-align:center">56</h1>

　　一轮橘黄色的夕阳在西南天空愉快地朗照着，四周均匀地由近及远由浓到淡地散播着清新而又柔和的红晕。春风凉爽地吹着，犹如多情娇嗔的少女用她那柔嫩温暖的纤手在抚摸着她所钟爱的男人的脸庞。几朵或明或暗镶嵌着银边的薄云在轻轻地悄悄地悠悠地飘浮着，走动着，给人留有无限的神奇的遐想的空间。天空中许许多多美丽的图案构成了多姿多彩而又无与伦比的神话。在这些神话般的图案中，有几幅使坐在办公桌前的田宇格外注目，田宇隔窗而望，几匹马各保持着不同的姿势在争先恐后地奔腾着、嘶叫着，它真的像那幅古老而又著名令观看者精神振奋的《八骏图》；一头牛头向地低着、脖子向前伸着、腰向下弯着、四蹄用力地撑扒着黄土，尾巴则向下拧着，那是一幅活生生的牛耕图。又有一幅图着实让人啼笑皆非——在牛耕图的一旁三头肥牛在争吃着一堆草或别的食物；而另一头牛则头昂着、嘴张着，一只前蹄向上举着且指向那头正在躬身耕作的牛；又有一头牛头歪向一侧，一只后蹄抬着也指向那头伸腰拉犁的牛。"二八月里看巧云"，这巧云组成的画面也太滑稽了。田宇的脸上浮现着费解的又多少带着点酸楚的微笑。

　　一阵电话铃声干扰了田宇的思绪，他拿过电话筒："噢，是尤主任。好，我这就去。"田宇放下电话筒，径直走向尤令思的办公室。走到门前，田宇轻轻地敲了两下门，室内的尤主任说了声："请进"，田宇这才进尤主任的办公室。尤主任面带微笑，站起身，指着他对面办公桌前的椅子说："请坐吧。"田宇坐了下来，向尤主任投去询问的目光。尤主任和蔼地带着点欣赏地看着田宇，很随和地说："近几天，又要你受累了。县政府决定下月二号召开全县两基工作动员大会，要求县、镇、村干部、县直、镇直主要领导和各中小学校长均要参加大会。这次会议非同一般，直接关系着'两基'工作的成败，关系着教育的形象。会议的程序主要有两项，一是县长做动员报告，另一个是我就两基工作的几个主要方面作重点阐释。找你来，就是请你写好这两个发言稿。我这里有几份资料你可以系统看一下，吃透精神；如果另外还需要什么资料，比如有关数据什么的，你可以向县政府办公室询问。"尤令思一边

　　说，一边将有关资料递给了田宇，田宇接过这些资料，不无疑惑地说："写这样大的材料，而且牵扯到县区许多部门，我可真有点拿不准啊。"田宇稍稍停顿了一下，像是经过了短时间的思考，问道："尤主任，县政府办公室没有更合适的人选吗？"尤主任笑了，说："县长认为这是教育的大事，而且曾说写材料没有谁能赶得上你。你年轻，很有作为，就多辛苦点吧！"田宇无法推辞，也就恭敬不如从命了。

　　田宇走进了自己的办公室，他把刚刚学习的资料，和要写的论文提纲收拾一下，放在一边；把从尤主任那里领回的"两基"资料，放在桌子上，准备先看一下，这时，他看到台历上赫然写着"1994年4月28日。"呀，今天已经是28日了，距离下月2日，中间只隔三天。而在这三天里，他要看资料，要去县政府询问，要写好两份发言稿，时间紧迫呀。他又要连续着熬夜了。正在这时，他又接到了范营威主任的电话，要他明天与范主任、吕焕和石伟一起去黑湾初中参加黑湾镇教委组织的初中语文公开课活动。怎么办？这是自己顶头上司的安排，也是自己的教研职责所在，怎么可以不去呢？但是，如果去，写"两基"材料只剩下两天时间了，怎么能够完成呢？他打算向范主任说明一下情况，看明天他能不能不去。田宇经过石伟的办公室时，见石伟、吕焕、朱冲和周健明一起正在兴高采烈地"斗地主"，而坐在正当门的石伟看见田宇从门前经过，就急忙招呼田宇："田主任，来来来，正要找你呢。"田宇只得走进石伟的办公室，"什么事？请指示。"田宇诙谐地说。石伟笑着说："指示谈不上。我们几个商量，课堂优质课评课标准还是你来写吧。今晚上，你写好，明天咱们去黑湾前碰头，打印出来，发给他们。"显然，石伟的谈话习惯了命令，这几句话也是毫无商量的口气。正在着急头上的田宇，未加思索地说了句："石主任，你就别为难我了。我正要去找范主任商量明天能否不去呢。再说了，昨天不是已经确定评课标准由你起草吗？"没等石伟回答，吕焕戏弄似的说："有情人约会吗？这么着急，连听课也不愿去？""老哥呀，你就别取笑我了。尤主任刚才要我在这两天内写'两基'动员报告和他的讲话稿，5月2日开'两基'工作动员大会用，就这都要熬夜了。"石伟接过话茬，说："到下边乡镇听公开课，作指导，那可是咱们分内的事，更何况有初中语文，你是专家？"吕焕说："可不能家活懒外活勤哟！再说了，能者多劳嘛，俺们想干，领导还不信任俺呢！"朱冲很扫兴，脸上挂着说不清意思的微笑，很流利地说："尤主任叫写的材料，那可是县长安排的，田主任能不写吗？好了好了，牌也打不成了。"吕焕站起身，直了直腰，用拳头砸了砸后背，说："这几天，白天、晚上，天天打牌，累死了。"看着这番情景，听着这些话语，田宇能够说些什么呢？他怀着恼怒、愤慨与委屈，折回头走进了自己的办公室。

时钟指向了6点，他提示田宇该下班了。他正要拾掇着资料，准备拿回住地写课堂评分标准和熟悉有关"两基"文件时，范营威主任走到了门口。"田主任，走吧，到惠君饭店吃饭，城关镇教委请客。"田宇回转身笑着说："范主任，我就不去了。您知道的，我要赶写'两基'动员会上的材料，还有优质课评课标准。"写"两基材料，尤主任给我讲了"，他思考了一下，又说："评课标准不是让石主任写的吗？"田宇回说："刚才石主任要我写。""这个石伟呀！"范主任想了想，还是说"饭总是要吃的嘛，再说了，与下边乡镇教委的同志多交流，也是很有必要的嘛！"正说着，石伟、吕焕、朱冲赶到了跟前，不知谁说了句："吃饭也是工作，田主任就那么难请吗？"他们说着，簇拥着，拉着田宇，并帮着把门锁上，田宇有十分地不情愿，但也扭不过他们，只得随他们去饭店了。

"两基"动员大会召开以后，东安县的"两基"工作开始紧锣密鼓地进行了。县政府对此项工作有较为明确的分工，政府部门侧重硬件建设，即着力抓好办学条件的改善，切实实现一无两有六配套；教育部门侧重软件建设，即在普及程度、师资水平、教育质量、经费投入方面的资料建设，就是搞好基本实现九年制义务教育的各项材料，另外，还要搞好基本实现扫除青壮年文盲的各项资料。政府部门和教育部门要通力合作，确保九六年"两基"验收成功。为确保"两基"工作的顺利实施，县政府又决定：各部门抽调精干力量下到全县24个乡镇进行此项工作的联系与指导，各乡镇要依照县召开的动员大会，开好乡镇的"两基"工作动员大会。县教委报请县政府批准，田宇负责全县"两基"资料建设，田宇和石伟分别负责朱寨镇和黑湾镇的"两基"工作。

为搞好资料建设，田宇随同县政府、县教委的领导去外地参观学习、回来后又根据全县的实际情况，确定资料填写方案，组织了资料建设工作领导小组，重点培训了资料整理人员，确定了一整套模式。"两基"资料从92-93

学年度填写，再填写 93-94、94-95 的两基资料，条件好点的乡镇标准可以高一点，条件差的乡镇标准可低一点，但都必须各项指标符合省颁标准。而后召开了全县资料建设会议，阐释"两基"资料建设的意义、标准，解说了"两基"资料十三种表格和普九统计表的填写方法与要求及配套资料的整理归档等。几近累垮了的田宇啊，每天都要下乡镇、填资料、搞汇总，夜以继日，废寝忘食，没有星期天，没有节假日，没有事病假，每天都要工作 12 个小时以上，常常晚上工作到次日凌晨三四点钟，扒在办公桌上睡一会儿，醒来洗把脸又坚持工作，而县教委、教研室安排的饭店就餐，他却没有时间参加，常常烫碗方便面充饥。

时间很快到了 1996 年 4 月，离省验收时间还有两个月。县政府提出的口号是"破釜沉舟，背水一战，奋战两个月，打好攻坚战，确保两基工作验收成功"。经过两年的努力，全县各中小学在办学条件方面，确实有了很大的改善，不少乡镇采用集资的办法，新建、改建或扩建了标准校舍，增添了教学器材和音体美器材，校容校貌有了很大改观。资料建设也是整齐划一，各表吻合。近阶段又按照省教委的要求，从中小学到县教委进行了"两基"工作检查和实战演练。之后，请省专家组前来指导。为迎接省专家组的检查，县政府、县教委做了大量准备工作。

这是九月上旬的一天，一大早，太阳就像个大火球似的冉冉地向上升腾着，天空没有一簇昏暗的云朵，树上没有一片摇动的树叶，鸟儿在树叶丛中不肯鸣叫，地上的小草蜷曲着，不肯舒展他那本来鲜嫩水亮的身躯。等到八九点钟，街上的行人有穿短裤短袖衫，有穿裙子的，也有撑起遮阳伞的。县政府、县教委的门口和各主要街道，都拉起了醒目的横幅："热烈欢迎省'两基'工作专家组莅临我县指导工作！"大约 10 点，专家组成员的两辆"宝马"轿车徐徐驶进了县教委大院。等待已久的迎贺小组由分管教育的副县长带队、接下去是尤令思、范营威、田宇等引领专家组成员到达二楼会议室。但见会议桌的中间"一"字形排列着果盘，果盘里装着为数不多的西瓜片、橘子、葡萄、苹果、香蕉……对应于每个座位的前面，都放着一瓶农夫山泉，一瓶柠檬汁，一个浅蝶子，碟子上放着一条叠成四方形刚用水湿过浸着香水的洁白的毛巾。每隔两个座位又放着一盒中华牌香烟。空调开着，带给他们丝丝凉意与快乐。他们就座后，很文明很典雅地吃着水果、喝着饮料，吸着香烟……好一个清新凉爽的情景，好一幅富足愉悦的场面。

他们在这会议室小憩之后，乘轿车下榻东安宾馆——全城最高级最豪华的宾馆。宾馆内有一条龙式服务——住宿、停车、餐饮、沐浴、健身等其他消费性服务。中午在贵宾设宴用餐，每位贵宾跟前都有小姐服务着，倒茶、斟酒、盛汤、递巾、换盏，等等。午休到4点，专家们神采奕奕地走进县教委二楼会议室——上午他们小憩的地方。市教委副主任马瑞祥等领导也前来参加了这次检查活动。下午的议程主要是两个，一是听取县教委领导关于"两基"工作的汇报，二是检查、核对"两基"资料。汇报材料是田宇在几天前写在尤主任的工作手册上的。但当马瑞祥主任提出要尤令思主任汇报"两基"工作时，尤主任却和颜悦色地说："就请田宇同志汇报汇报吧。"怎么办？这对田宇来说，实在有点措手不及，但尤主任已经这样说了，省市县三级领导都在场，且没有解释、争辩或者推托给他人的余地。好在"两基"工作对于田宇来说了如指掌，又是他一手领导搞的"两基"资料，再加上田宇有活跃的思维、有深博的文化功底和近几年见多识广的应负场面的体验，即席汇报应该是没有问题的。马瑞祥、尤令思、范营威等领导都同时向田宇投去重托和希望的目光。这时的田宇端坐在自己的座位上，一双手十个手指交叉着，大脑的思维活动在急速地运作，他微笑着作了开场白："各位领导，下午好！我受县教委的委托并请允许我代表县教委对省市县级领导的到来尤其是省'两基'工作专家组莅临我县指导工作，表示最诚挚、最热烈的欢迎！下面，我想分三个方面向各位领导作以扼要汇报。一是汇报我县'两基'工作的开展情况，二是汇报我县'两基'各项指标的达程度，三是汇报目前尚且存在的困难和问题。下面先汇报第一个方面……"

会议室里一片寂静，空调排放冷气的声音和各人呼吸的声音显得格外清晰，偶尔的咳嗽哪怕仅仅是手捂着嘴象征性地有点稍微振动也要比走在大街上忽然听到雷声而更感刺耳和令人生厌。在这种情景之下，田宇汇报的声音听起来就让人觉得有抑扬顿挫的节奏和浑厚、圆润、洪亮、悦耳的音乐感。听汇报的领导们一个个是那样专注、那样入神、那样轻松、那样愉悦，他们的脸上都挂着微笑，在他们听到高兴处还不由自主地频频点头。汇报快要结束时，田宇说："'两基'工作的三个方面，我已经汇报完了。由于本人才疏学浅，笨嘴拙舌，再加上对全县具体情况的掌握和认识还不那么全面和深刻，因此，肯定有许多疏漏和错误之处，敬请各位领导批评指正。"话刚落音，在这种场合本不该有的掌声却响起来了。掌声过后，已经离任的老教委主任张树典同志赞扬道："我光知道田宇很能写，还不知道这么会说呢！"专家组的一位领导说："田宇同志的这个汇报，很全面、很具体，对'两基'工作中的突出人物事迹，也叙述得很详细、很感人、对问题的把握与认识很透彻，很深刻。整个汇报重点突出，层次分明，逻辑性强，又富有文采，很好，很好。田宇同志人才难得。"汇报结束，参加会议的领导陆续走出会议室。范营威居然一改往日的严肃神态，赞许似的说："田宇今天真是一展风采。"向来不服气人又贯于装腔作势的石伟说："今天田宇真是露了一鼻子。"这话虽然是讥讽的口气，却也隐含着不得不服的忌妒。

　　第二天，专家组成员检查、核对了各项资料；第三天，专家组成员按县教委提供的好、中、差三个类型，检查了三个乡镇教委。其程序是听简短的汇报；然后分两组，一组查资料，查资料间的衔接、查资料与实物或与班级的人数、年龄、姓名、父母姓名等的吻合情况；另一组查办学条件，查"一无两有六配套"情况和图书册数以及试验室器材资料、音体美器材、教育及其他器材等。第四天，专家组成员汇总后作小结。汇总的小结高度评价了东安县的"两基"工作，抓得实，进展快，成绩突出。办学条件基本达标，资料建设就资料说资料，无可挑剔，但资料上的数据与实际情况存在差距，最主要的是学生的辍学率高。学生从初一到初三其辍学率高达10%以上，这与初中辍学率控制在了3%以内差距很大。为使东安县的"两基"工作顺利达标，专家组提出建议，以06-07学年度的实际情况为基数，倒推到05-06、04-05、03-04各学年度，这样资料与实际就不会有距离了。

　　送走专家之后，田宇按照县政府、县教委的要求，起草了《东安县一九九六年"两基"资料实施方案》，并以县教委的名义要求各乡镇教委、有关单位自下发通知之日起开始实施。《方案》要求：九月中旬召开资料建设会议，阐发填表方法、要求、各单位按要求填写好本单位的"两基"资料；九月下旬各乡镇汇总资料；十月上旬县教委组织三个检查组，到各乡镇核查资料、核查实物、核查师生的有关情况、核查经费投入的有关旁证资料；十月中下旬，实战演练，写好本单位的"两基"工作汇报材料；十一月初迎接省验收。所有这些工作，都必须是田宇亲自组织、亲自安排、亲自制作，亲自检查、亲自汇总、亲自书写，他真的既是指挥员，又是战斗员。

他的劳累，他的忙碌，他的辛苦、他的疲惫，绝不是"夜以继日、废寝忘食"所能概括得了的。下面是田宇1996年9月中旬一个星期日全天的工作情况。

头天晚上，田宇从8点开始，一是再次熟悉普九统计表与十三张附表的关系，熟悉扫盲各表，在这一套表的各表上注明填表方法和填表要求；二是写一个发言稿；三是熟悉一下《东安县一九九六年"两基"资料建设实施方案》，在相应的地方补充、说明相关内容。深夜12点睡觉，今早3点起床，擦把脸又去写《推广目标教学法初中试点实施方案》。尚未写好，一看时间到了6点40分，他就急忙骑车去了教委。途中早餐是在小摊上喝了一碗豆腐脑，吃了十个蒸包。赶到教委是7点10分，距离8点半的会议时间还有1个多小时。他要在这个时间内把有关表格的单页装订成册，分别发到24个乡镇教委和6个直属学校去，他怕自己会前完不成这些，急得要找人帮忙。正巧碰到石伟上厕所经过会议室，就赶忙很客气地向他打招呼："石主任，做啥去了？""嗯，去那——"石伟用手指一下厕所的方面。等石伟回来，田宇一时抓不着人，本不想让他帮忙，但迫于无奈地就张了嘴："石主任，有没有急事？""几个人说要来牌，在楼上等着我。"石伟回答。田宇恳求似的接着说："能不能帮个忙，把资料分发一下？"石伟想了一下，说："喂，田宇，你别搞错了，咱们是一样的人，你没有权利安排我。再说了，今天是星期天，是法定休息时间。"辛辛苦苦整日整夜忙碌着的田宇，恳求同单位的人帮忙竟然讨了个没趣。田宇只好赔礼似的说："对不起，就算我刚才的话没说，你忙你的去吧。"石伟气哼哼地走了，他在心里想："你不是有本事吗？累死，活该！领导给你二分钱的颜色，你就居然开起染坊来了，我看你可能混到别人前头去！"而田宇的心里好像打开了五味瓶，不知道什么滋味，他只好独个儿分发资料。不一会，教育科的黄维福、督导室的刘亚东来了，还有下面乡镇的两位参加会议的资料员来了，他们见田宇太忙，眼睛里布满了血丝，知道他天天为"两基"熬夜，就主动给田宇帮忙分发资料，装订成册，装档案袋等。

11点20分会议结束了。各乡镇的资料员（教委主任）和助理资料员（各乡镇教委的其他成员）感到时间紧、任务重，总想把填表方法和各表的衔接关系弄清楚，尤其是对普九统计表怎样由06-07学年度倒推到05-06、04-

05、03-04 各学年去，怎样保证达标存在不少疑问。多数乡镇教委的同志都来请教田宇，田宇只好逐个乡镇予以作答。有的乡镇回去先吃饭，等到下午再请教田宇。时间已经到了下午一点多，但还有两个乡镇要等到底，迟迟不回去，这里其中就有浩凌镇教委的教研员（助理资料员）邹文武。从散会开始，就有不少乡镇教委的资料员要请田宇吃饭，但田宇都一一推辞谢绝了。现在太晚了，袁方舟校长和邹文武主任又坚持请他吃饭，他也确实觉得饿了，就诚恳地说："袁校长，你们吃去吧，回来给我带两个菜盒子就行了。你看我走得了吗？一小会儿，又该有人来找我了。"袁校长自知扭不过，说："田宇呀，你还是这种拼命的精神。那么好吧，我和文武先去吃了。"

　　路过石伟的办公室门口，他听到了一片叫嚷声。他推开门，室内烟熏火燎，乌烟瘴气，只见石伟、吕焕、朱冲和校办公司的商建他们正在打牌。石伟见袁校长来了，忙站起身，问："您吃饭了没有？"袁校长说："没有呢。"石伟又问："怎么到现在还有没吃饭？"袁校长又说："我们让田宇给指导'两基'资料的填写呢。""这个田宇也真是的，不知道分配时间。该干干，该玩玩才行啊，自己忙，叫别人也吃不上饭。"袁校长笑了，说："田宇整天有干不完的活，可你们却整天没活干，还是你们自在呀！"袁校长对石伟刚才含有责怪的话显然是一种讽刺和回击。这时吕焕接过袁校长的话，说："袁校长，话可不能这样说。能者多劳嘛，俺想帮他的忙，插不上手啊；再说了，领导不信任咱，俺干了，领导也不放心呀；还有，你看，俺几个上班时间忙工作，下班时间凑在一起打打牌，也累得腰酸背疼呀。"说着，一只拳头捶了捶腰。袁校长没有再说什么，只是鄙夷地笑了笑，走了。因为他知道，现在的时局，哪个单位都是干的干，看的看。再说了，他还要给田宇买饭呢，不然，他又会饿着肚子工作了。

　　二十分钟后，袁校长他们来了，带了两个菜盒子，两个油炸鸡腿，一瓶雪碧给他。田宇笑着说："袁校长，让你们破费了，多谢了！""趁热吃吧。"袁校长又说："田宇呀，你千万要注意身体呀！"田宇说："您放心，我的身体不是好好的吗？"他一边狼吞虎咽地吃着，一边又在指导着身旁的那位资料员。直到下午六点，还有两个近路的乡教委领导在等着田宇指导。这时电话铃声响了，田守接过电话："喂，是我。""《推广目标教学法初中试行方案》写好了没有？"

"写好了。"

"写好了，你就打印出两份，明天上午通一下，然后再发给各初中。"对方范营威主任停顿了一下，又接着说："你想一下，在哪个学校搞试点，让他们用目标教学法上课，咱们去听一下他们的课。"

"好吧。"田宇就这么简短地说一句，似是有气无力的。

刚放下电话，电话铃又响了。

"喂，是我。你是尤主任吗？"

"是我。"对方接着说："明天上午你去一下县政府，杨县长找你写个材料。"

"好吧。"

田宇挂电话的时候，一旁的一位乡镇教委主任问："谁又找你写什么？"

"前一个是范主任打来的，问我《推广目标教学法》写好了没有？后一个是尤主任叫我明天上午找杨县长，给他写一个什么材料。"田宇如实回答。

那位教委主任说："'推广目标教学'，教研室不是还有很多人吗？怎么就非你不可？他们就不知道你忙吗？我们下边的人都说教研室的工作好像你给承包了。他们打牌喝酒还嫌累，你为工作就不累？再说了，这县政府也真是的，那么一大帮子的人，就连会写材料的人也没有？"这位主任好像早就有点不平似的。

田宇找不到更合适的词语来回答他，只是笑了笑。

电话铃又响了，田宇接过电话。

"范主任吗？什么事？"

"黑湾镇教委刚才给我打了个电话，说是请你给他们辅导一下资料建设，再让咱们看一下他们几个小学的房屋情况。"

"刚才尤主任要我明天上午到县政府找杨县长给他写一个什么材料。"

"那你明天上午早去早回，回来后咱们再去黑湾。"

"好吧。"田宇又是这简短的两个字。

"你看看，像这样你累死也不够累的。"那位教委主任又说。"黑湾镇不是石主任负责的吗？"说这话的教委主任是朱寨镇的朱明礼。

田宇无话可说，又是笑了笑。

就这样，田宇忙到下午七点，最后一个受他指导的乡镇教委主任再三请他吃饭，他都婉言谢绝了。七点后，他继续写他早上没有写好的《推广目标教学法初中试行方案》，十点多，他终于修改好，又去打字社给打印出两份。他推着自行车，拖着疲惫的身体，又是在小摊上，吃了一宛烫面，两个烧饼。

快到家了，田宇远远地看到妻子尤秀芬朝着自己的这个方向在门口站着。

天上的星星闪着明亮的光，又有一股凉风吹来，使田宇的身上感到一阵轻松、一阵快意。

"你什么时候来的？"田宇问。

"还问呢"，秀芬回答道。"我一大早就来了，晌午你没有来，晚上又没有来，到现在才来。"说话时，秀芬多少有点娇嗔和怪罪。

"上午散了会，就给人家讲材料，直到晚上七点，后来又打印一个材料，直到现在。"田宇解释说。

"吃饭了没有？"

"吃了，在小摊上。"田宇想了想，问："你是怎么吃的？"

"做好了，等着你一起吃呢！"

说着，他们一同走进了室内。好久没有得到切实抚慰的田宇，感情的波涛像拉开了闸门一样倾泻出来。他一把把秀芬扭转身，头深深地埋在了秀芬的怀抱里，泪或许落了下来。这情感，是委屈还是愁苦？是想望还是无奈？在妻子的怀抱里，田宇分明感受得到妻子那剧烈的心跳和胸脯的起伏。好久好久，田宇才抬起他流泪的眼，看到妻子的泪水已经挂到了腮边。

"你吃饭吧。"田宇说。

"你陪我吃。"秀芬答。

他们一同吃好饭，田宇问："咱俩都不在家，孩子们呢？"

"我给他们都说了，万一我没能回家，你们晚上睡觉留心点，锁好门。叫珍珍、梦梦在过底睡，叫祥祥在堂屋里睡。明天早上上学去，把几个门都锁好。"秀芬答。

田宇抬眼看了看壁钟说："才11点，我还要写个材料。"

"才11点，都半夜了，你还嫌早？"秀芬接着说："都有两个月没回家了，那次你去咱们田庄小学也没到家里看看，就不想孩子？"

"想孩子，也想你呀！但是任务压得紧紧的，没有一点儿时间呀！"田宇无可奈何地说。

"比在咱中学还忙？"

"比那忙多了，我天天都熬夜。"

"要是太累，你就别干了。活儿是大家的，身体可是咱自己的呀！人这一辈子，能攀就攀，攀不上去就不攀。要是在咱自己的小学干，上午七八点钟去，中午回来；下午两三点去，傍晚就回家了。到了家，有大人，有孩子，还能干点杂活，不是一样吗？"这是秀芬的心里话，或许也是她考虑已久的活。

"是的，每当我太累的时候，我也这么想过。但是，我已经在了这个位置上，哪能说不干就不干呢？再说了，以后还有没有发展呢？"田宇的心里很无奈，可又展望着未来。这矛盾着的心理、矛盾着的现实呀！

"别说了，我刚才就烧好了洗澡水，你洗好澡，咱们就睡觉吧！"秀芬央求着说。她的臂膊紧贴着田宇的臂膊，她的手被田宇的手紧攥着。他们的心情都很激动，都有一种像触了电的感觉。他们赤裸着肉体，替个儿地盘坐在盆里，彼此用手撩着水浇着对方，水成串成串地点点滴滴地从头上不规则地下滑到身体的任何一个部位。于是，彼此抚摸着、揉搓着、观赏着，像是在云雾里，像是在仙境中，白天的劳累与纷扰都被排遣了，都被彼此的恩爱与性情占据了。洗好澡之后，他们先后给对方擦干身上的水珠，拥抱着，陶醉着，入梦了。

第二天一大早，秀芬做早饭，田宇匆忙地写好了《浩凌镇教委推行目标教学法试点计划》。饭后，田宇送秀芬回家。到了车站，他们靠近地站立着，彼此看着对方。秀芬头低着，但眼光却一丝不离地洒在田宇的身上；田宇微笑着、幸福着，很甜蜜地盯着秀芬的脸。这无限的依恋、恩爱和甜蜜都聚焦在这一刻了。

客车发动了。秀芬说："宇，抽空常回家看看，俺想你。"声音颤颤的，这是月姥中大槐树下的嫦娥吧。

"我会的，上车吧。"田宇的话虽很简短，但却隐含着无限的深情。

客车启动了，慢慢地离开了车站。田宇跑着跟在车的后面，招着手，然后目送着那载着心爱人儿远去的客车。

之后，田宇去了县政府，回了县教委，又与范营威、石伟一起乘轿车去了黑湾镇教委。

　　前述的这些，就是田宇一整天的工作情况，比这一天还要忙的时日多的是。唉，同在一个单位，有人忙碌，有人安闲；有人利用位子想法挣钱，有人却埋在工作堆里不想不攀；论功行赏时，有人争功讨赏，喋喋不休，有人却忍着委屈，默默无言。朱冲、吕焕、石伟就是那安闲者，田宇就是那唯一的忙碌人。节骨眼上，领导们心知肚明，却又"无法秤称斗量"，于是乎，名誉、职位、利益，论资排辈，半斤八两。这是怎样的不平呀！

　　且说这范营威、石伟、田宇一同到了黑湾镇教委，他们查看了教委的资料，又查了几个小学。结果发现：资料建设无论教委还是下面的各中小学均是纰漏百出，资料间均是各自独立，互不吻合，可见思路混乱，工作敷衍；硬件建设，有好几个小学，危房多处不堪入目，在这不足的两个月内，何以改观？面对这些情况，范主任也由不住生了气，问石伟："这是你联系的点，你是怎么搞的？"石伟赶忙解释："那天我说请田主任看看，田主任说是太忙没有空就没去。再说了，我这段时间也是很忙呀！""你联系的点怎么推给田宇？你跑了几趟？你给县教委反映了没有？你少打几场牌也看了！"范主任一连串地责备。"你别气，别气。"石伟一边嬉皮笑脸地说着，一边用一只手搭在范的肩膀上，另一只手抚摸着范的肚子，"气伤肝、气伤肝哪！打牌多数时候不也是让领导开心吗？""好了，把责任又推给我了不是？"范反问。"我哪敢哪敢？资料反正是得翻工，让田宇给仔细指导，他们会做好的；至于危房，咱们再想办法，再想办法。"

　　"目前也只能这样了，田宇你给他们细细地指导，"范这样说着，又面向黑湾镇教委的领导们："你们也太不像话了，两年多了，怎么资料做成这样？有危房怎么也没听反映？近几天，要集中精力搞好资料，不准再出差错；危房的事想想看怎么解决？一定不能拖全县的后腿！"黑湾镇教委的成员们互相唯唯诺诺，连连称是。

　　回到县教委，范营威让田宇把情况如实地反映给尤主任。经过县教委讨论、决定：集中人力，在明后两天一个乡镇一个乡镇，一个学校一个学校地摸清情况，责令他们限期整改；然后针对硬件缺差大的学校，再研究解决办法。这一意见，报给县政府，县政府决定派人与县教委一起两天内摸清情况，并对不负责任的联系人给以严肃批评。两天后，县政府根据检查情况，认为资料填写，按《方案》实施应该能够完成；对硬件缺差太大的边远学校，到时候回避引领。

于是大范围的补缺补差工作开始了，而且重点对资料建设要求得细致入微，对硬件扫除死角。

两个月后，人们在县城的大街上可以看到醒目的横幅标语："热烈祝贺我县被评为全省'两基'工作先进县！"紧接着，以县政府的名义在县影剧院召开了"东安县'两基'工作表彰大会。"县教委、朱寨镇等单位，县教委的尤主任、范主任等个人均受到表彰。就在召开表彰大会的这一天，而我们可爱可怜可歌可泣的田宇却头痛难忍、两眼昏花，又有天旋地转之感，人们用救护车把他送进县人民医院，经查田宇患有严重的高血压、脑梗死、冠心病等综合征。人们三三两两地议论着："田宇的病是干活累出来的，是熬夜熬出来的，是吃饭不及时苦出来的，是任务重心理压力大压出来的！然而，参加表彰大会回来的人都无不埋怨，无不感到不公平地说：'两基'工作先进个人中，为什么反倒没有田宇的名字？"

57

1997 年 9 月初，范营威带着三位副主任汪飞儒、石伟、田宇一行四人到各乡镇教委作开学检查。这天上午，灿烂的阳光给东安县城远远近近、高高低低的楼房投射了绚丽的色彩，远处的山峰与松林一起构成了浓郁的青褐色的图案，广场上的花园或者花带沐浴在金色的阳光里，争奇斗艳的花儿更显出百倍的精神与生命力的旺盛，大路上或者超市内外，人们喜形于色，谈笑风生。范营威的小轿车慢慢地驶出县城，行驶在宽阔笔直的水泥小道上。小车内包括司机在内的五个人打开车窗尽情地饱览着田野里的丰收景象。连块的玉米，一望无际，厚实葱茏的叶片底下斜缀着棒槌似的玉米棒，像这样，亩产一定会在千斤以上。大片的豆田，豆棵接近 1 米深，枝繁叶茂、郁郁葱葱，有的田块，豆叶开始泛黄，能够看得出来，大豆的亩产也要在 300 斤以上。棉田里，棉棵要在 1.2 米以上，枝枝杈杈都被鸭蛋大的棉桃子压弯了腰。每驶过二、三里，路两旁就散布着高矮大体一致的农家院落。大多十米宽，近 30 米长，三间主堂屋、三间偏房，又三间过底，都是砖墙瓦顶，单门独院，个别的农户已经盖起了楼房。飘扬着红旗的地方是中小学，80%以上的学校教学用房都是楼房。看到这些，他们都有许多感慨。一个多小时后，他们到达朱寨镇教委。简单了解了开学情况后，由镇教委主任朱明礼陪同到了朱寨初中进行实地检查。在检查时，朱主任几次靠近田宇都是欲言又止。田宇问："朱主任，你好像有什么事吧，总给我一种欲言又止的感觉。"朱明礼笑着回答："田主任真的是太聪明，什么事都瞒不住你。我就想问问，搞'两基'时我们教委退给教育局的书，钱什么时候能给？"田宇说："钱在朱冲那儿，退书的单子和应该退给各教委的钱数我早就列表给了他，你们随时都可以向他要钱。"朱明礼又笑了："我问了朱冲，朱冲说钱在你那儿呢。""他怎么能这么说？我是只管书不管钱的，我一分钱也没有经手过。不信，你可以问问范主任。"朱明礼又笑了，自言自语："噢，我明白了。钱在他手里，那就麻烦了。"

他们又检查了几个教委，就回教育局了。在车内，田宇想了又想，退图书钱的事得给范主任说，不然的话，我不是要落个贪污的罪名吗？于是，他说："范主任，上午在朱寨初中检查的时候，朱主任问我，退的图书钱什么时候能给？我跟他说钱在朱冲那儿，我只管书不管钱。他又说，朱冲说的钱在我这儿。范主任，这不是个小事，这个一定要澄清。各乡镇教委和直属学校退的图书数和应给他们的钱数我列了个表，早就给了他，这事你是知道的。但是他现在却卖在我身上，全县该退的图书钱有六万多呢，我可不能背这个黑锅！"范主任说："怎么到现在还没退？明天我找他，叫他该退多少退多少。"

一天早上，田宇正在吃饭，雁鸣镇教委主任打来电话问："田主任，'两基'资料款不是已经扣过了吗？"田宇说："扣过了，每个乡镇扣款单的下面都附了一张东安县教育局'两基'资料扣款一览表，都是明明白白的。"电话里又问："可现在又有一张白条子，上面写'由田宇经手扣两基资料款 680元。'"田宇说："我从来没向任何一个乡镇另外开过扣款的条子。你看看那张条子的字是谁写的？"电话里又传来那位教委主任的声音："噢，我知道了，那字是朱冲写的。"田宇有点生气地说："他开的你找他去，也可以找范主任。朱冲就会弄这样的事。"对方又说："田主任，对不起，你别生气哟，我哪天单找他。"又有一天，一个乡镇教委的会计问田宇："田主任，《小学数学教育》涨价了吗？以前一份都是 2.8 元，怎么现在变成每份 3.9 元了？"田宇说："我没有听说涨价的事。唉，不是有现成的单页发票吗？是人家出版社连同《小学数学教育》，一份一张发票给寄回来的。"那位会计又说："现在朱会计没有给出版社的发票，而是按每份 3.9 元写一张总发票给我们的。"田宇又说："你们不能问他要出版社的发票吗？"那位会计又说："这不是明摆着的吗，全县他又多赚了 1000 多元。"过了几天，黑湾镇教委主任找田宇，问："田主任，'两基'时购买图书，你和范主任都同意给我们免去 2500 元，现在朱会计又开了一张发票要我们还图书钱 3726 元，这究竟是怎么回事？我问他，他要我找田主任。"田宇很生气，说："他怎么又推到我身上了呢？你去找范主任。"那位主任真的去了范主任的办公室，田宇随其后，也到了范主任的办公室。没等那位主任说话，田宇先说了："范主任，你看看，黑湾镇的图书款是您让免费 2500 元的，现在朱冲又给人家开发票补款 3726 元；还有《小学数学教育》本来每份 2.8 元，有现成的发票，现在朱冲每份又加 1.1元；雁鸣镇有张发票说是由田宇经手扣'两基'资料款 680 元，还有全县各乡镇的图书退款他一个不退。他落了钱反倒推到我身上，他是有意陷害还是敢做不敢当？这几笔钱要在一定场合澄清它……""这个朱冲也真的太不像话了，怎么老是这样？你们都回吧，等会儿我找他。"范主任已经这样说了，他们俩也只得回去。

　　这一次，范营威真的去找了朱冲。朱冲见范主任到了自己的办公室，连忙站起来，毕恭毕敬地弯着腰，做着手势，说："俺舅，您请坐。"说着自己找了张凳子坐下来。范营威开门见山："可知道我今天为啥找你？"朱冲点头哈腰："不知道，不知道，请你指教。"范营威有点生气地说："这一段时间，好几个乡镇的主任、会计，还有田宇都找过我，反映你多开发票的事。是不是事实？"朱冲故作姿态，说："哪有的事？我无论什么时候也没向谁多开发票，他们是弄错了。""好了，好了，你跟我不说实话，吃亏在后头呢。我问你：全县的图书款你退了吗？单会计给我说你年前年后报两次招待费，你以为我不知道吗？黑湾镇你怎么又给人家开了一张 3726 元的发票？《小学数学教育》你怎么一份长了 1.1 元？雁鸣镇的'两基'资料款 680 元是怎么回事？"朱冲被范营威问得脸上直冒汗。你不是说'无论什么时候都没有多开发票'吗？其他的不说了，光这几笔钱就达十几万元。如果有人投诉你，你知道你会判刑多少年吗？哪天开个民主生活会，让他们尤其是田宇说你几句，消消气，如果积怨太深，后果不堪设想。以后，别再干那种事了。还有，到饭店吃饭，不要多记账，几个饭店都向我反映了你的事，说你手爪子太长。还有，有好几个人、好几个乡镇说你报保险费给得太少，人家到保险公司查账了，保险公司的人都说你活人的钱、死人的钱你都吃。这还得了？你在社会上的影响很不好。收敛吧，洗手吧，我已经无法给你擦屁股了！没等朱冲说话，范营威便气冲冲地走了。

几天后，范营威主持召开了教研室全体人员的会议。范营威说："今天请大家来，想开一个民主生活会。近几年，搞教育教研，推广目标教学法，搞'两基'创建，建'两基'资料，需要各乡镇进图书，等等。同志们都很忙。正因为忙，有的时候会忙中出错，请各位同志畅所欲言，各抒己见，对我，对其他同志，有什么缺点错误，有什么意见和建议请提出来，以达到我们教研室的人员更加团结、更加进步、工作更出色的目的。我还有两三年就退休了，我不想在我退休或者离任之前，咱们教研室有不团结的现象。好，我就不多说了，请同志们主动发言吧。"

会议室里好长一段时间异常的寂静。范营威打破这寂静，说："我们要遵照毛主席所说的知无不言，言无不尽，言者无罪，闻者足戒，有则改之，无则加勉。请同志们不要有任何顾虑，继续说吧。"会议室里还是那样的寂静，静得能够听得到人们的呼吸。看到这场面，范营威想了想，笑着说："同志们都不说，我只得提示一下了：经济是个很敏感的问题。请同志们说说你在经济上对某个同志或某些同志的认识。田主任，你不是有问题要澄清吗？说说吧，别只憋在心里。"田宇向来是一个顾全大局的人，而现在，范主任居然点名让他说，他也不得不说了："我本想找个时间单和朱会计说说的，现在范主任给了我这个机会，全当是澄清一个事实。有四件事全是朱会计经手的，而他却让有关乡镇去找我，说是我经手的，钱在我身上。第一件事，图书退款各乡镇退的图书数和相应退的钱数，我列一个表，是经范主任同意的，我是只管图书，不管钱的。可现在有好几个乡镇都问我要钱，并且说是朱冲要他们向我要的。我要问问朱冲，你不给人家钱，为什么还要让他们问我要？第二件事，黑湾镇的图书钱是范主任同意免去 2500 元的，可现在你朱冲为什么向人家要 3726 元，不光没有免，反倒还给人家加了 1226 元？你又要人家找我。我问你，我知道你向人家要钱的事吗？第三件事，雁鸣镇有一张发票，你写的是'由田宇经手扣两基资料款680元'。我问你，我什么时候叫你扣的这个钱？第四件事，《小学数学教育》每份是2.8元，出版社有现成的发票，跟着书来的，你不发，却给各乡镇教委以每份3.9元开一张总发票，你每份又加1.1元，却上人家会计来找我。朱冲，我在这里说一句不原则的话，公家的钱，只要你有本事，你整捆地往家里扛，我都不会红眼。但你不该你落了钱，反倒推到我头上。请你当着大家的面给解释一下。"因为范主任几天前就给他说开民主生活会问题，现在的他却以突然的方式说出了早有准备的话："这几件事都是真的，但这里面有点误会。退书款，不是不给，而是现在暂时没有钱，以后慢慢给。雁鸣镇的680元，那是给他们买挂历的钱。《小学数学教育》每份加1.1元，一共加一千多元钱，那是扣那天中午咱们与各镇教委主任一起吃的饭钱。至于给黑湾镇多开1000多元，那是因为有一次到他那去，车出了故障，修车费是500元，剩下的钱给黑湾的主任了。对不起哟，田主任，你别生气，这不是解释清楚了吗？"田宇笑了，说："你的解释大家都能听出来是漏洞百出，我不想做什么追究。只要大家能够明白这里面确实没有我田宇的事，我没有落过一分钱就可以了。"直性子吕焕半开玩笑地说："朱冲，我说几句，你别气。退书的钱全在你身上，你以后别拿教研室的钱填空。给乡镇教委主任一起吃饭，招待费会不会再报一次？你给黑湾镇开图书钱，原来的2500元，你走过账没有？你另外多开1226元，修车费500元，结果剩下的700多元钱真的给了黑湾镇，那他还会来找田宇吗？雁鸣镇的680元如果是挂历钱，只要你给他们解释了，我想他也不会再来找田宇的。明白人一听就明白，你是无法自圆其说的。你的事，我们听说的可多了，能圆的我们都给你圆过去。但是，有一天，我们谁都给你圆不过去，怎么办？"单会计比范主任年长一岁，还有两年就要退休了，但他此刻也抱不住火了："朱冲，我和你都是会计，我是主管，你是出纳，你报的有些账，我不是不清楚。我以一个朋友的身份劝你一句，'物极必反'。"

范营威心中暗喜，在他认为这次会议收到了他预期的效果，既让同志们出了怨气，也让朱冲受到教训，知道利害关系。会已至此，该收场了，不然的话，一来朱冲太尴尬，二来别引起公愤，发生可以不发生的事情。于是，他咳了一声，说："好了，同志们都消消气，朱冲也别气，这是同志们在帮助你，我总结一句话：朱冲，请你悬崖勒马，回头是岸！我相信：我们教研室还是一个团结的整体。我想再说一句：今天的会议是咱们的内部民主生活会，说到哪，就止到哪，更不要对外讲。好了，会就到这里吧……"范主任正要说散会，门外走进了喜临门饭店的老板娘，她拿来了用吊皮筋扎着的一小捆纸，走到范主任跟前，目光看了一下在场的领导们，说："朱会计，今天我也不怕得罪你了——这都五六年吃饭的账了，你到现在还是不给钱。我年年提着东西问你要钱。你光答应给，但是实际上却不给。这段时间，教研室也不到我的饭店吃饭了，是不是嫌我们的饭价钱高？殊不知，哪次饭后，朱会计签字都在原数上加了 30% 以上。范主任，你看看，这一摞是真实菜单，这一摞是他加了 30% 后菜单的复印件，每一年，他都把加了价的菜单子要回去，并以此为据让我给他开发票。但是发票开了，是您没有给他签字没给他钱，还是你给他钱了，他却没有给我钱？范主任，我该说的也都说了，一共欠我饭店八万多元，你看什么时候给吧？"范营威强压怒火，恶狠狠地看了朱冲一眼，又回眼看着老板娘说："对不起，是我没管理好。这样吧，散会之后，我单找朱冲，要他在一个月之内一定把钱还给你。"老板娘说："有你主任的这句话，我就放心了。好，你们都忙吧，我走了。"说罢，便走出会议室。范主任说："咱们也都走吧。"

　　范主任的话还没有落音，只听门外随着"咚咚"的脚步声又传来几句愤怒的带骂的话语："怎么门都锁着，这个朱冲能死到哪去呢？"这人正想往回走，只听到从会议室里传来一句："这是谁，这么狠？"这人紧走两步，直跨会议室。"噢，你们都在呢，刚才是我骂的朱冲。朱冲在不在？"那人依然怒气冲冲地问。这时的朱冲，心里正不是滋味，看到一位陌生人骂他，他直吼了起来："你是谁？你要是死了还能说话吗？"那人寻声望去，就一个箭步冲到朱冲跟前，一手拉住朱冲的手，另一手抬了起来，作出了一个要打朱冲的姿势。这时的吕焕，就近拉回了那个抬起的手，说："有事说事，怎么来到又骂又打的？再不行，你可以找我们的主任。"那个人问了一句："哪位是主任？"吕焕指了指说："他就是我们的范主任。"那人松开了两手，来到范主任跟前，说："我的一个孙子是黑湾镇黑湾小学的三年级学生，入了保险，两个月前，出了车祸了，我几次问他要保险费，他说请保险公司的人吃饭花完了。我又到保险公司查，结果知道 13000 元钱都给他一个多月了。再问他要，他还是瞒着我，就是不给。他今天要是不给，我就天天来这里骂，到他家骂，我绑个草人子，往它肚子上烧开水。"范主任忍不住他那心头的怒火，说："你朱冲太不像话了，这样的钱你也能不给人家？就我说的，你现在就是借钱也要把钱给人家！"朱冲这个人最怕领导，尤其怕他的顶头上司，拐弯舅。他听得出范主任说的这两句话斩钉截铁，没有任何回旋的余地。他只好灰溜溜地走出会议室，走进自己的办公室，从他办公抽屉的信封里，取出13000元，走回会议室，把钱递给范主任。范主任说："你给我干啥？快给人家，赔个不是。"朱冲只得走到那人面前，低声说："对不起，都是我的错。你数数这13000元。"那人接过钱数了数，说："13000元，正好。"他又瞪着朱冲说："不是我咒你，我今天把这话撂在这儿，像你这样的人，不会有好报应的！我专等着你的好消息。"说罢这两句话就头也不回地走了。

几天来，范营威总在想：朱冲实在是胆大妄为，有空必钻，贪污成性，这种坏毛病是很难改掉的了。如果老是这样，他一定会栽大跟头的。

58

1998年春，省"两基"复查工作开始了。省对东安县"两基"复查的时间是1998年秋季。同时，东安县教委决定，在全县中小学教师中全力推行"目标教学法"。毫无疑问，"两基"资料任务和"目标教学法"在全县的试行推广在很大程度上又都压在了田宇的身上。

这天上午，负责教育的副县长胡泽宇、东安县教委主任尤令思和负责全县"两基"资料的田宇副主任一行三人用三天的时间到全县24个乡镇检查和指导"两基"复查的迎检工作。而后，由田宇制定了《东安县"两基"复查工作实施细则》，对政府部门、各个机关、各乡镇教委再动员、再发动，补缺补差，确保"两基"复查一举成功。于是，各镇、各村、各校又都忙碌了起来。

相比"两基"资料，在全县中小学教师中全面实施目标教学，则是一个崭新的课题，是一个更加重要的工作任务。让我们先来了解一下"目标教学法"的具体内容。"目标教学法"是由江苏省武镇北校长经过多年实验、论证，取得很高成效的课堂教学法。实施"目标教学法"的根本意义在于变教师的"教"为学生的"学"，把时间与空间还给学生，变注入式教学为启发式教学，面向全体学生，尊重学生个体，培养学生的创新精神与实践能力。目标教学的课堂教学程序：一是前提测评。即对已学过的知识进行复习，若达到标准则接下去进行下一个环节；若不达标，则继续对前面的知识进行学习，不吃夹生饭。第二个环节是认定目标，即把本课的教学任务交给学生，让学生知道学习的重点与难点，使学生能够有的放矢地去学习。第三个环节是导学达标。这是全节课教学的主体，要给学生更多的时间。即根据教学任务，通过学生自学，引导学生进行质疑问难，学生问老师，老师问学生，学生问学生等，进行自主学习、合作、交流，完成教学任务。第四个环节是达标测评。这一环节包括巩固练习和课堂小节两个方面。应该说，目标教学是对苏联凯洛夫目的教学的发展，是在课堂上让学生成为学习的主人的重大突破，是变应试教育为素质教育在课堂教学上的飞跃。为在东安县能够扎实有效地实施目标教学，田宇按照副县长胡泽宇和教育局局长尤令思的指示（东安县教育委员会于2001年9月改为东安县教育局），以东安县人民政府的名义写了《东安县实施目标教学的初步意见》，又以东安县教育局的名义向全县各乡镇教委、局属学校下发了《东安县教育局目标教学法实施方案》。而后，东安县教育局召开了由副县长胡泽宇、各乡镇教委主任、局属校长、教育局全体领导参加的实施目标教学专题会议。会上，田宇同志做了中心发言，汇报了他在江苏省关于实施目标教学的考察与学习情况，汇报了他学习与研究武镇北校长撰写的《目标教学新探》的心得体会。尤令思局长和胡泽宇副县长做了重要指示。

　　为进一步推动目标教学法在全县中小学教师的全面实施，1998年4月，东安县教育局在东安县影剧院召开了由全县中小学教师参加的东安县实施目标教学动员大会。会上，副县长胡泽宇做了动员报告，尤令思局长宣读了《东安县实施目标教学的初步意见》和《东安县教育局目标教学法实施方案》，田宇同志主要阐述了目标教学法的四个环节。而后，田宇又在浩凌初中举办了由全县各乡镇教研员、初中语文教师和小学三、四、五、六年级的语文教师参加的东安县目标教学观摩研讨会。先是听浩凌初中邵文武主任和于文明老师的两节目标教学语文课，再是说课、评课，最后，田宇同志就这两节课谈目标教学的四个流程。可以说，田宇同志为目标教学在全县的推广、实施，做了大量的工作，开展得既轰轰烈烈，又扎扎实实。

1998 年秋，东安县的"两基"复查工作，顺利地通过了国家验收。验收的成功很大程度上凝聚了田宇同志的心血与汗水。

在"两基"复查成功和目标教学法已经在全县广泛实施，全县中小学教师一律实行用目标教学法备课、上课之后，东安县教育局教研室主任范营威多次向县教育局党组书记和局长递交了辞职报告。而其中的一次辞职报告是范营威主任让田宇给写好呈报给局长尤令思的。

1999 年 11 月 26 日上午，天气晴朗。阳光透过窗户送来了冬天的温暖。中午一点多钟了，田宇还没有吃午饭，还在自己的办公室里专心致志地伏写《东安县目标教学实施情况汇报提纲》，忽然敲门声打断了他的凝神静思。田宇说了声"请进"之后，门"吱——"的一声开了。范营威主任跟跟跄跄地走进了田宇的办公室，一股酒气熏满了全屋。田宇见是范主任，立刻站了起来，问了句："范主任，您吃过午饭了？"范营威虽说满脸通红，满身酒气，站立也有些打晃，但声音却很洪亮："城关初中的几个领导一起吃饭，打电话非要我去，这不，刚刚吃过。"然后，又话题一转，说："你肯定到现在还没有吃饭。饭桌上，他们都称赞你能干、能吃苦，为'两基'为教研，都没有你累得很，在教师中威信最高。"说着，点着一支烟，紧吸了两口，烟头上"吱吱"地冒着火光，又接着说："他们都为你求情呢，一致要求让你当主任呢。"田宇即刻接过话茬说："范主任，话不能这么说，您退休还有好几年呢，我可是甘心情愿地跟着你干哪。再说了，有一天，您真的不干了，比我强的人多的是，您太过奖我了。"范营威没等田宇往下说，就又说了起来，而且边说边用拳头比画着："这个，这个，这个，都不行，都不如你。你放心，我一定让你当主任，一定给你安排好，王八儿不把你安排好，龟孙儿不把你安排好。"说着，又紧抽了几口烟，干咳了一声，吐了一口，"但是，你不要动，动了反而对你不好……不说了，你赶紧回去吃饭吧。"正要向门外走，他好像想到了什么，转过脸说："我差点忘了，尤主任要我给你说，要你明天上午到县政府办公室拿一份什么宣传材料。嗯？别再写了，吃饭去吧，我要回去休息一会。"说罢，丢下一段烟蒂，又用脚踩灭，走了。田宇跟到门外，说："我送送你吧？"范营威回头笑着说："不要，不要，你放心，今天顶多也就是半斤酒，什么事也没有，回吧，回吧。"田宇目送着他，看着他，转了弯，下了楼梯。

第二天上午，田宇按照范主任的吩咐去了县政府办公室，领了一捆计划生育宣传材料。正要回去时，听得胡泽宇副县长在喊他："喂，田宇，到我这儿来，我有话给你说。"田宇拎着这捆材料，走进了胡县长的办公室。"坐吧，我想给你说几句话。"胡县长说。田宇笑着说："胡县长，有什么指示就说吧。"说罢，田宇坐在了他对面的椅子上。"是这样"胡县长坐在沙发上，把左腿翘到了右腿上，两手交叉着，一副面带微笑非常和悦的神态，"听尤局长说，范威营主任临近退休，确实不愿再干了，就县政府来说，我们对你了解得多些，接触得多些。这个担子你来挑怎么样？我想听听你的想法。"这突然的问题，让田宇一时不知怎样回答，他略加思考之后，说："胡县长，我愿服从工作需要，服从领导安排。"胡县长一直在和蔼地微笑着，听了田宇的这句话，把翘着的那支腿平放了下来，又稍稍叉开，说："你是位好同志，是金子总会发光的。我明白了，你忙你的去吧。"田宇和胡县长握了握手，两双眼睛对视着，都在微笑着。

田宇回到教育局，把宣传材料交给了尤令思，而后又回到自己的办公室。就在这时，范营威走了进来说："田宇，明天咱们几个，我、你、汪飞儒、石伟，四个人到徐州去一趟，听几节课。"田宇赶忙说："刚才接到洪山市教育局的电话通知，要我明天上午去市教育局参加一个中学语文教研会。"话未落音，石伟走了进来，说："不误你开会，明天下午，我们在洪山火车站门口等你。"真的是凑巧得很，范营威与田宇的话被门外的石伟听到了，石伟随即说了这么一句。石伟与范营威交换了一下眼神，范营威说："行，这样可以。"

当天晚上，田宇躺在床上，翻来覆去地睡不着，范营威昨天同他说的几句醉话总在他的耳边回响："你放心，我一定让你当主任，王八儿不把你安排好""你不要动，动了反而对你不好。"又想起胡县长的话："范营威确实不愿再干了，我想听听你的想法。"更多的是，田宇回忆起范营威滥发淫威的几件事来——那次田宇去洪山市教育局教育科报教师培训材料，教育科的张科长问："两基复查总结材料带来吗？""范主任只让我送培训材料，没有让我带别的材料。"那位张科长立即给范主任打了电话："老范，'两基'复查总结你怎么没让田宇报来？"对方停了一会，说："这个田宇呀，我叫他送了，怎么没有送？"范主任的话田宇听得清清楚楚，赶忙说："张科长，我下午给你送来，好吗？"张科长舒缓了些，说："那好吧。"田宇到教育局，刚走到自己的办公室，范营威就怒气冲冲地走了进来，连珠炮似的说："你不长脑子吗？你不能说你忘了带吗？你肯定是说我没有让你带是不是？你就不会应对吗？"田宇什么话也不想说，什么话也不能说，只能在那儿听他的训斥。还有一次，洪山市教育局教研室领导来东安县教育局教研室检查工作，他赶忙毕恭毕敬地把他们让到自己的那两间办公室。过了一会儿，田宇，石伟，汪飞儒和其他的几位教研员先后也来到他的办公室，没等这些人坐定，范营威脸色铁青，竟然当着市教研室领导的面，有失礼节地指责着自己手下的"兵"，"你们一个个磨叽什么，不知领导来了吗？要你们这些教研员干熊？"市教研室的领导们面面相觑，县教研室的石伟、田宇他们则丈二和尚摸不着头脑，干挨熊。又有一次……想到这些，田宇喃喃自语："当不当主任无所谓，不叫'动'就'不动'吧，我也不是个'会动'的人，顺其自然吧！"

59

1999 年 11 月 28 日上午，田宇参加了市教研室举行的初中语文教学研讨会，下午近五点钟，他如约到了洪山火车站。

田宇接过范营威递给他的火车票，很愕然地问："去青岛？"范营威微笑着，说："这两天是双休日，我带你们几个出去玩玩。"站在一旁的石伟说："范主任，不早了。咱们吃饭去吧。"汪飞儒接着说："是的，吃罢饭就差不多到时间了。""那好，咱们吃饭去。"范营威最后发话了。范营威、汪飞儒、石伟都很悠闲地走出了候车室，田宇跟在他们后面。晚霞像火一样地燃烧着，整个的西南天空由低到高、由浓到淡地涂上了血色的红晕，一块块瓦瓦云朵四周的边沿镶嵌着红色的箍儿，太阳沉没在这晚霞中了。汪飞儒看着这情景，不由自主地说："乌云接太阳，明天可能要变天了。"范营威瞅着那大片的火烧云"嗯"了一声，又说"有可能。"石伟好像有些预感抑或是给大家宽心，说："即使下雨了，咱也不怕，不就这两天吗？"范营威看了石伟一眼，石伟好像忽感失口，又补充了一句："阴就阴，下就下，随它去了，没有办法的事。"田宇什么话也没说，只是看着天空，跟随其后，向饭店走去。走进一家小饭店，石伟点了几个菜，要了一碗三鲜汤，又拿了一斤五年窖口子酒。吃罢晚饭，他们又走回候车室。火车站的广播响了："开往青岛方向的×××次列车就要到了，请各位旅客有序排队，准备剪票。"田宇抬腕看了看手表，说：
"六点五十了，火车正点，咱们走吧。""按计划办事，错不了的。"石伟有点
兴奋，不假思索地说。

　　坐了八个多小时的列车，已是 1999 年 11 月的 29 日清晨三点多了，他们
下了火车，找了一家旅社，在两个双人间里住了下来。范营威与石伟住在一
起。范营威看着石伟说："你是怎么搞的？尽胡说一气。"石伟嬉皮笑脸地说：
"我也没有说错什么呀。""还要怎么错？将来他们回过味来，就会说咱们是串
通一气的。"营威有点生气地说。"将来事成了，随他们怎么说，又能怎样？
石伟不以为然。""那又何必呢？"范营威到底是一个老奸巨猾的人。田宇与汪
飞儒住在另一个房间。田宇问："汪主任，咱们这次究竟是到哪儿去？"汪飞
儒说："我还想问你呢，你都不知道，我就更不知道了。"田宇笑着说："你还
刺我呢，你是老领导了，居然也不知道？"汪飞儒喝了一口茶，扶了一下眼
睛，有趣地说："如今这年头，出力的不挣钱，挣钱的不出力，我觉得石大主
任一定知道，说不定他们商量好行程的，石伟几次插话，你能听不出来？"田
宇"嘿"地笑了两声，只说了三个字："或许吧。"

　　早晨七点多了。太阳毫不怠慢地又出现在东方地平线上。田宇与汪飞儒
正在起床的时候，门外响起了敲门声。"呼呼呼"，"喂，起来了。"石伟的声
音。田宇答道："已经穿好衣服了。"起床后，他们——范营威、石伟、汪飞
儒、田宇都在忙着刷牙、洗脸。他们在住地附近的一家小店吃了早饭，而后
转了转。到了九点多的时候，范营威说："搭个出租车，到渤海湾坐一次游轮
吧。"石伟、汪飞儒、田宇他们满口答应，异口同声："好，好，好。"四个人
同是一脸的高兴。出租车到了渤海湾游人最多、场地最开阔、风景最为美丽
的地方停了下来。他们走下车来，海风吹乱了他们的头发，翻动着他们的衣
角，他们一个个不由自主地扣上了衣服的扣子。海岸线向南北两端无限地延
伸，看不到尽头，一望无际的蓝色海面上，翻卷着一层一层的波浪，那一个
个游轮荡漾在海面上，犹如家乡小河里漂泊着的小船，随着起伏的波浪，一
高一低地行进着。阳光洒在那海石上，那蓝色的海石仿佛覆盖着一层薄薄的
红纱，一绺绺翻滚着的浪花犹如新娘身上被风吹卷的白色的裙。那海石是红
润的、平静的，犹如淮北平原上四月里晨光下的麦田。当那海水滴到海岸百
余米的地方，就能看到一浪高过一浪的波涛汹涌澎湃地奔向岸边，咆哮着、

撕扯着、连接着，以雷霆万钧之力拍打着岸边，好像闷雷轰鸣般的响声，几米高的浪花抛向上方，溅湿人们的衣衫。站在岸边观赏大海的人们，远望那无尽的似乎是平静的海面，一定会发出"海纳百川，有容乃大"的慨叹；而近看那咆哮的翻滚的浪涛，一定感到那气吞山河，势不可挡的威猛与雄壮。此时的你，一定会热血沸腾、精神抖擞，而后是震惊与惶恐。他们的身后，是宽阔的柏油路，路上是风驰电掣般行驶着的各色车辆以及两旁摩肩接踵的人群。路的那一边则是那秦皇岛上林立高耸的楼房。一幢幢楼房的四周是松竹、花草、水池、小桥、假山、健身场……

他们四人登上游轮，行驶在渤海湾的海面上。田宇在船舱内靠边的座位上坐下来，观赏着这壮阔无垠的海面。看着看着，他不由自主地走出舱外，走到那船尾上。他在那船尾上站立着，情不自禁地用两手拱在嘴上，高喊着："啊——大海——我来了！"他忘我地背诵起高尔基的那篇《海燕》来："在苍茫的大海上，犯风卷集着乌云，在乌云和大海之间，海燕像黑色的闪电在高傲地飞翔，一会儿翅膀碰着波浪，一会儿箭一般地直冲向乌云。它叫喊着，就在这鸟儿勇敢的叫喊声里，乌云听出了愤怒的力量，热情的火焰和胜利的信心……这是胜利的预言家在叫喊：让暴风雨来得更猛烈些吧！"他看到那一只只大燕在那海舱的上空，在他的头顶上，飞翔着、穿梭着、歌唱着，它见证着大海的壮阔，它歌唱着大海的包容，它高喊着大海的雄壮，它也向人们彰显着弄潮儿的勇敢与坚强。他在想，如果人们的胸怀真的能够像大海那样宽阔的话，那么他定将以从包容走向从容，如果人人都能胸怀宽阔、团结友善、破浪前进，那么社会就会更加和谐、更加文明、更加富强。海轮行使着，船尾的后面留下了两行浪花，留下了长长的簸箕状的翡翠明珠。

他们四人在游玩了渤海湾之后，回到了住地。下午，他们又踏上了去山东曲阜的旅程。天阴了，起风了，窗外下起了小雨。晚上，他们在泰山附近的一家旅社住了下来。次日，亦即 1999 年 11 月 30 日，早晨七点多，他们又都起床了。早饭后，范营威带着汪飞儒、石伟、田宇来到泰山脚下，来到他们向往已久的地方。若是晴日，他们在黎明时来到这里，可以登上山顶，看到日出的奇观。然而，今天却下雨了，真是事与愿违啊！范营威说："下雨了，你们还愿不愿意爬泰山？"田宇首先说："爬，我们要在大风大雨中成长！"汪飞儒和石伟几乎同时说："既然来了，还是爬爬泰山吧！"范营威说：

"到底是年轻人啊，你们有志有勇。我累了，就不陪你们了，你们爬吧!"说完，又缀了一句："11点前可要回到这儿噢!"

　　汪飞儒、田宇、石伟三人在服装店各人买了一件绒衣，又租了雨衣，沿着山间小路，向上攀爬着。田宇向上爬着，眼前浮现出高中刚毕业时挖王引河的情景，浮现出给生产队喂猪又偏偏失火险些送命的情景，浮现出每天晚上去农科所看班的情景，浮现出在教学第一线二女儿生病，他带二女儿从洪山市人民医院转到乡下小医院的情景，浮现出为儿子做小手术回到学校因麻醉针的作用，儿子尚在昏迷中的情景，浮现出夜晚给父亲拿药却掉进阴沟里，胸肋微伤却拄着拐杖为学生上课的情景，浮现出带学生中考回来小麦脱粒却遭雨淋的情景……田宇经受了这么多的磨难，或者说有着这么多痛苦的经历，爬泰山，下这点小雨算得了什么!田宇浑身是劲，躬着腰，身体前倾，腿往后蹬，一步一步地向上攀爬，这情景就犹如他在挖王引河拉板车上陡坡时那样。他居然最先登上了泰山顶峰。任凭风吹雨打，他全身汗淋淋的，脸上挂满了汗水与雨水。站在这山顶上，他看到这泰山山脉真的是山山不断、岑岑相连，云腾雾绕中，远见得峰峦叠嶂，松木林立，怪石突兀，瀑布高悬，沟陡涧深，长龙飘带，真的是置身于仙境之中，让他们陶醉不已了。田宇的心里忽然想到毛泽东主席"无限风光在险峰"的诗句来。啊，这雄奇的泰山，这巍峨的泰山，这壮观的泰山哟!再往下面看，原本高耸云霄的一幢幢楼房，犹如点缀在大地上的一簇簇绿草，一团团泥土，山脚下簇拥着的人们像蚁群一样地蠕动着。他抬头遥望东边天空，仿佛真的看到了那一片片的红晕，托举着正在一纵一纵地向上升腾着的红日。大雨冲刷着浊泥，发出哗哗啦啦的响声，松更青，峰更靓，景物更别致。田宇心里想，不虚此行，不虚此行啊!

　　快11点了，可石伟他们还没有回来。范营威背着手、低着头，在山脚下的阁亭里不停地踱着小碎步。他抬腕看了看表，已经是11点15分了，他禁不住喃喃自语："这几个孩子怎么还不回来?你石伟心里没有数吗?你应该控制住时间呀!"他解开上衣的纽扣，左手叉着腰，右手拽着衣襟快速地煽着。

　　这个时候的汪飞儒、石伟、田宇三人，已经全然忘记了时间，在这泰山峰顶上，遥看那起伏的群山，兀立的山峰，飞舞的云雾、乳白色的山涧、远处苍茫的大海……都在这弥漫的雨帘中，游走着，飘飞着，如仙女、如醉汉、如展翅飞翔着的雄鹰……他们都陶醉在这雨雾里的仙境之中了。汪飞儒说:

"真是'无限风光在险峰'。"石伟说："是啊，会当凌绝顶，一览众山小。"田宇最后说："海纳百川，有容乃大；壁立千仞，无欲则刚。"就在他们心驰神往的时候，一只海燕从他们的头顶上掠过，也把他们从神思中拉了回来。石伟惊讶地说："该11点多了，快走吧!"田宇随口说："急什么？既来之，则安之嘛!""不行，老主任现在肯定很着急了。"汪飞儒若有所思地问："石伟，咱们这次来，有什么其他的意思吗？""什么意思也没有，就是随便玩玩。"石伟回答。汪飞儒又问："那我怎么总觉得旅游的行程、路线、时间都是预先计划好了的，范主任好像不是来游玩而是在打发时间？""你别胡扯了，计划肯定是有的，没有计划怎么安排行程？至于主任，有点漫不经心，没有亲自到景点，那是因为他来过多少趟了。""那你现在怎么又那么着急地要回去？"田宇也不解地问。石伟笑着说："下午还要去孔林、孔府、孔庙，晚上要回到家，明天上午还有很重要的事。""明天上午有什么重要的事？"汪飞儒又接着问。石伟这才感到有些失口，不由得眉头皱了皱、眼珠子动了动，有点迟缓地说："咱们天天上班，不是天天都有事要做吗？"汪飞儒、田宇他们俩对石伟这句话只能理解为一种搪塞。在这种短时间的窘迫与尴尬的局面中，他们三个人对视了一下，抿了抿嘴唇，各怀心思地笑了。

汪飞儒、田宇跟在石伟的后面下山了。走到山脚下，见范主任叉着腰，正昂着头向他们看着呢。他们走到近前，范主任厉声说："怎么到现在才回来？一点时间观念也没有。""别气，别气，这不是来了吗？"石伟嬉皮笑脸地说，汪飞儒、田宇只是对视了一下，笑了笑，什么也没有说。"快回住地，下午看'三孔'"范营威又命令似的说。

他们一行四人，到了住地，取回行李，吃罢午饭，坐出租车赶到孔林时已是下午近四点了。范营威说："你们把挎包放在这儿吧，我给你们看着。先看孔林、20分钟，快看快回。"石伟、汪飞儒、田宇进了孔林。只见树木参天，碑石林立，方圆数里，视力难及。经导游介绍，孔林是孔子及其家庭的专用墓地，也是在世界上延时最久、规模最大的家庭墓地，位于曲阜城北泗水之上，占地三千余亩，周围垣墙高3米，厚1.5米，长14.5华里。这里既可考春秋之葬，证秦汉之墓，又可研究我国历代政治、经济、文化的发展和丧葬风俗的演变历史。孔林也是目前我国最大的人造园林。相传孔子死后，弟子各以四方奇木来植，故多异树。林内有各种树林10万多株，数百种植物。在万木掩映之中，历代碑石，错落有致，石像成群，林内尚有唐、宋、金、元、明、清各代石碑 3600 多块，又称得上名副其实的碑林。他们只看了孔子墓。孔子墓是孔子及其儿、孙三代的墓地。孔子墓前石碑篆刻"大成至圣文宣王墓。"孔子墓东为其子孔鲤墓，南为其孙孔伋墓。墓葬布局为"携子抱孙"，以示人衍兴旺。这时的他们虽然游兴很浓，但已超过 20 分钟，只得回去面"圣"（范营威主任）。范说："快去看孔府吧，快黑了，孔庙就不去了。"他们又抓紧时去了孔府。导游介绍说，孔府与孔庙毗邻，是孔子嫡系长子孙居住的府第，三路布局，九进院落，共有建筑 463 间，加上后花园，共占地 240 亩。孔府是我国封建社会中典型的官衙与内宅合一的迖筑。孔府的大门正中高悬"圣府"金字匾额。他们又走马观花似的看了大堂、二堂、三堂、只见得金碧辉煌，亭榭满目，却道不出个中细韵。夜幕降临了，他们只得急急忙忙地回到范营威身边。范营威又只说一句话："赶紧的，坐车回去。"石伟走在前面，其余的三人随其后。而后，他们坐上了去洪山市的大客车。到了洪山市，他们又坐出租车到东安县教育局。他们在靠近教育局的君临酒家用了晚餐。就在他们各自回家之前，范主任又强调一句："明天正常上班，都别迟到了。"这时已经是 1999 年 12 月 1 日晚上的 11 点 47 分了。

次日上午，亦即 1999 年 12 月 2 日的上午 8 时，东安县教育局教研室的全体人员都已正常上班，而东安县委组织部的李副部长和办公室孙主任也都及时赶到教育局。他们在教育局分管人事的王副局长陪同下走进了县教育局教研室范营威主任的办公室。他们谈了十多分钟的话后，范营威就通知各个副主任、各科教研员到教研室的会议室开会。人到齐之后，范主任只说了三句话："县委组织部的领导要了解我们教研室的工作情况。叫谁谁来。现在谁忙谁的去吧。"散会之后，教研室的人们面面相觑，都感到丈二和尚摸不着头脑。第一个被叫去的是汪飞儒。十分钟后就走出了办公室。有人问他："谈的什么？"汪飞儒回答："你们去了就都知道了，我暂时不能告诉你们，这是组织纪律。"听了汪飞儒的回答，他们更感到莫名其妙了，在他们认为有一点是肯定的——不是什么好事。不知已经叫了几个人，吕焕走到田宇的办公室，说："让我叫你呢，快去吧。"田宇还和平常一样，不慌不忙地走进教研室的会议室。"田主任来了？"李部长与孙主任不约而同地打招呼。"两位领导好。"田宇似乎答非所问。待田宇坐定之后，孙主任说："都是大熟人了，用不着说客套话，咱们就开门见山吧。"稍停顿了一下，他又接着说："是这样，我俩这次来，主要是考察教研室的人事问题，考察的对象是石伟。说说他能否胜任教研室主任之职？"听了孙主任的话，田宇大梦初醒一般，几天来的情形像过电影似的一幕幕浮现在他的眼前。11 月 27 日，范主任让他去县政府领计划生育宣传材料。领了宣传材料后，分管教育的副县长胡泽宇找他谈话。11 月 28 日上午，他参加了洪山市教研室组织的中学语文教研会。下午，他们范营威、汪飞儒、石伟、田宇坐火车先后游玩了青岛、渤海湾、泰山、孔林和孔府。昨天晚上才回到教育局，今天就考察人事了。这样，他和汪飞儒的疑团就解开了，昨天石伟说的："明天还有重要的事"指的就是现在的人事考察了。这哪是什么旅游，根本就是一个陷阱，就是一个他们设计好了的圈套。如范营威对田宇强调的，田宇没有"动"，田宇不会"动"，田宇从来没有为自己"动"过，这一次，范营威、石伟他们安排得天衣无缝，根本就没有"动"的时间。孙主任看田宇还在愣着，就笑着问："田主任，想什么呢？"这时田宇眼前的电影被孙主任的这一问而结束了。田宇赔着笑说："对不起，我刚才是在回忆这几天来所发生的事。我在想，领导就是领导，领导有高招啊！四天前，胡县长找我谈话，要我挑起教研室的担子，后来的四天是范营威主任领我们三位副主任去旅游，昨天晚上 12 点才回来，今天上午就来考察。我只想重复我跟胡县长说的那句话'服从领导安排'。既然领导已经安排石伟当主任，我没意见。两位领导，如果没有别的事，我先告辞了。"说罢，田宇若无其事地走出会议室。两位领导相互看了看，尴尬地笑了笑，一副很难为情的样子。孙主任说："平心而论，田宇要比石伟优秀得多，但为什么范主任总是极力推荐石伟，而教育局也同意只考察石伟呢？"李部长说："是的，据我所知，搞'两基'创建时，县召开的几次大会，书记和县长的大会报告都是他写的。上一次党委换届的报告、县长的工作报告也是他写的；田宇负责的朱寨镇就比石伟负责的黑湾镇要好得多；在全县中小学推广目标教学法也是他负责的。近几年，我县的高考成绩在全省每年都是第一，田宇也是有很大功劳的。究竟为什么呢？"孙主任说："我听说石伟的舅是教育局的工会主席"，"是的，我也听说过。"李部长接过话茬，又说："孙主任，我看能不能这样，咱们向教育局汇报考察结果时，既说石伟通过了考察，也建议适当的时候提升田宇的职务。""对，咱们就这样写考察报告。事实上，也是绝大多数同志的意愿。"

　　考察结束了，范主任留他们吃午饭，可怎么也劝不住，他们——李副部长和孙主任开着小轿车回县政府复命去了。

　　两位领导走后，汪飞儒走进田宇的办公室。他直言不讳地说："田主任，怎么样？我就说这次旅游得有点别的意思嘛！这不，昨天石伟说的今天要办重要的事，这事办完了。这分明就是一次陷阱嘛！"田宇干笑了笑，说："汪主任，我比你理解得更深刻。"

　　田宇向来是一个沉着冷静、淡泊名利的人。但这一次他真的有点出离愤怒了，他绝不是非要当主任，而是感到自己在受欺骗，人格上受到了侮辱。他不想在同事面前诉说这陷阱，但他一定要找范主任问个究竟。下午下班之后，田宇径直地走进了范营威的办公室。范营威见田宇走了进来，赶忙说："坐吧。"田宇在范营威对面桌子旁的椅子上坐了下来。田宇说："我想就今天的人事考察问题跟您谈几句话。不知您有没有时间？"范营威还是那张严肃的脸，说："有时间，你说吧。"田宇和声细语地说："范主任，我是你亲自提拔的，你把我从一个农村初中调到教研室工作，我很感激。但就今天的人事考察来说，你对我却是一种欺骗，你设置了陷阱，不露声色，让我一步步进入你的圈套之中，环环紧扣，天衣无缝，让石伟水到渠成，安安稳稳地当主任。你说是不是？"范营威这次像是坐在被告席上，低着头，只说了几个字："你继续说，说完。"田宇接着说："开始，你许诺我当主任，赌咒发誓地要为我安排好。可到了 11 月 27 日，你让我去县政府拿宣传材料，胡副县长跟我谈话，要我挑起主任这副担子，11 月 28 日至 12 月 1 日 4 天旅游。昨晚 12 点才回到局里，今天上午就进行人事考察。这不是陷阱是什么？你为什么这样做？"范营威没有了往日的淫威，解释说："我知道你比他更优秀，你所负责的工作都很突出，我也真的想让你当主任。但是，你不知道这里的事，我也没法给你说清楚。我还可以向局里建议，以后提拔你当副局长什么的。事已至此，你怪就怪我好了。"田宇从范营威的那句"这里的事，我没法给你说清楚"的话里，已经明白石伟或者石伟与范营威在这之前已经干了许多不可告人的勾当。面对这位老领导、这位老人，这位曾经关照过自己的人，他还要再说什么呢？再说又有什么用呢？田宇只好说："再说也没有用，请你多保重，你就等着石伟照顾你吧。"说罢就走了。此时的范营威心里也不好受，他

"嗨"了一声，喃喃自语："向一个误一个实在不应该，他石伟是一个肯照顾我的人吗？随他去吧。"他又"嗨"了一声，关上门，回家去了。

60

人事考察以后，工作依旧，各人的岗位依旧。但，老主任已经辞职，尚未下文；新主任虽已考察，终究没有任命。因此，这新老交替的特殊阶段，老主任不像以前那样，终日铁青着脸，有时也笑嘻嘻地跟人打招呼，比较的随和了。在工作上没有以前那样严厉、那样认真、那样雷厉风行了。新考察的主任，虽然跃跃欲试，但也只得在心里憋着。这样的局面好歹也只有半个多月，县组织部就下文了："任命石伟同志为东安县教育局教研室主任职务，同时免去范营威同志主任职务。"接到通知后，范营威组织教研室人员召开他离任前的最后一次会议。他宣读了县组织部的文件之后，说："这是我组织召开的最后一次教研室会议。我谢谢这几年同志们对我工作的支持。同时，也请同志们对我的缺点提出批评，最主要的是在经济上有没有拖谁的、欠谁的，请提出来，好交由石伟同志解决。"会议室里很静，没有人发言。范营威又接着说："既然大家都不发言，就请石伟主任发表施政演说，安排下阶段工作吧。"石伟干咳了一声，笑着说："谈不上施政演说，也谈不上安排下阶段工作，只随便说几句话。在今后的工作中，请各主任多作指导，请同志们多给我提出意见和建议，甚至多给我提出批评。本学期还有一个多月就要结束了，各位同志要做好期末复习工作和期末试卷的制作。近几天可否举行一次期末大检查？我这只是个设想，还要等我跟邹副局长请示之后才能确定。其他的呢，我也没有什么要说的了。看看其他同志有没有什么要说的？"没有人发言。石伟又接着问："汪主任、田主任有没有要说的？"汪飞儒、田宇都说："没有。"石伟看了看范营威，问："范主任，是不是散会？"范营威笑着说："别问我，现在是你说了算。"石伟接过来说："那咱就散会。"

靠贿赂拉关系第二次进教育局教研室的朱冲是走在前面的，但他停了几步，凑到汪飞儒跟前问："汪主任，各科室的一把不都是咱们局下文吗？怎么这次是组织部下文？"汪飞儒开玩笑似的说："你这百事通也有不通的地方？"朱冲说："真的不明白。""咱们局只有督导室、教研室、招生办公室这三个单位的一把手，享受到科级待遇，其余各科室的一把手均为正股级。""噢，原来是这样。"朱冲会计说。"朱会计，你都干了一、二十年的会计了，能喝、能吹、脑子活，又有钱，上上下下的领导都接触，赶忙想办法对上爬爬呀！"汪飞儒的这句话是提醒还是嘲讽呢？抑或还是开玩笑？

　　这天晚上，石伟翻来覆去怎么也睡不着。他在想："人家说，新官上任三把火，我该燃烧起哪三把火呢？"第二天上午，他找到朱冲，说："朱会计，你今天买一面梳妆镜，买把木梳子，再买一套盆架、脸盆、毛巾、香皂，放在会议室里边的门南旁，梳妆镜就钉在盆架上面的墙壁上。"他又找到田宇，他跟田宇说："田主任，你威信高，有能力，教研室的工作没有你的支持是不行的。咱们俩要处得跟亲兄弟一样。为公为私，只要是你提出的，我一定办好。"田宇说："石主任，你放心，我绝不会把个人的情绪带到工作上，我还会像以前那样尽心尽力的。有什么安排你尽管直说吧。"石伟接着说："昨天下午，我就业务检查问题请示了邹局长，他要我们对学校工作进行一次全面检查，重点检查教学业务，可以抽一中、二中和实验小学的领导或骨干教师，组成检查组，对全县各乡镇的中心初中和中心小学进行一次全面检查。制订方案、评出等次，检查结束后，召开一次期末检查总结大会，把检查情况实事求是地通报全县各乡镇。根据邹局长的指示，我想请你制定一个检查方案，设计有关表格，打分；也请你拟定一个检查组人员名单。你看，这样行不行？"田宇笑了，说："这是你安排的第一件事，我哪有不从之理？明天上午我就把方案和名单报给你，由你最后定夺。"石伟连声说："谢谢，谢谢，我真的完全拜托你了。"说罢，长长地舒了一口气。

　　第二天上午，田宇把东安县教育局中小学期末检查评比一览表和检查组人员名单交给了石伟。田宇说："既然是检查评比，就得越刚性越好，检查人员可以根据各校实际进行对比性打分。四大项的总分就是该校总得分。以此排序划等次。检查组人员，除了你说的以外，我加了一个教育科，一是他们检查校容校貌比较好些，二是强调了教育局对这次检查的高度重视。"石伟看了看，啧啧称赞："太好了，到底是内行啊！"说罢，想了一下，又说："田主任，你和我一起去找邹局，向他汇报，现在就去。"他们俩走到邹局长的办公室，石伟向邹局说明了来意。田宇把检查评比表和检查组人员名单一并递给了邹局长。邹局长首先看了检查评比表，只见：

东安县教育局中小学期末检查评比一览表上分为"校容校貌 10 分""学校管理 20 分""教学教研 50 分""听课 20 分"四大项，各大项中又有若干小项，具体记分到表，全面、具体、细致，邹局长一边看，一边不停地说："好，好，好。很细致、很刚性、很全面、好操作。是田宇制订的方案吧！"石伟说："我们刚才已经看了一遍，我就说到底是内行啊！"田宇很谦虚地说："我只是按你们二位领导的要求列个表而已。"邹局长又看了检查组人员名单，抬起头来，若有所思，一手托着腮，一手轻轻地敲着桌子，问："田主任，请你再说说你设计这个方案时的想法。"田宇说："我是想突出三点，一是以此检查引领各镇教委、各中小学进一步地做好学校各方面的工作，使教育教学等各项工作走向规范化正常化。二是突出教育局对这次检查的高度重视，因为是教研室和教育科共同检查的。所列各项都是能看到、能听到、能查到的，便于操作。检查时，分小学组和中学组同时进行。检查时间可从下周一开始。"邹局长接着说："你想得很周到，我也明白了这几点。我还有两点建议：一是组长由我担任，副组长由石主任、田主任和教育科的副科长黄维福担任。具体工作，石主任总负责。二是明天上午召开一个由各乡镇教委主任参加的会议，由田主任主讲检查的意义、检查的四大项，不说小项，检查后总结评比。石主任可作强调。"田宇说："这样做，就更好了。"邹局长说："那就这样吧，你们还要准备材料，辛苦了。"

东安县教育局中小学期末检查如期举行。他们每天上午检查一个乡镇，下午检查一个乡镇，早上七点半出发，晚上八点才能回到县城。东安一中的秦俊秀主任是检查组的成员之一。她与田宇虽然有很多话想说，但总是挤不出时间。检查结束的这天晚上，田宇与秦俊秀又在教育局门口下了车。田宇说："俊秀，我送送你吧。"秦俊秀传情地看了他一眼，微笑着说："好吧，我正想跟你说说话呢。"

星星眨着眼睛，风儿轻轻地吹着，路旁的松柏发出情人低语般的响声，路灯给他们投去或短或长的身影。田宇问："秦主任……"没等田宇往下说，秦俊秀就打断了他的话说："别，别这样称呼我，我觉得太别扭。我们还像以前那样，你喊我为'秀'，我叫你为'宇'好了。因为我对你依然一往情深，你是我的初恋，初恋是永远难忘的。你不要我的身，但你却占了我的情，夺了我的心……""俊秀，快别这么说。过去了的就让它过去了。你已出了'不惑'，我快入了'知天命'，我们都背负着家庭与事业的重担，已经够累的了，何必给自己的身心再加负担呢？那不是更加沉重吗？"田宇没有让俊秀再往下说，自己却说出这段话。秦俊秀又争辩似的问道："那么，你就真的没有想过我？真的没有想过咱们在一起时的情景？""秀，别说这些了好不好？我问你，你觉得咱们这次检查，哪个学校的教学业务最差？"秦俊秀不由得偷笑了笑，一个"秀"字，让她又回到了十七年前他们在海滩上偎依在一起的幸福情景中，她的心里充满着无限的惬润与甜美。就像三伏天吃那凉西瓜那样，甜甜的、香香的。她有点撒娇似的说："宇，你终于喊我为'秀'了，我真的好幸福哟，我有好长一段时间没有这么惬意了。好了，不说了，你已经故意地岔开话题了，那我就回答你的问题。我觉得进修学校办的那三个幼师班是最差的，数学老师没有备课，学生没有作业。我问一个学生，学生说：'我们谁也听不懂，谁也不会做作业。一到数学课，我们就睡觉，或者做其他作业。后来，老师也就只得看着我们做其他作业了。'像这样，如果以后实行教师招编考试，我敢肯定地说，连一个也考不上。当然，带个幼儿课或小学低年级课还是可以的。""是啊，这三个幼师班实在是太差了。我有一个想法，真的想向教育局提出建议：让这三个幼师班的数学上初中数学教材。这样，学生还能学点知识。"田宇说。秦俊秀说："这还真是个好办法。"秦俊秀想了想，问："宇，你那三个孩子现在都在上什么学？"田宇回答："他们都在读高中，你们的尤凌凌呢？"秦俊秀说："上小学二年级。""尤涛是个人品与工作都很优秀的人，想必他对你也一定很好吧？"田宇又问。秦俊秀反问道："你怎么知道他在人品与工作上都很优秀的？"田宇说："偶尔闲谈时，县委县政府六大班子的领导们对他的评价都很高，都说他人品好，工作也好。""工作就不说了，至于对我，还能怎样，结婚生孩子，除了工作就是做家务，遇到双休日，带带孩子，或者到双方爸妈那里看一看，周而复始，就这样。"秦俊秀回答得很淡然。田宇说："你们够幸福的了，哪里像我，每天都要工作十多个小时，更没有节假日。"能够听得出来，田宇说这些话时的无奈。"我，不，是我们，是熟悉咱们教研室的每一个人都知道，教研室也就只有你最累了。推广目标教学时，你累；搞'两基'资料时，你累；现在什么也不搞，就是平平常常的工作，你还累。同事们都说，教研室被你承包了，教研室的活你至少干了70%。但到了论功行赏时，却没有你的份，评优晋级时，没有你的份；

提升职务时，更没有你的份。就说这一次吧，范主任辞职了，我们私下里认为一定是你当主任，可为什么偏偏是投机钻营的石伟当了主任？这到底为什么？"秦俊秀停了停，又说："你是个很聪明的人，为什么一次次却表现得那么窝囊？我们真的是既气又心疼你，石伟有本事就让石伟干去，怎么到了业务活动时又是你挑大梁？这次期末大检查，检查方案肯定是你设计的，检查组人员的组成，肯定也是你提出的，他石伟有这个本事吗？你怎么就这么甘愿为别人作嫁衣？"秦俊秀越说越激动，越说越气愤。田宇接过话茬说："十个手指头不能伸得一样长。作为一个单位，总会有干的、有看的，还有尽跟着添乱的，有什么办法呢？有时我也觉得很委屈，但工作一来了，就什么都忘了，再说了，一损俱损，一荣俱荣！何必斤斤计较呢？至于职务，那也是平行四边形法则，是各种力的组合。犹如踢足球、躲、闪、腾、挪、进，我全然不会，当然步步落空了。我就是个只会干工作的命。""说什么也没用，我只想劝你一句：工作是大家的，身体是自己的，可别累坏了身体呀！"

就这样，他们说着走着，已经来到县体育场跟前了。只听得几个从体育场走出来的小伙子说："唉哟，快11点了。"田宇抬腕看了看手表说："真的快11点了，秀，快到你家了，我就不送你了，快回家吧！"秦俊秀说："时间过得真快呀！"说着，她把头靠在了田宇的肩头，田宇用手轻轻地推开她，说："别这样，一二十年都过去了，我们可不能让别人说三道四呀！为人师表，这是教师做人的底线。""宇，那我先走了，咱们以后再找时间说话吧。"秦俊秀深情地看着他说。

秦俊秀走在体育场东侧的小巷子里，不时地回头看着那站在原处一动不动看着她的田宇，她的眼里噙着泪花。

第二天上午，检查组的全体人员按照田宇的要求，于八点前全部来到了县教育局教研室的会议室。田宇主持召开了这次期末检查小结会议。会上，检查组人员每人按分工汇报了自己检查的情况，而后，对各校逐项打分，评出了名次。评出的前五名依次为东安一中、朱寨镇教委、实验小学、浩凌镇教委、向阳中学。东安一中各方面情况都比较好，尤其是实验室的工作做得最突出。朱寨镇教委的突出亮点是教学教研工作，老师的计划、备课、作业很齐全，备课认真，多为详案，作业次数都在百次以上，学生的作文都在10篇以上，又有小作文和周记。实验小学学校管理细致、具体、全面，学校的评优评先职称评定真正地体现了公正与公平，他们是把教师的考勤、考绩与计划备课、作业等综合评定、系统打分。浩凌镇教委校容校貌改观很大，学校内外、教室内外无纸屑、无垃圾、无死角，业务做得也好。向阳中学的校容校貌，学校管理和实验室、阅览室工作做得扎实。应该重点表扬的教师是朱寨镇初中的朱润梅。她二十多年如一日，一心扑在教育事业上，作为班主任，班级管理在学校的周评、月评次次第一；作为语文教师，她是洪山市优质课教师，学生的语文考试成绩全县次次第一。之后，东安县教育局召开了全县期末检查总结大会。一天上午，教研室的人都到齐了。石伟通知都到会议室去开会。田宇走进会议室的时候，扫视了一下，发现那位离任后一直都没有上班的范主任也来上班了，不由得心生疑问。又看到那门后的梳妆镜，就近前照了照。吕焕上前低声问："田主任，理解装订这梳妆镜的意义吗？"田宇笑着，也低声说："先照照自己，再看看别人。"他们会意地笑了。

　　石伟干咳了一声，说："我刚才看了一下，人都到齐了。咱们现在就开会吧。大家都知道，咱们教研室一直缺一位物理教研员，物理科的教研总是由数学、化学或其他科的教研员共同干着。为了加强教研力量，我提议把范主任的小少爷范向东调过来，由他搞物理教研。大家谈谈看法，通过一下，如果没有意见，就由田主任写个报告报给邹局长。"石伟的话音刚落，惯于见风使舵的朱冲会计抢先发言："行，我同意。""你同意，你应该同意，不是范主任，你够哪块料？"吕焕说着，瞪了朱冲一眼，又站起来，一手掐腰，声音提高八度，接着说："你石伟也不想想，你当主任经谁研究的？你还直接报算了，想报谁报谁。"说罢，坐了下去。汪飞儒轻蔑地看了范营威一眼，说："范主任，几个月之前，我就提醒你，趁你在位，把向东调过来吧，你不听。现在怎么办？有权不使，过期作废。"稍停了停，又接着说："范主任，不是我说你，大家都是这么认为的——你想让石伟当主任，只要跟大家说一声，谁会不同意？你不光不说，反而故设圈套，带我们去旅游，烟不出火不冒的，把事做得也太绝了！我再过几年就退休了，你叫我干我也不干，但也得让让我吧。田宇也很优秀，又是副主任，比石伟还小一岁，你为什么不跟他说一声？我们12月1日旅游回来，12月2日上午就来人事考察，这里的弯弯绕绕谁不明白？今天你还让讨论这个，能通过吗？"汪飞儒终于把一个多月来的气喷出来了。这哪里是发言，简直就是控诉！惯于滥发淫威老于发号施令的范营威真的是处在被告席上，任人批判偃旗息鼓了！这个老主任哪受过这样的气，他满腔怒火，明知道已经是通不过的结局，但又不愿坐以待毙，问田宇："你同不同意？"田宇笑了笑，很平静地说："平心而论，范向东德才兼备，对物理学科的教学教研成绩都很突出，当物理教研员是个很合适的人选。但就现在来看，只能再等一等了。"没等田宇说完，范营威就"腾"的一声站起来，暴跳如雷："算了，算了，这不是都不同意吗？让他当一辈子教师好了！"这个充满火药味的会议真的是令人窒息。还有两个月就要退休的单会计走出了会议室，其他的人也跟着走出会议室，弄得不欢而散。石伟看到这情景，只得说一句废话："散会吧，以后再说。"

　　"散会"之后，汪飞儒、吕焕、田宇等人，都到厕所解小便。汪飞儒说："真的是罪有应得！那他会不会真的就背着我们把范向东报上去呢？"吕焕说："他不敢，真要那样，咱集体辞职。"说罢，又转问田宇："你田宇就会和稀泥，这前前后后的事，难道你还不明白吗？"田宇说："我的意思很明确，只是比你们委婉一点罢了。至于前前后后的事，我比你们更明白，理解得更深刻。十多天前，范主任喝醉了酒就赌咒发誓地让我当主任，又不让我动；11月27号那天，他派我去县政府拿材料，胡副县长竟也找我，要我当主任；11月28日到12月1日四天，他带我们去旅游；次日上午就来考察石伟了。想想看，我不比你们理解得更深刻吗？"吕焕想了想，说："噢，原来这样，因为你是劲敌，所以才首先圈住你。真的是太绝了，恶有恶报，活该！"

　　这一天的晚上，田宇没有心思读报、看电视，他总是反反复复地思考着：范向东——一个多么好的年轻教师啊！他本科学历，带高中物理近10年，发表过多篇教学论文、在全县范围内举行过公开课、教学成绩很突出，怎么就真的毁在了他父亲的手里呢？原来这因果报应就那么简单：你对人家做错事，在一定的时候人家也会对你做错事。看来无论什么时候说话做事都要对得起大家，如果激起群愤，就会把本来能够做成的事也做不成。世事难料，世事难料啊！

61

　　两个月前，县组织部的李正贤、孙云康二同志在对县教研室作了人事考察后，向县教育局局长尤令思作了实事求是的汇报。他们说，教研室的人员对石伟当主任没有什么意见，但又都共同认为：田宇比石伟更优秀，成绩更突出，工作更踏实，人缘更和谐，如果只提拔石伟而不提拔田宇，对田宇是不公平的。他们一致要求县教育局或者县政府应该重用田宇，让他更好地发挥光和热。两个月以来，田宇来县教研室以后所做的一些工作总是在尤令思局长的脑海里浮现着。他推广目标教学法，自己讲示范课，又举行目标教学公开课，使得目标教学法在全县中小学教师中得以运用，而且也因此提高了教学质量；他负责"两基"资料，常常夜以继日，通宵达旦，废寝忘食，"两基"资料在迎检中顺利达标，得到了省政府的嘉奖；他所负责的中学语文教研和中小学数学教研，工作开展得有声有色，他的历次评课总会赢得阵阵掌声；县委、县政府的重要报告、县教育局重要会议的报告，都出自他一人之手；他为人谦和、诚信友善、讲团结、顾大局；期末业务大检查，从方案的制订到具体实施再到大会总结，也都是田宇亲自动手一步步落实的，他并没有因为石伟当主任自己很委屈而不闻不问，而是一如既往无怨无悔地踏实工作，始终把工作放在第一位……实在是人才难得啊！但是，提拔他，重用他，把他放到哪个位置呢？督导室，招生办都不缺人啊，再说了，他的特长是抓教育教学，如果能当个副局长，分管教育教学是再合适不过了，可邹振华还有两三年才能退休啊。怎么办呢？他忽然想到教育股股长黄伟民过年二月就退休了，让他当教育股长吧，可那是平调呀。又一想，虽然是平调，但总算是个正职啊，当教育股长，也正好能发挥他的作用。好，就这样，明天召开个党委会，把这个事定下来。

　　2000年2月19日（农历正月十四），县教育局下发文件，"任命田宇同志为东安县教育局教育股股长。"与此同时，原股长黄伟民同志也接到了退休的通知。2000年2月21日（农历正月十六），亦即全县中小学1999—2000学年度第二学期开学的第一天，田宇上任了。和煦的春风吹拂着大地，灿烂的阳光照满了县教育局的整个院落。田宇打开教育股的那扇窗门，顿觉温暖和舒适。如果不是外出的话，田宇从此就要在这间办公室里办公了。

　　2000年3月9日（星期四）上午，田宇来到办公室后刚从茶水供应室拎茶回来，就听电话铃声响了："喂，田股长，你好，我是朱寨镇教委的朱明礼。"田宇回话："你好，朱主任，有什么事吗？""你赶快来朱寨初中吧，有两位学生的家长正在阻止朱润梅上课并要求学校必须开除朱老师呢！"朱明礼着急地催促田宇。田宇问："怎么回事？"朱明礼催："我劝阻她们，她们不听，点名要叫县教育局来人。至于怎么回事？不是三句两句话能说完的，还是去年10月，她们的两个孩子，不守纪律，朱老师用课本敲了她们，她们的家长就一直闹着。你快来吧，来到后，咱们再细说。"说罢，便挂了电话。田宇感到事情紧急，就和本办公室的副股长打个招呼，又找了人事副股长王书明，教研室小车司机张雷，他们三人一同去了朱寨初中。路上，田宇说："书明，到了学校之后，你做记录，重点地方，尽可能详细些；我来主持问话，并作全程录音。一定要了解清楚事实真相。"

他们三人到了朱寨初中以后，教委主任朱明礼、校长高士峰、教导主任赵礼顺和他们打了招呼，就让他们到会议室去。正要去，办公室里窜出两位中年妇女。他们泼言泼语，一个说："你们是县教育局的吧，怎么连个屁也没放就想走？"另一个说："你们是想躲到哪个黑屋召开黑会吧？不行，你们必须先把朱润梅叫来，当面开除她！"田宇忍气吞声，强作笑容，不慌不忙地说："你们是两位家长同志吧，先别发火，有话咱们慢慢说。我们来总得先把事实的真相调查清楚吧，不然的话，我们怎么好发表意见呢？"那位细高个妇女又说了："有什么好调查的，事情不是明摆着的吗？"还没等她说完，那位矮胖子妇女抢着说："以前学校和局里都说过要开除朱润梅了，怎么到现在她还在班里上课呢？"这时，朱明礼插话了："请你们容我说两句好吗？"他靠近田宇和王书明说："这位是教育股的田股长，那位是人事股的王股长。田股长刚上任，对以上的情况还不了解，你们先冷静一下，按照田股长的安排，有序地反映情况，好吗？"田宇说："我看这样吧，我想多方面地听听你们的意见。我到会议室去，先听听校方的反映，其余的人就在办公室候着。可以吗？"那位瘦高个妇女说："不行，那不还是你们开黑会吗？要问，先问俺俩。不然，谁的课都别想上。"田宇立刻问高士峰："高校长，你们现在各班都没有上课吗？"高校长说："她俩不让上，朱润梅回家去了，其余的老师都在办公室等着。"田宇面向高校长和赵主任，义正词严且话外有音："全校各班立刻上课，谁都不能扰乱正常的教育秩序！赵主任，通知上课！"那两位泼妇几乎是异口同声："你是说俺俩扰乱教学秩序了？"田宇绝不退让："朱润梅体罚学生，那是她一个人的问题，真相弄清后，她该负多大的责任就负多大的责

沉　重

任。如果你们因她一个人的事而阻止全校上课，就是扰乱正常的教学秩序，你们是要负法律责任的，这是完全不同的两码事。"那位瘦高个又开腔了："扰乱就扰乱了，我看谁敢上课？"田宇愤愤地说："这位家长，你敢立个字据吗？请你在纸上写你们俩不让学校上课。你们不写也可以，我现在就打电话给朱寨派出所，让他们来处理学校可不可以上课。你们愿意吗？"矮胖女人扯了扯瘦高个女人，低声说："算了吧。"她们俩相互瞪着眼，干气没汗淌了。田宇见此状，立刻说："上课！"又对着那两位泼妇说："按你们说的，我们不先开'黑会'，先让你们俩来会议室反映情况吧。"

　　铃声响了，各班又上课了。乌云散了，太阳又放射出它那灿烂的光芒。田宇说："朱主任，通知朱润梅回校，而后，你也来会议室。"田宇和王书明走进会议室，那两位妇女跟了进来，随后朱明礼也来到会议室。田宇坐在中间，朱明礼与王书明坐两侧，两位妇女在他们的对面也坐了下来。王书明从挎包里拿出笔和记录本准备记录。田宇把录音机放在桌子上，说："两位家长同志，我们这里有记录，有录音，请你们要如实反映情况，不夸大，不缩小，是什么就说什么。说之前要先说自己叫什么名字，是哪个学生的家长。"领教了田宇的严厉，那两个泼妇的狂妄嚣张几乎没有了。瘦女人说："我叫赵凡英，是九（1）班学生李尚美的母亲。去年 10 月，我的孩子李尚美和赵美凤的孩子刘娜娜上学迟到了，班主任朱润梅就让她们在教室门口罚站，后来又撵到操场上让她们站齐用书打她们，打得她们直嚎。放学回家，我们知道了这件事就来找学校，要求开除朱润梅，赔偿我们损失每人 20 万元，并且保送她们俩上省重点高中东安一中。"田宇问："朱老师让她们俩在教室门口罚站，怎么后来又撵到操场上打她们？"胖女人说："她们俩觉得站在门口无聊，就到操场上玩去了。"田宇又问："这两位学生看医生了没有？"瘦女人说："看了，做了心电图和脑 CT，没有查出来什么问题。"田宇接着问："这两位学生后来缺课了吗？"胖女人说："一天课也没耽误，都上课了。"田宇又问："学校是怎么处理的？"瘦女人说："学校要她停课一个月，可后来又上课了；只是向我们和两位孩子道歉了，道歉有什么用？朱润梅给我们付了诊疗费，给学校写了书面检查，师德考核不合格。"瘦女人接着说："后来我们认为处理得太轻，又告到教育局，教育局的决定是开除她，学校不得再聘，并拉入全县黑名单。为什么学校和教育局只是说说，她朱润梅还在上课？"田宇疑惑地

256

转向朱明礼，又转向校长高士峰，原来是这样？高士峰点了点头。胖女人又说："我还没说我的姓名呢，我叫赵美凤，是刘娜娜的母亲。"田宇深深地舒了一口气，心里已经很为朱润梅鸣不平，也深深地体会到了朱润梅心里的憋屈，但他现在还不能下结论，只得心平气和地面向赵凡英和赵美凤俩人说："两位家长同志，你们对朱润梅体罚学生一事，说得已经很清楚了。你们先回去，我们再听听其他人的反映。""那你们得先停朱润梅的课！"她们俩异口同声。田宇说："我们要听听多方面的意见，报局党委研究，最后才能下结论。"两个女人还要说什么，田宇就说："高校长，请你和赵礼顺主任一道，把那两位学生叫到这儿来。"两个女人听到田宇要叫她们的女儿，就想赶在高校长的前面，先走一步。这时田宇厉声说："你们俩站住，在我问她们之前，不准你们接触她们。你们现在只能回去，我们会给你们一个交代的！"

两女人见她们的女儿来了，还是不放心他嘱咐了一句："想着说，别胡扯！"田宇走出门外，面向两女人说："请你们离开这儿！"两女人灰溜溜地走了，李尚美和刘娜娜走进了会议室。田宇、朱明礼、高士峰他们坐在原位，赵礼顺坐在高士峰一旁。田宇和蔼地说："两位同学请坐下。我们是从县教育局来的，是来调查朱润梅老师体罚你们的事。请你们说说老师为什么打你们、怎样打你们的、你们被打的结果是怎样的？你们对老师的体罚是怎样看待的？你们和班上的同学们平时对朱老师有什么评价？我相信你们会实事求是地逐一回答的。"李尚美和刘娜娜相互看着，刘娜娜说："李尚美，你先说吧。"李尚美有些腼腆，说："那好吧，我先说，你赶会儿再说。各位领导，你们辛苦了！"李尚美正要往下说，田宇高兴地插话说："就凭'你们辛苦了'这五个字就可以说明你们是好孩子，不仅懂礼貌，而且表明老师平时教育得好。好，你接着说吧。"李尚美对田宇的这句口头表扬，实在有些感动，她说："朱老师经常对我们说，对待天地要心存感激，心存敬畏，对君亲师一定要尊重，崇敬，一定要说'你们辛苦了'。"田宇也有些感动，他用手擦去噙在眼角的泪花，说："谢谢你们，也谢谢朱润梅老师。继续说吧。"李尚美拨弄着衣角，说："去年十月的一天上午，我和刘娜娜上学迟到了，由于急慌，我们就直接推门进了教室。第一节是朱老师的语文课，朱老师严肃地说：你们俩已经迟到了，怎么还不打报告就推门而入？我是这样教你们的吗？'班规'是这样规定的吗？请你们按'班规'做！'班规'是去年九月开学之初，同学们讨论制定的，按照班规，谁迟到了就在门外罚站。我们俩就只好走出去，在门外罚站了。老师关上门，继续讲她的课。我们在门外站了几分钟后，就商量着到操场上玩一会儿再回来。我在前面跑着，刘娜娜在后面撵我，到了操场，她撵上了我，抱着了我的腰。可就在这时，朱老师赶到了，她气愤地说：'你们不在门口罚站，反倒来操场追逐打闹，太不像话了！在你们的眼中，还有我这个老师吗？还有班级纪律吗？这还得了，明知有错，又错上加错，将来走向社会你们会吃大亏的！我必须教训你们，让你们长长记性！站好！'说着便用手里的书在我俩的头上各拍了两下。后来，我们和老师一起回教室了。"刘娜娜接着说："中午回到家，我把这事给我妈说了，我妈就去找李尚美的妈，她们俩非要到学校找朱老师，还非要叫校长开除朱老师。我们俩阻拦她们俩。李尚美说'是我们一错再错，老师才打我们的！'我说'打又没打疼，何必呢？'她们俩都说'非打死你们才算打吗？'我们拦不住，她们就到学校闹了。"而后，李尚美和刘娜娜一齐说："谁知后来学校和教育局给老师那么重的处分。都是俺俩惹的祸，我们好后悔！"最后，李尚美恳求似的说："各位领导，这几个月来，我俩的心里总是很不安，总觉得对不起朱老师。朱老师在我们班上，向我和刘娜娜，向我们的母亲当面道歉，又写了书面检查，赔偿了诊疗费，这已经足够了，我们也已经无地自容了。如果不给朱老师其他处分，还让她给我们上课，你们要我们俩干什么我们都愿意！"刘娜娜接着说："什么记大过，什么开除，统统都该取消掉！"她们说着，禁不住哭了起来。一旁的高士峰校长很有些局促。田宇又问："班上的同学们怎样评价朱老师？"李尚美说："全班同学都说朱老师是个好老师。她对我们每个同学的各个方面都要求严格，但平时又和蔼可亲。她要求我们德智体全面发展，各门学科全面发展，牢记'7-1=0'的道理，各门学科都要考出好成绩。我们也都很喜欢她。"田宇问："你们愿意把这些话当着我们的面说给你们的母亲听吗？"李尚美和刘娜娜齐说："我愿意。"田宇说："我就说你们俩都是好孩子嘛，能听得出来，刚才你们说的话都很诚实，也都是肺腑之言。你们也不要过于自责，我们会给你们，给朱老师一个合理的答复的。请你们回去上课吧，谢谢你们。赵主任，请你把她们俩送回教室。"在门外候着的赵凡英和赵美凤看到两个孩子的脸上还挂着难过的泪痕，都禁不住"嗨"了一声。

　　赵礼顺送两位学生回来，又走进会议室坐了下来。田宇说："刚才，家长和学生都对朱润梅体罚学生一事说得很清楚了，她们四人的发言没有太大的出入。现在，咱们也要实事求是，本着对学生、学校和教师高度负责的态度，发表一下自己的看法。"高士峰说："我先说说吧。事发那天下午，两位学生家长都来闹，我也问了两位学生和朱老师，她们说的没有刚才说的那么细致，只是说朱老师让她们罚站了，又到操场上用课本打了她们。我当时认为，朱润梅体罚学生已经既成事实，但看两位学生的精神状态很好，又能正常上课，觉得打得肯定不重，就劝两位家长先回去。两位家长要求开除朱老师，要求给两学生到县医院检查，索赔30万元，还要求保送两学生上东安一中。我就说你们先带孩子做检查，等检查结果出来后我们再处理。第二天下午她们带着孩子来到学校，又是大吵大闹，不让朱老师上课。我向她们要检查结果，她们先是不给。我就说，我们必须看检查结果。她们又说，有什么好看的，心电图和脑CT都没有问题。但这只是暂时的，谁能保证以后没有问题，医生不能保证，你们谁敢保证？我又说，你们的检查毕竟是现在的第一手资料，你们不给我，我就没法处理。她们把心电图和脑CT的检查结果给了我，我看后就交给赵主任各复印一份，以备将来处理之用。她们不让复印，我就说，你们必须复印，复印后你们保存原件，我们保存复印件。复印后，我把原件给了她们。她们还是那样闹，还是阻止朱润梅上课。闹得老师们人心惶惶，闹得九（1）班两天无法正常上课，为了保证全校正常的教学秩序，也为了平息当下的体罚风波，我就当机立断向她们宣布了我的决定：对朱润梅停职一个月、向当事学生和家长赔礼道歉，向学校书面检查、承担诊疗费、取消评优资格，师德考核不及格，党内警告，行政记过。本以为这样做她们该不闹了，谁知道她们又几次闹到教育局。后来教育局邹局长打来电话，作出如下决定：1. 从2000年9月开始，停发朱润梅工资；2. 2000年新学年，学校不再与朱润梅签订聘用合同；3. 将朱润梅自2000年7月纳入东安县信用信息评价系统'黑名单'。谁知朱润梅刚一停课，九（1）班全体学生包括李尚美、刘娜娜在内，强烈要求朱润梅老师回班上课，当他们的班主任。学校全体教师包括赵礼顺在内也强烈要求朱润梅回校上课，说朱润梅体罚学生不是情节严重，只是出于教育而对她们的轻微体罚，不应该处罚这样重；说朱润梅向来严慈相济，教育教学有方，才使得她所带班各科总平均成绩连续十年全县第一；说她是获得全省课堂艺术展示课一等奖的老师，是洪山市优秀教师，优秀班主任。还说如果让朱老师停课，解聘朱老师，他们将集体辞职。后来，我左右为难，最后还是站在维护学校利益的立场上，并且我在电脑上看到全国很多教师对此案件的评价与斥责，也是迫于压力，又让赵礼顺主任把朱老师请回了学校。去年年底全县的期末检查，你在总结大会上又表扬了她。当然她也值得表扬。期末，学校分学生和教师两个层次，对全体教师进行师德和业绩评价，分优秀、良好、合格、不合格四个层次，朱润梅的班级学生评价和教师评价优秀率都是 100%。期末考试又是全县第一。实在是难能可贵呀！她顶着压力、忍着委屈，干出了这么惊人的成绩，真的是出乎所料啊！"高士峰停了一会，又说："刚才听了两位家长的陈述，尤其是两位学生的发言和期望，我同意两位学生的主张：即负担诊疗费。向当事学生和家长道歉、向学校书面检查就足够了，其他的处分一律取消。"朱明礼接着说："我当时在私下就和高校长说过这事，认为处理太重。现在我同意高校长刚才的主张。"赵礼顺说："我也同意高校长的想法。"田宇说："我个人认为，我们作为学校领导或者上级主管部门领导，都应该既要根据情节处罚体罚学生的教师，更应该维护教师的权利和义务，维护教师的切身利益。赵主任，请你把朱润梅老师喊来，咱们再听听她的想法，所谓'兼听则明'啊！"

朱润梅走在赵礼顺的前面，能够看得出来，她是不带任何情绪不卑不亢地走进会议室的。就在朱润梅走进会议室的那一瞬间，田宇仔细地端详着她。她三十六七岁，身高 1.6 米左右，身材不胖不瘦，下身灰裤子，上身里边穿的是束袖绯红色的薄线衣，外套是蓝色的拉链衫，拉链拉到胸上方，露出了她那白皙的脖颈，一张圆圆的、白净的脸，微张的嘴唇里露着两排整齐的糯米似的牙齿，高高的鼻梁，黑蚕状的眉毛，双眼皮，一双大眼睛放射着严厉而又灼热的光芒，《龙江颂》中江水英式黑亮的短发。她给田宇一种严肃而不乏慈祥、端庄而不失舒雅、朴实而彰亮丽、厚重而显笃信的感觉。

朱润梅和赵礼顺坐了下来。朱明礼向她介绍了田宇和王书明。朱润梅站了起来，微微躬了一躬，说："田股长好、王股长好、各位领导你们辛苦了！"田宇真诚地说："就去年 10 月你和李尚美、刘娜娜之间发生的事，我们已经听了两位学生和学生家长以及高校长的陈述，我们还想再让你说说事情的经过，谈谈自己的想法。"朱润梅严肃而又和善地说："关于事情的经过，我不想再说了，因为我相信我的两位学生会实话实说的，就以她们俩说的为准吧。

至于我的想法，很简单，一是接受组织上给我的任何处分，二是如果还保留我的教师身份，还让我在这所学校里带课，我会吸取教训，改变教育方法，一如既往地做好教育教学工作的。其他的，我就不说了，也没有什么可说的了。"田宇微笑着，话语里带着些许的感动与冲动："刚才听了学生、家长、校长、主任、朱明礼主任和朱润梅老师的陈述与发言，我有理由先向朱润梅老师说三句话：朱老师，你委屈了！你辛苦了！我恭贺你这十多年来在教育教学教研各方面所取得的优异成绩！下面，我想根据半天来调查的结果毫不隐讳地说说我的个人意见：我同意两位学生、高校长、赵主任和朱主任的请求，朱润梅已经付了诊疗费、已经向学生和家长道歉了、已经向学校写了书面检查，这就足够了，其他的处分一律撤销！我还认为，朱润梅老师自去年10月以来，顶着压力忍着委屈，依然在教育教学上取得那么优异的成绩，应该大力表扬。朱润梅仍然是位好教师，好班主任。我们要维护教师的合法权利与义务，敢为教师撑腰！至于家长的胡闹，我们要理直气壮地敢于担当！"

朱润梅老师听到田宇的这些话，早已是泣不成声，她扶在身旁的桌子上号啕大哭了起来，她一次又一次擦干那流到腮边的泪。那泪，一定是委屈的泪，伤心的泪，也一定是感动的泪，感谢的泪。在场的朱明礼、高士峰、赵礼顺不约而同地说："朱老师，别哭了。"局领导都表扬你了。

第二天上午，田宇和王书明带着他们昨天下午写好的关于朱润梅体罚学生一案的调查报告和记录与录音，走进了尤令思局长的办公室。他们俩递交了那份报告，又口头叙述了调查经过，发表了自己的意见。尤令思局长说："这就等于推翻了去年教育局的决定，这件事一定要慎重啊！"田宇说："这样吧，今天上午咱们一同听听我们调查的全过程录音吧，一听录音，你就全明白了。"尤令思局长听了录音后，说："原来是这样啊！去年邹局长只是给我汇报朱润梅殴打学生、两位家长闹个不停，我就同意了他的意见。现在，现在……这该怎么办呢？"田宇说："我昨晚连续重读了《教育法》《教师法》和《未成年人保护法》，三法是吻合的。教师体罚学生是'情节严重''经教育仍不改正的'，才可以给予行政处分直至开除公职。而朱润梅只是拍了学生两下，'不疼'，诊疗做检查都没有查出任何问题。因此构不成'情节严重'，她这也是第一次对学生轻微体罚，不符合'经教育仍不改正'的。所以不能给其他处理。"尤令思说："现在我也同意你们的意见，可是局党委会同意吗？

家长再闹怎么办?"田宇又如此这般地向尤局长提出了建议。尤令思局长思考了一下,说:"就按你说的办,该担当的一定要担当!"

第三天上午,亦即 2000 年 3 月 11 日上午八时,东安县教育局二楼小会议室里已经坐满了人,这里有教育局党委的所有成员,又有县公安局的局长王卫公、县纪检书记尤涛、县组织部副部长李正贤、县教育局人事股长魏占魁,还有田宇和王书明。教育局党委书记兼教育局局长尤令思扫视了一下会场,说:"人都到齐了。"又面向王卫公局长、尤涛书记和李正贤部长说:"王局长、尤书记、李部长,咱们现在开会吧。"王局长和尤书记齐说:"开吧。"李部长也点了点头。尤令思局长说:"我先说说会议主题,然后,再请各位领导做指示。今天把大家请来,想召开一个专题会议,统一认识。去年 10 月,朱寨初中的朱润梅老师因两位学生迟到、又到操场上追逐打闹,用课本打了两位学生一事,家长提出要求,学校和教育局先后作出处理决定,而到现在家长还在不停地闹着。昨天,我派田宇和王书明二同志前往调查。调查后,两位同志向我交了调查报告,并提出了他们的处理意见,具体情况,请田宇同志向会议说一下。"田宇说:"各位领导上午好,你们辛苦了!昨天上午,我和书明同志受尤局长委托,前往朱寨初中就朱润梅体罚学生一事,作了详细的调查。我们刚到时,两位家长正在学校闹着,而且阻止学校上课,甚至对我们也有辱骂性的语言,我们忍辱负重,先找两位女学生的妈妈赵凡英和赵美凤谈案件的经过,再找当事的两位女同学李尚美和刘娜娜谈体罚的原因、经过和结果,听了她们对朱老师的评价,又让高士峰校长谈当时的处分情况以及现在的认识,最后,在场的几位领导——高士峰校长、赵礼顺主任、朱寨镇教委主任朱明礼,我和王书明,我们共同认为,以前学校和教育局对朱润梅老师的处分太重,并且提出了具体的处理意见。我们调查时,从进学校那一刻直到我们回到教育局,都进行了录音,王书明同志还做了重点记录。昨天上午,我们向尤局长交了调查报告,也请尤局长听了全过程录音。尤局长认为,有必要请各位领导来,共同研究作出处分决定。其他的话我不想多说了,请各位领导先听录音、再作研究。"尤局长征求了王局长、尤书记和李部长的意见后,说:"田股长,你就放录音吧。"

会义室里一片寂静。大家都在聚精会神地听调查录音,有谁想咳嗽,也都努住了,生怕漏掉一个情节、少听了一句话,更怕因自己的咳嗽而影响到别人。一个多小时后，录音放完了，很多同志的脸上都挂着一种激愤，唯有邹振华副局长，心里像打开了五味瓶，不是个滋味，脸上所显现的是一种捉摸不透的情绪。田宇说："录音放完了，尤局长，您说说吧。"尤局长又扫视了一下会场，说："录音咱们都听了。我想先说说处理这件事的重大意义：从去年 10 月到现在，已经有半年之久了，全县的老师甚至全国的许多老师都在关注着这一案件的最后解决。我不是危言耸听，因为本县和县外的很多老师都在电脑上发表自己的看法了。我觉得对这一事件的处理牵扯到五个重大问题，一是如何看待教师体罚学生的情节，情节的轻重如何区分？二是如何看待教师体罚学生的原因和动机？三是该怎样处罚体罚学生的教师？四是我们作为教育的主管部门该怎样维护教师的合法权利和义务？还有一个问题，对扰乱教学秩序的闹事者该怎样把握、怎样处理？由这件事让我想到的这五个问题，是关系到我们学校教育和全县教育发展的大事，不能不引起我们进行深入的思考。我暂且说到这儿，请王局长、尤书记、李部长作指示吧。"几位领导都说，让同志们先发表意见吧。

讨论会往往都是这样，谁都有满肚子的话要说，但谁都不愿意先说；一旦谁先发了言，后面的发言也就热烈了。田宇明白这一点，他要做这发言的第一人。他说："为了抛砖引玉，我先说说吧。我想说的话，在录音里已经都说了，在这里没有重复的必要。我现在想说的有三点，第一点，谈谈我对有关教育法律法规的认识。前天下午和晚上，我再一次系统学习了《教育法》《教师法》和《未成年人保护法》。综合这三个法律，学校或上级主管部门对一个体罚学生的教师作行政处分或开除公职，必须同时具备两条，一条是'情节严重'的、第二条是'经教育仍不改正的'。对于这两条，朱润梅具备吗？第二点我要说的是，邹局长是我们的老领导，我向来敬重他。邹局长当时对朱润梅的处分也是出于对学校正常教学秩序的维护，甚至也是出于对朱润梅的爱护。她朱润梅不是还可以到县外的学校去任教吗？第三点是，录音中最后说的我们对朱润梅的处理意见，只是我们几个人的意见，既不代表教育局，也不敢说就一定正确。请同志们讨论后再作决定。还有一点就是，刚才尤局长提出的五个问题，值得我们深思、把握和践行。好，我的话完了，请领导们接着说。"邹振华副局长接着说："正如刚才田股长所说，我当时完全是出于那两个方面才作出那样的决定；如果我能像田宇同志那样，亲自去作详细的调查，可能不会作出那样的决定的；我愿接受组织的批评。"分管人事的教育局副局长王媛媛说："我认为朱润梅体罚学生，只是用课本在她们的头上拍两下，经医院检查无任何问题，且正常上课，构不成'情节严重'，据我所知，她没有在这之前体罚学生的先例，不属于'经教育仍不改正的'，所以不能作行政处分，更不能开除。"纪检书记尤涛说："我想先给大家讲两则故事。一则是：一天孔子在树下乘凉，一个小淘气孩子爬到树上撒尿，尿了孔子一身，孔子摇了摇头走了。过几天，一个将军又在树下乘凉，那孩子又尿了将军一身。将军怒了，将小孩一顿暴揍。如果当时孔子斥责了那孩子，那么那位小孩永远也得不到将军的惩罚。再讲一则故事，乾隆（即弘历）11岁时，有一次他的老师朱轼给他讲朱熹的《不自弃文》，弘历没有完成作业，朱轼很生气，就拿出戒尺，对弘历的手掌打了三下。而这时候雍正来了，看到儿子正在挨打，很心疼，就对朱轼说；皇子的身份很尊贵，是不能打的。朱轼并没有害怕，他只说了9个字：'教为尧舜，不教为桀纣。'这9个字不仅让雍正皇帝彻底闭嘴，也让学生乾隆心里有了敬畏。我们想一想，封建帝王家长面对老师对儿子的惩戒，都能支持和宽宥，今天的我们怎么可以面对校闹的家长，就拿教师当牺牲品呢？我还听说，县教育局去年年底的期末检查，还表扬了朱润梅老师，她的计划、备课写得好，作文批得好，课上得好。她连续十年全班的平均成绩全县第一，没有平时的严格管理，会取得那么好的成绩吗？昨天还是巾帼英雄，今天怎么可以因为这点小事而使她沦为阶下囚呢？"王卫公局长带着点激愤地说："动辄就给教师扣上体罚学生的帽子，还让教师怎么管理学生？如果教师对学生的错误不闻不问，那么学生何以成人成才？如果现在的这些孩子们就这样地目无法纪，将来的社会怎么办？关于对朱润梅的处分，已经执行的就算了，其他处分一律撤销！家长闹事，由我们处理！"李正贤部长说："我也同意刚才几位领导的意见！"尤令思局长说："还有几个没发言，你们都说说。"那几个没发言的同志异口同声："同意王局说的！"尤令思接着说："我也同意同志们的意见，至于家长的索赔30万元和以低分保送两学生上一中，也就更不能成立了。"公安局的王局长斩钉截铁："当然不能，简直是无理取闹嘛！"尤令思又说："那么咱们举手表决一下吧。同意不给朱润梅任何党纪、行政处分的，请举手。"尤令思看了一下说："13人都举了手，一致通过。"

后来，尤令思又提出了一个问题："如果两位家长继续闹，怎么办？"公安局的王局长说："再去闹，我让朱寨派出所拘留她们。她们就是不闹，根据之前的言行，也已经完全可以拘留她们了。"田宇接着说："我看能不能这样——我们已经调查清楚了，李尚美的父亲是洪山市东方建筑公司的总经理，名叫李万山，刘娜娜的父亲是咱们城关初中的校长，名叫刘玉松。如果赵凡英和赵美凤再去学校闹事的话，可以先通知他们俩立刻到朱寨初中去，而后咱们教育局和公安局也派人去朱寨初中，再通知县电视台派记者去，举行新闻发布会，让在场的听众发表意见。"王卫公局长说："新闻发布会有点太大了。如果真闹的话，到时候我、尤局长、田宇还有那两位靠山爸，去就行了。我不信她们的爸爸也像她们的女人那样不通情理。"尤令思考虑了一下说，"行，就照王局长说的我们几个去，再让分管人事的王媛媛局长也去。"王卫公局长点了点头。尤令思局长又说："今天的会议就到这里吧。几位领导，咱们共同吃个工作餐吧！"王卫公，尤涛和李正贤几乎同时说："不用了，我还有事。"

春天的阳光在这近午格外灿烂地照着，和煦的春风吹拂着大地，给人一种暖融融、喜洋洋的感觉。开了半天会的领导们一个个走出会议室，走下一楼，有的伸了个懒腰，有的张开双臂，舒展了一下有些疲惫的身体。尤令思局长和王卫公局长、尤涛书记、李正贤部长一一握手，目送着他们走出教育局。

隔了一天，即2000年3月13日的上午，朱寨初中的高士峰校长又给田宇打了电话，说两位家长又来学校闹事了。田宇放下电话，找到尤局长和王媛媛副局长，又分别向王卫公局长、李尚美的父亲李万山和刘娜娜的父亲刘玉松打了电话。不一会儿，他们就都到了朱寨初中。田宇和王卫公走在前面，两位泼妇迎面就嚣张起来："唉，上次就是你来的，几天了，怎么还没放个屁？"王卫公局长无法忍受这样的辱骂，提高了嗓门，义愤填膺："你们怎么这么狂？再胡说八道，我现在就通知派出所，把你们抓起来！"尤令思局长对高士峰说："通知朱明礼也来会议室。"那两位泼妇，一时有点摸不着头脑，大声问："你们是谁？"没等尤令思回话，王卫公说："我是公安局局长，他是教育局局长！"两泼妇看着他们，不敢再往下说了。尤令思这才接着说："你们都到会议室吧，今天一定彻底解决！"

沉　重

　　李万山和刘玉松是最后赶到会议室的。当他们看到这些熟悉的面孔，尤其是看到他们的女人的时候，心里已经明白了八九分。田宇见他们俩来了，站了起来，很客气地说："就等你们俩开会呢，找个地方坐下来吧。"李万山和刘玉松的脸上痉挛地抽动了两下，很不自在地笑了笑，拘谨地说："你们都来了。"

　　尤令思局长说："前天我们在教育局召开了如何处理朱润梅体罚学生一案的专题会议。参加会议的有局党委全体成员，有田宇、王书明、魏占魁三同志，又请来了公安局局长王卫公同志、县纪检书记尤涛同志、县组织部副部长李正贤同志，一共13人。经过听录音和认真讨论，取得了一致的处理意见。昨天上午，田宇同志又来学校从侧面了解了一些情况。没有等我们下达处理意见，两位女家长又来学校了，我们按原方案，请来李尚美的父亲李万山同志和刘娜娜的父亲刘玉松同志也参加这个专题会议，为的是今天一定要彻底解决这件事。别的我不说了，我们先听录音，请四位家长认真听。田宇，放录音。"田宇把录音又放一遍。刚放完录音，王媛媛先发了言："两位女家长，你们的女儿是当事人，她们都说没有打疼，又替朱老师委屈，并且哭着请求不让给朱老师任何处分，你们还有什么好说的？"田宇接着说："我昨天来学校看了九（1）班各科考试成绩，发现李尚美和刘娜娜的各科分数虽然还是垫底，但她们较之以前却有了明显的进步。以前的平均成绩每次都是不及格，而前不久的月考居然都在70分以上了。我认为这一现象至少说明两点，一是朱润梅老师能够忍着委屈，一如既往地严格教学，严格管理班级，是位名副其实的好老师；二是说明李尚美和刘娜娜委屈着老师的委屈，遵守校纪班规了，发奋学习了。那天我们来调查时，朱润梅老师说，她愿意戴罪立功。好一个戴罪立功啊，其实她有多大的罪呢……"他说不下去了，因为他的眼里有满满的泪水。王卫公局长憋不下去了，愤愤地说："老师对学生批评很正常，动不动就是体罚了，这叫老师还怎么教？怎么管？你们两位女人，多次阻止朱老师上课，已经扰乱了九（1）班和全校的正常教学秩序，又在田宇他们来调查时辱骂他们，今天我们来了，又大吼'怎么还没有放个屁？'所有这些，你们已经构成了违法，我有理由先拘留你们！你们要认为有什么势力，我告诉你们，完全错了！"尤令思看到这局面，立刻扯了扯站在旁边的王局长说："别气，别气，先坐下来。"王卫公局长刚坐下来，刘玉松校长就站了起来，说："我以前听说了这事，但没有太在意。昨天晚上，娜娜给我打了电话，我才知问题的严重性。本想明天回家教训妻子的，没有想到她今天又来闹事了。都怪我对妻子孩子管教不严，我愿意接受教育局给我任何处分。我同意不给朱润梅老师任何处分！"李万山站起来，补充道："这两个女人是逞强、逞能，其实我们能有什么势力？我愿意向领导们道歉，并接受批评或处分。我不仅同意不给朱老师任何处分，而且愿意退赔朱老师所给的诊疗费，因为本来就不需要做任何检查。"刘玉松接着说；"我也愿意退赔诊疗费。"尤令思说："你们说得都很真诚，意思也很明白。"说罢，又面向两位女人，说："再说说你们的意见吧。"两个女人低着头，什么也没有说。刘玉松厉声说："你们俩都给我站起来，至少说六个字：'我错了，对不起。'"李万山也说："快站起来，就这么说。"两位女人迟迟地站了起来，低低地说："我错了，对不起。"

阳光从大门、从窗户射进了会议室。田宇心里立刻想起了高尔基《海燕》中的两句话："乌云遮不住太阳！——是的，遮不住的！"

长达半年之久的风波终于结束了。后来，在东安县教育局的教育通讯上，朱润梅老师顶着压力、忍着委屈，依然努力工作的感人事迹得到了表扬，全校的教师，不，全县乃至全国的教师们也因此而心花怒放、扬眉吐气起来。

<h1 style="text-align:center">62</h1>

2000年6月上旬的一天下午，教研室的朱冲会计走进田宇的办公室。田宇见朱冲进来，忙站起来笑着说："哟，朱会计，哪股春风把你给吹来了？"朱冲说："看你客气的，这不是快下班了，石伟主任要我请你到他的办公室说说话呢。""唉哟，都这个时候了，有什么话要说呢？再说了，我还有事呢？"田宇说。朱冲嬉皮笑脸地开玩笑说："莫不是弟妹来了，等你那个？"田宇笑道："想哪去了，我是想熬熬夜，写份报告呢。""有什么事，能比前几年'两基'时还忙吗？再说了，汪飞儒、吕焕他们都在那等着你呢。"田宇说："忙，倒也不算太忙"，他挠了挠头发，接着说："好，恭敬不如从命，咱们走吧。"

石伟办公室的门打开着。石伟他们见田宇来到了门口，忙站起来，说：

"田股长，请坐。"田宇说："石主任，有何指示？"石伟说："'指示'哪敢？你这一走，已经快半年了。当时，既未能给你饯行，更没有前往祝贺，今天终于找了个时间，咱们聚一聚，权当是个补过酒吧。"田宇即刻说："石主任，你这话真的是太言重了，我哪能承受得起啊?!"他想了想又接着说："既然是小聚，我看是不是把老主任——范营威主任也叫来，这样咱们就圆场了。"石伟眼珠子转了一下，分明把不情愿写在了脸上，但依然勉强地答应了。"好吧，我和范主任也是好长一段时间没有在一起吃饭了。我现在就给他打电话"，石伟拿起电话，拨通了号码，"喂，范主任吗？我是石伟。"那边回话："哟，怎么今天有时间给我打电话了？"石伟说："看老主任说的，我是想请你吃顿饭。"范主任的话里明显带着讥讽："我看太阳还是从东边出来的。"稍停了停，又接着说："大主任请我荣幸之至，但无功不受禄，免了罢！"说罢，挂了电话。石伟忙又重拨了电话："你生我的气了吧，先别气；我给你说啊，你就是不给我面子，总得给田宇股长个面子吧。"范营威改变了语气，"噢，田宇也在啊，那我就权当给田宇个面子吧。我在教育局门口等你们。"听了范主任的那些话，汪飞儒与吕焕交换了眼色，都在抿着嘴笑。而后，他们几乎同时说："田股长，咱们走吧。"

田宇他们走下楼，走到教育局大门口。田宇见范主任站在那门口的大树下，紧走几步，握住范主任的手说："见到您，十分高兴。最近身体还好吧？"范营威有力地握住田宇的手说："我的身体还好，托石主任的福，我不用上班，还照常发我的工资。"田宇听得这话中有话，只说了一句："身体好，比什么都好！"范营威接着说："你田宇德才兼备，好，是个好人。……咱们不说这个了，有话咱们到饭桌上再说吧。"惯于见风使舵的朱冲，走在前头，说："咱们走吧，还去喜临门，我已经打了电话安排好了，现在凉菜该上齐了。"

朱冲、田宇、范营威、汪飞儒、吕焕几个人走在前面，石伟故意地拖在后面，他用手机给妻子打了个电话，说："我这里有几个人一起吃饭，等一会到八点左右，你给我打电话，催我回家。"石伟心里早就很不痛快了，但事已至此，他只得忍受着，他料定酒桌上也一定是话不投机半句多，还是趁早走了的好，于是他想出了让妻子打电话催他回家的这一招。

朱冲引路，走进饭店的一个单间。推开门，只见几个凉菜真的已经摆在了桌面上。朱冲站在门口，请范主任先进门，其他的几位也都一齐嚷着让范主任往里边坐。范营威说："里面的位子现在不是我坐的了，石主任是最高领导，你上坐——"石伟说："看你说的，你不往上坐，谁敢啊？"田宇说："都别客气了，范主任和石主任里面坐，咱们四个分开坐，这不就行了吗？"石伟本来就是个讲究人，他总以为自己是一把手，已经习惯地坐在上位，这次来了老主任，就客气了一点，他推着范主任说："范主任，你是我们的老领导了，你先坐好，我们就好坐了。"范主任被他推到右边，他坐在左边，田宇与汪飞儒分坐两边，最外边是吕焕和朱冲。朱冲是最喜欢也是最习惯坐在外边的，不全是因为他的职位低，而是因为在最外面，靠门口，拿酒方便、要菜方便、与老板娘说荤话方便、记账方便。

朱冲走到柜台，搬来一箱洪山六年窖，说："今天喝洪山六年窖吧，也算咱们为洪山市的经济发展做点贡献。"吴焕说："哟，好家伙，咱们的朱大会有长进啊，这喝酒竟也是作贡献了呀。"朱冲激动了起来："这不……这不……是老主任和……和田股长都……都来了吗，咱哪能不喝点高……高……高级……级的呢？"汪飞儒讥讽地说："别激动，朱会计，你一激动啊，话就说不出来了。"范营威接着说："你这个朱冲啊，还是我们几个人，有啥好激动的，快把鼻涕擦擦，老这样。"田宇接过话茬说："朱会计确实有长进，政治觉悟高，办事也讲究，黑白道通吃，人才啊！"石伟最后说："朱会计干了二十多年的会计了，还是茶壶里边装饺子——有货倒不出。"汪飞儒和吕焕不约而同地说："倒得出，倒得出，有好几次我都看见他吐了一大片呢。""哈，哈，哈，"大家一齐笑了起来。石伟又说："倒酒吧。"朱冲，掂过一瓶酒，左手捧着，右手一拧，拧开壶盖，装进兜里，很麻利地倒了六杯酒，说："咱们都知道田股长不能喝酒，这半杯给他，其余的五个满杯，咱们一人一杯。"说着，他转了一下桌面，意思是让人各领一杯酒。吕焕说："管了，好了，朱会计心情平静了，不结巴了。"其他的四个人都斜了他一眼，朱冲则不好意思地说："还能老结巴吗？"

酒桌上好不热闹。共同喝了三杯后，田宇说："范主任，我先敬您一杯。"说着，田宇用新杯子倒了小半杯，双手递给了范主任。范主任站了起来，田宇说："您请坐，哪能让您站起来呢？您如果不坐下来，这酒我也没法端了。"范营威笑着说："好，好，我坐，我坐。"田宇把那小半杯酒端给范营威。范营威接过酒杯说："谢谢你啊。"田宇说："谢什么呀，说心里话，我应该感谢您啊。在教研室的几年，是您支持我、鼓励着我。我去教育股，您和同志们都给我说了不少好话……"范主任说："你给我端的酒，我喝。"说着，他端起酒杯，一饮而尽，而后说："田宇，你刚才说感谢我。我可真的承受不了啊。应该说，我是对不起你的，只是你顾大局，原谅我了。至于你后来当股长，那是众望所归、众望所归啊！……"田宇接过范营威的空杯子，又倒了小半杯，说："范主任，我再给您端一杯，祝您健康长寿。"范营威接过酒杯，说："好，你的这杯酒，我也喝，我和你一起喝吧。来，田宇，也算我敬你。"田宇举起酒杯，说："干——"说着，他们一齐把各自的酒喝了。这时的石伟也站了起来，给范营威倒了半杯酒，说："范主任，我敬你。"范营威坐在那儿，说："石大主任，给我倒酒，真是折煞了我也。这样吧，咱们共同喝一个。"石伟自感没法往下继续说，只得跟着笑说："那好，听你的。咱们共同喝这杯。"范营威站了起来，没有看石伟，就直接地自个儿喝了下去。石伟看范营威已经把酒喝了，只好也紧跟着把自己端在手里的酒，一仰脖子喝了，坐了下去。汪飞儒向吕焕、朱冲递了个眼色，说："范主任，我们三个共同敬您一杯酒吧。"范营威笑了，说："啊，啊，我知道这杯酒是躲不过的，好，我喝。"他站了起来，把田宇刚刚给他倒的一点儿酒接过来，喝了。范营威毕竟已近花甲，有些儿微醉，说："田宇，你自倒一点儿酒，我也再喝一个，祝你鹏程万里。朱寨初中朱润梅体罚学生的事，你做得很好，很果断，敢担当，不仅是朱寨初中的教师们称赞你，而且全县的老师都在电脑上对你评价很高，说有你这样的好领导撑腰，他们才敢教敢管。好，太好了。你才真的是人才难得啊！我也喝，我打心眼里高兴。"说着，他自倒了半杯酒。田宇看老主任已经倒了酒，自己也就倒了一码台下面的一点酒，说："谢谢你对我的鼓励和栽培，我喝。"这时的汪飞儒站起来，提议："咱们都恭祝田股长步步高升，干出更优异的成绩！"石伟想了想，也站起来，说："田股长对朱润梅事件确实处理得很好，有气魄、有胆识。咱们恭喜他当股长，更恭贺他将来再高升。"无论真心还是违心，他们都把那杯酒干了。

　　朱冲已经看出了石伟的局促与尴尬，就拿出了他惯于讨眉献好，阿谀奉承的绝技，自倒了一杯酒，站起来，说："我敬石主任一杯，这半年多来，教研室的工作很出色，全凭石主任领导得好！"这时的石伟好像从尴尬中走了出来，说："都是大家干得好！"范营威坐在那儿一动不动，把眼抬了起来，对着朱冲斜了一下，心里说："拍马屁！"这时的田宇笑着，解围似的说："祝贺石主任，咱们都一起喝吧！"怎么办？田宇这样说了，范营威慢腾腾地站了起来，说："响应田宇，就喝吧。"他们都喝了那杯本是朱冲拍马屁的酒。

石伟就更加尴尬，心里想，怎么老婆还没打来电话？正在这样想着的时候，石伟的电话响了。石伟做了一个让大家别说话的手势，接了电话，故意问："谁？"那边说："你说谁？我！"石伟装腔作势："噢，是老婆。有什么事吗？"妻子说："你不知道吗？三子还咳嗽呢？"石伟忙说："好，好，好，我现在就回去。"挂了电话，石伟说："对不起大家了，我得回去给三子看病去。"大家都一齐说："快回去，快回去吧。"

石伟好不容易地逃离了那个使他窘迫的场面。这一招，他实在应该感谢范营威教给他的老谋深算。

范营威说："朱冲，开酒，石大主任走了，咱们喝得更畅快。"其实，汪飞儒、吕焕、朱冲都知道范营威对石伟的感冒，有几件事石伟也着实对范营威做得有点儿大不敬。这范营威本来就是个小肚心肠的人，怎能会咽得下那口气？范营威今天对石伟的几次讥讽，他们的心里都很明白，只是谁也不想说罢了。石伟走了，他们相互间推杯换盏，真的是自由自在、开心畅快多了……

墙上的壁钟敲响了 10 下，范营威醉醺醺地说："太晚了，咱们结束吧。"朱冲看这情况，知道就要结束了，就走到柜台前，半醉不醉地说："老板娘，老板娘——"老板娘从里屋走出来，笑着说："结账吗？"朱冲走到老板娘的跟前，手伸过去，正想对那老板娘丰满的乳房戳一下，老板娘把手拉过去，说："放尊重些，该结账结账！"朱冲还是不知趣地说："你说咋弄就咋弄。弄多少？"老板娘说："烟酒饭菜，一共 1296 元。"朱冲说："你咋弄弄不多？"老板娘说："酒是 7 瓶，就 800 多了，还有烟，饭菜呢？""好好，我给你填上"朱冲又接着说："拿菜单来。——老板娘把菜单递给他，只见朱冲在菜单上写着：'招待范主任和田股长，并研究工作。壹仟伍佰玖拾陆元。'"老板娘看了看，说："你真是个蛀虫啊，又多写了三百元。我看你，早晚得吃不了兜着走。"朱冲又开起了玩笑，说："还是你疼我，不贪白不贪，靠山吃山，没有事的。"

　　酒席结束了，田宇和朱冲扶着范营威，走出酒店，走近路旁。朱冲、吕焕离开范营威，汪飞儒说："我们先走了，田股长和范主任是同路，你们聊着就到家了。"范营威醉着说："你们都走吧，有田宇陪着就行了。"

　　他们走后，范营威重重地两手抓住田宇的手，哭诉道："田宇，我对不起你。本该你当主任的，是我瞎了眼。这里面的事我没有法对你说。不管怎么说，都是我瞎眼，让他当了主任。"他哭得好伤心，又接着说："他石伟，三月十二日搬走了我的办公桌和档案橱；四月十六日让朱冲扣发了我的主任补贴。绝情啊……要是你，你做得到吗？不会的，你绝对不会的。"田宇安慰说："事情已经过去两个月了，你就别难过他了，再说了，不用你上班，落个清闲，养好身体比什么都重要。"范营威抓着田宇的手，摇着，扯着，不知是激动还是愤怒，是悲伤还是后悔，或许是兼而有之吧。他又接着说："田宇，田宇，我……我现在才明白，看人用人最根本的是看人品。他石……石伟也就这么粗、这么长了，比你差远了，你还会有大好前程的……"田宇说："范主任，石伟有石伟的长处，很多地方我不如他。至于我，我总觉得每天忙忙碌碌，还没有在教学第一线，带几节课，多培养几个学生，来得实在呢。"范营威说："不能这么说，你现在负责的是全县的教育工作，作用要比一个学校大得多。我相信……相信'金子总会发光的'，现在全县的老师都很拥戴你呢。""你知道的，我办事向来凭事实，不想冤枉任何一个人。"田宇说。范营威说："你……你办事细心，讲原则，敢担当。现在就需要你这样的人。"田宇又说："您快到家了，以后咱有时间再说话吧。我扶你到家。"

　　镰刀似的月亮渐渐西沉了，天上的一颗颗星星都在眨着眼睛，像是在注视着范营威与田宇两人似的，它们在为范营威这个当年滥发淫威又设计将田宇抛之于后而让石伟坐上宝座的糊涂虫今天落到这步田地而感到可悲。啊，人啊，人心啊！

　　2000年10月下旬，农民们收完庄稼，种上了小麦，正是农闲的时候。一天，田宇老家田庄田济才的门前，围满了人。大门东旁贴着一张大红的"寿"字，两边对联：福如东海长流水，寿比南山不老松。寿贴前面放着一个长桌子，桌上铺着红布，红布上燃烧着两根红蜡烛。大门上方拉着"喜拉"，挂着红灯笼。再往东搭着凉棚，凉棚下，放着账桌，亲戚朋友在账桌前送贺礼，账桌旁的两人，一人记账，另一人收礼、发烟。

　　一辆小轿车徐徐开到田济才的家门口，停了下来。司机走下车来，忙绕过车尾，走到前面，打开车门，田宇走下车来。田宇在田庄辈分最低，所以，他抱拳作揖，"各位长辈好！各位长辈好！"一旁的人们先是议论："庆寿、庆寿，有什么可庆的？他女人一辈子没开怀，一个闺女一个儿都是要人的。""'文革'时炯得很，当副书记，分单干以后老书记去世了，他一歪腔当书记了。当了三年整，就被人尅下去了。""这人面善心恶，干过几件好事？他当年把田宇往死里整，可现在呢？他，平民一个，人家田宇在教育局当官了。"正在议论着，人们忽然发现田宇来了，又议论开了："这田宇肯定是来羞辱他的，活该！"也有人说："不一定，田宇很可能真是来贺寿的。"……田宇抱拳说着，已经走到了账桌前。账桌前记账和收钱的两个人连忙站起来说："哟，这么远的路，你咋来这么早？开车来的？"田宇说："开车来的，听说济才大伯过六十六大寿，我就一大早赶来了。"田宇瞭了一下账单，发现果真如妻所说，都是10元的，最多20元。他就从衣袋里掏出50元钱递给账桌。记账的是田济才的儿子田梦龙，跟田宇既是爷们，又是同学，现在是本村的小学教师，'文革'期间，与田济才同流合污，写大字报攻击过田宇。这时的田梦龙太出乎所料，心里很不是滋味，脸上堆着强笑与尴尬。田梦龙记了账，说："你喝茶。"田宇说："我找济才大伯说句话就走，局里还有事。"田梦龙说："再忙，也得吃过饭再走。""不了，不了，你们忙吧，我给他说句话。"田宇正说着，一转眼，见田济才来了，就赶忙紧走两步，说："济才大伯，今天是您大喜的日子，我祝您长命百岁，健康幸福！"田济才紧握着田宇的手，一时间不知怎么开口："真没有想到啊，谢谢，谢谢。"田宇说："济才大伯，我还有许多事，真的要赶回去。再次祝您健康长寿！""真的要走啊？"田济才握着田宇的手说："那好，我就不强留了。哪天你在家，我单请你，咱爷俩好好说说话。等会儿，我叫人叫珍珍的妈来吃饭。"很多人听得田宇向田济才道喜，伸出大拇指，说："田宇，有胸怀！"田济才送田宇到小轿车前，小车司机打开车门，田宇正要上车的时候，牛善云走过来了。田宇忙说："你也在这儿？我正想着要回家跟你说句话再走，现在见了你，我就不回家了。"牛善云有些嗔怪地说："每次来家一趟，都是火急火燎的。"她向着司机说"总得让他大叔进家喝口茶吧。"司机说："嫂子好，田股长确实有事。等哪天双休日，我专来看望您。"田宇说："时间不早了，我们现在就得走，善云、济才大伯请留步。"说着，田宇和司机都上了车。小车徐徐开动了，田济才向田宇招着手，田宇则打开车窗，向田济才、牛善云和乡亲们招着手，牛善云则原地站在那儿，远远地目送着那小车离去的烟尘。田济才面向牛善云："珍珍的妈，几个孩子都没有在家吗?"牛善云说："他们都上学呢。"田济才又说："到中午，你来吃饭。"牛善云说："好，您就忙去吧。"牛善云挪步站在看热闹的人群中，田济才则回到院子里。

　　时间过得真快，转眼间，2002 年的六月到了。每年的六月，在农村是"三夏"大忙季节。"三夏"即夏收、夏耕、夏种。六月初，在淮北这广阔的原野上，到处是一片金黄。六月一号前后，淮北地区就开始收割小麦了。淮北人民已经结束了人割麦，用牛打场的历史，一个生产队有三、五台收割机在三天内就完成收割 500 多亩小麦的任务了。在 20 世纪的六七十年代，小麦虽然产量只是二、三百斤，但收割，打场、捞穰，一个生产队要用一个月的时间才能完成。接下去是夏耕，即犁晒伐。一场夏雨过后，人们又开始夏种。过去是栽麦茬红芋，点麦茬棉花，耩豆子，有句农谚云：夏至耩黄豆，一天一夜扛槂头，说的是在夏至前后种豆子，一天一夜的时间，大豆就生根发芽了，强调种庄稼不失时机的重要性。在新世纪之前，农村已经很少种红芋了，而大多是种玉米和大豆，主要是玉米。往日的"三夏"大忙，在今日新的时代里，由于标志着生产力发展水平的生产工具的机械化，农民们也只是分别忙那几天罢了。在每年的六月，真正忙的要数教育部门了。一线的教师们要忙着期末复习，等待着抽考或统考，考出个好成绩；初中毕业班的老师们就更忙了，忙着初中三年各科的综合复习、忙着体育训练与理化实验准备迎接体育与理化加试，迎接中考，考出个全县前几名，考出个较去年显得进步；教育主管部门，尤其是县教育局各科室的领导们，忙着制订方案，分片分组，人员安排，忙着组织体育与理化加试，忙着组织中考与高考，忙着中考阅卷与试卷分析……而正是在这段时日里，分管教育的副局长邹振华同志却因病住院了。尤令思局长就把组织中考与高考的相关工作交给了田宇。田宇每天包括双休日在内，总是加班加点、夜以继日，他要制定各个方案，联系教研室、招生办、人事股和财务股，分阶段做好各项工作。

　　八月中旬的一天上午，中考、高考工作均已告一段落，他可以相对地松闲一点了。他问黄维福副股长："黄股长，可知道现在邹局长的病情怎么样？"黄维福说："你昨天让我到市教育局去，去了之后，我又到市人民医院去看他。他拿出前天的检查报告给我看，我一看诊断结果是肝癌晚期。不过，他的精神状态还好，一顿还能吃一碗软乎的饭，比如面条、面叶子、面疙瘩、米粥之类。我说了几句安慰的话。"田宇有点惊讶地说："噢，这么严重吗？"他想了想说："今天我手头上没有急办的事，我看他去吧。你可陪我去了？"黄维福说："我昨天已经去了，今天你自个去吧，我在这看家。"

　　田宇坐公交车，很快就到了洪山市人民医院。他走到邹振华所在的病房，轻轻推开了门。躺在病床上的邹振华看到田宇来了，忙坐起来，说："田股长，你这么忙，怎么也来了？"田宇说："真的很抱歉，我有十多天没有来看您了。"邹振华说："这段时间你是最忙的，我不在局里，你就更忙了。中考、高考成绩都知道了吧？"田宇问道："都知道了，咱们的中考成绩比去年又好了一些，各高中的录取分数线都比去年高5分左右。今年的高考，洪山市在全省第一，高出全省两个多百分点，咱们县在全市第一，比洪山市多一点五个百分点。""好，太好了，你功不可没啊！"他想了想，问："王志东事件你是怎么处理的？光听说你处理得很好，但不知道具体情况。"田宇说："黑湾镇教委打来了电话，说是王志东老师被打，我就赶紧去了黑湾初中。事情的经过是这样的：六月下旬的一天中午，王志东老师所带的三（1）班的两个学生，丁峰和王侠在放学的路上打了架。打架的原因是丁峰把王侠的钢笔弄丢了。丁峰答应到家再找找，找不着就买支新钢笔赔她；王侠不愿意，要丁峰现在就赔，原来原样的。后来争吵，王侠骂丁峰，丁峰打了王侠的嘴。到了家，王侠的爸王丙权不愿意，下午到学校就不分青红皂白打王志东，王志东想躲开，王丙权就拾块瓦片砸王志东的头，王志东头部打伤，躺在地上，一地鲜血。全体老师一致制止，他却口出狂言，说王志东不是个孩子，不配当老师，只和拿国家的钱，不问学生的事，要到教育局去告。我到过之后，当地医生已经给王志东止了血，包扎了伤口。我当时非常气愤，就说：'这两个学生是在校外打架，按说学校是没有责任的。但如果学生或家长回校反映给老师，老师可根据情况作出处理。现在的问题是，你没有反映情况，老师正在上课你抓住王老师就打。我认为，你不仅扰乱了学校正常的教育秩序，而且殴打教师，使其头部受伤，已经构成了违法！'"后来派出所来了人，我提出建议。派出所来的人了解了一下情况，根据我提出的三点建议，作出了决定："1. 王丙权负担王志东的住院费、医疗费，另外，每天赔偿护理费、误工费、生活费、差旅费计 360 元，有多少天算多少天，再赔精神损失费 3000 元。2. 写悔过书 28 份，分别张贴在派出所、本镇各中小学门口。3. 行政拘留 15 天。后来，按此执行了。"邹振华听了田宇的叙述，喜上眉梢，连声说："好，确实好，就得让那些闹校的不法分子尝到苦头，在全县也起到杀一儆百的作用。"邹振华接着说："我还有一个多月就退休了，况且也不知道能不能活到我退休。"这时，田宇坐在邹振华的床沿上，握着邹局的手说："邹局，别灰心，坚持住。我相信，现在的医疗技术这么发达，你一定会慢慢好起来的！"邹局说："谢谢你的安慰。"说到这里，邹局的手摇了两下，又说："田宇，我多么希望你能坐在我的这个位子上啊，全县的教育需要你——你是最合适的！"田宇说："谢谢您对我的信任，我还是那句话：听从领导安排，服从工作分配。"邹局又说："你到我这个位子上，你的那个位子我也考虑好了。"田宇问："能说给我听听吗？"邹局说："我只是这么想，还没有给尤局说。"稍停了一停，又接着说："给你没有什么可保密的，我怎么想的就怎么说给你听吧。我想让秦俊秀来局里当教育股长。如果真的都能这样，也就保证了我们局的稳定，保证了全县教育事业的发展。"田宇微笑着说："如果真是这样，确实很好。只是我能挑得起这个重担吗？"邹局说："唉？！你比我强百倍！"说罢，又强调了一句："你可要保密哟。"田宇说："这您放心，我给任何人都不会说的。况且，这还只是您的愿望而已。当然，您能有这个愿望，我真的应该谢谢您对我的信任。"

过了几天，尤令思局长又来医院看望邹副局长。他们说过一段话之后，邹副局长推心置腹地说："尤局啊，我们都是老同事了，我有一个愿望总想在我退休之前说给你听听，不知当否？"尤局说："你我一起共事二十多年了，给我还这么客气干什么？有什么话尽管说。"邹振华说："我想，能不能在我退休之前就让田宇当我的这个副局长？"尤令思说："让田宇当你的这个副局长，你和我想到一块儿了。但如果在你退休之前就让组织部宣布，这合适吗？"邹振华说："我想过了，这样做非常合适。一是，田宇最能胜任这个位子，全县教师一定会很拥戴他；二是，提前任命，能够减少很多麻烦。你想想，如果到我退休之后再考虑这件事，局里边，县政府那边，肯定得有很多人做各方面的工作，你到时候会很为难。第三，至于我本人，非常愿意扶他上马，我想亲眼看到他真真切切地坐到我的这个位子上来。"尤令思说："好，你想得很周全。明天，不，今天下午我就去组织部向领导汇报这件事。"尤令思想了一下，又问："田宇当了副局长，那么教育股的股长由谁担任，我想你也考虑好了吧？"邹振华笑着说："这件事我也想了，不知道你同不同意？"尤令思说："说来听听。"邹振华说："我反复考虑过，总觉得秦俊秀最合适。"尤令思问："就是一中的那个教导主任？""是的。"邹振华说。尤令思思考片刻，说："她的确是个很合适的人选。教育股长的任命，咱们局下个文件就可以了。再说，她已经是一中的教导主任，用不着作人事考察了。到底是你考虑的周详啊，就照你说的办。这样做，我们既保证了教育局的人事稳定，也保证了全县教育的持续发展。我得代表咱教育局向你表示感谢啊！"邹振华说："你这说哪里去了啊，如果不是咱们俩的关系好，我还真不说哪！"他又想了想说："如果将来你退休了，你又觉得合适，能让田宇当局长，那就更好了。"尤令思说："完全可以。到时候，我可以提前向组织部推荐他。但是，计划赶不上变化，如果没有其他非正常因素，他当局长是最好不过的了。"

　　时间老人已经走入 2020 年的 9 月下旬。县组织部对田宇进行了人事考察并公示无异议。这一天上午的八时许，时值中秋的阳光，把她的艳美给整个县城披上了无限的温情，又把她的凉爽送给人们满怀的惬意。窗扉一扇扇在阳光的照耀下，光晶泛彩，整个小城宛若一团璀璨的星群，在天宇之间闪烁着壮丽与辉煌。东安县教育局大院内的几棵桂树正流淌着那扑鼻的、沁人心脾的清香，蜜蜂嗡嗡地叫着，在泛若繁星般的朵朵花蕊上吮吸着、唱着。就是在这样一个柔美愉悦的环境下，县教育局召开了由局全体领导、各乡镇教委主任、各直属学校校长参加的会议，秦俊秀也根据通知参加了本次会议。坐在主席台上的有分管教育的副县长胡泽宇、教育局局长尤令思、组织部副部长李正贤、教育局副局长邹振华、王媛媛等。会上，李正贤副部长宣读了中共东安县委文件，即任命田宇同志为东安县教育局副局长。王媛媛副局长宣读了东安县教育局文件，即任命秦俊秀同志为东安县教育局教育股股长。而后，胡泽宇副县长、尤令思局长先后作了重要讲话。邹振华副局长作了发言，他说："我衷心地祝贺田宇同志荣升为副局长，也衷心地祝贺秦俊秀同志荣任教育股长。田宇同志既有在一线学校教育教学方面的管理经验，又有在教研室、教育股从事教育教学教研方面的卓著成就，更有坚持原则、敢于担当、团结奋斗、砥砺前行的谋略和品格，在全县教师中已经有崇高威信，这个位子非他莫属；秦俊秀同志有着团结奉献精神、改革创新精神和争先创优精神，她本人教学教研成绩突出，担任一中教导主任之后，能够带领自己的团队奋力拼搏、锐意进取，使一中的教育教学质量又有新的提高，为全县教育事业的发展作出了重大贡献。这两位同志充实到咱们教育局的领导班子中来，实在是我们局乃至全县教育的一大幸事。在我即将退休之时，我看到他们被安排到重要的岗位上来，实在是对我的最大慰藉。我相信：在县委、县政府的正确领导下，在咱们局全体同志的全力配合和共同努力下，又有全县教师的团结拼搏，我县的教育事业一定会越办越好。谢谢大家。"他的发言之后，回应他的是经久不息的掌声。再接着，田宇和秦俊秀两位同志先后作了热情洋溢的讲话，讲话里充满着感激、决心和信心。

会议结束了，同志们纷纷走出会议室。阳光更加灿烂、风儿更加清爽，人们的心情更加愉悦。朱寨镇的教委主任朱明礼与田宇握手说："恭喜您啊，田局长，今天宣布您为副局长，明天就是中秋佳节，双喜临门啊！"

遗憾的是这次大会后的不几天，这位德高望重的邹振华副局长永远地离开了人世。意如所料的是教研室的那位朱冲会计，因贪污罪被判刑五年，监外执行；后因得病而去世。

63

2002年9月23日（亦即旧历八月十七日），星期一上午的七点四十分，田宇和往常一样走进了教育局的大院。这是他当副局长后的第一个工作日，他是那样的神采奕奕、那样的信心百倍、那样的坚定从容。局里的工作人员见了他，都纷纷打招呼："田局长好！"田宇的办公室就在教育股的东侧隔壁。田宇走进了办公室，擦了擦桌面。当他提着热水瓶要去打茶的时候迎面碰上了秦俊秀。田宇与秦俊秀各自笑容满面地相互间打了招呼。然后，秦俊秀说："田局，我也打茶去，你就把茶瓶交给我吧。"说着，秦俊秀打开门，拎着茶瓶走了出来。这时，听得一个声音："我来打茶，你们进屋休息吧！"田宇与俊秀抬头一看是黄维福来了，他们同声与黄维福打招呼："黄股长好！"黄维福要拎他们俩的茶瓶，秦俊秀说："你俩别争了，数我年轻，以后打茶的活儿包给我了。"田局笑着说："黄股长，就让俊秀打茶去吧。"

秦俊秀打茶回来，把两个茶瓶分放在两个办公室的茶桌上。田宇说："正好咱们三个都在这，就研究一下近期工作吧。"他们都发了言，最后形成一致意见：一、重新修订《东安县教育局教育教学管理规程》；二、国庆节后的第一周，对全县中小学、幼儿园进行大检查，检查的重点是学校管理和教师业务，包括听课。由秦俊秀具本负责，写一个检查方案，确定检查组人员，分两大片，再确定检查项目，列个表，尽量刚性、打分、随机听课。

一切都按原计划有序进行，检查结束后，又进行了汇总和整理。而后，召开了由市县领导、教育局、镇教委、局属各中小学全体领导参加的业务检查总结大会。大会对检查的各个方面都进行了实事求是地总结与分析，对好的典型进行了表扬，对差的典型进行了批评。又把《东安县教育局业务检查评析表》和《业务检查积分表》分发到各乡镇教委，体现了教育局"动真格，不姑息、打胜仗"的力度、信心与决心，营造了一个"争先进，创佳绩、优荣劣耻、敢担当必作为"的良好氛围，受到了市县领导的高度赞扬。总结会结束以后，田宇又组织教研室、教育股的领导同志、确定下周举行中小学课堂艺术展示课大奖赛，以此在全县范围内选拔和培养各科教学骨干。展示课之后，他们又组织教研室、教育科和部分局属学校的领导讨论制定了学校的各种管理制度，修改了《教育教学管理规程》，然后把各种制度汇定成册，形成了《东安县学校管理汇编》，让学校领导和老师有章可循，有规可依，让学校的各种管理有尺度、有标准、有目标、让学校管理走向正轨。

经过一个学期的艰苦努力，学校领导和老师学有榜样，赶有目标，各项工作，赢得了市县领导和全县教师的高度赞赏，全县中小学的教育教学质量定将大大提高。

2003 年 4 月的一天，田宇放下电话就立刻走到尤令思局长的办公室。尤令思见田宇来了，欠了欠身，说："来了，请坐吧。"尤令思接着说："几天前，县政府作出一个重大决定，要对教育体制进行改革，由现在的镇教委变成一个乡镇设立两个中心学校。我这里有一份征求意见稿，请你看看，说说自己的认识。"田宇仔细阅读了《东安县教育体制改革实施方案》，而后又把重点句段进行了反复阅读并凝神思考。尤令思看到田宇的那份认真劲儿，也不便打扰，心想他想好后自然会谈认识的。果然，田宇在思考了一会儿之后，说："这样改，我初步想是弊多利少。你想想看，本来一个乡镇只设一个乡镇教委，一个教委也只是 5-7 人；改后，一个乡镇如果设两个中心校，一个中心校的领导职数是十七八个人，一个乡镇中心校的领导就达到 30 多人。这样带来很多弊端。这样吧，我把这个文件拿回去再仔细看看，明天上午还给您。"又说："如果没有别的事，我回办公室了。"尤局长说："别慌走，我还有话要说呢。"尤令思接着说："你上任以来的这几个月干得很出色。工作思路清晰，敢担当，敢创新，有气魄，有作为。县委、县政府的领导在我跟前多次表扬你呢，全县的中小学领导和老师们也都佩服你、赞扬你呢。又加上有秦俊秀的配合，真是如虎添翼。邹振华局长真是慧眼识英雄哪！""说哪里去了呀，我只是干了点自己该干的事，没有您的领导和支持是绝对不行的！"田宇回答道。

第二天上午上班的时候，田宇又到了尤局的办公室。他说："尤局长，这个方案我看了很多遍，也进行了认真的思考。我写了《关于乡镇设立中心学校的几点思考》，请您看一下，不知对不对？"说着，田宇便把那份文件和他写的思考一并交给了尤局。文章在弊端中说道：一是减少了一线骨干教师的人数。一个中心校设校长一人，副校长三人，办公室主任、副主任各一人，教务主任、副主任各一人，总务主任、副主任各一人，教科室主任、副主任各一人，财务经办员（亦即会计一人），这样就已经是 13 人了，再加上原设的工会主席、副主席各一人，团委书记一人，农校校长一人，一个中心校至少是 17 人，如果再加上学校宣布的其他领导，一个中心校多在 20 人以上。本来一个乡镇教委只 5-7 人，甚至有的教委不足 5 人，而一个乡镇只是一个教委，现在设两个中心校也就是说要从骨干教师中选拔出 40 人左右当领导，等于说一个乡镇多 35 位左右的领导，等于说一个乡镇的一线骨干教师数少了 35 个。二是这样做降低了一线教师的骨干力量。三是影响了教师们的教育教学积极性。四是加大了一把手的领导难度。本来中心校本部校长一人，主任一人就行了，一把手的精力可以全部用到教育教学教研上，用到教师身上。现在呢，一把手的大部分精力得用在这 20 位领导身上，让他们干什么，怎么干；用在各领导之间的关系平衡上。五是加大了中心校的开支。比如各种招待、差旅、绩效工资等。这样做的严重后果必然会出现——教育质量下降。

尤令思看了田宇的这篇文章后，笑了，说："田宇啊，你的认识绝大部分和我的认识一样。唯一好的地方如你所说，理顺了上下级关系。这个方案在定稿之前，县领导征求过我的意见，我也如实地谈了自己的认识。但县领导的决心很大，也就形成了这个方案。看来下一步是分步实施了。先是选拔、任命中心学校校长。校长确定后再由中心校长提名，任命几位副校长，最后配备各中心学校的各科室主任。"田宇说："下级服从上级，个人服从组织。这是党的组织原则。咱们也只有照办了。"田宇想了想，问："中心校长的选拔也要有许多程序呀？"尤令思说："当然。先是根据条件报名，再是根据笔试成绩确定入围人员，三是通过面试与考察确定并公示拟定人员，最后才是确定和任命中心校长。"田宇想了想说："这样，各乡镇教委和各镇初中的够条件人员，会在一定程度上引起思想波动。"尤令思说："这一点很有可能。"田宇又说："这样也好，通过这些程序，能够把优秀人才选拔到领导岗位上来，也能够发现、识别和培养后备干部。""所以，我认为，这次选拔中心校长总的来说也是一件好事。"

正如尤令思和田宇所预料的那样，各乡镇教委和各初中的够条件领导都在一定程度上引起波动。举个例子说吧。黑湾镇的教委主任刘士秀，黑湾镇教委的文科教研员沈文浩、黑湾镇中心初中的校长殷善华和黑湾镇另外两个初中的校长共5人同在一个镇，都够报名应聘中心校长的条件。刘士秀在报名应聘之前的几天总是坐卧不宁，在他认为边远两个初中的校长与教育局领导接触不多，不足为虑，最大的劲敌是沈文浩，其次是殷善华。沈文浩本科学历，能力强，工作出色且与局领导和各科室领导接触很多，上上下下口碑很好，如果说一个乡镇只确定一位中心校长的话，他是最大的隐患；而殷善华当中心初中校长多年，与局领导也多有接触，不得不防。怎么办呢？他想一不做，二不休，干脆和沈文浩正面摊牌，不能让他报名。这天上午，黑湾镇教委的办公室里只有刘士秀和沈文浩两个人。刘士秀认为是与沈文浩摊牌的时候了。刘士秀问："文浩，报名了没有？"沈文浩故作不知，反问了句："报名什么？""嘿嘿，"刘士秀接着说："还装呢，报名应聘中心校长啊！"沈文浩想了想，笑着说："到底是报还是不报呢？我也没有想好。你说我是报还是不抱呢？"其实沈文浩的心里已经有了报名的决定，同时，也断定刘士秀是不会让他报名的，此时的他只是想验证一下他的猜测罢了。"你既然问了我"，他调整了一下坐姿，把左腿翘到右腿上，右胳膊肘撑着桌面，故作镇定，说出了他几天来反复斟酌的话："那老哥就谈谈自己的想法，我认为你就不要报名了。"沈文浩佯装不解地问："为什么呢？"刘士秀拉了拉椅子，向沈文浩跟前凑凑，以表示他的亲切、关切和真诚："你想啊，现在一个乡镇只成立一个中心学校，也就是说全县选出 22 个中心校长就够了，而原来 22 个乡镇的教委主任、副主任绝大多数都够条件，再加上中心小学、初中的校长和局属的中小学校长，够条件的不下百人，你只是一个乡镇的教研员，即使真的报名了，又会有什么意义呢？你还不是做分母？第二，咱们镇够条件的有 5 人，他们几个没有竞争力量，结果就是我和你竞争了，我当了好几年的主任，你觉得你能竞争过我吗？镇政府会把我的位子让给你吗？你又好意思和我竞争吗？再说了，从报名到任命得两三个月，哈哈闪闪地那么长时间，结果还是弄不成，岂不是很难堪吗？与其这样，不如不报名了。"刘士秀一口气说了这么多，沈文浩几次想插话，都被刘士秀摆手制止了。现在刘士秀说完了，停下了，沈文浩终于有时间反问了："如果像你所说，中心校长还是原来乡镇教委的主任，那么县政府搞这个活动不是多此一举吗？县政府文件说这次活动是统一报名、统一考试、统一分配，怎么能说咱们镇就是我和你的竞争呢？既然是竞聘，肯定是分母大于分子，这是竞聘条件本身所规定着的，有的人想参加竞聘还不够条件呢，这是择优录用，所以未被录用的这大部分人中，只是响应号召而已，根本不存在'难堪'之说。""哈哈，看来你还满有信心呢？那你就报名吧。"刘士秀万没有想到沈文浩会反驳自己，说得又那么理直气壮，只得掩饰着心里的怅，而搪塞地说了这么一句。沈文浩又说："我只是因为够条件，响应号召，绝对不是也不会跟你争，你就放心吧！"

　　县教育局人事科对各乡镇教委够条件的人进行逐一登记。对最后两天还没有报名的人进行了逐个通知。人事股股长给刘士秀打电话说："刘主任，这次中心校长应聘每个够条件的都必须报名，截止到今天下午六点，全县还有六位同志没有报名。请你通知沈文浩明天上午务必来教育局人事股报名。"次日上午上班的时候，刘士秀只得把这个通知给沈文浩说了。沈文浩说："看来，现在，现在我是不想报名也得报名了。我现在就去？"刘士秀从鼻孔里哼出两个字："去吧。"

　　经过报名和笔试，全县 73 位够条件的同志筛选出 40 人准备参加面试。

黑湾镇能够参加面试的人有三个，即刘士秀、沈文浩、殷善华。刘士秀真的是怕如所料却又真的竟如所料了起来。面试那天，县政府的副县长胡泽宇和县教育局的局长及几位副局长全都到场。县教育局抽调七位局属中学的校长、副校长组成评委，又有一人统分、量分。面试是以《当我当了中心校长后》为题，谈自己的认识与感想。题目保密，不到谁，参评人员谁也不知道题目，说过了的参评人员指定到一间教室隔离，以防漏题，可谓公开、公正、透明。

面试之后，教育局又组织考察组，分别到这40位同志的所在教委进行考察。为了保密，人事股与当日早上通知有关乡镇教委主任，要求所在的教委全体人员、中小学校长和5-7位教师代表参加。接此通知的刘士秀利用工作之便，在通知上述人员参加的时候，他都逐个要求这些人说自己怎样怎样好，说沈文浩和殷善华在哪些方面怎样怎样地不好。

阴谋啊，真是太阴险了！明枪好躲、暗箭难防啊！又何况被他通知的这些人都是跟他关系好的呢？个别曾经顶撞过他，非议过他的人他当然是不会通知的。为了防止被选掉，刘士秀又让在黑湾镇当书记的内叔父钱费通做了大量的工作。

刘士秀终于当上中心校长了，只是被安排到了别的乡镇。后来教育局的一位领导向沈文浩透露，当时总评定成绩是：刘士秀74.5分，沈文浩74分，殷善华73分。这——是否太可笑或是太荒唐呢？抑或真的是巧合？

黑湾镇中心校长的选拔和在选拔过程中有关人员的波动与斗争可以说是全县当时各乡镇的一个缩影。

话还是要回到东安县教育局这边来。这天上午，教育局局长尤令思的办公室里，尤局长正在和副局长田宇谈话。尤令思说："县政府决定，中心校长选聘这项工作由胡县长总负责，具体工作由你来抓。我知道，你为人正直、处事谨慎、态度谦和，相信你一定能把好一道道关卡，把最优秀、最有能力、最有干劲、口碑最好的人选拔到中心校长这个岗位上来。"田宇说："谢谢领导的夸奖。有您作后盾，我会尽力而为的。再说了，遇到具体的问题，我还会请教您的。我有信心做好这项工作。"

按照县政府的决定，2003年5月下旬，全县中心校长选聘工作开始了。田宇先到分管人事的副局长王媛媛的办公室，王媛媛见田宇来了立刻站了起来，说："你请坐。"又开玩笑似的说："有何吩咐？"田宇说："老大姐，我是来请教你的。"王媛媛是个很聪明的人，他已经知道田宇的来意，却故作不知地说："这可折煞我了，我有什么让你请教的？"田宇坐了下来，笑着说："选聘中心校长的事儿想必你早就知道了，按照县政府的安排，第一步是先报名。这报名的工作由谁具体来做呢？你是分管人事的，我得听听你的指示呀！""嘿嘿，到底还是俺的田大局长有水平，还先来跟我说说。我已经考虑好了。届时县纪委一人监督，另外还得三个人，两人检查有关证件，一人记录。你看让人事股长魏占魁、教育股副股长黄维福，还有督查室的小刘，刘亚东，怎么样？"田宇说："好，太好了，就按你说的办。"王媛媛说："你是副局长，直接通知他们好了。有谁敢不听你的吗？"田宇连声道谢。

　　谁知天有不测风云，正是东安县中心校长选聘工作即将开始的时候，"非典"来袭，全国形势严峻。全县的中考只得分片设考场，确定全县所属学校部分教师前往监考。这项工作当然又是田宇具体负责。等到中考，高考结束之后，县教育局才又回到心校长的选聘工作上来。

　　按照报名的条件——1955年8月31日后出生的、大专以上学历，中职以上职称的各乡镇教委成员、各初中和中心小学校长，均要报名。魏占魁据此逐一查找个人档案，全县有73名同志够条件，报名结束前的一天，这73位同志都到教育局报了名。第二部是组织笔试，试卷由田宇根据普通法律，尤其是教育的法律、法规和学校管理中的一些具体情况而出，绝对保密。根据胡县长的指示，先确定40人为中心校长候选人，并公示一周无异议。第三步是面试，面试的题目《当我当了中心校长后》也是由田宇拟定，田宇又确定了评委小组的人员和其他事宜，报经胡县长同意后具体实施。当然，田宇也征求了尤局长和王副局长的同意。面试的结果交给了胡县长审核，胡县长在东安县中心校长选聘面试评分表和东安县中心校长选聘考试成绩表上分别签了"已阅"字样。接下去就是分组对入围人员的考察，考察方案、方式方法、内容都是经过胡县长同意了的。各组考察结束后，田宇又召开由各考察小组人员参加的集中汇报、汇总会议，胡泽宇、尤令思、王媛媛、田宇等均参加了会议。会上，又对40位入围人员的考察情况量化记分填表。会后，田宇又将东安县中心校长选聘考察记分表报给了胡县长，胡县长又在表上签了字。后来，又对考试成绩、面试成绩和考察成绩综合起来求平均分。计算方法为（考试成绩+面试成绩+考察成绩）÷3＝平均分。据此形成了东安县教育局中心校长选聘综合成绩表。而后，田宇把综合成绩表报给了尤局长。尤局长看后，笑了，说："田宇，你的工作真细啊，公正公开透明，成绩真实，说服力强，我没有任何意见。按分数由高到低，选出前 22 名予以公示，应该不会有什么异议。明天上午，你把这个综合成绩表报给胡县长，胡县长批准之后即可公示。"

第二天上午，田宇走到县政府胡县长的办公室，把综合成绩表报给了胡县长。胡县长认真地看了表上的名单，又数了前 22 名，又向下看了看，不由得眉头皱了皱，心里想这可怎么办呢？田宇看出了胡县长的表情，忙问："胡县长，有什么不妥吗？"而胡县长只在凝思"怎么办"的问题，没有听到田宇的问话。田宇又连声问："胡县长，胡县长……"胡泽宇被田宇的连声呼叫叫醒了，一时不知道怎么回答，只好"嗯，嗯"两声后问道"你说什么？"田宇说："如果没有什么不妥的话，你签个字，明天就可以对前 22 名公示了。"胡县长对自己所想的问题还没有考虑好，又不好把这一问题直接跟田宇说，只得说："没有什么不妥。只是最后一关了，关系重大，我还要给县委书记、县长说一下。这样吧，你把这张表先放在我这儿，征求好意见后我再通知你。"田宇要回教育局，胡泽宇说："这段时间辛苦你了。你的工作很认真、很细致、效率高，我很赞成。谢谢啊！"田宇说："这是我应该做的，不妥之处请你批评。"没等田宇说完，胡泽宇就说："绝对没有什么不妥。"停了一下，又说："要不，你就先回去忙别的？"

田宇走到教育局直接走进了尤令思的办公室，他把刚刚在胡县长那里报综合表的情形如实地说给了尤局长。尤令思想了想又笑了笑说："选聘中心校长对于县政府来说也是一件大事，肯定有县局的一些领导在密切关注着这件事。胡县长既然没有让现在公示拟聘人员名单，一定有他的难言之隐。胡县长是个顾全大局的人，相信他能够妥善处理的。"田宇说："我也觉得是这样。"

第二天上午，尤令思被胡泽宇叫到了他的办公室，胡泽宇开门见山，说："尤局长，我跟你是老同事，老搭档了，向来都是有什么心里话就实话实说。"尤令思说："这一点我明白，有什么话你就直说吧。"胡泽宇说："我叫你来就是有件事想跟你商量。"尤令思说："是选聘中心校长的事吧，一定是遇到难题了。"胡泽宇说："什么事也瞒不住你。有两个人，其中的一个是罗圩镇中心初中校长罗成轩自认为三关都考得不错，我一查是第 23 名，他给我有点拐弯亲戚，缠我缠好几天了，又托公安局局长来说情，他是公安局局长内妹妹的亲侄子，这一个怎么办呢？还有一个是徐寨镇教委的教研员刘家豪，是县长给我说了两次的，也巧是第 24 名，这又怎么办呢？可只能宣布前 22 名呀！昨天上午田宇来，我让他把表先放在我这儿。要多两个人，怎么办呢？帮我想想吧！"尤令思笑着说："从昨天到现在已经有很长一段时间了，想必你已经考虑得差不多了。你就说给我听听吧。"胡泽宇笑了，说："你真聪明。我是这样想的——咱们可以在开发区单设立一个中心校，那里有三所小学，一个初中，又有两个民办学校，单设一个也是合理的；另外，黑湾镇教委的文科教研员沈文浩有才华，很会写，这你比我清楚。他呢，在拟聘之内第 22 名。我们可不可以让他先调到你的局里去。这样，那两个人的事就都算解决了。"尤令思大笑着说："哈哈，我的大县长啊，你这一招，真是既坚持了原则，又照顾了关系，各得其所，两全其美。好，好啊！那就让第 23 名的罗成轩进到 22 名，让 24 名的刘家豪进到 23 名。让沈文浩先调到教育局办公室，搞搞资料什么的，等到两个月后黄维福退休了，再把他调到教育股当副股长。这样做怎么样？"胡泽宇笑了，兴奋地说："好，太好了，就这么办吧。你通知田宇让他公示拟聘人员名单吧。"尤令思说："这样吧，我先给田宇说一下，他会理解的。然后，让王媛媛通知沈文浩先来局里上班，而后再让田宇公示拟聘人员名单。""好，这样更妥当。"胡泽宇赞同地说道。

尤令思回到了自己的办公室，又叫来了王媛媛和田宇。尤令思说："我叫你们二位来是想给你们说说中心校长选聘的事。根据实际情况和工作需要，以及胡县长的意见，中心校长的选聘跟原定计划稍有变化。那就是：一是咱们县的经济开发区公办的和民办的学校有六七个，也设一个中心校，这样全县的中心校长就拟定为 23 个；二是抽调第 22 名的沈文浩到咱局里来，文浩同志会说会写，人品也好，先让他到办公室去，以后黄维福副股长退休了，让他补上去；三是让原来的第 23 名、24 名都补上去。这样做，不仅没有伤害到任何人，而且对他们任何人还都有好处。"田宇笑着说："我明白。"王媛媛说："我按你的指示办。"田宇把手里拿着的东安县中心校长选聘综合成绩表展开来，说："调走一个沈文浩，再加一个中心校，那就是说第 22 名是罗成轩，第 23 名是刘家豪。什么时候公示呢？"尤令思想了想，又翻看了媛媛桌上的台历，说："今天是 8 月 1 日，星期四，媛媛，你就通知沈文浩 8 月 5 日星期一来局里上班；田宇你就在 8 月 7 日星期三公示，公示一周到 8 月 13 日结束。我们要在 8 月 20 日前研究好各中心校长的去向，确保 8 月 23 日能够召开新任校长会议，宣布人事，下发文件，保证新学期按时开学。"王媛媛与田宇异口同声："保证完成任务。"

沈文浩到县教育局的办公室上班了。

中心校长拟聘名单公示了。

2003 年 8 月 9 日，星期五。已经是下午近七点了，田宇的办公桌上放着一本被打开的《教育法律法规》，眼前放着一本信纸，信纸的第一行写着："中心校长职责"。隔壁的秦俊秀慢慢地走进田宇的办公室，见他凝眉沉思的神情，便关切地说："早该下班了，明天是星期六，总该放松放松了吧?"；田宇回过神来："我知道，可我还有很多工作要做啊!"秦俊秀近前看到那纸上的一行字，突然明白了，说："你是在想各个职务的职责，是吗?"田宇说："是的，我想赶在 22 日前写好，23 日会议上用哪!"秦俊秀有些怪嗔又有些心疼地说："像你这样，什么时候才能休息啊。中心校长拟聘人员名单已经公示，这几天你完全可以休息一下呀。"说着，便给他收拾了桌上的东西，又说："咱们好长一段时间没有在一起说话了。走吧，我陪你逛一逛，换换脑子。"秦俊秀走出门外，田宇只得笑了笑，站起来，伸了个懒腰，也跟着走出门外，又把门锁好。

那如火的夕阳烧红了天边的流云，小鸟感到傍晚的凉爽，纷纷跳出巢来，翻飞着、竞赛般地亮出了那动听的歌喉。秦俊秀与田宇带着几分悠闲行走在这行人渐多的宽阔的街道上。他们并排走着，两者间留出了一人间的空隙，已经不再像年轻时一起逛马路时的并肩与依偎了。秦俊秀说："宇，咱们俩是同一天宣布职务的，也是任职后同一天上班的。咱们俩的办公室是临墙，我是多么想每天上下班都和你走在一起啊。但是，每天你都是提前半个小时上班，又迟很长时间才下班，我只好一个人默默地走了。下午下班的时候，很多次我走到你的门口，你或者看文件，或者写材料，或者低头思考，总是那么神情专注，我不忍心打扰你就自己走了。但是，你知道我是多担心怕你累坏了身体吗? 我的心又是多么疼啊!""我知道，但我有那么金贵吗?"田宇转脸看了秦俊秀一眼，看到她已是满眼的泪水，又安慰似的说："秀，别这样，让人看了怪不好的。再说了，我的身体我知道，我不会累垮的，你就别太担心了。"不觉间，他们已经走到东安路东头的立交桥跟前。这时西边天空那最后的一抹云渐渐地被夜幕遮住了，县城里一片灯火辉煌。田宇看到路北有家饭店，对秦俊秀说："咱到那边吃点饭吧。""好吧，咱俩好久没在一起吃饭啦。"秦俊秀说着，便走到饭店门口，一位穿着饭店服装的小伙子，站在门旁，左手手掌抚着小腹，右手背在后面腰部，腰几乎弯到了90°，微笑着和顺地说："君临饭店欢迎您。"说罢，边直起腰来，右手一摊："请——"田宇一看门上标志："鸳鸯厅"，就说："我们到那间'雪松'厅吧。"小伙子正要引他们到"雪松厅"，秦俊秀连忙说："就在这'鸳鸯厅'吧。"田宇迟疑了一下，说："那就还在'鸳鸯厅'吧。"小伙计把门推开说："请——"等田宇和俊秀落座后，那位小伙计又说："那有菜谱，请点菜。"田宇说："俊秀你点吧。"俊秀说："还是你点吧，你点啥我就吃啥。"田宇自知推不过，也就一边点一边说："一份蘑菇青菜、一份油炸花生米、一份辣子鸡、再一份鱼头豆腐汤。秀，就这四个怎么样？""你点的这四个我都爱吃"，说罢，又补充一句："再来半斤洪山五年窖。"小伙计拿着菜单，说："您稍等。"而后退出了房间，把门关上。

这对曾经的鸳鸯又处在这"鸳鸯厅"的二人世界之中了。秦俊秀那澎湃的思念、激荡的情怀和那永远的崇望，刹那间像开了闸的水倾泻出来，禁不住依偎在他的怀里了。他分明感觉得到她浑身的颤抖，也听到她短促的呼吸。田宇也终将抵不住让他魂牵梦绕的心上人的温柔与缠绵，不由得紧紧地抱着她，一只手抚摸着她秀美的长发。情绪稳定了之后，田宇慢慢地推开她，并把她扶到椅子上，说："秀，我们已经都不年轻了，你已经入了'不惑之年'，而我快到'知天命'了。咱们的现在都只能以事业为重，以家庭为重了。你说是吗？""秦俊秀含泪说：道理我何尝不明白？就是见了你忍不住。"田宇倒了两杯茶，端给秦俊秀一杯，说："你家的阳阳今年多大了？"秦俊秀知道田宇这是故意岔开话题，也就一边用手帕擦着眼泪，一边说："14岁，已经上初二了。"又回问道："你的那三个孩子呢？"田宇说："噢，大女儿珍珍上大二，二女儿梦梦中师毕业已在浩凌小学教书了，儿子祥祥今年上高三了。""唉，时间真的过得很快呀。想想二十多年前1976年春的那个晚上，我在路宣队那位阿姨的陪同下到了你住的地方，看到你苦读的身影，听到我爸和阿姨关于你受尽委屈又苦苦挣扎的介绍，在我幼小的心灵上就已经埋下了对你崇拜和疼惜的种子。没能想到的是我上大学在转乘客车的车厢里又与你巧遇，接下来是我们经常在松林中、在沙滩上倾谈或玩耍。还有，我到你所在的浩凌初中实习常常与你在一起……那是多么幸福呀！那一天，我到你家去，看到你的住所、你的妻子和你的孩子，我想到你在家时的劳累与生活的艰苦，我是多么想分配到你所在的学校，帮你做教学、做家务、照顾孩子、让你能从忙碌中解放出来，腾出时间写作呀！可你不愿意，你提前告诉我爸让我爸安排我到东安中学任教。我曾经想把我的处女之身给你，但你坚守为人师表的底线，让我留下了终身的遗憾。我结婚的那一天，你因为堵车过了12点还没有来到，我一次又一次地延迟举行结婚仪式的时间。当我看到你远远地跑来，我即刻转过身去，多么想再次地投入你温暖的怀抱大哭一场呀。可是非常理智的你，即刻送给我鲜花，我本想的拥抱被那鲜花挡住了……这一天天、一次次、一幕幕，常常浮现在我的眼前，常常游移在我的梦中，仿佛就在昨天。"她一口气说了这么多，又泪眼盈盈地看着田宇，问道："难道这些你能全忘吗？"田宇激动地说："秀，你别说了，别说了好不好？我们的孩子都这么大了，我们只能把往事留作回忆。再说了，我们现在都在教育局工作，千万不能因为感情而影响工作，影响形象啊！咱们聊点别的好吗？"聊什么呢？田宇也在想，忽然他想了一个话题，问："秀，等到黄股长退休了，让沈文浩调到教育股当副股长，好吗？""沈文浩？"秦俊秀想了想，又问："我就想问问你，那个沈文浩怎么能调到咱们局里的？"田宇说："这话说来就长了——"田宇把选聘中心校长时有关沈文浩的事说给了秦俊秀听。秦俊秀听后说："噢，原来这样。"想了想又说："你们领导早就安排好了，我能有什么意见？再说了，沈文浩也确实是个人才，我看过他写的文章。"说罢，又问："你说，我是怎么进教育局的呢？"田宇笑着说："这就要感谢邹振华副局长了。我和你都是他推荐的。"秦俊秀又问："你在局里已经工作十年了，他推荐你那是理所当然。他为什么会推荐我呢？"田宇答道："邹局长很留心你的工作，你是咱县最高学府的大主任，非同寻常啊。我也曾经多次向他介绍过你的知识功底，你的为人，你的工作能力和工作成绩。但，说老实话，我绝没有想到让你当教育股长的意思。他在市医院住院的时候，有一次我去看望他，他把向局长推荐我和你的事给我说了，我才知道的。""噢，原来这样，"又说：

"那也得谢谢你啊。"田宇说："谢我什么，那是领导慧眼识英雄呀。"秦俊秀风趣地说："夸我还是夸你自己呀?""当然是夸你了。"田宇随口答道。

饭店服务员端着酒和餐具站在"鸳鸯厅"的门口，轻轻敲了两下门。田宇说："请进。"服务员把菜放好，把酒和酒杯放在转盘上，并把转盘放着菜和酒的那一边转到田宇和秦俊秀面前，说了声："两位，请慢用。"便转身走出房门，把门关上。

田宇和秦俊秀相互夹着菜、斟着酒，交杯换盏。秦俊秀说："我知道你不是盛酒的家伙，不能喝一两酒就满脸通红了。所以我只叫拿半斤酒，这已经足够咱俩喝的了。"说着拿过酒瓶和面前的两个酒杯，各倒了一点酒，说："咱们少倒点，多喝几杯。"他们沉浸在爱河荡漾的欢乐之中了，他们沉醉在温情无限的幸福之中了!

饭后，他们紧紧地拥抱着，但没有亲吻。因为他们都知道，自己是教师，是教师的领导者，更应该"慎独"。他们要教书育人，为人师表，他们要表里如一，言行无二，无论群居还是独处。他们走出饭店，走入大道，像来时那样慢慢地走着，走向自己的小家庭去……

2003年8月23日上午，县教育局新学期开学工作会议如期召开。王媛媛把各中心校长的任命文件宣读了，田宇把中心校各领导职责的材料下发了，新学期的各项开学工作安排了。

开学后不到一个月的时间里，全县23个中心校领导班子的组建任务完成了。已经当了教育股副股长的沈文浩，利用周末（星期五）的时间驱车到吕寨中心校看望他的老同事、新任校长刘士秀去了。他的这一举动得到了田宇和王媛媛的高度评价——因为他们都知道，在选聘中心校长的那段时间里，刘士秀不顾同事、同志之情而给了他很多的伤害。人啊，还是胸怀宽广、放眼未来，积德积善不积怨才好，所谓"福自我求"。积善成德，必有福报!

64

夜幕降临了，晴朗的天空中已经有几颗星星在兴奋地闪烁着光亮，一弯新月挂在西头河滩的松树梢上。田宇刚处理好手头上急需办的几件事后，才从办公室里走出来，走在回家（教育局家属院）的路上。正在他边走边思考问题的时候，一个熟悉的声音叫住了他："田宇，来，来，来——"田宇闻声望去，见是范营威站在路对面的电线杆子跟前。他赶忙走过去，走到范营威的跟前，笑问："您在这儿干什么？"范营威说："等你啊，这段时间总是想跟你说说话，我已经退休多年，不想到局里去，就只好在这等你了。这前面的巷子里有家家常菜馆，咱们俩到那儿吃点儿饭吧。"田宇只得答应了。他们被饭店老板安排到一个小单间里。他们俩四菜一汤一瓶酒，边喝边拉呱。范营威说："你当副局长已经两三个月了，今天一起吃个便饭，就算是我对你迟到的祝福吧。"说罢，他端起田宇给他倒好的一杯酒，说："来，恭喜你，咱们共同干一杯！"田宇端起酒杯，说："你是我的老领导了，没有必要这么客气吧。好，恭敬不如从命，咱们干！"干过这杯酒后，田宇给范营威斟满了酒，并且站起来说："范主任，我得给你端三杯酒。"范营威一脸疑惑地问："怎么这么多？"田宇说："您听我说，这第一杯酒呢，是感谢您让我调到咱教研室来，不然不会有今天。"范营威说："是这样，是这样。我知道你的教学教研成绩突出，又是本科高才生，我当时就向尤局建议把你调过来了。好，我喝。"说罢，一饮而尽。而后，田宇给范营威斟满第二杯酒，说："这第二杯呢，是感谢您多年来对我的教育和栽培。耳提面命，言传身教啊！"范营威面显尴尬，说："你这样说，我可就真的很惭愧了。当时，石伟那小子跟我称兄道弟，给我迷魂汤喝，又加上他县里有人，这教研室主任本该让你当的，反倒让他当了。后来，我不止一次地给你说，你是块发光的金子，一定的。这不，你现在已经当副局长了，他不还是那个主任吗？"田宇说："我知道您有难处，我真的不怪您。说真的，我确实从您那里学到不少知识和管理的经验。好，什么也别说了，请您喝这第二杯。""好吧，我喝，我喝。"说罢，又是一饮而尽。田宇端起了范营威的酒杯斟满了第三杯酒，说："这第三杯呢，是祝您天天开心，健康长寿！"范营威笑着说："你的话么多，总是有理由让我喝，这样吧，这个第三杯，咱们共同喝吧。"田守也笑着说："那哪能？这一杯才重要呢，千好万好，都不如自己的身体好。喝完这第三杯，咱们再共同喝。"范营威说："好，好，好，我喝，我喝，我喝。喝完这杯后，可不能再找理由让我单喝了啊。""好，我听您的。咱们就说说话再喝。"田宇回答。

范营威问："听说秦俊秀调到了教育局？"田宇说："是的，她是这次跟我同一天任命的。她是教育股长。""噢。"范又接着问："还听说沈文浩到局里了？他是怎么进去的？有什么背景吗？"田宇说："沈文浩现在是教育股副股长。"而后又把沈文浩调进局里的前因后果说了一遍。"噢，原来这样。这样也好，两全其美啊！""是啊，"田宇接着说："这件事，让我深切地体会到，我们的领导都还是很讲原则的，不愿埋没人才的。绝对不像个别教师或者其他人说的，领导都是一团漆黑。""是的，"范营威接过话题，说："应该说，咱们的绝大多数领导都是廉洁勤政的。"

稍停了一会儿，田宇说是去趟卫生间，实际上是把这次吃饭钱付了。回来后，田宇真诚地说："老领导，有几句话我不知道当说不当说？"范营威说："在我跟前，你什么都管说。"田宇接着说："我想回学校当教师。"范营威一愣，问："你，你，这是为什么？"田宇说："您知道的，我来咱们局已有十年了。不管担任什么职务，一件事接着一件事，总没有消停的时候，就连吃饭睡觉也不能正常了。即使相对地松闲两天，也还是迎来送往，上传下达，下基层，忙局里，依然是筋疲力尽。同时，近阶段，我又感觉得到我是块补丁，局里局外，哪里有洞就让我补到哪里去了。与其这样不见作为地忙忙碌碌，倒不如回一线从事教学多培养几个学生来得实在，来得有意义。"范营威听着想着，眼前浮现出田宇在教研室、教育股时的工作情形上来。田宇说完话已经停了好一大会儿，见范营威还在那凝思着，就问了一句："范主任，范主任，您在想什么呢？""噢。"范营威接着说："你说的我都知道，也不是没有道理。但——"范营威停顿了一下，看着田宇说："现在全县上下，都对你评价很高寄予厚望，你可不能想着辞职啊。刚才，我还想说县教育局补充你、秦俊秀和沈文浩三人，全县的教育事业一定会更加兴旺的。你千万不能走啊！"田宇说："今天上午，县组织部副局长李正贤又通知我，后天上午去县委会议室参加县委换届工作筹备会呢，你看，我刚刚结束这中心校长选聘这件事，现在又要我补那个洞去，肯定又是累死人的活。""唉，你呀，有知识、有能力、出材料快，人好使，谁不想用你呢？"想了想，又说："没办法，能者多劳嘛。但在我看来，也不是件坏事，是领导赏识你啊。听我的，记住，长远看老实人是不会吃亏的！""不求重用，但求无过。"田宇又说："下级服从上级，天职啊！再说了，回不回去，我还没考虑好呢。"说罢，田宇与范营威都笑了。

过了两天，田宇去县委会议室参加了县委换届筹备会议。就像田宇估计的那样，他被分到了材料组。材料组有七人，负责制选票、发选票、唱票、监票、统计票、保存票，田宇则具体负责县委书记工作报告的撰稿工作。会议结束后，田宇找到李正贤部长说："李部长，作为县委换届的工作报告，应该说是一个很大的工程。因为他既要全面准确地总结上五年我县在政治、经济、文化、国防及各项事业上的工作成绩，又有提出下五年各个方面的工作任务，引领社会向前发展，把中国特色的社会主义现代化建设推向二十一世纪。可是这些材料从哪里来，凭空设想是绝对不行的。怎么办呢？"李正贤副部长，想了想，反问道："你打算怎么办呢？"田宇只得说出了自己的想法："如果从细了说，可以召开一个由县六大班子的主要领导和各大局局长参加的会议，让他们各自就自身的工作作出总结并提出下五年的工作计划；如果简单一点，可以让县委办公室和县政府办公室的两位主任拿出相关文件资料。你看怎么办呢？"李副部长说："从搜集资料到打印成新搞，至少要一个星期的时间。依我看还是让两个办公室主任提供材料吧。"田宇又说："能不能由我和两位主任组成一个临时性的写作班子，我来执笔，我们共同完成？"李副部长说："这样也好。责任明确，任务明确，能够确保报告的质量。不过，我得让唐成江副书记给他们俩说，这样更合适些。因为他是分管文教和两个办公室的。"说罢，他立即给唐副书记打了电话："喂，唐书记，我想跟您汇报个事。"唐书记回道："你说。"李说："写作报告，需要很多材料，我想让田宇和两个办公室主任组成一个写作组，你看行不行？"唐书记说："可以。由田宇当组长，执笔，他们两个提供材料，一起商讨。你通知他们都到你那里开个短会就行了。"李正贤说："好吧，就按您说的办。"

《工作报告》撰写小组组成了，他们认认真真地展开工作了。新稿形成后，县委召开了六大班子和各大局领导参加的会议，讨论修改，而后打印若干份。

2003 年 10 月底，东安县委换届工作开始了。先是各乡镇和各大局划片选举产生党代表，而后是县委换届大会正式召开。2003 年 11 月中旬，东安县城的各主要干道上拉起了横幅："热烈祝贺中共东安县第九届委员会胜利召开！"在大会召开之前，田宇了解到换届选举背后的一些故事。在这特殊的时日里，有的人刚正不阿，光明磊落，也有的人投机钻营，阴谋诡计。唐成江是前一种人。有人要他给各乡镇书记打打电话，做做工作，也有的人主动要给他拉拉选票，他都婉言拒绝了。他说："你心里装着人民，人民就会拥戴你；你若平时鄙视人民，不为人民办事，人民就会反对你。靠拉选票而当官，那是不光彩的！"有个别领导讨好献媚，也或许是出于公心，真的怕他落选，就先斩后奏，为他拉票。他知道后，对那些人严厉批评："拉选票，强奸民意，那是犯法的！"而李跃峰则属后一种人。他是上届县委委员，任卫健委（卫生局和计划生育委员会合并的单位）主任，卫健委比其他各局大半格，其他各局的书记、局长与各乡镇的书记、镇长都是正科级，而他享受到副县级待遇。计划生育是国策，形势严峻，要求苛刻，他整日里冷若冰霜，对某阶段不能按时完成计划生育的乡镇书记、镇长，动辄熊人，甚至不干不净地骂人。有时还向县委书记、县长那里吹风奏章，弹劾了多位乡镇书记、镇长甚至局长。他严重地挫伤了兄弟情谊，已经引起很多乡镇和局里领导的极大反感。而在这换届选举的节骨眼上，他感到有被选掉的危险，就暂且委屈自己，低三下四地向各乡镇求情，求他们给自己拉拉票，并许诺"以后有情后补。"另一方面，又巧设项目，用计划生育专款派心腹于每天晚上到找得着住址的党代表那里买票，一张票100元。后来几个乡镇的书记连同受贿的代表，实名举报给县纪委。县党委与县纪委一起研究决定并报上级批准，取消了李跃峰党委候选人和党代表资格，行政职务待后处理。

　　2003年11月26日，中共东安县第九届委员会会议胜利召开。大会通过投票的方式选举产生了县委委员。县委书记郭金华和任副书记兼县长的陈若英以及副书记唐成江的得票最多，仅差一票为满票，县委常委副县长胡泽宇次之。而后县委委员们又投票选举产生了9位常委。原来的一位常委因不作为、不担当、遇事推诿踢皮球而落选。而后市委副书记代表市委宣布了9位常委的任职情况。郭金华依然为县委书记，陈若英为第一副书记、唐成江为第二副书记，其他人为常委委员。县委书记郭金华代表第八届党委在第九届一次会议上做了工作报告。郭金华在作工作报告时赢得了阵阵掌声。代表们学习讨论工作报告时，共同认为："郭书记的工作报告实事求是地总结了在上届党委的正确领导下，经过全县人民的共同努力，全县各条战线上所取得的伟大成就，也客观地分析了在某些方面存在的不足。报告提出了下五年的工作任务，各项任务都是经过踏实苦干、团结奋进而能够完成的，规划的蓝图既振奋人心，又充满了鼓励与鼓动。"

田宇直接地参与了党委换届的全过程。在这一过程中，他深刻地认识到：真正地为人民服务的领导才会被人民所拥戴，而专横跋扈或不作为、不担当的领导则会被人民所唾弃。他还认识到：过去在历史唯物主义常识中学到的有关人民与领袖的关系在今天也得到了验证。毛泽东主席教导我们："人民，只有人民，才是创造世界历史的动力。""领导我们事业的核心力量是中国共产党。指导我们思想的理论基础是马克思列宁主义。"是毛主席和毛主席领导下的中国共产党领导全国人民打倒了日本帝国主义，推翻了蒋家王朝，建立了新中国。新中国成立后，又是在中国共产党的领导下，全国人民努力奋斗，才取得今天社会主义建设举世瞩目的伟大成就。领袖引领人民去创造历史！

2003 年 11 月 30 日，为期五天的中共东安县委第九届大会胜利闭幕。

65

2004 年春季开学了。开学的第一天即 2004 年 2 月 6 日（旧历正月十六）上午，田宇走进尤令思的办公室。田宇坐在尤局长对面的椅子上，说："尤局长，我想向您请示一下有关开学检查的事。"尤局长微笑着说："这么早？已经有方案了？"田宇说："年初一上班，我就在考虑这件事。今年咱们来个真正的开学检查。就看看各校是否正式开学吗，教学秩序，教学管理等是否正常吗。我想多抽几个人，分三个组，分别检查南、中、北三片，每半天检查一所学校。每个小组的成员再具体分项检查，做检查记录，分项打分，而后填写记分表。每个中心校的分数取平均分，即每个中小学的分数加起来得总分，然后再将总分除以学校个数。得出平均分。最后三组汇总，按平均分由高到低填入汇总表，最后将各中小学和各中心校的汇总表，一并发到各中小学的各中心校。从开学检查中，能够看出各校平时的教育教学和管理情况，窥一斑而见全豹。检查的项目，我已经粗略地画了张表。"说着，便把表递给了尤令思："你看——"

东安县教育局中小学开学检查情况汇总表

检查时间_____　　填表人_____　　总___页第___页

得分\项目\校别	校容校貌（20分）	学校管理（25分）	教导处及教师业务（30分）	授课情况（25分）	总分（100分）

这四大项中又有若干小项，全面、细致、具体，而且刚性强，极易操作。

尤令思看着，笑着，不停地点头，连声说："好，好，就这么办。比去年的那次检查还全，还细。这样的检查，能够进一步促进各校的各项工作，使各项工作有了具体的目标。好，就这么办。"田宇又说："我这里又按表中所涉及的各项制定了一个评分标准表。"说着便把东安县教育局中小学教育教学工作检查评分标准表递给了尤局长，又说："这个评分标准表在检查结束后也一并发给中心学校。"尤令思又详细地看了这张评分标准表而后说："这样就更好了，对各项工作都有了明确的目标要求。可以说，现在仍有不少的学校对这些工作只是大而化之，只知道做做操，上上课，其他的工作做得很少。这样，就等于各项工作有了明确的规定性目标，学校也便于操作了。好，好，就这么办。"

田宇又说："尤局长，我还有一个想法，不知道管不管？"尤局长说："说来听听。"田宇说："既然检查了，咱们就动真格的。来个'奖优·罚劣'。"尤局长说："请你说具体一些。"田宇说："根据检查的结果，按各中心校和局属学校的平均分名次，正数第一名奖10000元，第二名奖6000元，第三名奖5000元，第四名奖3000元，第五名奖2000元；对倒数的第一名罚10000元，第二名罚8000元，第三名罚5000元。这样呢，我们教育局要贴补3000元。""好，就来个奖优罚劣。"尤令思赞许地说了这句后，又说："把倒数的后三名，改成第一名罚10000元，第二名罚5000元，第三名罚3000元。怎样？"田宇说："好吧，就按您说的办。只是咱教育局得贴补8000元。"尤令思笑着说："为了提高全县的教育教学质量，咱教育局也该出点血。还有，检查结束，咱教育局请检查小组的同志们吃个工作餐，以示犒劳。"田宇连声说："好，好，还是尤局长想得周到。"尤局长想了想，问："那么，检查从什么时间开始呢？"田宇说："我想从2月26日即下下周周一开始。这样呢，今天是星期五，这周等于过完了，给他们开学后一周的时间，再去检查就能看出各校的教学秩序是否正常了。再说了，开始被查的学校也没法提意见了。""好，就定 2 月 26 日开始检查吧。在这之前，还要开个检查小组会议吧。""是的，我想下周五下午开个会，发发有关材料，确定三大片所包括的学校，提一下具体的要求，要求他们把握标准，公平公正，从严从实。这次检查，事先不给任何学校打招呼。""好，好，你办事，我放心。"而后又站起来自言自语地说："田宇，真是人才难得啊。市里边，省里边也未必有这么好的人才呀！"

在检查之前的检查组会议上，田宇划分了南中北各片所包含的学校，划分了三个小组，每组五人，确定了各组组长。第一组组长为教育股股长秦俊秀；第二组组长为教研室主任石伟，第三组组长为招生办主任冯大忠。会上，秦俊秀分发了有关检查材料，阐释了评分标准，田宇提出了"公平公正、从严从实，既作具体记录，又要打分填表，最后汇总，排出名次"的具体要求。

各检查组的检查工作有序进行。田宇虽然没有随组检查，但他比任何一个检查组成员都忙，都累。他到各个中心学校进行有点有面的检查。他检查的重点是校容校貌、布局调整掉学校的校舍情况与学生去向情况、教师任课表和分班课程表，学校教师的公办教师数和自聘教师数以及缺编总数。最后，又到了开发区全县最大的私立学校——洪鼎学校进行了检查。

各组的开学检查已经如期结束。接下去，秦俊秀召开检查组汇总会议。秦俊秀根据各组的总结写了《东安县教育局 2004 年春季开学检查工作总结》，又核定出了汇总表。汇总表中显示：第一名为东安县中学（即东安一中）；第二名为浩凌中心校；第三名为浩凌中学；第四名为朱寨中心校，第五名为徐寨中心校。倒数第一名为东安县职业教育中心；倒数第二名为吕寨中心学校，倒数第三名为城关中心学校。

田宇副局长向尤令思局长做了开学检查汇报。田宇走到尤令思的办公室，说："我向您汇报一下开学检查情况。"说着，在尤令思对面的椅子上坐了下来，又说："这是秦俊秀写的检查总结，还有检查记分表和汇总表，前五名和后三名跟咱俩在检查前的估计差不多。具体情况，好的方面和不足的方面，总结都写了，请您看一下。我还想跟您汇报一下我的认识。这几天，我单独集中地到了各中心校，也算是进行检查。我想针对我个人的检查情况和由此产生的思考汇报给您。"尤令思说："你说吧，我会认真地听的。"田宇说：令人欣喜的是校容校貌改观很大，由于政府投入和群众集资相结合，校舍建设尤为突出。前几年"两基"创建，近几年危房改造，可以说现在全县校舍已经不存在 C 级、D 级危房了，且均有一定的绿化面积，多数学校的校院内有花园，最重要的是全县 85% 以上的中小学均为楼房。从 1998 年到 2003 年，我县的高考成绩连续六年在全省第一，这是主要成就。但也存在着一些不容忽视的大问题。一是中心校的领导有一部分不带课，还有一部分不带中考科目学科，只带生物、图画、唱歌、体育等课，减少了学校骨干力量，降低了一线教师的教学积极性。二是公办教师严重缺编，尤其是边远学校，一个完全小学，七八个班级，只有两三个公办教师。估计全县缺编在千人以上。三是社会力量办学将会严重冲击国家办学。私立学校重智育轻德育、重中考科目轻非中考科目，双休日不休息，平时晚上熬到 10 点多，洪鼎现象会更加严重（注：洪鼎现象即洪鼎学校的现象：教师们一天到晚，食堂——班级，两点一线，学得死，管得严。而到了高中，高中的学校对洪鼎的学生却管理不住，纪律松懈、生活散漫、不思学习，只得单设"洪鼎班"。）四是被布局调整调整掉学校的学生多数流入到"洪鼎学校"了。家长认为私人学校对学生的学习抓得紧，且把孩子送入私人学校，一个月回家一天，省事，家长可以放心地去打工挣钱。这四种现象一定会导致全县教育教学质量的严重下降。尤令思听着，不住地点头，而后说："近段时间，我也听到一些这样那样的议论，归纳起来正是你说的这四个方面。但是，怎样制止这四种现象呢？"田宇接着说："对此，我也有几点想法，不知对否？"尤令思说："你怎么想的就怎么说，不必忌讳。咱们共同探讨。"田宇又接着说："一是中心校的领导，除校长和会计可以不带课之外，其他的各个领导都必须带主课，原来带什么课现在还带什么课，而且一定要带好，起到以身作则、率先垂范的作用。二是由县政府出面招录新教师。三是对私立学校要加大管理的力度，要像公办学校那样，不准补课，要给私人学校划定招生区域，不准跨区招生。四是被布局调整调整掉了的学校，其学生要保障就近入学，不得流入私人学校。我临时就想这么多。"尤令思局长说："你针对那四个问题，相应提出四点制止性意见，很实际，我觉得很管用。"想了想又说："下次在开学检查总结大会上，可以把这四个问题都提出来，再提出加以制止的措施。重点强调中心校领导必须都带课、带主课，布局调整掉的学校的学生必须就近入学，而且对调整掉的学校的固定资产要登记造册，妥善保管。各中心校中小学的教育教学质量只能提高而不能下降。对质量下滑的中心校，首先问责于中心校长和其他有关领导。"田宇笑着说："到底是老领导啊，你所强调的问题，切中时弊，针对性强，重点把握得好。"想了想，又说："尤局长，开会那天，您也去，您最后做指示，擂它几句，增强点火药味。"尤令思诙谐地说："好，我听你的！"说罢，二人都笑起来。

　　这天上午，东安县教育局 2004 年春季开学检查总结大会召开了。会前奖优罚劣，资金兑现。会上，秦俊秀作检查总结，田宇发表讲话，尤令思作重要指示。尤令思的指示中，除原先计划强调的问题外，对受罚的后三名学校进行了严厉的批评。他说："现在讲着力发展职业教育，而你那个职业教育中心，开学两周居然连正常的教学秩序也没能稳定下来，何谈质量？你那个城关中心校本应在全县带个好头，你却拖了全县的后腿，据说你们学校的教师还有搞有偿补课的，这是不是质量下降的原因？今年的中考成绩，你要在前 10 名以下，我首先撤了你这个校长！吕寨中心校的校长刘士秀，你不要只看位子，要下活全盘棋，要提高质量，要当个合格的校长！你们三个回去以后，查找一下工作中存在的问题，分析原因，并提出下阶段的工作措施，写个材料，再把个人检讨，于下周内一并报给我。"会场上鸦雀无声，到会者临近间的呼吸彼此都听得到。停了一会儿，尤局长又接着讲下去："获奖的那五所学校，绝不仅仅是这次开学工作做得好，最重要的是他们平常做得好，他们的教育质量，中考成绩一直走在全县的前面。同志们，我们平时讲'为官一任，兴教一方'，责任重大啊！那教室里的学生将来是我们社会主义建设事业的接班人哪，他们必须有扎实的基础和过硬的本领。这些知识和本领靠谁传授啊，靠我们这些拿着国家工资的人民教师啊！我们要对得起学生，对得起社会，对得起国家！如果有一天，我们看到自己的学生在某某岗位上工作着，有某某学生取得了优异的成就，你在想'我曾经是某学生的老师'，那该是多么开心的事情啊！所以，我们有资格说：振兴中华，我们重任在肩哪！"说到这里，田宇情不自禁地站了起来，鼓起掌来。于是会场上雷鸣般的掌声经久不息。而后，田宇说："尤局长的这番话语重心长，值得我们深思。这是一位老教师、老教育家的心声啊。我们一定要牢记在心，坚决照办！"又是一阵掌声。

田宇坐了下来，尤令思又接着说："各个中心校，局属学校都要写一份工作总结来，下周内报给田局长。还有，我刚才批评的那三个学校，语气重了点，请谅解。我的话完了。"会场上再次响起雷鸣般的掌声。

会议结束了，与会者纷纷走出会议室。有的说："看来，真的是说真的，干实的，来硬的了！"有的说："几位领导的讲话都很实在，没有套话，没有官腔。"有的说："尤局的讲话真是发自肺腑，促人奋进哪！"也有的说："咱们局，有尤局长、田局长，还有秦俊秀股长，全县的教育事业一定会发展得更好。"

66

2004年五月下旬的一天上午，下了班的田宇，路经东安县实验小学时，遇到了实小的校长吕永泉。相互寒暄之后，吕永泉问："田局长，听说今年暑期要招录一批新教师，是不是？"田宇说："是啊，下个月就组织报名了。""什么条件啊？"吕永泉问："有幼师、中师以上学历、有教师资格证书、年龄在35岁以下的均可报名。"田宇答。吕永泉像是自言自语地说："幼师？我看在咱县进修学校毕业的幼师生，一个也考不上。"田宇问："为什么？"吕永泉答道："那几年毕业的幼师生，都是成绩很差的初中学生来上学的。他们上学时，什么也学不进，尤其是数学课。"田宇又问："何以见得？"吕永泉答道："你知道我们学校的魏建功副校长吧，他当时在进修学校带数学，开始按幼师教材讲，他们听不懂，后来改带初中的教材，可他们还是听不懂，也不愿学，不做作业。没办法，魏建功只得在上课时，看着他们做其他科的作业。你说，他们能考个啥？"田宇说："这么差吗？果真这样，那他们就真的很难考上了。"吕永泉又笑着说："那也很难说，或许他们中有人能通过其他途径考上的。"田宇问："'其他途径'是什么途径？"吕永泉答道："找人替考呀！"田宇说："那哪可能，关关都要验证核对，卡得死，不可能会替考的。"吕永泉说："但愿真的如此吧！"说罢又笑着说："田局，走，到我家去，咱俩喝一杯！"田宇笑着回答："谢谢，以后瞅机会吧，每天午饭后我都想休息一会儿。""好，那咱们就以后瞅机会。"吕永泉说着，把手伸了去。他们握手话别，各自回家了。

东安县2004年中小学教师选招工作开始了。县政府成立了由县人事局、纪检会、教育局和文化局四单位主要领导参加的东安县2004年中小学教师选招工作领导小组，组长为人事局局长单茉莉。选招工作的第一项工作是组织报名。负责组织报名的是上述的四单位各派一名办事员具体负责。他们四人中，教育局的一人负责填写报名表，另三名负责查收各种证件、相片、报名费。其中身份证、毕业证、教师资格证、相片和报名表上的信息必须一致，且必须与报名者本人的长相一致。当场报名后，他们四人还要继续核对一遍，发现不一致的，取消其报名资格。

老师选招的第二项工作，是组织报名合格者参加笔试。每场笔试入场前都要核对证件、验身。在考试时间内，监考老师有三人，他们负责考场纪律、负责查验证件、负责检查是否有替考者。一旦发现替考者，则立即驱逐考场，试卷作废。之后组织阅卷，再公示笔试分数。而后二榜公示入围人员名单及其分数，按1∶2入围，即招录1人，则公示入围2人。例如，小学数学招收15人，公示入围人员则为30人。

教师选招的第三项工作是入围人员参加面试。面试是无生上课。接下去是第三榜公示面试分数，第四榜公示入围人员的最后分数。各入围人员的分数＝（笔试分数×60%＋面试分数×40%），第五榜公示了"东安县2004年中小学教师选招录用名单"（取计划拟用数）。各项工作可以说是认真、细致、周全、严密。

这天中午，下了班的田宇路过实验小学门前时，又遇到实验小学校长吕永泉。吕永泉主动打招呼："田局长，下班了?""噢。"田宇又向吕校长问了声："你也下班了?""下班了。"吕永泉这么回了一句后，又说："田局，我看过教师选招录用名单了，真是太出乎意料了啊。"田宇问："为什么是'出乎意料?'"吕永泉回道："田局，我实不相瞒，我、魏校长和其他几位教师，拿出上学期我们实小举行的一次自聘教师选招考试成绩单，再对照这次咱们县教师的录用名单，两个名单一比较，有10多个在我们这里落聘的反倒被你们录用了。您说这不太出乎意料了吗? 要知道我们选自聘教师的考试卷，是五年级期中考试卷，他们这10多个人无论语文还是数学就没有一个是及格的。半年之后，参加全县的选招考试，听说那试卷主要是高中知识，怎么就考了那么高的分数呢? 难以置信呀，这里面一定有鬼!"田宇笑着说："悬殊这么大？连五年级的期中考试试卷都考不及格？难怪有人闲谈，也有人打电话质疑，和你说同样的话——这里面一定有鬼。但我是领导，我说话得凭证据呀，所以我只能给他们解释说：我相信领导小组的同志会公平公正的，如果真的'有鬼'，那就会有鬼必逮！"

　　教师录用名单公示后的第五天下午，田宇下了班回到家里，见妻子牛善云和内侄女牛丽娜都来了。田宇高兴地问："这么巧，你们娘俩都来了？"牛善云说："我是陪丽娜来的，她有事找你。"田宇欣喜地问："丽娜，我看小学语文教师录用名单上有你？"丽娜沮丧地说："公示了，又被取消了。"田宇不解地问："为什么？"丽娜说："有人举报我是找人替考的。人事局单茉莉昨天下午找到我，要我承认，不承认则核对笔迹。如果确实有人替你考试，那替考者要受处分，给你开绿灯的领导也要受处分。我怕连累到其他人，只好承认了。我今天来，就是想找你，看能不能补救一下？"说罢，又说："替考的又不是我一人，光我知道的就10多个，为什么只取消我？"田宇很生气，但又感到很无奈，又说："丽娜，你能把你所知道的有关情况给我细说一下吗？""好吧"丽娜就全说了出来——

　　报名时，各种证件、相片和报名表都是真实的，一致的。而笔试那一关，就有不少的人是替考的。被替考的人多数是托了关系或者行了贿才找人替考的。关系者或受贿者知道笔试者在哪考场哪个座位，又知道监考教师是谁，就让监考教师给照顾一下，这样替考就成功了。也有个别虽然没有找关系或者根本找不到关系，但她（他）们找的替考者与他本人长得非常像，也就蒙混过关了。我属于没有关系的那种。这些找人替考的，每次公示都把攥着心，前四次公示都没人举报。谁知到了公示后的第五天居然有人举报我了。我被举报的事，我们几个找人替考的同学都给我打了电话。其中小数第一名的尤曼莉给我打电话，问："听说你被举报了？"我说："是的。"她又问："你替考前没有找人吗？"我说："没有。""那你现在怎样了？"她又问。我回道："人事局局长找到我，要我承认替考。我就承认了。我被取消录用资格了。"她又担心自己，说："我的不知道会不会有人举报呢？"我回道："你怕啥，你找的人不是关系很硬吗？"她答道："我找的那个人是我对象的亲舅，在县纪委。如果真的有人举报我了，那他舅不是也要受连累吗？"我安慰她说："或许没有人举报你。"她说："但愿吧。"我还听几个同学说，在县进修学校幼师毕业的三届学生中，一共有 10 多个都被录取了呢。当然，各个学科都有，语文、数学、美术、信息技术等。

田宇说："看来还真的有 10 多人呢。"又问："你怎么不举报他们？"牛丽娜说："一是同病相怜，二是觉得损人不利己，何必呢？"停了一会，田宇说："别难过，也别灰心，这一年在家好好复习，重点复习高中、初中语文，教育学、心理学和教材教法。争取明年考上。"牛丽娜又问："姑父，您不能想办法给补救吗？"田宇笑着说："你傻呀，人事局局长已经给你取消了，再找，还有用吗？"牛善云给牛丽娜说："看，怎么样？我给你说了，找他没有用，他就是个死心眼的人。"田宇说："如果你不找人替考，谁能把你怎样？"牛善云又对着牛丽娜说："丽娜，咱们走吧，我家里没有人，还得喂猪、喂羊，也没有人看门。"说着，牛善云和牛丽娜已走到了门外，田宇只说了："注意安全"，便目送着她们远去的身影。

又过了几天，县纪委接到五人的联名举报，对 11 人指名道姓是替考的。不仅要求取消这 11 人的录用资格，而且要求对有关领导追究责任。县纪委书记尤涛亲自去人事局找单茉莉谈话，要求她通知这 11 人明天上午到县纪委处理这件事。通过问讯、核对笔迹、交代关系领导等措施，又调查相关领导和当时组织报名的 4 个人，决定取消这 11 人的录用资格，给相关领导行政处分。单茉莉不等尤涛再去找她，她立即把受贿的 20 多万元交到县纪委，并写了检讨书，表示愿意接受组织所给予的任何处分。县纪委以调查组的名义写了份调查报告递交县委。最后，县委决定给当时组织报名的人事局 1 人、纪委 1 人、文化局 1 人，均为行政记大过处分。因教育局的 1 人当时只是负责填表登记，没有给任何人开放绿灯，所以未给处分。给单茉莉收回赃款、撤销人事局局长职务的处分。

67

2005 年 5 月的一天上午，田宇放下电话，径直走进尤令思的办公室。尤令思伸一下手，指着对面的椅子，说："坐吧。"田宇坐了下来，问："有什么事吗？""没什么事，主要是想和你闲聊几句。"接下去又说："恐怕以后像这样谈工作或者闲聊的机会不多了。"田宇问："为什么？""因为我八月份就要退休了。"说罢，又补充道："我已经向县委、县政府多次建议要你当局长了。李正贤、胡泽宇和唐成江他们都认为你当局长是最佳人选，因为你最内行又顺理成章。谁知道以后究竟怎样？"停了停，尤局长又说："当今这年头，只凭工作成绩不行，真的必须找找关系。你能不能最近几天向县长、书记那里……"没等尤局长说完，田宇笑着说："尤局长，我知道您对我的好，但您就放心地退休吧，不要老为我操心了。"停了停又接着说："我瞒着您，已经向县组织部递交了辞职申请报告并要求回到我的母校浩凌初中教书去。"尤令思很愕然，着急地问："你怎么能这样？"又补充说了句："全县的教育就指望着你呢。"田宇说："这是我经过很长一段时间的考虑才作出的决定。"尤令思想了想，说："噢，我明白了。你是怕教育质量降低吧。"田宇诚恳地回答："尤局长，我以前跟您说过，中心校的成立，中小学布局的调整，私人办学的兴起，一定会使教育质量持续下降，如果再来个外行当局长，那情形就会更糟糕。近十年，我县的高考成绩一直全省第一，而且增长点稳中有升。我不想给自己留下一个灰暗的尾巴。当然，我辞职的一个最主要的原因不是这个，而是我越来越怀念我过去在教学一线时的教学情形，我不想天天忙忙碌碌地迎来送往、上传下达，我只想尽我所能多培养几个学生。"尤令思很失望地说："唉，我知道你的脾气，你认准了的事，别人是很难改变的。"而后又叹息了一句："我县的教育哪……"

　　又是一天下午的下班时间到了。田宇走进秦俊秀的办公室，说："俊秀，下班了，咱们一起逛逛街吧。""好，难得你今天有时间，有心情。"说着，便收拾了一下办公桌上的资料，走出门外，把门锁上。他们一同走到大街上的一个站台。秦俊秀看到来了一辆1路车，就急忙说："宇，咱们上车到郊外去吧？"说着，1路车已经停在了他们跟前，秦俊秀毫不犹豫地上了车，田宇也跟着上了车。他们到南郊外的一个站台下了车。

　　这是一条省道，田宇从县城回浩凌就往返在这条大道上，这条大道的西侧是东安河，是县内的一条主要河流，一直流向浍河。这条省道便依河而建。大道的两旁由里到外，栽了一行风景树，一行白杨树。而河两岸呢，则各栽了两行松柏树。河宽50余米，河水在夕阳的照射下、在微风的吹拂下推进着一层层红色的涟漪。鱼儿欢快地或独个儿或成群结队地在河边的浅水里上下翻飞、或在一片片的小草间蹿来蹿去，倒映的松柏被鱼儿撕扯得支离破碎，然后很不情愿地晃动着自己高大的身躯。河堤上草儿、野花都在愉快地生长着，随着风吹，荡漾着红色的波纹。田宇和秦俊秀走在大桥上，已经陶醉在这美丽的大自然的景色之中了。田宇情不自禁地捡起一块瓦片，高高地举起，后退几步，又向前跑去，然后用力地将瓦片投入河水中，于是那瓦片一条线地向前漂飞起来，河面上形成了一道转瞬即逝的翻飞着的水帘。唯一的观看者秦俊秀孩子般地跳着并鼓起掌来连声称赞："好，好，你好棒啊！"在他们观赏了东安河风光之后，田宇手指着西边，说："咱们到那田园里去吧。"于是，他们走过大桥，走进一望无垠的麦田里去了。他们在麦田中的一条小土路上走着，秦俊秀捡起一朵野花放在田宇的鼻子上说："香吧?"田宇道："香得很。"又感慨地说："还是这郊外的大自然能让人心情舒畅、心胸开阔啊！"秦俊秀接着说："是啊，在城里满眼都是人、车、楼，太单调了；这城外，有河、有水、有松、有花草、有麦田，有林荫大道、有田间小路……太丰富多彩了，就连鸟儿的啼鸣，也感到比城里面的鸟叫要清脆、动听、悦耳。""是啊，经常到郊外走一走，更能消除疲劳、排遣抑郁、陶冶情操，也更能让人精神振奋……"田宇兴奋地说。接着又说："秀，你看，这小麦已经吐穗扬花了，再过二十多天就能收割了，今年又是大丰收。农业丰收了，农民富裕了，全国人民的生活才会有保障，国家才能更稳定，正所谓'无农不稳、无商不活啊！'"说到这，田宇好像想到了什么，问："俊秀，不知你想过没有，作为中心学校，一学期当中必须做好哪几项工作吗?"秦俊秀眨巴着眼睛，说："中心校要做的工作琐碎得很，太多了，必须做好的不过是教育教学教研、学校管理、资料建设、教师队伍建设，等等。是不是?"田宇回答道："你说得都对，但具体的三件事，我认为应该是：1. 业务检查；2. 组织统考；3. 公开教学。一个中心学校，一学期当中必须做好这三件事。果能这样，就基本上能够保证本校的教学质量了。作为咱们教育局，公开教学每学期都应举行一次，而统考和检查可以每学期也可以每学年举行一次，这三项工作主要应由教育股配合教研室来做。""对，对，真是经验之谈哪！"说罢，想了想问："唉，你怎么今天突然给我讲这些干啥?"田宇诙谐地说："将来你当副局长，每学期都要督促他们做好这几件事啊！"秦俊秀疑惑地说："我总觉得你的话有弦外之音啊！该不会你要调走了或是当局长了？唉，不对呀，即使真的当教育局局长了，也一样可以督促你的下级做好这些工作啊，用不着向我做这些交代呀。那就是你要调走了，调到哪里去?"田宇笑着说："不要瞎猜了，我实话告诉你:尤局长八月份就要退休了，他已经向县委县政府举荐我当局长。可我在这之前，思想上已经作出决定:在尤局长退休之前，辞去职务，回浩凌教书。我已经向组织部递交了辞职申请。"秦俊秀没有思考就着急地问:"你为什么要这样?"田宇就把与尤令思说的那番话说给了秦俊秀听。说完又补充道:"近几年，我越来越觉得还是回校教书，多培养几个学生好。那才是我人生的坐标啊!"秦俊秀很无奈地说:"既然你想好了，我肯定说服不了你。那就你到哪，我也到哪，我陪着你一起工作，一起生活。等到你退休了，我也接近退休了。等咱们都退休了，每天都能像今天这样，欣赏大自然的风光，欣赏大自然的春生、夏长，欣赏农民的秋收冬藏。"田宇诚心诚意地说:"秀，你不能那样，你还年轻，正是精力充沛、血气方刚又工作经验炉火纯青的时候，你还有大好的前程。而我本来就生长在农村，虽不想'满目青山夕照明'，但总愿'策马扬鞭奋教场'，我要为家乡的教育事业尽自己最后的绵薄之力。""我不管，反正你到哪里，我就到哪里。"秦俊秀回说。田宇又说:"秀，我今天约你出来，就是想和你说这件事。请你理解我、支持我呀!"秦俊秀"唉"了一声，没有再说什么。

又过了一会，田宇说:"秀，天快黑了，咱们回去吧。不然，别没有车了。"田宇与秦俊秀并排走着，到了站台，坐上了回去的车。回到县城，他们在一家小饭店，各吃了一份水饺后，田宇陪着秦俊秀走到她回家的路口，说了声"再见"。秦俊秀深情地看着田宇说了声:"你保重，注意安全。"便带着依恋与沉重，转身留给田宇回家的背影。

秦俊秀到了家里，看了看壁钟，时针已经指向了九点半了。尤涛看见她回来了，就给她倒了杯热水说:"喝茶吧。"不知为什么，秦俊秀没有说"谢谢"，反倒问了句:"你为什么不问我怎么到现在才回到家?"尤涛说:"你已经很累了，我还有那个必要那样问你吗? 夫妻之间应该保持的是信任与尊重。"秦俊秀不想委婉，也不想措辞，或许还真有些感动，便脱口而出:"涛，你对我真的是太好了，在生活上你比田宇还要好。既然是信任与尊重，我就实话跟你说，我刚才是跟田宇到郊外散步去了。你不会吃醋吧?"尤涛微笑着说:"看你说的，我怎么会吃醋呢? 男女之间谁规定的就不能一起散步? 因为我相信:你们从上大学到工作一直都在一起，彼此之间已经有很深的感情。

但你们没有，也绝不会超越为人师表的底线。你认识他的时候，他就已经是三个孩子的爸爸了。他才华出众，为人正直，光明磊落，坚持党性，实在是一个不可多得的好干部。你呢？既聪明又漂亮，既有知识又有工作能力，不愧是巾帼英雄。能够娶你为妻真的是老天保佑，我三生有幸。"秦俊秀喝了一口茶，说："难得你的理解与信任。"想了想，问："你对我们的过去还有为人，怎么知道的这么具体？"尤涛笑着风趣地说："我是搞纪检的，选拔和提拔干部是要做调查的。"又补充道："咱们举行结婚仪式的那天，时间已经过了 12 点了，可你还是一拖再拖。但等到田宇来了，你却忘记了自己新娘的身份，径直向他跑去。要不是田宇用那束鲜花理智地挡住你，说不定你还会拥抱他呢。哈哈，我说得没错吧？"秦俊秀听着，好像进入了当时的情境一样。但当她反应过来的时候，立刻拿了根筷子，嘴里说着："你好坏，看我怎么揍你！"尤涛没有躲避，当秦俊秀到他跟前的时候，他张开双臂，把她紧紧地抱在怀里。这时的秦俊秀好像很委屈地说："告诉你吧，今天我与田宇一起郊外观光，开始的时候心情还好，但后来很沉重。""啊，为什么？"尤涛推开秦俊秀，攥着她的两只手，看着她又问："为什么？"秦俊秀说："因为他说他已经递交了辞职报告，要求回家教书。""哦，原来这样。"尤涛又接着说："我今天上午已经听李正贤说了这事，也感到很遗憾。但你比我更了解他，他决定了的事，别人是很难改变的，顺其自然吧。"

晚上 11 点多了，他们熄灯了，躺在了被窝里。

2005 年 5 月 20 日（星期五）上午，田宇走进县委组织部副部长李正贤的办公室。李正贤正在整理一份文件，见田宇来了，连忙站起来说："你请坐，田局长。"田宇在李正贤对面的椅子上刚坐下，李正贤又说："你来得正好，我正要打电话让你到我这里来一趟呢。"田宇问："有事儿吗？"李部长说："恭喜你，县委决定要你到咱文化局当局长。""文化局？"田宇的话还没有说完，李正贤便把县委组织部的任职文件和调令递给了田宇，田宇接着问了一句："为什么让我去文化局呢？"李正贤说："老局长退休了，一直没有合适的人选。县委认为你知识水平高，能力强，对全县文化事业的发展也一定是个内行。所以就非你莫属了。"田宇又问："那咱们教育局的尤局长退休了，谁当局长呢？"李正贤答道："尤局长 8 月份退休，还有三个月的时间呢。县委暂且没有考虑。"田宇又恳求似的说："李部长，这文件和调令就放这儿吧。

我是来再次辞职的。"说着，便把辞职报告递给了李正贤副部长，然后又补充了一句："辞职报告一式三份，一份放你这儿，一份给胡泽宇县长，另一份给唐成江书记。"李正贤说："田局，这样做有些不妥吧？因为党委刚刚形成的决定，调令也刚刚开好，你不到岗，反倒以原教育局副局长的身份提出辞职，这……说得严重一点是违反党的组织原则的。"稍停了停又说，"田局，咱们一起共事十多年，我劝你还是先上班。过一段时间你还是想辞职，再提出来也不晚。这样吧，下周一上午你等我电话，我与你一道去文化局先报个到，接着就可以正式展开工作了。"田宇感觉李正贤说的确实有道理，只好说："好吧。下级服从上级，我愿听从组织安排。"李正贤笑了笑说："这就对了，咱们星期一见。"田宇好像想到什么："李部长，尤局长快退休了，我又调出去。教育局分管教育的这一块儿暂时没有人负责，怎么办？我临时有个建议，不知当说不当说。"李正贤说："你说吧。"田宇说："我建议让秦俊秀当副局长。"李正贤说："你没有说，我就猜着过了。其实，尤局长也给我建议过，我也认为她是个最合适的人选。只是她由股长提到了副局长，要走个程序，进行人事考察，再等一周，然后才能下文。"田宇说："那我就替秦俊秀谢谢你了。"

　　田宇回到教育局，直接走进局长尤令思的办公室。他坐下后便说："尤局长，我刚才又去了李部长那里，本来是再次递交辞职申请的，他不但没有收辞职申请，反倒递给我一份文件。"说着，便把他的任职文件和调令递给了尤令思，又说："我坚持辞职，他委婉地批评了我，说'这是县委的决定，你不接受不到岗，反倒以教育局副局长的名义递交辞职报告，这是违反党的组织原则的。即便你再想辞职，也得等到你任文化局局长几个月后再提出来'。后来他要我下周一上午等他的电话，他陪我到文化局报到。这该怎么办？"尤令思看了文件与调令，又听了田宇的一番话，毫不犹豫地说："你必须执行党的决议，星期一去文化局报到。"尤令思端起一杯茶，踱了两步，自言自语地说："看来教育局局长这个职务是要另委他人了。"田宇说："我问了李部长，李部长说你还有三个月才退休，县委暂未考虑。"尤令思说："说是暂未考虑，我觉得领导们的心里已经有底了。把你先安排出去，暑假结束前再安排其他人进教育局，也就顺理成章了。"又问田宇："你没有探问一下，能否安排秦俊秀当副局长吗？"田宇又回答："李部长说她是个最合适的人选。但要再走个程序。"尤令思说："是呀，她是要走程序的。"又坐了一会儿，田宇回到了自己的办公室。

田宇办公室的门敞开着，他在疲惫时总是喜欢看门外小花园里的花草。可今天，这花草好像与他作对似的，都没精打采地立在那里，一片片叶子耷拉着，向里拢着，往日的那种旺盛与朝气不见了。他翻了一下资料又放下了，看了一份文件又合上了，拿了几页信纸放在眼前，展开钢笔点点，点点，再想不出要写什么。但不知为什么，他好像下意识地写了一行字："文化局？""文化局！"

这时，秦俊秀悄悄地走进他的办公室。田宇好像没有任何反应，依然木然地坐在椅子上。秦俊秀坐在他对面的椅子上，轻声问："宇，你今天的心情好像很沉重。"

田宇说："没有啊！我好好的嘛。"秦俊秀说："你能瞒得了我吗？因为'不高兴'三个字儿满满地写在你的脸上。"秦俊秀看到他桌面上的纸中间写了一行字儿，写的是什么呢？她禁不住拿过来看了一下，然后不解地问："你为什么写'文化局'三个字儿，而且还写了两遍？"田宇没说什么，只从文件夹中把李正贤刚才给他的一份任职文件和调令递给了她。秦俊秀看了文件和调令一切都明白了，开玩笑似的说："你升职了，大局长！应该高兴才对呀，怎么看到这副模样？"田宇自嘲地说："刚才，我去李部长那儿辞职，没有辞掉，反而又调任升官了，真搞笑！过两个月我还是要递交辞职报告的。"说罢，又把刚才李正贤和尤令思的话向她说了一遍。秦俊秀又想了想，说："你走了，尤局长再退休了，我怎么办？教育局怎么办？"田宇说："你当你的副局长不是好好的吗？尤局长退休后，一定还会有人来当局长，班子肯定会很充实的。咱们用不着杞人忧天。"秦俊秀不知说什么才好，又问了一句："那下周一，你就去文化局了？"田宇回答："还能怎么样？下级服从上级，个人服从组织嘛。"秦俊秀又追问了一句："那就等你真的回校教书，我再辞职吧。"田宇立刻说："绝对不能！一是你是领导，辞职不了，没有辞职的理由！二是你在教育局，全县的教育质量才不会让人太担心，千万千万！"看到田宇一本正经的样子，秦俊秀笑着说："看把你急的，到时候再说吧。"

田宇到文化局一上任就进入角色，虽然他思想上有些情绪，但工作起来还是竭尽全力夜以继日的，因为他毕竟不是一个偷奸耍滑的人。在这两个月来，他与县宣传部协调，两次召开由各乡镇宣传部部长和各大局长参加的会议。用"七一"和"八一"两大节日，集中搞送戏下乡，搞专栏、专刊，搞文艺汇演等等，热情讴歌中国共产党、中国人民解放军、伟大领袖毛主席，讴歌社会主义革命和建设的伟大胜利、卓越成就，受到了全县干部的一致称赞。

时间已经到了八月上旬，田宇认为：是递交辞职报告的时候了，批下来之后还要到学校报到任课呢。他以文化局局长的身份写了辞职报告，又是一式三份。他先递交给了李正贤部长。李正贤说："你在文化局仅两个月的时间就取得了那么大的成绩，我觉得这个时候，准你辞职的可能性不大。"田宇说："请你帮帮我，准我辞职，我真的很想到学校里教书呀。"

田宇又到胡泽宇副县长那里，胡泽宇看了一下辞职报告，笑着说了一句："你到唐书记那儿去一趟吧，或许他真的能准你辞职呢。"田宇感到这句话话中有话呀，怎么回答得这么轻巧？就问了一句："胡县长，那你们是商量过了吧？该不会又派我到其他地方去吧？"胡泽宇说："你到那儿就知道了，不仅准你辞职，还准你到学校任教。"田宇很疑惑："这是让我……"胡泽宇没有等他说完，就笑着说："去吧，去吧。"

田宇走进唐成江副书记的办公室，只听唐成江在电话里说："好，好，我知道了。"便放下电话。唐成江满脸喜悦，说："田局，坐吧。"然后又问："又是来交辞职报告的吧？"田宇说："是的，我就是来交辞职报告的。"唐成江说："我和胡县长，还有县委的其他同志前两天已经商量了，如果你执意辞职，那我们也只能忍痛割爱了。因为你无论在教育局还是这两个月在文化局都干得很出色，但是考虑到多方面的实际情况，我们准你辞职，同时也准你到学校任教。"田宇连声说："谢谢领导的理解！那我下周就回浩凌去。"唐成江说："先不要谢。我刚才说准你到学校去，但并没有说准你到浩凌去呀。"田宇接下去问："那是到哪个学校呀？"唐成江故弄玄虚地说："一所等着你去命名的学校。"田宇急切地问："你这越说我越糊涂了，究竟是哪所学校呀？"唐成江这才说："原来的东安中学已经搬迁到开发区去了，而旧址上的学校却闲置着。县党委扩大会议研究，还是办学为好。那里的设施一点没有动，想办一所私立中学，谁能担任此任呢？想来想去没有合适的人选。而就在这个时候，你三次递交辞职报告，又要回学校，我们何不顺水推舟呢？也只有你能堪此重任，不辱使命！"田宇说："别，别。这么大的事，我怕不堪重任，有辱使命。你们另请高明吧，我还是回浩凌去。"唐成江诚恳地说："只有你去当该校的校长，党委才放心，这是组织的决定。你不能推辞。如果有什么困难、要求或建议，都可以提出来，组织上会全力支持你！"田宇想了一会儿说："既然这样，那我只能从命了。"唐成江说："这就对了。你先考虑学校的名称，学校的临时性组织机构呀，办班呀，招生呀，教学呀等等，你近两天拟个方案给我看一下，然后就实施。"田宇想了一下，问："学校的名称就叫'东安县新世纪中学'，怎么样？"唐成江立刻答道："好！好！这个名字好！就叫'东安县新世纪中学'吧，蕴含着继往开来，创新发展之意。"

　　回到教育局，田宇先到局长尤令思的办公室。尤令思问："文化局的事忙好了？"田宇说："我刚才又去辞职。结果唐书记说是县委决定让我到原东安县中学的旧址上办私立中学，他还说'你既然辞了职，又回到学校任教了，绝不能再推辞了'。没办法，我只得同意了。我给学校取个名儿叫'东安县新世纪中学'，真是'奉命于危难之间'啊。"尤令思说："两天前，我就听唐书记说了，真的是两全其美，又非你莫属呀！"后又说，"下周我就退休了，不来上班了，真的是无官一身轻哪。"田宇又问："那你知道新来的教育局局长是谁吗？"尤令思说："这个要保密！领导给我透露，用他们的话说是征求我的意见，说是让县职业技术中心学校的校长乔跃峰来当局长，我也感到很合适。"田宇赞成地说："是很合适。这几年职业技术中心学校已经是全省的名牌学校了，可见他在这方面，是有能力的。"尤令思说："你到文化局当局长，又宣布秦俊秀当副局长，再让乔跃峰当教育局局长。看来县委也真的是知人善任了。现在又把你派到新世纪中学去，更是'人尽其才'了。"

　　正说着，秦俊秀来了，尤令思把田宇将到新世纪中学去的事说给了秦俊秀听。秦俊秀说"这下子，田局长真是重操旧业、如愿以偿了。"说罢，又想了一下，说："我明天交辞职报告，要求到新世纪中学去怎么样？""这可不行！"尤令思、田宇是异口同声。田宇停住了，尤令思继续说："刚宣布你当副局长，没有理由辞职呀？最重要的是：全县的教育需要你，需要你和乔跃峰的合作。"

　　……

　　2005年9月1日，东安县新世纪中学如期开学。9月6日上午，田宇校长在东安县新世纪中学开学典礼大会上发表重要讲话，现摘录如下。

我们这所学校是在县政府的支持下，经多方努力创办的一所私立公助学校。私立规定了办学的性质，公助是说这所学校任教的老师，既有公办教师又有自聘教师。无论是公办教师还是自聘教师，都是经过县政府创办新世纪中学领导小组严格考核、年龄在 45 岁以下、具有本科学历的中青年教师，都是品学兼优的好教师。请同学们相信：这些老师一定都能够胜任自己的学科教学！我也相信：我们每位教师都能够做一位让人民群众满意的好老师。

有人问我：为什么不当局长，偏偏要来学校教书？我的回答只有一句话，那就是——做最适合自己的工作，那才是自己最好的人生坐标！

在前述的几个重要节点上，坐在主席台上的唐成江、胡泽宇、秦俊秀……他们总是带头鼓起掌来，下面回应的也是师生们经久不息的掌声。

散会之后，田宇校长便融入他的学生中去了。

十二年后的 2017 年 11 月，田宇光荣退休。在这 12 年里，他送走的高中毕业生就有两三万人，他直接代课的高中毕业生有 1699 人。他以此为荣，以此为傲，以此为乐。

在他退休后的五年中，他有三篇散文获得国家级一等奖，一部中篇小说获得茅盾文学奖，又出版一部中学语文教学论文集，一部散文集，三部长篇小说。2020 年 12 月，他被评定为中国作家协会会员。

后 记

　　我的这部长篇小说，从 1998 年正月初七开始就将各部分的提纲列了出来，并开始写第一部了。第一部用了半年时间。后来，由于先后在祁集镇教委和祁集中心校工作，又适逢"两基"创建，搞教学教研，充实各方面的资料，不仅没有节假日，而且每天都工作十多个小时，忙得焦头烂额，因此，写小说的计划就无法实施了，搁置了 20 年。直到 2017 年 11 月退休之后，在几位朋友的督促下，才又重新提起笔来，修改提纲，后又用了一年多时间，终于写完了后两部。所以完成《沉重》三部曲——《锻炼》《红烛》《坐标》，将零零碎碎的时间加起来，前后用了近两年时间。

　　我的学生时代，从上初中开始，直到后来上高中、师范、大专、本科，都喜欢文学。不仅读了一些书，记了一些笔记，还将当时《人民日报》的"战地"版、《安徽日报》的"朝晖"版上的好文章剪下来，贴在我的《战地黄花——学习集》上，剪辑十余册。从读高二开始摸索着投稿，而且小有收获。上高二时我写的一篇小戏曲《公私分明》发表在《安徽工农兵演唱》上；读师范时参加淮北市举行的"中学生师范生作文竞赛"议论文《中国女排，好样的!》获二等奖；参加华东六省一市"中学生作文竞赛"，散文《草寺庙春会》获得二等奖；《同学胜兄弟》一文发表在《淮北日报》上。1996年、1997 年先后有多篇散文发表在《淮北日报》上。后来，又有小说《永别了的爱情》、文学评论《从〈人生〉看路遥的小说风格》，散文《我的那盆康乃馨》、诗《感恩母亲》等发表在《濉溪文艺》上。2015 年，我的史料性散文集《淮海战役总前委——小李家的 38 个日日夜夜》出版了。近几年，散文

《淮北的夏天》《淮北的秋天》《教室的变迁》《晚年幸福靠"五子"》《撂刷把》等 10 余篇先后发表在《相城》《淮北日报》和《烈山文艺》上。其中，《小李家，这片红色的土地》在"大美濉溪"全国散文大赛中获得二等奖，《淮北的秋》在淮北作协、"南湖之声杯"散文大赛中获得二等奖。我还在国家、省、市级报刊上发表中学语文教学论文 30 余篇，与人合著了教学论文《初中语文精要语段阅读荟萃》一书。

　　我是 2016 年 11 月加入淮北市作家协会的。在这之前，我写的各种体裁的文章都在那搁置着，很少想着去发表；不知道国家、省、市、县各级都有作家协会这个组织，更没有想加入什么协会。我能成为淮北市作家协会会员应该感谢两位老师，一位是我的同事、长我 15 岁的郭兴华老师，一位是我的近邻，小我 21 岁的况成燕老师。是他们向林敏主席推荐我，让我加入淮北市作家协会的。林敏老师给他们回话说："我认识他，他曾经在《淮北日报》副刊上发表过好几篇散文，还出过书，他完全有资格加入咱们市作协。"当天，我就在王巍老师那儿领取了淮北市作家协会会员证，又于 2018 年 12 月成为安徽省作家协会会员。

　　再后来，郭兴华、况成燕两位老师经常督促我写《沉重》三部曲，我也越来越感到不写完就对不起自己、对不起时间、对不起已经完成的第一部。所以，我直到 2020 年的 2 月，才真正完成了这部书的创作。在这两年的创作时间里，让我真正尝到了耗费精力、体力、心力的辛苦。有的时候，怎么也想不出那个最为合适的词语，就只得在那里空着，而在夜里半睡半醒的状态中，居然想出了那个词语，就赶紧从床上爬起来，把那个词语填在空格里；有的时候怎么也想不出那段情节，就只好在那停着，接着往下写，而常常在睡梦中出现了那段情节，就赶紧披衣下床，伏案而作；还有的时候怎么也想不出那段描写的文字，也只好放在那里，若是吃饭的时候想起来，就即刻推开碗写出来，若是在公交车上或者干什么活儿的时候想起来，就即刻掏出天天随身而带的工作手册记下来，然后再补进去……常常头疼、头晕，苦啊！

　　安徽省作协会员郭兴华老师，中国作协会员邱晓明老师都阅读过我的三部曲草稿，都给我提出了许多建设性意见，邱晓明老师还在百忙之中为我的这部小说写了简明扼要的序，我对他们表示衷心的感谢。我的大女婿孙长宽为我复印原稿，又多次帮我校对，我在这里一并感谢。

　　由于本人生活阅历的肤浅，对事物本质的认识不那么透彻，再加上文学功底浅薄，有的时候写起来就不那么得心应手，致使主人公的形象不够丰满，影响了作品的质量，恳请行家里手批评指正。

2022 年 2 月 9 日晚 19 时 39 分草成